EL REY
DE LOS PLEITOS

John Grisham

EDICIONES B

Barcelona • Bogotá • Buenos Aires • Caracas • Madrid • México D.F. • Montevideo • Quito • Santiago de Chile

Título original: *The King of Torts*

Traducción: M.ª Antonia Menini

1.ª edición: marzo 2003

© 2003 by Belfry Holdings, Inc.

© Ediciones B, S.A., 2003
     Bailén, 84 - 08009 Barcelona (España)
     www.edicionesb.com
     www.edicionesb-america.com

ISBN: 84-666-1162-2

Impreso en Quebecor World

EL REY
DE LOS PLEITOS

John Grisham

Traducción de M.ª Antonia Menini

1

Los disparos de las balas que penetraron en la cabeza de Pumpkin fueron oídos por nada menos que ochenta personas. Tres de ellas cerraron instintivamente las ventanas, comprobaron las cerraduras de sus puertas y se retiraron a lugar seguro o, por lo menos, a la seguridad de sus pequeños apartamentos. Otras dos, ambas con experiencia en situaciones similares, se alejaron corriendo del lugar tan rápidamente como el propio pistolero, si no más. Otra, el fanático del reciclaje del barrio, estaba revolviendo la basura en busca de latas de aluminio cuando oyó muy cerca de allí los fuertes sonidos de las cotidianas escaramuzas. Se escondió de un brinco detrás de un montón de cajas de cartón y una vez que cesaron los disparos salió despacio a la calleja, donde descubrió lo que quedaba de Pumpkin.

Y dos lo vieron casi todo. Estaban sentadas sobre unas cajas de embalaje de plástico de leche en la esquina de Georgia y Lamont delante de una tienda de licores, parcialmente ocultas por un automóvil aparcado, por cuyo motivo el pistolero, que miró brevemente alrededor antes de seguir a Pumpkin al interior del callejón, no advirtió su presencia. Ambas personas declararían más tarde ante la policía que habían visto al chico de la pistola llevar la mano al bolsillo y sacarla de éste, y también habían visto el arma, una pequeña pistola negra, sin el menor asomo de duda. Un segundo después oyeron los disparos aunque no llegaron a ver cómo las balas alcanzaban a Pumpkin en la cabeza. Un segundo más y el chico de la pistola salió precipitadamente del callejón y, de forma inexplicable, echó a correr directamente hacia ellas. Corría agachado como un perro asustado, revelando bien a las claras su condición de culpable. Calzaba unas zapatillas de baloncesto rojas y amarillas que aparentaban ser cinco números más grandes y golpeaban pesadamente el suelo mientras él emprendía la huida.

Cuando el chico pasó corriendo por su lado, empuñaba todavía el arma, probablemente del calibre 38, y se echó momentáneamente hacia atrás al verlas y comprender que habían visto demasiado. Durante un aterrador segundo, pareció levantar el arma como si quisiera eliminar a los testigos, los cuales consiguieron apartarse de los embalajes de plástico de leche y alejarse de espaldas, caminando a gatas en un enloquecido revoltijo de brazos y piernas. Después, se esfumó.

Uno de los testigos abrió la puerta de la tienda de licores y pidió a gritos que alguien llamara a la policía, pues acababa de producirse un tiroteo.

Treinta minutos más tarde, la policía recibió una llamada, según la cual un joven cuya descripción coincidía con la del que se había cargado a Pumpkin, había sido visto en dos ocasiones en la calle Nueve sosteniendo un arma en la mano a la vista de todo el mundo y comportándose de manera más rara aún que la mayoría de los transeúntes que circulaban por allí. Había intentado atraer por lo menos a una persona hacia un solar abandonado, pero la presunta víctima había escapado e informado del incidente.

La policía encontró al hombre una hora después. Se llamaba Tequila Watson, varón de raza negra y veinte años de edad, con los habituales antecedentes policiales relacionados con la droga. Sin familia ni domicilio conocido. El último lugar en el que había dormido era un centro de rehabilitación de la calle W. Había conseguido arrojar el arma en algún sitio y, en caso de que hubiera desplumado a Pumpkin, también se había deshecho del dinero, las drogas o lo que fuera. Sus bolsillos estaban tan limpios como sus ojos. Los agentes estaban seguros de que Tequila no se encontraba bajo los efectos de nada en el momento de su detención. Tras interrogarlo, de manera rápida y somera, en la misma calle, lo esposaron y lo metieron de un empujón en el asiento trasero de un coche patrulla de la policía del Distrito de Columbia.

Lo trasladaron de nuevo a la calle Lamont, donde improvisaron un encuentro con los dos testigos. Tequila fue conducido al callejón en el que había dejado a Pumpkin.

—¿Has estado aquí alguna vez? —le preguntó un agente.

Tequila no dijo nada, se limitó a contemplar el charco de sangre fresca sobre el sucio hormigón. Los dos testigos fueron acompañados al callejón y conducidos rápidamente a un lugar situado cerca de Tequila.

—Es él —dijeron al unísono.

—Lleva la misma ropa, las mismas zapatillas de baloncesto, todo menos el arma.

—Es él.

—No cabe la menor duda.

Tequila fue empujado una vez más al interior del vehículo y conducido a la cárcel. Por experiencia, o sencillamente por temor, no les dijo una sola palabra a los agentes mientras éstos lo aguijoneaban, trataban de engatusarlo e incluso lo amenazaban. Nada que pudiera inculparlo, nada que fuera útil. Ninguna alusión al motivo por el cual había asesinado a Pumpkin. Ninguna clave capaz de revelar algo acerca de la historia de ambos, en caso de que la hubiera. Un veterano investigador incluyó en la ficha una breve nota en la que señalaba que la muerte de Pumpkin parecía un poco más fortuita de lo habitual.

No se pidió permiso para efectuar una llamada telefónica. No se mencionó ningún abogado o garante de fianza. Tequila parecía aturdido, pero aceptó de buen grado el hecho de permanecer sentado en el interior de una celda abarrotada, mirando al suelo.

Pumpkin no tenía ningún padre localizable, pero su madre trabajaba como guardia de seguridad en el sótano de un gran edificio de oficinas de la avenida New York. La policía tardó tres horas en averiguar el verdadero nombre de su hijo —Ramón Pumphrey—, localizar su domicilio y encontrar a un vecino dispuesto a decirles si tenía madre.

Adelfa Pumphrey estaba sentada detrás de un mostrador situado justo en el interior de la entrada del sótano, observando, al parecer, una serie de monitores. Era una alta y corpulenta mujer enfundada en un ajustado uniforme caqui, con un arma remetida en la cinturilla y una expresión de pura indiferencia en el rostro. Los agentes que se acercaron a ella lo habían hecho centenares de veces. Le comunicaron la noticia y después fueron en busca de su jefe.

En una ciudad en la que los jóvenes se mataban entre sí todos los días, la carnicería había espesado los pellejos y endurecido los corazones, y todas las madres conocían a muchas otras que habían perdido a sus hijos. Cada pérdida acercaba la muerte un paso más, y todas las madres sabían que cualquier día podía ser el último. Habían visto a las otras sobrevivir al horror. Sentada junto al mostrador con el rostro oculto tras las manos, Adelfa Pumphrey pensó en su hijo y en su cuerpo exánime tendido en aquel momento en algún lugar de la ciudad mientras unos desconocidos lo examinaban.

Juró venganza contra quienquiera que lo hubiese matado.

Maldijo al padre por haber abandonado a su hijo.

Lloró por su niño.

Y comprendió que sobreviviría. De alguna manera, conseguiría sobrevivir.

Adelfa acudió al juzgado para presenciar el auto de acusación. La policía le dijo que el miserable que había matado a su hijo tendría que comparecer por primera vez ante el tribunal, un rápido trámite de rutina en cuyo transcurso se declararía inocente y solicitaría un abogado. Estaba sentada en la última fila, flanqueada por su hermano y un vecino, llorando sobre un pañuelo húmedo de lágrimas. Quería ver al chico. También quería preguntarle por qué, pero sabía que jamás se le ofrecería la ocasión de hacerlo. Guiaban a los delincuentes como si fueran cabezas de ganado en una subasta. Todos eran negros, todos vestían unos monos de color anaranjado e iban esposados, todos eran jóvenes. Qué lástima.

Aparte las esposas, Tequila llevaba las muñecas y los tobillos encadenados, pues su delito había sido especialmente violento, a pesar de que su aspecto resultaba bastante inofensivo cuando entró en la sala junto con la siguiente remesa de delincuentes. Miró rápidamente al público para ver si reconocía a alguien, para comprobar si había alguien que estuviera allí por él. Lo sentaron en una silla de una fila y, como remate, uno de los alguaciles se inclinó hacia él diciendo:

—El chico que has matado... Aquélla del vestido azul de allí detrás es su madre.

Con la cabeza gacha, Tequila se volvió muy despacio y contempló directamente los llorosos e hinchados ojos de la madre de Pumpkin, pero sólo por espacio de un segundo. Adelfa miró fijamente al escuálido muchacho vestido con un mono demasiado grande para él y se preguntó dónde se encontraría su madre en ese momento, cómo lo habría educado, si tendría padre y, lo más importante, cómo y por qué su camino se había cruzado con el de su chico. Ambos eran aproximadamente de la misma edad que los otros, adolescentes o veinteañeros. Los policías le habían dicho que, al parecer, por lo menos en principio, la droga no había tenido nada que ver con el asesinato. Pero a ella no la engañaban. La droga impregnaba todas las capas de la vida callejera. Demasiado lo sabía Adelfa. Pumpkin había consumido marihuana y crack, y había sido detenido una vez por simple tenencia, pero jamás había sido violento. La policía decía que al parecer se había tratado de un homicidio fortuito. Todos los homicidios callejeros lo eran, solía decir el hermano de Adelfa, pero no había uno solo que no tuviese un motivo.

A un lado de la sala había una mesa en torno a la cual estaban reunidas las autoridades. Los policías hablaban en susurros con los abogados de la acusación, que estudiaban fichas e informes en un denodado intento de adelantarse con sus papeles a los delincuentes. Los abogados de la defensa iban y venían de la mesa que estaba al lado mientras la cadena de montaje avanzaba a paso de tortuga. El juez iba soltando rápidamente acusaciones sobre droga, un robo a mano armada, alguna que otra confusa agresión sexual, más acusaciones relacionadas con la droga y montones de incumplimientos de regímenes de libertad vigilada. Cuando los llamaban por su nombre, los acusados eran conducidos al estrado del juez, ante el que permanecían de pie en silencio mientras examinaba rápidamente los papeles. Después volvían a llevárselos para conducirlos de nuevo a la cárcel.

—Tequila Watson —anunció un alguacil.

Otro alguacil lo ayudó a levantarse de su asiento. Avanzó a trompicones en medio de un chirrido de cadenas.

—Señor Watson, está usted acusado de asesinato —anunció el juez, levantando la voz—. ¿Cuántos años tiene?

—Veinte —contestó Tequila, bajando la mirada.

La acusación de asesinato resonó en la sala y provocó un momentáneo silencio. Los otros delincuentes vestidos de anaranjado lo contemplaron admirados. Los abogados y los policías lo estudiaron con curiosidad.

—¿Puede permitirse contratar a un abogado?

—No.

—Ya me lo suponía —murmuró el juez, mirando hacia la mesa de la defensa.

La Oficina de la Defensa de Oficio, la red de seguridad de todos los acusados sin recursos, cultivaba a diario los fértiles campos de la División Criminal del Tribunal Superior del Distrito de Columbia, Sección de Delitos Graves. El setenta por ciento de la agenda de causas pendientes de juicio se encomendaba a letrados nombrados por el tribunal, y a cualquier hora del día solía haber media docena de abogados de oficio yendo de un lado para otro con sus trajes baratos, sus gastados mocasines y sus maletines repletos de expedientes. Sin embargo, en aquel instante sólo estaba presente el ilustre Clay Carter II, que se había dejado caer por allí para echar un vistazo a dos casos mucho menos graves y se encontraba completamente solo, deseando largarse cuanto antes de la sala. Miró a derecha e izquierda y se dio cuenta de que Su Señoría estaba mirándolo directamente a él. ¿Adónde demonios se habrían ido todos los demás defensores de oficio?

Una semana atrás, el señor Carter había terminado un caso de asesinato que había durado casi tres años y que al final se había cerrado con el envío de su cliente a una cárcel de la que jamás podría salir, al menos oficialmente. Clay Carter se alegraba mucho de que su cliente estuviera encerrado, y suspiraba de alivio por el hecho de no tener en aquel momento ningún expediente de asesinato sobre su escritorio.

Sin embargo, era evidente que la situación estaba a punto de cambiar.

—¿Señor Carter? —dijo el juez.

No era una orden sino una invitación a acercarse para hacer lo que se esperaba que hiciera cualquier defensor de oficio: defender a los delincuentes carentes de recursos, sin importar cuál fuera el caso. El señor Carter no podía dar la menor muestra de debilidad, y mucho menos en presencia de la policía y de los fiscales. Tragó saliva, consiguió reprimir su deseo de echarse atrás y se acercó al estrado como si estuviera sopesando la posibilidad de solicitar allí mismo y en aquel momento un juicio mediante el sistema de jurado. Tomó la carpeta que le ofrecía el juez, examinó rápidamente su breve contenido, hizo caso omiso de la suplicante mirada de Tequila Watson y dijo:

—Vamos a presentar una declaración de inocencia, Señoría.

—Gracias, señor Carter. ¿Damos, pues, por sentado que va a encargarse usted del caso?

—De momento, sí.

El señor Carter ya estaba tramando excusas para endilgárselo a otro abogado de la ODO.

—Muy bien. Muchas gracias —dijo el juez, haciendo ademán de alargar la mano hacia el siguiente expediente.

El abogado y su cliente se reunieron unos minutos junto a la mesa de la defensa. Carter recibió toda la información que Tequila estuvo dispuesto a darle, y que fue muy poca, por cierto. Prometió pasar por la cárcel al día siguiente para celebrar con él una entrevista más larga. Mientras ellos hablaban en voz baja, la mesa se llenó súbitamente de jóvenes abogados de la oficina de la ODO, compañeros de Carter aparecidos de pronto como por arte de magia.

Carter se preguntó si no se habría tratado de una encerrona. ¿Se habrían largado porque sabían que en la sala había un acusado de asesinato? En el transcurso de los últimos cinco años, él mismo había recurrido en más de una ocasión a semejantes ardides. Eludir los casos peliagudos era todo un arte en la ODO.

Cogió su maletín y se marchó a toda prisa por el pasillo central entre las filas de preocupados familiares, pasando por delante de Adelfa Pumphrey y su pequeño grupo de apoyo hasta salir al vestíbulo abarrotado de muchos otros delincuentes con sus madres, novias y abogados. Algunos letrados de la ODO juraban que sólo vivían para el caos del Palacio de Justicia H. Carl Moultrie, la presión de los juicios, la sombra de peligro que se cernía sobre las personas que compartían el mismo espacio con tantos hombres violentos, el doloroso conflicto entre las víctimas y los agresores, el número irremediablemente elevado de juicios pendientes y la vocación de proteger a los pobres y garantizarles un trato justo por parte de la policía y el sistema.

Si Clay Carter se había sentido atraído alguna vez por una carrera en la ODO, ya no conseguía recordar por qué razón. Faltaba una semana para que se cumplieran cinco años desde que trabajaba allí, aniversario que pasaría fugazmente y sin la menor celebración, en la esperanza de que nadie se enterara. Clay ya estaba quemado a la edad de treinta y un años, encerrado en un despacho que se avergonzaba de mostrar a sus amigos, buscando una salida pero sin ningún lugar adonde ir, y ahora, por si fuera poco, abrumado por un nuevo y absurdo caso de asesinato cuyo peso le resultaba cada vez más agobiante.

En el ascensor se maldijo por haberse dejado atrapar. Había sido un error de novato; llevaba demasiado tiempo allí como para caer en una trampa, tendida nada menos que en un terreno con el que estaba tan familiarizado. Lo dejo, se prometió, como hacía casi a diario.

Había otras dos personas en el ascensor. Una era una secretaria de alguna ignota sección judicial, cargando una pila de carpetas. La otra era un caballero cuarentón vestido con unas prendas negras de diseño, pantalones vaqueros, camiseta, chaqueta y botas de piel de cocodrilo. Sostenía un periódico en la mano y daba la impresión de estar leyéndolo a través de unas gafitas apoyadas en la punta de su aristocrática y un tanto larga nariz; pero, en realidad, estaba estudiando a Clay, quien no se había percatado de nada. ¿Por qué razón podía alguien prestar atención a otra persona en el ascensor de aquel edificio?

Si Clay Carter se hubiera mantenido ojo avizor en lugar de permanecer sumido en sus pensamientos, habría observado que aquel hombre iba demasiado bien vestido para ser un acusado, pero demasiado informal para tratarse de un abogado. No llevaba más que un periódico, lo cual era un poco raro, pues el Palacio de Justicia H. Carl Moultrie no era conocido precisamente como un lugar de lectura. No parecía un juez, un administrativo, una víctima ni un acusado, pero Clay ni siquiera se fijó en él.

2

En una ciudad en la que había setenta y seis mil abogados, muchos de ellos enclaustrados en megadespachos a un tiro de rifle del Capitolio de Estados Unidos —unos prósperos y poderosos bufetes cuyos más brillantes asociados eran fichados por sumas obscenamente astronómicas, en los que los más ineptos ex congresistas cerraban lucrativos acuerdos por su condición de miembros de influyentes grupos de presión, y los más afamados letrados se presentaban con sus propios agentes—, la Oficina de la Defensa de Oficio ocupaba los últimos puestos en las ligas secundarias. Era la Tercera División.

Algunos abogados de la ODO estaban entregados en cuerpo y alma a la defensa de los pobres y los oprimidos, y para ellos su trabajo no constituía un escalón para ascender en la escala profesional. A pesar de lo poco que ganaban y de lo menguados que eran sus presupuestos, vivían exclusivamente de la independencia de su trabajo y de la satisfacción que les deparaba la protección de los desvalidos.

Otros defensores de oficio se decían a sí mismos que su trabajo era provisional, sencillamente el imprescindible y necesario adiestramiento para poder acceder a carreras más prometedoras. Aprende el oficio a pulso, ensúciate las manos, examina y haz cosas a las que jamás se acercaría un asociado de un despacho importante, y algún día un bufete con auténtica visión te recompensará el esfuerzo. Una ilimitada experiencia judicial, un amplio conocimiento de los jueces, de los secretarios judiciales y de la policía, capacidad para afrontar cantidades ingentes de trabajo, habilidad en el trato con los clientes más difíciles..., éstas eran algunas de las muchas ventajas que un defensor de oficio podía ofrecer al cabo de unos pocos años de permanencia en el puesto.

La ODO contaba con ochenta abogados, todos ellos apretujados en dos estrechos y asfixiantes pisos del edificio de Servicios Públicos del Distrito de Columbia, una pálida y cuadrada estructura de hormigón conocida como El Cubo, situada en la avenida Massachusetts cerca de Thomas Circle. Había unas cuarenta secretarias muy mal pagadas y tres docenas de auxiliares jurídicos repartidos por todo un laberinto de despachos que parecían chiribitiles. La directora era una mujer llamada Glenda, que se pasaba casi todo el tiempo encerrada en su despacho porque allí dentro se sentía más segura.

El sueldo inicial de un abogado de la ODO era de treinta y seis mil dólares. Los aumentos de sueldo eran minúsculos y tardaban mucho en producirse. El abogado de mayor antigüedad, un derrotado viejo de cuarenta y tres años, ganaba cincuenta y siete mil dólares y llevaba diecinueve años amenazando con marcharse. La cantidad de trabajo era impresionante, porque la ciudad estaba perdiendo la guerra que libraba contra el crimen. La provisión de delincuentes sin recursos era interminable. Cada año, desde hacía ocho, Glenda presentaba un presupuesto solicitando otros diez abogados y una docena más de auxiliares jurídicos. En cada uno de los últimos cuatro presupuestos le habían asignado menos dinero que el año anterior. Su dilema en aquel momento era establecer a qué auxiliares jurídicos despedir y a qué abogados obligar a trabajar a tiempo parcial.

Como casi todos los demás defensores de oficio, Clay Carter no había estudiado Derecho con la intención de dedicarse, ni siquiera durante un breve período, a la defensa de los delincuentes sin recursos. De eso, ni hablar. Cuando Clay estudiaba en el colegio universitario y más tarde en la facultad de Derecho de Georgetown, su padre tenía un bufete en el Distrito de Columbia. Clay se había pasado años trabajando allí a tiempo parcial y disponía de su propio despacho. Sus sueños eran entonces ilimitados, padre e hijo pleiteaban juntos y ganaban el dinero a espuertas.

Pero el bufete se vino abajo durante el último curso de Clay en la facultad y su padre había abandonado la ciudad. Eso, sin embargo, era otra historia. Clay se convirtió en defensor de oficio porque no había ningún otro trabajo disponible.

Le llevó tres años de maniobras y confabulaciones conseguir su propio despacho, uno que no tuviese que compartir con otro abogado o un auxiliar jurídico. Su tamaño era el de un modesto cuarto de planchar de una vivienda de las afueras, carecía de ventanas y tenía una mesa que ocupaba la mitad del espacio. El despacho que le habían asignado en el antiguo bufete de su padre era cuatro veces más grande y tenía unas preciosas vistas del monumento a Washington, y por más que él hubiera tratado de olvidar aquellas vistas, no podía borrarlas de su memoria. A pesar de los cinco años transcurridos, a veces aún permanecía sentado detrás de su escritorio contemplando las paredes que cada mes parecían estrechar más el cerco en torno a él, preguntándose cómo era posible que hubiera caído de una posición tan alta a otra tan baja.

Arrojó el expediente de Tequila Watson sobre la limpia y ordenada superficie de su escritorio y se quitó la chaqueta. En medio del deprimente ambiente que lo rodeaba, lo más fácil hubiese sido descuidar el lugar, dejar que los expedientes y los papeles se amontonaran, atestar el despacho de cosas y culpar de ello al exceso de trabajo y la escasez de personal. Pero su padre creía que un despacho ordenado era un reflejo de una mente ordenada. Si no podías encontrar algo en treinta segundos, estabas perdiendo dinero, le decía siempre su padre. Devolver de inmediato las llamadas telefónicas era otra regla que Clay había aprendido a cumplir.

Por consiguiente, era muy maniático con su escritorio y su despacho, para gran regocijo de sus agobiados colegas. Su diploma de la facultad de Derecho de Georgetown colgaba, elegantemente enmarcado, en el centro de una pared. Durante sus primeros dos años en la ODO se había negado a exhibirlo por temor a que otros abogados se preguntaran por qué razón alguien de Georgetown estaba trabajando a cambio de un sueldo tan bajo. Para adquirir experiencia, se decía, estoy aquí para adquirir experiencia. Un juicio cada mes..., pero enfrentándose a unos abogados de la acusación muy duros, en presencia de unos jurados que no les iban a la zaga. Por la preparación directa y a pecho descubierto que ningún despacho de campanillas podía ofrecer. El dinero ya vendría más tarde, cuando fuera un pleiteador curtido por las batallas libradas a muy temprana edad.

Contempló el delgado expediente de Watson que descansaba en el centro de su escritorio e intentó imaginar el modo de endosárselo a otro. Estaba hasta la coronilla de los casos difíciles y de la sensacional preparación que éstos le ofrecían y de todas las demás tonterías que tenía que aguantar en su calidad de mal pagado abogado de oficio.

Sobre la mesa había cinco hojitas de color rosado con mensajes telefónicos; cinco de ellos relacionados con su trabajo y uno de Rebecca, su novia de toda la vida. Fue a quien llamó en primer lugar.

—Estoy muy ocupada —le dijo ella tras el habitual intercambio de bromas.

—Me has llamado —dijo Clay.

—Sí, sólo puedo hablar un minuto, como mucho.

Rebecca trabajaba como ayudante de un congresista de segunda fila que era el presidente de algún inútil subcomité. Pero, por ser el presidente, disponía de otro despacho que exigía la presencia de personal como Rebecca, quien se había pasado todo el día trabajando con ahínco en la preparación de la siguiente tanda de vistas a las que nadie asistiría. Su padre había echado mano de su influencia para conseguirle aquel puesto.

—Yo también estoy un poco agobiado —dijo Clay—. Acabo de hacerme cargo de otro caso de asesinato.

Logró conferir a sus palabras un cierto tono de orgullo, como si constituyera un honor ser el abogado de Tequila Watson.

Solían entregarse a aquel juego: ¿cuál de los dos estaba más atareado?, ¿quién era el más importante?, ¿quién trabajaba más duro?, ¿quién estaba sometido a más presión?

—Mañana es el cumpleaños de mi madre —dijo ella, haciendo una breve pausa como si Clay tuviera que saberlo. No lo sabía. Y no le importaba. No le gustaba la madre de Rebecca—. Nos han invitado a cenar en el club.

El mal día acababa de empeorar. La única respuesta que se le ocurrió, y muy rápida, por cierto, fue:

—Claro.

—Sobre las siete. Chaqueta y corbata.

—Por supuesto.

«Preferiría cenar con Tequila Watson en la cárcel», pensó.

—Tengo que irme —dijo Rebecca—. Nos vemos mañana. Te quiero.

—Yo a ti también.

Era una típica conversación entre ambos, unas pocas frases apresuradas antes de salir corriendo a salvar el mundo. Clay contempló la fotografía de Rebecca que tenía en su escritorio. Su idilio había tropezado con complicaciones suficientes para hundir diez matrimonios. En una ocasión su padre había interpuesto una demanda contra el de Rebecca y nunca estuvo muy claro quién había ganado y quién había perdido. La familia de ella presumía de descender de la alta sociedad de Alexandria; él había sido un hijo de oficial, nacido y criado en un puesto militar. Ellos eran republicanos del ala derecha y él no. El padre de Rebecca era conocido como Bennett *el Bulldozer* por su implacable dedicación a la construcción de urbanizaciones de ínfima calidad en los barrios periféricos del norte de Virginia que rodeaban el Distrito de Columbia. Clay las aborrecía y abonaba en secreto su cuota a dos asociaciones ecologistas que luchaban contra los especuladores urbanísticos. La madre de Rebecca era una arribista agresiva que aspiraba a que sus dos hijas se casaran con hombres de dinero. Clay llevaba once años sin ver a su madre. No tenía la menor ambición social. Y carecía de dinero.

A lo largo de casi cuatro años, la relación había sobrevivido a razón de una pelea al mes, casi todas ellas orquestadas por la madre de Rebecca. La relación entre ambos se aferraba a la vida gracias al amor, el deseo y la firme decisión de triunfar a pesar de todos los factores en contra.

Pero Clay percibía cierto cansancio por parte de Rebecca, un progresivo agotamiento causado por la edad y la constante presión familiar. Tenía veintiocho años. No quería hacer carrera en su profesión. Quería tener un marido y una familia y pasarse los días en el club de campo mimando a sus hijos, jugando al tenis y almorzando con su madre.

Paulette Tullos apareció como llovida del cielo y lo sobresaltó.

—Te han pillado, ¿verdad? —dijo con una relamida sonrisa en los labios—. Un nuevo caso de asesinato.

—¿Estabas allí? —le preguntó Clay.

—Lo he visto todo. Lo he visto venir, lo he visto ocurrir y no te he podido salvar, amigo mío.

—Gracias. Te debo una.

Clay e hubiera ofrecido encantado un asiento, pero su despacho era tan pequeño que en él no había sillas, y, además, éstas no eran necesarias pues todos sus clientes estaban en la cárcel. Sentarse y charlar no formaba parte de la cotidiana tarea de un abogado de oficio.

—¿Qué posibilidades tengo de librarme de él? —inquirió.

—Prácticamente ninguna. ¿A quién vas a endosárselo?

—Estaba pensando en ti.

—Lo siento. Ya tengo otros dos casos de asesinato. Glenda no va a cambiártelo.

Paulette era su amiga más íntima dentro de la ODO. Era un producto del sector más bajo de la ciudad, se había abierto camino hasta el colegio universitario y la facultad de Derecho por las noches y parecía destinada a las clases medias hasta que conoció a un caballero griego de más edad con cierta predilección por las chicas negras. El hombre se casó con ella, la dejó cómodamente instalada en la zona noroeste de Washington y, al final, regresó a Europa, donde prefería vivir. Paulette sospechaba que tenía una o dos mujeres por allí, pero no estaba especialmente preocupada al respecto. Disfrutaba de una desahogada posición económica y raras veces estaba sola. Al cabo de diez años, aquel arreglo funcionaba muy bien.

—He oído hablar a los abogados de la acusación —dijo—. Otro asesinato callejero, pero el motivo no está claro.

—No es precisamente el primero en la historia del Distrito de Columbia.

—Pero no hay móvil aparente.

—Siempre hay un móvil..., dinero, droga, sexo, un nuevo par de zapatillas Nike.

—Sin embargo, el chaval era bastante tranquilo y no tenía ningún historial de violencia, ¿verdad?

—Las primeras impresiones raras veces coinciden con la realidad, Paulette, y lo sabes muy bien.

—Jermaine tuvo un caso muy parecido hace un par de días. Sin móvil aparente.

—No me había enterado.

—¿Por qué no pruebas con él? Es nuevo y ambicioso y, ¿quién sabe?, podrías endilgárselo.

—Lo haré ahora mismo.

Jermaine no estaba, pero, inexplicablemente, la puerta de Glenda se encontraba entornada. Clay llamó con los nudillos mientras entraba.

—¿Tiene un minuto? —preguntó, consciente de que Glenda no soportaba dedicar ni un minuto a nadie de su equipo.

Dirigía la oficina de manera aceptable, conseguía hacer frente a la acumulación de casos, se atenía al presupuesto y, por encima de todo, hacía política en el Ayuntamiento. Pero no le gustaba la gente. Prefería desarrollar su trabajo detrás de una puerta cerrada.

—Pues claro —contestó de manera brusca, sin la menor convicción.

Estaba claro que no apreciaba aquella intrusión, y eso era exactamente lo que Clay esperaba.

—Esta mañana estaba casualmente en la División Criminal en el momento equivocado y me ha caído encima un caso de asesinato del que preferiría librarme. Acabo de terminar el caso Traxel que, como usted sabe, ha durado casi tres años. Necesito descansar un poco de los asesinatos. ¿Qué tal uno de los chicos más jóvenes?

—¿Me está pidiendo que se lo quite de encima, señor Carter? —preguntó Glenda, enarcando las cejas.

—Así es. Encárgueme casos de drogas y atracos durante unos cuantos meses. Es lo único que le pido.

—¿Y quién me aconseja usted que se encargue del...? ¿Cómo me ha dicho que se llama el caso?

—Tequila Watson.

—Tequila Watson. ¿Quién tendría que encargarse de él, señor Carter?

—Me da igual. Necesito un descanso, eso es todo.

Glenda se inclinó hacia delante en su asiento cual si fuera un viejo presidente de consejo y empezó a mordisquear el extremo de un bolígrafo.

—¿Acaso no necesitamos todos lo mismo, señor Carter? A todos nos encantaría un descanso, ¿no le parece?

—¿Sí o no?

—Aquí tenemos ochenta abogados, señor Carter, aproximadamente la mitad de los cuales está capacitada para encargarse de casos de asesinato. A todo el mundo se le han asignado por lo menos dos. Páselo a otro si quiere, pero yo no voy a reasignarlo.

Mientras se retiraba, Clay le dijo:

—Me vendría muy bien un aumento de sueldo, si tuviera usted la bondad de estudiarlo.

—El año que viene, señor Carter. El año que viene.

—Y un auxiliar jurídico.

—El año que viene.

El expediente de Tequila Watson se quedó en el muy pulcro y ordenado escritorio de Jarrett Clay Carter II, abogado.

3

El edificio era, a fin de cuentas, una cárcel. Aunque lo hubiesen construido recientemente y su solemne inauguración hubiese sido motivo de inmenso orgullo para un puñado de dirigentes ciudadanos, no por ello dejaba de ser una cárcel. Diseñado por unos vanguardistas asesores de defensa urbana y provisto de toda suerte de artilugios de seguridad de alta tecnología, seguía siendo una cárcel. Era eficiente, seguro y respetuoso con los derechos humanos, pero, a pesar de haber sido construido con vistas al siglo venidero, estuvo superpoblado ya a partir del primer día. Por fuera parecía un inmenso bloque de hormigón rojo apoyado sobre uno de sus extremos, sin ventanas, irremediable, lleno de delincuentes y de las numerosas personas que los vigilaban. Para que alguien se sintiera un poco mejor, lo habían etiquetado como Centro de Justicia Penal, un moderno eufemismo utilizado ampliamente por los arquitectos de semejantes proyectos. Pero era una cárcel.

Y constituía una parte considerable del territorio de Clay Carter. Allí se reunía con casi todos sus clientes tras su detención y antes de su puesta en libertad bajo fianza, en caso de que pudieran pagarla. Muchos no podían. Muchos eran detenidos por delitos no violentos y, tanto si eran culpables como inocentes, permanecían encerrados hasta su comparecencia ante los tribunales. Tigger Banks se había pasado casi ocho meses en la cárcel por un robo que no había cometido. Y había perdido sus dos empleos a tiempo parcial, además de su apartamento y su dignidad. La última llamada telefónica que le hizo Tigger a Clay había sido una desgarradora petición de dinero. Había vuelto a engancharse al crack, se encontraba en la calle y estaba rodando cuesta abajo sin remedio.

Todos los abogados criminalistas de la ciudad tenían una historia similar a la de Tigger Banks; el final era indefectiblemente desgraciado y no se podía hacer nada por evitarlo. El coste de un recluso ascendía a cuarenta y un mil dólares anuales; ¿por qué tenía tanto empeño el sistema en malgastar el dinero?

Clay estaba harto de aquellas preguntas y harto de los Tiggers de su carrera, harto de la cárcel y de los mismos malhumorados guardias que lo saludaban a la entrada del sótano que utilizaban casi todos los abogados. Y estaba harto del olor de aquel lugar y de los estúpidos y ridículos procedimientos ideados por los burócratas que leían manuales acerca de la mejor manera de garantizar la seguridad en las cárceles. Eran las nueve de la mañana de un miércoles, aunque para Clay todos los días eran iguales. Se acercó a una ventanilla deslizante bajo un rótulo que rezaba ABOGADOS, y cuando la funcionaria estuvo segura de que ya le había hecho esperar lo suficiente, abrió la ventanilla y no dijo nada. No era necesario, pues ella y Clay llevaban casi cinco años mirándose el uno al otro con expresión ceñuda, sin pronunciar palabra. Clay firmó en un registro, se lo devolvió y ella volvió a cerrar la ventanilla, sin duda a prueba de balas para protegerla de los abogados desmadrados.

Glenda se había pasado dos años tratando de poner a punto un sencillo método de llamada previa, a fin de que los abogados de la ODO, y cualquier otra persona que lo necesitara, pudieran llamar con una hora de antelación, de tal manera que, cuando ellos llegaran, sus clientes se encontraran más o menos cerca de la sala de reuniones. Se trataba de una petición muy sencilla, y precisamente por su sencillez había acabado muriendo en el infierno burocrático.

Había una hilera de sillas adosadas a una pared en las que los abogados tenían que esperar sentados mientras sus peticiones eran transmitidas a paso de tortuga a alguien de arriba. A las nueve de la mañana siempre había unos cuantos abogados jugueteando con sus carpetas, hablando en susurros a través de sus móviles sin prestarse la menor atención los unos a los otros. En determinado momento de su joven carrera, Clay solía llevar consigo textos jurídicos que leía y destacaba en amarillo para impresionar a sus colegas con la intensidad de su concentración. Sacó el *Post* y se puso a leer la sección de deportes. Como de costumbre, consultó su reloj para ver cuánto tiempo perdería esperando a Tequila Watson.

Veinticuatro minutos. No estaba mal.

Un guardia lo acompañó por un pasillo hasta llegar a una espaciosa sala dividida por una gruesa lámina de plexiglás. El guardia señaló la cuarta cabina contando desde el final y Clay se sentó. A través del cristal vio que la otra mitad de la cabina estaba vacía. La espera aún no había terminado. Sacó unos papeles de su maletín y empezó a pensar en las preguntas que le formularía a Tequila. La cabina de su derecha estaba ocupada por un abogado en medio de una tensa pero muda conversación con su cliente, una persona a la que Clay no podía ver.

El guardia regresó y se dirigió a él hablando en voz baja como si semejante conversación estuviera prohibida.

—Su chico ha tenido una mala noche —dijo, agachando la cabeza y levantando la vista hacia las cámaras de seguridad.

—De acuerdo —dijo Clay.

—Se echó encima de un chaval sobre las dos de la mañana, le arreó una paliza tremenda y armó un alboroto terrible. Tuvieron que intervenir seis de nuestros muchachos para reducirlo. Es un desastre.

—¿Tequila?

—Watson, ése es. Han tenido que llevar al otro chico al hospital. Cuente con otras acusaciones.

—¿Está usted seguro? —preguntó Clay, mirando por encima del hombro.

—Está todo grabado en vídeo.

Final de la conversación.

Ambos levantaron la vista cuando aparecieron dos guardias conduciendo a Tequila a su asiento, cada uno de ellos sujetándolo por un codo. Iba esposado y, aunque por regla general solía soltarse a los reclusos para que hablaran con sus abogados, a Tequila no le quitaron las esposas. El chico se sentó. Los guardias se apartaron, pero sin alejarse demasiado.

Su ojo izquierdo estaba hinchado y cerrado, y tenía sangre reseca en ambos ángulos. El derecho estaba abierto, pero inyectado en sangre. En el centro de la frente llevaba una gasa sujeta con esparadrapo y una tirita en la barbilla. Tenía los labios y las mandíbulas tumefactos y tan hinchados que Clay no estuvo muy seguro de tener delante al cliente que le correspondía. Alguien en algún lugar había propinado una soberana paliza al chico que permanecía sentado a algo menos de un metro de distancia al otro lado de la lámina de plexiglás.

Clay tomó el auricular negro y le indicó a Tequila por señas que hiciera lo mismo. Éste sujetó torpemente el aparato con ambas manos.

—¿Es usted Tequila Watson? —preguntó Clay, procurando establecer el mayor contacto visual posible.

El chico asintió muy despacio con la cabeza, como si unos huesos sueltos se estuvieran moviendo dentro de su cráneo.

—¿Lo ha visto un médico?

Una inclinación de la cabeza para responder que sí.

—¿Eso se lo han hecho los de la policía?

El chico meneó la cabeza sin vacilar. No.

—¿Se lo han hecho los otros chicos de la celda?

Una inclinación de la cabeza para responder que sí.

Costaba imaginar a Tequila Watson con sus sesenta kilos de peso avasallando a la gente en una abarrotada celda de la cárcel del Distrito de Columbia.

—¿Conocía usted al chico?

Movimiento lateral. No.

Por el momento, el auricular no le había servido de nada, y Clay se estaba cansando del lenguaje de los signos.

—¿Por qué razón exacta atacó usted al chico?

Al final, y con un supremo esfuerzo, los hinchados labios se abrieron.

—No lo sé —consiguió mascullar lenta y dolorosamente.

—Estupendo, Tequila. Con eso ya podré empezar a trabajar. ¿Defensa propia tal vez? ¿El chico lo agredió? ¿Le pegó primero?

—No.

—¿Lo amenazó, lo insultó, algo de este tipo?

—Estaba durmiendo.

—¿Durmiendo?

—Sí.

—¿Roncaba muy fuerte? No, no me haga caso.

El abogado desvió la vista de Tequila, pues de repente necesita-

ba escribir algo en su bloc de notas de color amarillo. Clay garabateó la fecha, la hora, el lugar y el nombre del cliente, y a continuación se quedó sin datos importantes que anotar. Almacenaba cien
preguntas en su memoria, y otras cien una vez formuladas las anteriores. En las entrevistas iniciales, las preguntas raras veces varia-
ban, y solían remitirse a datos esenciales de la miserable vida de su
cliente y las circunstancias en que ambos se habían conocido. La
verdad se guardaba como una joya preciada que sólo se transmitía
a través de la lámina de plexiglás cuando el cliente no estaba amenazado. Las preguntas acerca de la familia, la escuela, el trabajo y los
amigos solían contestarse con cierto grado de sinceridad, pero
las referidas al delito se contestaban con astucia de tahúr. Todos los
criminalistas sabían que no tenían, durante las primeras entrevistas,
que centrarse demasiado en el delito. Era mejor averiguar los detalles por otros medios. E investigar prescindiendo de la guía del cliente. La verdad tal vez llegara más tarde.

Sin embargo, Tequila parecía muy distinto de los demás. Hasta
aquel momento no había mostrado el menor temor a la verdad.
Clay decidió ahorrarse muchísimas horas de su valioso tiempo. Se
inclinó hacia delante y, bajando la voz, dijo:

—Dicen que mató a un chico, que le disparó cinco veces a la cabeza.

La hinchada cabeza se inclinó muy levemente.

—Un tal Ramón Pumphrey, también llamado Pumpkin —añadió Clay—. ¿Conocía a ese chico?

Una inclinación de la cabeza para responder que sí.

—¿Disparó contra él?

La voz de Clay era casi un susurro. Los guardias estaban durmiendo, pero la pregunta era de esas que los abogados no suelen
formular, y mucho menos en la cárcel.

—Sí —contestó Tequila en voz baja.

—¿Cinco veces?

—Pensaba que habían sido seis.

«Vaya, ahí se acabó el juicio. Cerraré este caso en sesenta días
—pensó Clay—. Un rápido acuerdo extrajudicial. Una declaración
de culpabilidad a cambio de cadena perpetua.»

—¿Ajuste de cuentas por algo relacionado con drogas?

—No.

—¿Lo atracó usted?

—No.

—A ver si me echa una mano, Tequila. Tenía usted algún motivo, ¿verdad?

—Lo conocía.

—¿Fue por eso? ¿Porque lo conocía? ¿Ésta es su mejor excusa?

Tequila asintió con la cabeza sin decir nada.

—Por una chica, ¿verdad? ¿Lo sorprendió con su novia? Tiene usted novia, ¿verdad?

Meneó la cabeza. No.

—¿Tuvieron los disparos algo que ver con el sexo?

—No.

—Dígame algo, Tequila. Soy su abogado. Soy la única persona del planeta que está trabajando ahora mismo para ayudarlo. Deme algo con que poder trabajar.

—Le compraba droga a Pumpkin.

—Ya era hora. ¿Cuánto tiempo hace?

—Un par de años.

—Muy bien. ¿Le debía él alguna cantidad de dinero o tal vez un poco de droga? ¿Le debía usted algo a él?

—No.

Clay respiró hondo y, por primera vez, reparó en las manos de Tequila. Estaban cubiertas de pequeños cortes y tan hinchadas que no se distinguían los nudillos.

—¿Se pelea usted mucho?

Puede que inclinara la cabeza o puede que la meneara.

—Ya no.

—¿Pero antes sí?

—Cosas de niños. Una vez me peleé con Pumpkin.

Clay volvió a respirar hondo y levantó el bolígrafo.

—Gracias por su ayuda. ¿Cuándo se peleó exactamente con Pumpkin?

—Hace mucho tiempo.

—¿Cuántos años tenían ustedes?

Un encogimiento de hombros en respuesta a una pregunta estúpida. Clay sabía por experiencia que sus clientes no tenían noción del tiempo. Los habían atracado la víspera o los habían detenido el mes anterior, pero si uno indagaba más allá de treinta días, todas las historias se mezclaban. En la actualidad la vida callejera era una lucha por la supervivencia, sin tiempo para recordar ni nada del pasado que añorar. Como el futuro no existía, el punto de referencia no se conocía.

—Unos niños —dijo Tequila. Dar respuestas tan escuetas quizá fuese algo habitual en él, tanto si tenía las mandíbulas rotas como si no.

—¿Cuántos años tenían?

—Puede que doce.

—¿Estaban en la escuela?

—Jugando al baloncesto.

—¿Fue una pelea violenta, con cortes, huesos rotos y cosas por el estilo?

—No. Los chicos mayores la interrumpieron.

Clay soltó el auricular un momento y resumió su defensa: «Señoras y señores del jurado, mi cliente disparó cinco o seis veces a bocajarro contra el señor Pumphrey (que iba desarmado) en un sucio callejón por dos motivos; primero, porque lo reconoció; segundo, porque hace unos ocho años ambos se liaron a tortazos y empellones en un patio de recreo. Puede que eso no sea gran cosa, señoras y señores, pero todos nosotros sabemos que en Washington, Distrito de Columbia, estos dos motivos son tan válidos como cualquier otro.»

Volvió a coger el auricular y preguntó:

—¿Veía usted a menudo a Pumpkin?

—No.

—¿Cuándo fue la última vez que lo vio antes de disparar contra él?

Un encogimiento de hombros. Otra vez el problema del tiempo.

—¿Lo veía una vez a la semana?

—No.

—¿Una vez al mes?

—No.

—¿Dos veces al año?

—Quizá.

—Cuando le vio hace un par de días, ¿discutió usted con él? A ver si me ayuda un poco, Tequila, me está costando mucho averiguar los detalles.

—No discutimos.

—¿Por qué entró en el callejón?

Tequila soltó el auricular y empezó a mover muy despacio la cabeza hacia delante y hacia atrás como si tratara de resolver alguna dificultad. Estaba claro que sufría. Las esposas se le estaban clavando en la piel. Cogió otra vez el auricular y dijo:

—Le diré la verdad. Tenía una pistola y quería pegarle un tiro a alguien. A cualquiera, daba igual. Salí del Campamento y eché a andar sin rumbo fijo, buscando a alguien a quien dispararle. Estuve a punto de hacerlo contra un coreano en la entrada de su tienda, pero había demasiada gente alrededor. Vi a Pumpkin. Lo conocía. Nos pasamos un minuto hablando. Le dije que tenía un poco de crack, a precio de ganga. Entramos en el callejón. Y le pegué un tiro al chico. No sé por qué. Sencillamente quería cargarme a alguien.

Cuando estuvo claro que el relato ya había terminado, Clay preguntó:

—¿Qué es el Campamento?

—El centro de rehabilitación. Es el sitio donde yo vivía.

—¿Cuánto tiempo llevaba allí?

Otra vez el problema del tiempo; pero la respuesta constituyó toda una sorpresa.

—Ciento quince días.

—¿Llevaba ciento quince días desenganchado?

—Sí.

—¿Estaba desenganchado cuando disparó contra Pumpkin?

—Sí. Y sigo estándolo. Ciento dieciséis días.

—¿Había disparado anteriormente contra alguien?

—No.

—¿Cómo obtuvo la pistola?

—La robé en casa de mi primo.

—¿El Campamento es un centro cerrado?

—Sí.

—¿Y usted se escapó?

—Me habían concedido dos horas. Después de cien días, puedes salir un par de horas y volver.

—¿O sea que usted salió del Campamento, se dirigió a la casa de su primo, robó el arma y empezó a recorrer las calles en busca de alguien a quien pegarle un tiro y se tropezó con Pumpkin?

Hacia el final de la pregunta, Tequila empezó a asentir con la cabeza.

—Eso es lo que ocurrió. No me pregunte por qué. No lo sé. Sencillamente no lo sé.

A Clay le pareció que el enrojecido ojo derecho de Tequila se humedecía levemente, a causa tal vez de la culpa y el remordimiento, pero no pudo asegurarlo. Sacó unos papeles de su maletín y los deslizó a través de la abertura que había en la lámina de plexiglás.

—Fírmelos al lado de las marcas de control en rojo. Regresaré dentro de un par de días.

Tequila no prestó la menor atención a los papeles.

—¿Qué me va a pasar? —preguntó.

—Ya hablaremos de eso más adelante.

—¿Cuándo podré salir?

—Es probable que tarde mucho tiempo.

4

Las personas que dirigían el Campamento de la Liberación, el centro de rehabilitación, no veían la menor necesidad de ocultarse de los problemas. No hacían el mínimo esfuerzo por alejarse de la zona de guerra de la que procedían sus bajas. No era un centro tranquilo en el campo, ni una apartada clínica en alguna zona alta de la ciudad. Sus campistas procedían de las calles y a las calles volverían.

El Campamento daba a la calle W en Washington Norte y desde allí se podía ver una hilera de casas tapiadas de dos apartamentos utilizadas en ocasiones por los traficantes de crack. También se veía el célebre solar de una antigua estación de servicio donde los camellos se reunían con sus mayoristas y hacían sus intercambios sin que les preocupase el que los vieran. Según unos informes policiales oficiosos, aquel solar había producido más cadáveres acribillados a balazos que ninguna otra zona del Distrito de Columbia.

Clay bajó muy despacio por la calle W con el seguro de las portezuelas puesto, asiendo con fuerza el volante, mirando a un lado y a otro, esperando oír el inevitable fragor de un tiroteo. Un muchacho blanco en aquel gueto era un objetivo irresistible a cualquier hora del día.

El Campamento era un antiguo almacén abandonado desde hacía mucho tiempo por quienquiera que lo hubiera utilizado por última vez, condenado por la ciudad y vendido después en subasta por un puñado de dólares a una organización sin ánimo de lucro que había intuido en cierto modo sus posibilidades. Se trataba de una mole impresionante cuyos ladrillos rojos habían sido pintados de granate oscuro con pistola pulverizadora desde la acera hasta el tejado y cuyos niveles inferiores habían sido repintados por los especialistas en grafitos del barrio. Bajaba serpenteando por la calle y abarcaba una manzana entera. Todas las puertas y ventanas laterales habían sido cerradas con cemento y pintadas, por cuyo motivo no se necesitaban vallas ni alambre de espino. Si alguien quería escapar de allí necesitaría un martillo, un escoplo y una dura jornada de trabajo ininterrumpido.

Clay aparcó su Honda Accord directamente delante del edificio y dudó entre apearse o alejarse precipitadamente de allí. Había un pequeño letrero por encima de una gruesa puerta de doble hoja: CAMPAMENTO DE LA LIBERACIÓN. PROPIEDAD PRIVADA. Prohibida la entrada. Como si alguien pudiera entrar allí paseando como quien no quiere la cosa o tuviera algún interés en hacerlo. Merodeaba por los alrededores el habitual surtido de personajes callejeros: jóvenes matones sin duda en posesión de droga y de la suficiente cantidad de armas para mantener a raya a la policía, un par de borrachines que se tambaleaban al unísono y, al parecer, un grupo de familiares esperando para visitar a los internos del Campamento. Su trabajo lo había conducido a los lugares más indeseables del Distrito de Columbia, y a causa de ello había adquirido la habilidad de comportarse como si no tuviera miedo. «Soy un abogado. Estoy aquí por motivos de trabajo. Apártate de mi camino. No me digas nada.» En los casi cinco años que llevaba en la ODO, todavía no le habían pegado un tiro.

Cerró el Accord y mientras lo hacía, reconoció tristemente en su fuero interno que muy pocos o tal vez ninguno de los matones de aquella calle se sentirían atraídos por su pequeño automóvil. Tenía doce años y llevaba a cuestas casi trescientos mil kilómetros. Ya os lo podéis llevar, si queréis.

Contuvo la respiración e hizo caso omiso de las miradas de curiosidad de los ocupantes de la acera. «Soy el único blanco en tres kilómetros a la redonda», pensó. Pulsó el timbre que había junto a la puerta y una voz rechinó a través del interfono:

—¿Quién es?

—Me llamo Clay Carter. Soy abogado. Tengo una cita a las once con Talmadge X.

Pronunció el nombre con toda claridad, convencido de que se trataba de un error. A través del teléfono le había preguntado a la secretaria cómo se escribía el apellido del señor X, y ella le había contestado en tono algo brusco que no se trataba de un apellido en absoluto. Lo toma o lo deja. La cosa no iba a cambiar.

—Un momento —dijo la voz, y Clay se dispuso a esperar.

Clavó la mirada en la puerta, procurando por todos los medios no prestar la menor atención a cuanto lo rodeaba. Fue consciente de un movimiento a su izquierda, algo muy cercano.

—Oye, tío ¿eres abogado? —fue la pregunta de la aflautada voz de un joven negro, hablando lo bastante alto como para que todo el mundo lo oyera.

—Sí —contestó él con la mayor frialdad posible.

—Tú no eres abogado —dijo el joven.

A su espalda se estaba congregando un pequeño grupo cuyos integrantes contemplaban la escena boquiabiertos de asombro.

—Vaya si lo soy —dijo Clay.

—Tú no puedes ser un abogado, tío.

—Por supuesto que no —terció alguien del grupo.

—¿Seguro que eres abogado?

—Sí —contestó Clay, siguiéndoles la corriente.

—Pues, si eres abogado, ¿por qué tienes esa mierda de coche?

Clay no supo muy bien qué fue lo que más le dolió, si las carcajadas que soltaron los que estaban en la acera o la verdad de la afirmación. En un torpe intento de sonar gracioso, dijo:

—El Mercedes lo lleva mi mujer.

—Tú no tienes mujer. No llevas ninguna alianza.

«¿Qué otra cosa habrán observado?», se preguntó Clay. Aún se estaban riendo cuando una de las hojas de la puerta se abrió con un chirrido. Consiguió entrar con indiferencia en lugar de correr a refugiarse dentro. La zona de recepción era un búnker de suelo de hormigón, paredes de bloques de cemento, puertas metálicas, ausencia de ventanas, techos bajos, poca luz y todo lo propio de un búnker excepto sacos terreros y armas. Detrás de una alargada mesa procedente de los suministros del Ejército, una recepcionista estaba atendiendo dos teléfonos. Sin levantar la vista, dijo:

—Sólo tardará un minuto.

Talmadge X era un fuerte y nervioso sujeto de unos cincuenta años sin un gramo de grasa en el cuerpo enjuto ni el menor atisbo de sonrisa en el rostro arrugado y envejecido. Tenía unos grandes ojos cuya mirada reflejaba las marcas de varias décadas en la calle. Era muy negro y su atuendo, muy blanco: camisa de algodón y mono muy almidonados. Las botas negras de combate relucían; al igual que su cabeza, sin el menor rastro de cabello.

Señaló la única silla que había en su improvisado despacho y cerró la puerta.

—¿Tiene papeles? —preguntó con aspereza.

Estaba claro que la charla intrascendente no era una de sus especialidades.

Clay le entregó los documentos necesarios, todos ellos con la indescifrable firma garabateada por el esposado Tequila Watson. Talmadge X leyó todas las palabras de todas las páginas. Clay observó que no llevaba reloj y que tampoco le gustaban los relojes de pared. El tiempo se había quedado en la puerta.

—¿Cuándo firmó todo eso?

—Los documentos llevan la fecha de hoy. Le he visto hace un par de horas, en la cárcel.

—¿Y usted es su abogado de oficio? —preguntó Talmadge X—. ¿Oficialmente?

El hombre había pasado por el sistema judicial penal más de una vez.

—Sí. Nombrado por el tribunal y asignado por la Oficina de la Defensa de Oficio.

—¿Glenda todavía sigue allí?

—Sí.

—Nos conocemos desde hace tiempo.

Fue el único comentario intrascendente que habría entre ellos.

—¿Se enteró usted del tiroteo? —preguntó Clay, sacando de su maletín un bloc de notas.

—No hasta que usted llamó hace una hora. Sabíamos que salió el martes y no regresó, sabíamos que algo había ocurrido, pero es que aquí siempre esperamos que ocurra algo. —Sus palabras eran lentas y precisas; parpadeaba a menudo, pero no desviaba la vista—. Cuénteme qué pasó.

—Todo eso es confidencial, ¿de acuerdo? —dijo Clay.

—Yo soy su asesor. Y también su pastor. Nada de lo que se diga en esta habitación saldrá de ella. ¿Vale?

—Muy bien.

Clay facilitó los detalles que había reunido hasta el momento, incluyendo la versión de los acontecimientos de Tequila. Tanto técnica como éticamente no debería haber revelado ningún dato que le hubiera facilitado su cliente. Pero ¿a quién le importaría realmente? Talmadge X sabía muchas más cosas acerca de Tequila Watson de las que Clay jamás lograría averiguar.

Mientras el relato seguía adelante y los acontecimientos se desarrollaban ante Talmadge X, éste apartó finalmente la mirada y cerró los ojos. Después ladeó y levantó la cabeza hacia el techo, como si quisiera preguntarle a Dios por qué había ocurrido todo aquello. Parecía profundamente sumido en sus pensamientos, y profundamente turbado.

Cuando Clay terminó, Talmadge X preguntó:

—¿Qué puedo hacer?

—Me gustaría ver su expediente. Me ha dado autorización.

El expediente descansaba sobre el escritorio, delante de Talmadge X.

—Más tarde —dijo éste—. Primero, hablemos. ¿Qué quiere saber usted?

—Empecemos por Tequila. ¿De dónde vino?

Talmadge volvió a mirarlo; estaba dispuesto a ayudar.

—De la calle, del mismo sitio de donde vienen todos. Nos lo envió el Servicio Social porque era un caso perdido. No tenía familia. Jamás conoció a su padre. Su madre murió de sida cuando él tenía tres años. Lo criaron una o dos tías, pasó por toda la familia, por hogares adoptivos de aquí y allá, entró y salió varias veces del juzgado y de varios reformatorios. Dejó el colegio. Un caso típico para nosotros. ¿Conoce usted el Campamento?

—No.

—Nos envían los casos más difíciles, los yonquis recalcitrantes. Los mantenemos encerrados varios meses, les proporcionamos un ambiente de campamento militar. Aquí somos ocho asesores, y todos somos adictos, porque cuando has sido adicto una vez, lo eres toda la vida, pero eso usted ya debe de saberlo. Ahora cuatro de nosotros somos pastores. Yo cumplí una condena de trece años por drogas y atracos, pero después encontré a Jesús. Sea como fuere, estamos especializados en los jóvenes adictos al crack a los que nadie más puede ayudar.

—¿Sólo al crack?

—El crack es la mejor droga. Es barato, lo hay en abundancia y durante unos minutos aparta de tu mente cualquier pensamiento sobre la vida. En cuanto empiezas, ya no puedes dejarlo.

—Él no me dijo gran cosa acerca de sus antecedentes penales.

Talmadge X abrió el expediente y empezó a hojearlo.

—Probablemente porque apenas recuerda nada. Tequila se pasó muchos años colocado. Aquí tiene. Montones de pequeños delitos cuando era menor de edad, atracos, robo de vehículos, las cosas habituales que todos hacíamos para poder comprar droga. A los dieciocho años cumplió una condena de cuatro meses por hurto en una tienda. El año pasado lo condenaron por tenencia y cumplió una condena de tres meses. No son unos antecedentes muy malos para uno de nosotros. Jamás cometió un acto violento.

—¿Cuántos delitos graves?

—No veo ninguno.

—Supongo que eso servirá de algo —dijo Clay—. Quizá.

—No parece que haya nada que pueda servir.

—Me han dicho que hubo por lo menos dos testigos presenciales. Pero no soy muy optimista.

—¿Ha confesado algo a la policía?

—No. Me han dicho que se cerró en banda cuando lo detuvieron y que no ha dicho nada.

—Es extraño.

—Sí que lo es —convino Clay.

—Lo condenarán a cadena perpetua sin libertad vigilada —dijo Talmadge X, la voz de la experiencia.

—Eso parece.

—Pero para nosotros no es el fin del mundo, ¿comprende, señor Carter? Por muchos motivos, la vida en la cárcel es mejor que la vida en estas calles. Tengo muchos amigos que la prefieren. Lo más triste es que Tequila era uno de los pocos que habría logrado rehabilitarse.

—¿Y eso por qué?

—El chico es listo. En cuanto lo desintoxicamos y le devolvimos la salud, no sabe usted lo a gusto que se sintió. Por primera vez en su vida de adulto estaba desenganchado. No sabía leer, y nosotros le enseñamos. Le gustaba dibujar, y lo alentamos en sus aficiones artísticas. Aquí nunca tenemos demasiadas satisfacciones, pero Tequila hizo que nos sintiéramos orgullosos. Incluso estaba pensando en cambiar de nombre, por razones obvias.

—¿Nunca tienen satisfacciones?

—Perdemos a un sesenta por ciento, señor Carter. Casi dos tercios. Los acogemos aquí hechos una ruina, colgados, con el cuerpo y el cerebro quemados por el crack, medio muertos de hambre, desnutridos, con sarpullidos cutáneos y el cabello cayéndoseles a mechones, los yonquis más irrecuperables que puede producir el Distrito de Columbia, y los engordamos y desintoxicamos, los encerramos abajo, en la sección de adiestramiento básico, donde se levantan a las seis de la mañana, limpian sus habitaciones y esperan a que se lleve a cabo la inspección. El desayuno es a las seis y media, y a continuación se procede a un lavado de cerebro ininterrumpido por parte de un severo grupo de asesores que han estado exactamente en los mismos lugares que ellos, dejémonos de puñetas, y disculpe mi lenguaje; y que no intenten siquiera engañarnos, porque todos hemos engañado. Al cabo de un mes, ya están desintoxicados y se sienten muy orgullosos de ello. No echan de menos el mundo exterior, porque aquí fuera no les espera nada bueno..., ni trabajo, ni familia, nadie los quiere. Es fácil lavarles el cerebro, y somos implacables. Pasados tres meses, y dependiendo del paciente, empezamos a dejarlos salir a la calle durante una o dos horas al día. Nueve de cada diez vuelven, ansiosos de regresar a sus pequeñas habitaciones. Permanecen un año aquí, señor Carter. Doce meses, ni un día menos. Procuramos facilitarles algunos conocimientos, como, por ejemplo, un poco de adiestramiento en el manejo de un ordenador. Nos esforzamos en encontrarles trabajo. Consiguen el diploma y todos nos echamos a llorar de emoción. Se van y, en cuestión de un año, dos tercios de ellos vuelven al crack y a delinquir.

—¿Los readmiten?

—Raras veces. Si saben que pueden regresar, es más fácil que vuelvan a caer.

—¿Qué ocurre con el tercio restante?

—Para eso estamos aquí, señor Carter. Por eso soy asesor. Estos chicos, como yo, sobreviven en el mundo y lo hacen con una dureza que nadie más puede comprender. Todos hemos estado en el infierno y hemos regresado, y le aseguro que el camino es muy desagradable. Muchos de nuestros supervivientes trabajan con otros adictos.

—¿Qué capacidad tiene el albergue?

—Disponemos de ochenta camas, todas ocupadas. Hay espacio para el doble, pero nunca hay suficiente dinero.

—¿Quién los subvenciona?

—El ochenta por ciento son subvenciones federales, pero no existe ninguna garantía de un año para otro. El resto lo sufragan varias fundaciones privadas. Estamos tan ocupados que no podemos dedicar el tiempo suficiente a conseguir dinero.

Clay pasó una hoja e hizo una anotación.

—¿No hay ni un solo familiar con quien yo pueda hablar?

Talmadge X pasó las páginas del expediente y meneó la cabeza.

—Tal vez haya una tía en algún sitio, pero no espere demasiado. Aunque usted la encontrara, ¿cómo podría ella ayudarlo?

—No podría. Pero es bonito tener a un familiar con quien ponerse en contacto.

Talmadge X seguía pasando las páginas del expediente con expresión de estar maquinando algo. Clay sospechó que estaba buscando notas o apuntes para retirarlos antes de entregárselo.

—¿Cuándo podré examinar el expediente? —preguntó Clay.

—¿Qué le parece mañana? Primero me gustaría echarle un vistazo.

Clay se encogió de hombros. Si Talmadge X decía mañana, tendría que ser mañana.

—Bueno, señor Carter, no entiendo su móvil. Dígame por qué.

—No puedo. Dígamelo usted a mí. Lo conoce desde hace casi cuatro meses. Carece de antecedentes de violencia o tenencia de armas. No era propenso a las peleas. Parecía un paciente modelo. Usted lo ha visto todo. Dígame usted por qué.

—Lo he visto todo —admitió Talmadge X con una mirada todavía más triste—, pero esto jamás lo había visto. El chico temía la violencia. Aquí no toleramos las peleas, pero los chicos son lo que son y siempre se producen algunos pequeños rituales de intimidación. Tequila era uno de los más débiles. Es imposible que saliera de aquí, robara un arma, eligiese una víctima al azar y la matara. Es imposible que se echara encima de un tío en la cárcel y lo enviara al hospital. Sencillamente no me lo creo.

—Pues entonces, ¿qué le digo al jurado?

—¿Qué jurado? Eso será una declaración de culpabilidad y usted lo sabe. El chico va a pasarse el resto de su vida en la cárcel. Estoy seguro de que conoce a un montón de gente de allí dentro.

Se produjo un prolongado silencio, una pausa que no pareció molestar en absoluto a Talmadge X. Éste cerró la carpeta y la dejó a un lado. La reunión estaba a punto de terminar. Pero Clay era el visitante. Había llegado el momento de marcharse.

—Regresaré mañana —dijo—. ¿A qué hora?

—Pasadas las diez —contestó Talmadge X—. Lo acompaño.

—No es necesario —dijo Clay, alegrándose de contar con su escolta.

El grupo era más numeroso y parecía estar esperando a que el abogado saliera del Campamento. Estaban sentados o apoyados en el Accord, que seguía en el mismo sitio, todavía intacto. Cualquier broma que se llevaran entre manos quedó inmediatamente olvidada ante la aparición de Talmadge X. Con un rápido movimiento de la cabeza, éste dispersó el grupo y Clay se alejó a toda prisa, incólume pero temiendo su regreso al día siguiente.

Recorrió ocho manzanas y encontró la calle Lamont y después la esquina de la avenida Georgia, donde se detuvo un momento para echar un rápido vistazo alrededor. No faltaban callejones en los que uno pudiera disparar contra alguien, y él no estaba dispuesto a buscar pelea. El barrio era tan desolado como el que acababa de dejar. Regresaría más tarde con Rodney, un auxiliar jurídico que conocía las calles, y juntos llevarían a cabo discretas averiguaciones y harían preguntas.

5

El club de campo Potomac, de McLean, Virginia, había sido fundado cien años atrás por unos acaudalados ciudadanos rechazados por otros clubes. Los ricos pueden tolerarlo casi todo, pero en modo alguno el desprecio. Los proscritos echaron mano de sus cuantiosos recursos para construir el Potomac y crearon el mejor club de toda el área del Distrito de Columbia. Se llevaron a unos cuantos senadores de otros clubes rivales, atrajeron a otros socios de relumbrón y, en muy poco tiempo, el Potomac adquirió respetabilidad. En cuanto alcanzó el número de socios suficiente para mantenerse, recurrió a la obligatoria práctica de la exclusión de otros. A pesar de que todavía le faltaba solera, parecía, se sentía y se comportaba como todos los demás clubes de campo.

Sin embargo, difería de los demás en un aspecto significativo. El Potomac jamás había negado el hecho de que si una persona disponía de dinero suficiente podía comprar de inmediato el carnet de socio. Nada de listas de espera, comités de selección o votaciones secretas del consejo de admisiones. Cualquiera que acabara de llegar al Distrito Federal o se hiciera rico de golpe podía adquirir prestigio y posición de la noche a la mañana siempre que su cuenta corriente fuera abultada. Como consecuencia de ello, el Potomac contaba con el mejor campo de golf de la zona, pistas de tenis, piscinas, sede social y todo lo que un ambicioso club de campo pudiera desear.

Que Clay supiera, Bennett Van Horn había firmado un jugoso cheque. Por muy caro que fuese el humo que en aquel momento él estuviera exhalando, los padres de Clay no tenían dinero, y estaba claro que jamás habrían sido aceptados en el Potomac. Dieciocho años atrás su padre había interpuesto una querella contra Bennett a causa de un contrato inmobiliario defectuoso en Alexandria. En aquel tiempo Bennett era un corredor de fincas fanfarrón con muchas deudas y muy pocos activos libres de gravámenes. Aunque entonces no era socio del club de campo Potomac, ahora se comportaba como si hubiera nacido allí.

Bennett *el Bulldozer* empezó a ganar dinero a finales de los años ochenta cuando invadió las onduladas lomas de la campiña de Virginia. Empezó a firmar contratos. Encontró socios. No fue quien inventó el deleznable estilo urbanístico del extrarradio, pero sí quien lo perfeccionó. En colinas de singular belleza construyó centros comerciales. Cerca de un sagrado campo de batalla levantó una urbanización. Arrasó un pueblo entero para dar forma a uno de sus proyectos: apartamentos, edificios de viviendas en propiedad horizontal, grandes mansiones, pequeños chalets, un parque en el centro con un somero y cenagoso estanque, dos pistas de tenis y un precioso y pequeño centro comercial que quedaba muy bonito en el estudio del arquitecto, pero jamás se llegó a construir. Por una curiosa ironía, aunque Bennett no la captaba demasiado, éste solía bautizar sus proyectos con el nombre del paisaje que estaba destruyendo: Los Prados de la Loma, El Robledal, El Bosque de la Colina, etcétera. Se asoció con otros artistas del caos urbanístico y consiguió, gracias a la influencia de su grupo de presión, que la Cámara Legislativa del Estado en Richmond asignara más dinero para el trazado de más carreteras a fin de que pudieran construirse más urbanizaciones y aumentara el tráfico. Y actuando de esta manera acabó por convertirse en una figura de la escena política y su ego adquirió proporciones gigantescas.

A principios de los años noventa, su BVH Group experimentó un fuerte desarrollo cuyos beneficios crecieron a un ritmo ligeramente más rápido que el del pago de los préstamos. Él y su mujer Barb se compraron una mansión en la zona más prestigiosa de McLean. Se hicieron socios del club de campo Potomac y se convirtieron en dos de las figuras más destacadas del mismo. Se esforzaron al máximo por dar la impresión de que siempre habían tenido dinero.

En 1994, según los datos de la Comisión del Mercado de Valores que Clay había estudiado atentamente y de los cuales había hecho copias, Bennett decidió lanzar su empresa al mercado y reunir doscientos millones de dólares. Quería utilizar el dinero para cancelar ciertas deudas, pero, sobre todo, para «invertir en el ilimitado futuro del norte de Virginia». En otras palabras, más bulldozers y más caóticos y deleznables proyectos urbanísticos. El hecho de saber que Bennett Van Horn contaba con semejante cantidad de dinero en efectivo debió de llenar de entusiasmo a los concesionarios de tractores de la zona. Y hubiera tenido que horrorizar a las administraciones locales, pero éstas estaban dormidas. Con el aval de una cuantiosa inversión bancaria, las acciones del BVHG subieron desde los diez dólares iniciales por acción a los 16,50, lo que no estaba nada mal, pero quedaba muy lejos de las previsiones de su fundador y director. Una semana antes de que se llevara a cabo la oferta pública, éste se había vanagloriado en el *Daily Profit*, una publicación económica sensacionalista de carácter local, de que «... los chicos de Wall Street están seguros de que se alcanzarán los cuarenta dólares por acción». En el mercado de valores no oficial, las acciones volvieron a bajar hasta estrellarse ruidosamente en la banda de los seis dólares. Bennett se había negado imprudentemente a desprenderse de algunas acciones, tal como hace cualquier buen empresario. Se mantuvo aferrado a sus cuatro millones de acciones y vio que su valor de mercado pasaba de sesenta y seis millones de dólares a casi nada.

Todas las mañanas de los días laborables, y por simple diversión, Clay consultaba única y exclusivamente el precio de cierto valor. BVHG cotizaba en aquellos momentos a 0,87 dólares la acción.

«¿Qué tal van tus acciones?» era la bofetada que Clay jamás había tenido el valor de soltar.

—Puede que esta noche —murmuró para sí mientras se acercaba con su vehículo a la entrada del club de campo Potomac. Dada la posibilidad de una boda en un futuro próximo, los inconvenientes de Clay eran blanco fácil para los comensales sentados en torno a la mesa. Pero no así los del señor Van Horn.

—Enhorabuena, Bennett, tus acciones han subido doce centavos en los últimos dos meses —dijo en voz alta—. Te estás forrando, ¿verdad? ¿Ya ha llegado la hora de comprarte un nuevo Mercedes?

Todas las cosas que estaba deseando decir.

Para evitar tener que darle una propina al aparcacoches, Clay ocultó su Accord en un apartado solar situado detrás de las pistas de tenis.

Mientras se dirigía a pie a la sede social del club, se enderezó el nudo de la corbata y siguió murmurando por lo bajo. Aborrecía aquel lugar, lo aborrecía porque todos sus socios eran unos hijos de puta, lo aborrecía porque estaba vedado para él, porque era el territorio de Van Horn y ellos querían que se sintiera un intruso. Por enésima vez aquel día, y tal como hacía cotidianamente, se preguntó por qué se habría enamorado de una chica con unos padres tan insoportables. Si tenía algún plan, era el de fugarse con ella y trasladarse a vivir a Nueva Zelanda, lejos de la Oficina de la Defensa de Oficio y a la mayor distancia posible de su familia.

«Sé que no es usted socio pero lo acompañaré de todos modos a su mesa», le dijo la mirada de la gélida recepcionista.

—Sígame —dijo la joven, haciendo un amago de falsa sonrisa.

Clay permaneció callado. Tragó saliva, miró directamente hacia delante y trató de no pensar en el pesado nudo que sentía en el estómago. ¿Cómo podía disfrutar de una comida en semejante ambiente? Él y Rebecca habían comido allí un par de veces; una de ellas con el señor y la señora Van Horn y otra sin ellos. La comida era cara y muy buena, pero es que Clay se alimentaba a base de fiambre de pavo, por lo que sus conocimientos gastronómicos eran muy limitados, y él lo sabía.

Bennett no estaba. Clay abrazó amablemente a la señora Van Horn, un gesto ritual que ambos detestaban, y después le dedicó un patético «Feliz cumpleaños». A continuación besó suavemente en la mejilla a Rebecca. Era una buena mesa, con una vista preciosa sobre el decimoctavo *green*, un lugar muy prestigioso donde comer, pues uno podía contemplar cómo los vejestorios caían en las trampas de arena sin reparar en sus *putts* de cincuenta centímetros.

—¿Dónde está el señor Van Horn? —preguntó Clay, confiando en que se encontrara fuera de la ciudad o, mejor todavía, hospitalizado a causa de una grave enfermedad.

—Viene hacia aquí —contestó Rebecca.

—Se ha pasado el día en Richmond, reunido con el gobernador —añadió la señora Van Horn para redondear la información.

Eran implacables. Clay hubiera deseado gritar «¡Habéis ganado! ¡Habéis ganado! ¡Sois más importantes que yo!».

—¿En qué está trabajando? —preguntó con cortesía, cada vez más asombrado de su habilidad para la simulación. Clay sabía muy bien por qué razón el Bulldozer estaba en Richmond. El Estado no tenía un centavo y no podía permitirse el lujo de construir nuevas carreteras en el norte de Virginia, donde Bennett y los de su ralea estaban pidiendo que se construyeran. Los votos se encontraban en el norte de Virginia. La cámara legislativa estaba estudiando la posibilidad de convocar un referéndum local sobre los impuestos sobre las ventas para que las ciudades y los condados que rodeaban el Distrito de Columbia pudieran construir sus propias autopistas. Más carreteras, más viviendas de propiedad horizontal, más centros comerciales, más tráfico y más dinero para el achacoso BVHG.

—Asuntos políticos —dijo Barb.

En realidad, lo más probable era que no tuviese ni idea de lo que estaban hablando su marido y el gobernador. Clay dudaba que supiera a cuánto se cotizaban en aquel momento las acciones del BVHG. Sabía en qué días se celebraban las reuniones en su club de bridge y sabía lo poco que ganaba Clay, pero todos los demás detalles se los dejaba a Bennett.

—¿Qué tal te ha ido hoy? —preguntó Rebecca con fingida indiferencia, apartando rápidamente la conversación del tema de la política.

Clay había utilizado un par de veces la expresión «caos urbanístico» discutiendo con los padres de Rebecca, y la situación se había vuelto muy tensa.

—Como siempre —contestó Clay—. ¿Y a ti?

—Mañana tenemos unas vistas, así que el despacho echaba chispas.

—Rebecca me dice que tienes otro caso de asesinato —intervino Barb.

—Sí, es cierto —dijo Clay, preguntándose de qué otros aspectos de su actividad como abogado de oficio habrían estado hablando. Cada una de ellas tenía delante una copa de vino blanco. Cada copa estaba por lo menos a la mitad. ¿O acaso él estaba dando muestras de una suspicacia sin fundamento? Tal vez.

—¿Quién es tu cliente? —preguntó Barb.

—Un chico de la calle.

—¿A quién mató?

—La víctima era otro chico de la calle.

Eso la tranquilizó hasta cierto punto. Negros matándose entre sí. ¿A quién le importaba?

—¿Y lo hizo? —preguntó.

—En este momento goza de presunción de inocencia. Éste es el procedimiento.

—En otras palabras, lo hizo.

—Parece que sí.

—¿Y cómo puedes defender a esa clase de gente? Si sabes que son culpables, ¿cómo puedes esforzarte tanto en tratar de que los suelten?

Rebecca tomó un buen trago de vino, y decidió que en esta ocasión no intervendría. En los últimos meses se había mostrado cada vez más reacia a acudir en su auxilio. Clay pensaba con cierta inquietud que la vida con Rebecca sería mágica, pero que con los padres de ella sería una pesadilla. Las pesadillas estaban empezando a ganar la partida.

—Nuestra Constitución garantiza a todos los ciudadanos un abogado y un juicio justo —dijo en tono condescendiente, como si fuera algo que hasta los más tontos supieran—. Me limito a hacer mi trabajo.

Barb puso en blanco sus recientemente operados ojos y contempló el decimoctavo *green*. Muchas señoras del Potomac habían estado utilizando los servicios de un cirujano plástico cuya especialidad eran, evidentemente, los rasgos asiáticos. Tras la segunda sesión, los ángulos de los ojos se estiraban hacia atrás, y aunque las arrugas desaparecían, el aspecto resultaba exageradamente artificial. A la buena de Barb la habían recortado y estirado y la habían sometido a inyecciones de toxina botulínica sin seguir un plan a largo plazo, por lo que la transición no estaba dando el resultado apetecido.

Rebecca volvió a tomar un buen trago de vino. La primera vez que ambos habían comido allí con sus padres, Rebecca se había quitado un zapato debajo de la mesa y le había deslizado los dedos del pie arriba y abajo por la pierna, como diciendo: «Larguémonos de este antro y vámonos a la cama.» Pero esa noche no. Estaba más fría que el hielo y parecía preocupada. Clay sabía que el motivo de esto último no eran las absurdas vistas que tendría que aguantar al día siguiente. Allí había algo justo por debajo de la superficie, y se preguntó si aquella comida sería el momento de la confrontación, si habría llegado la hora de conferenciar acerca del futuro.

Bennett llegó corriendo y musitó unas cuantas excusas falsas por su retraso. Le dio a Clay una palmada en la espalda como si fueran compañeros de una hermandad universitaria y besó a sus chicas en la mejilla.

—¿Cómo está el gobernador? —preguntó Barb, levantando la voz justo lo suficiente para que los comensales del otro lado de la estancia la oyeran.

—Estupendamente. Te envía saludos. El presidente de Corea estará en la ciudad la semana que viene. El gobernador nos ha invitado a una cena de gala en su residencia.

Eso también se dijo a todo volumen.

—¡No me digas! —exclamó Barb con afectación mientras su rostro recauchutado se contraía en una mueca de placer.

«Apuesto a que se sentirá en su elemento con los coreanos», pensó Clay.

—Será una fiesta sensacional —dijo Bennett, sacándose del bolsillo toda una colección de teléfonos móviles y alineándolos sobre la mesa. A los pocos segundos de su llegada, se acercó un camarero con un whisky doble, Chivas con muy poco hielo, como de costumbre.

Clay pidió un té frío.

—¿Cómo está mi congresista? —le gritó Bennett a Rebecca desde el otro lado de la mesa, desviando la mirada hacia la derecha para cerciorarse de que la pareja de la mesa de al lado lo había oído. ¡Tengo un congresista para mí solito!

—Está muy bien, papá. Te envía saludos. Está muy ocupado.

—Te veo cansada, cariño, ¿has tenido un día muy duro?

—No mucho.

Los tres Van Horn tomaron un sorbo. El cansancio de Rebecca era uno de los temas preferidos de sus padres, quienes pensaban que trabajaba demasiado y que no debería trabajar en absoluto. Estaba acercándose a los treinta años y ya era hora de que se casara con un joven como Dios manda con un trabajo bien remunerado y un brillante futuro para que pudiera darles unos nietos y pasarse el resto de la vida en el club de campo Potomac.

A Clay no le hubiera preocupado demasiado qué demonios querían ellos de no haber sido porque Rebecca tenía los mismos sueños. En cierta ocasión, ésta había hablado de una posible carrera en la Administración, pero tras haberse pasado cuatro años en la colina del Capitolio estaba hasta la coronilla de la burocracia. Quería tener un marido, unos hijos y una casa muy grande en un barrio residencial.

Se distribuyeron los menús. Bennett recibió una llamada y, con toda grosería, la atendió en la misma mesa. Un acuerdo corría peligro. Estaba en juego el futuro de la libertad económica de Estados Unidos.

—¿Qué voy a ponerme? —le preguntó Barb a Rebecca mientras Clay se escondía detrás de su menú.

—Algo nuevo —contestó Rebecca.

—Tienes razón —convino de buen grado Barb—. Vamos de compras el sábado.

—Buena idea.

Bennett salvó el acuerdo y pidieron los platos. Bennett les concedió la gracia de facilitarles los detalles de la llamada telefónica: un banco no estaba actuando con la suficiente rapidez, tendría que armar un escándalo, bla, bla, bla. La cosa se prolongó hasta que les sirvieron las ensaladas.

Tras tomar unos cuantos bocados, Bennett dijo con la boca llena, como de costumbre:

—En Richmond he almorzado con mi íntimo amigo Ian Ludkin, portavoz de la Cámara de Representantes. Te gustaría mucho este hombre, Clay, es todo un señor. Un perfecto caballero virginiano.

Clay siguió masticando y asintió con la cabeza como si se muriera de ganas de conocer a todos los amigos íntimos de Bennett.

—El caso es que Ian me debe unos cuantos favores, casi todos ellos por esta zona, y, por consiguiente, le he soltado la pregunta.

Clay tardó un segundo en advertir que las mujeres habían dejado de comer. Sus tenedores descansaban en el plato mientras ellas miraban y escuchaban con expresión expectante.

—¿Qué pregunta? —inquirió Clay, sencillamente porque le pareció que ellos esperaban que dijese algo.

—Bueno, pues le he hablado de ti, Clay. Un joven y brillante abogado, listísimo, trabajador, licenciado en la facultad de Derecho de Georgetown, apuesto y con mucho carácter, y entonces él me ha dicho que siempre andaba a la caza de nuevos talentos. Bien sabe Dios lo difícil que resulta encontrarlos. Me ha dicho que tiene una plaza para un abogado de plantilla. Le he dicho que no sabía si a ti te interesaría, pero que yo estaría encantado de comentártelo. ¿Qué te parece?

«Me parece que me han tendido una emboscada», estuvo a punto de soltar Clay. Rebecca lo miró fijamente, a la espera de su primera reacción.

De conformidad con el guión, Barb dijo:

—Suena estupendo.

Con talento, brillante, trabajador, muy bien preparado e incluso guapo. Clay se sorprendió de la rapidez con la que habían subido sus acciones.

—Es interesante —dijo con cierta dosis de sinceridad.

Todos los aspectos de la cuestión resultaban interesantes.

Bennett ya estaba preparado para echársele encima. Contaba, naturalmente, con la ventaja del factor sorpresa.

—Es un puesto sensacional. Un trabajo fascinante. Conocerás a los personajes más influyentes de allí abajo. No te aburrirás ni por un instante. Pero tendrás que trabajar largas horas, por lo menos mientras se celebren sesiones en la Cámara, pero yo le he dicho a Ian que estás capacitado para asumir muchas responsabilidades.

—¿Qué tendría que hacer exactamente? —consiguió preguntar Clay.

—Ah, yo no sé nada de todas estas cosas de abogados, pero, si te interesa, Ian me ha dicho que estará encantado de concertarte una entrevista. Es un puesto muy solicitado. Ian dice que están recibiendo muchísimos currículos. Hay que actuar con rapidez.

—Richmond tampoco está tan lejos —dijo Barb.

«Está mucho más cerca que Nueva Zelanda», pensó Clay. Barb ya estaba organizando los detalles de la boda. Clay no pudo adivinar los pensamientos de Rebecca. A veces, ésta se sentía estrangulada por sus padres, pero casi nunca manifestaba el deseo de apartarse de ellos. Bennett utilizaba su dinero, de modo que aún disponía de recursos para mantener a sus dos hijas cerca de casa.

—Bueno, pues supongo que tengo que dar las gracias —dijo Clay, hundiéndose bajo el peso de la ancha espalda que acababan de adjudicarle.

—El sueldo inicial es de noventa y cuatro mil dólares al año —dijo Bennett, bajando una octava o dos la voz para que los demás comensales no lo oyeran.

Noventa y cuatro mil dólares era más del doble de lo que ganaba en aquellos momentos, y Clay suponía que todos los de la mesa lo sabían. Los Van Horn adoraban el dinero y estaban obsesionados con los sueldos y los valores netos.

—Caramba —dijo Rebecca, como obedeciendo a una indicación.

—Es un buen sueldo —reconoció Clay.

—No está mal para empezar —apuntó Bennett—. Ian dice que conocerás a los grandes abogados de la ciudad. Los contactos lo son todo. Si te dedicas a ello unos cuantos años, conseguirás establecer tus propias condiciones en la especialidad de derecho de sociedades, que es donde está el dinero.

A Clay no le resultaba consolador saber que Bennett Van Horn había decidido, de repente, planificar el resto de su vida. Naturalmente, la planificación no tenía nada que ver con Clay y lo tenía todo que ver con Rebecca.

—¿Cómo vas a decir que no? —lo aguijoneó Barb sin disimulo.

—No lo agobies, mamá —pidió Rebecca.

—Es que se trata de una oportunidad extraordinaria —dijo Barb como si Clay fuese incapaz de ver lo evidente.

—Piénsalo bien y consúltalo con la almohada —dijo Bennett.

El regalo ya había sido entregado. A ver si el chico era listo y lo aceptaba.

Clay devoraba su ensalada con renovado entusiasmo. Asintió con la cabeza como si no pudiera hablar. Llegó el segundo whisky e interrumpió la situación. Después Bennett les contó el último chisme de Richmond sobre la posibilidad de una nueva franquicia de béisbol profesional para el área del Distrito de Columbia, uno de sus temas preferidos de conversación. Formaba parte marginal de uno de los tres grupos de inversión que pugnaban por la franquicia en caso de que ésta efectivamente se aprobara, y disfrutaba averiguando las últimas noticias. Según un reciente artículo del *Post*, el grupo de Bennett ocupaba el tercer lugar y estaba cediendo terreno a cada mes que pasaba. Su situación económica no estaba clara; según una fuente anónima era decididamente frágil, y a lo largo del artículo el nombre de Bennett Van Horn no se mencionaba ni una sola vez. Clay sabía que tenía cuantiosas deudas. Varios de sus proyectos urbanísticos habían sido paralizados por distintos grupos ecologistas que trataban de conservar cualquier tierra que todavía quedara en el norte de Virginia. Tenía también varios pleitos pendientes contra antiguos socios. Sus acciones no valían prácticamente nada. Y, sin embargo, allí estaba, bebiendo whisky como si tal cosa y parloteando sobre un nuevo estadio de cuatrocientos millones de dólares y una franquicia de doscientos millones y una nómina de por lo menos cien.

Los bistecs llegaron justo cuando se acababan de terminar la ensalada, ahorrándole de este modo a Clay otro atroz momento de conversación sin nada que llevarse a la boca. Rebecca lo ignoraba y él también la ignoraba a ella. La pelea no tardaría en producirse.

Empezaron a contar cosas acerca del gobernador, otro amigo personal de Bennett. Ya estaba engrasando su maquinaria para la presentación de su candidatura al Senado y, naturalmente, quería que Bennett estuviera metido de lleno en el asunto. Éste reveló los detalles de dos de sus más interesantes proyectos. Se había hablado mucho de un nuevo modelo de avión, pero el plan ya llevaba bastante tiempo en marcha y Bennett no lograba encontrar el que quería. La cena pareció durar dos horas, pero sólo habían transcurrido noventa minutos cuando declinaron el postre y se dispusieron a dar por finalizada la reunión.

Clay agradeció a Bennett y a Barb la invitación y prometió una vez más que se prepararía cuanto antes para el empleo de Richmond.

—Es la oportunidad de tu vida —dijo Bennett en tono muy serio—. No la eches a perder.

Cuando Clay estuvo seguro de que ya se habían ido, le pidió a Rebecca que lo acompañara un momento al bar. Antes de hablar esperaron a que les sirvieran las bebidas. Cuando existía un motivo de tensión entre ellos, ambos solían esperar a que fuese el otro quien hablara primero.

—Yo no sabía nada de este trabajo de Richmond —empezó diciendo ella.

—Resulta difícil de creer. Me parece que toda la familia se ha confabulado. Está claro que tu madre lo sabía.

—Mi padre está preocupado por ti, eso es todo.

«Tu padre es un idiota», hubiera querido decir Clay.

—No, está preocupado por ti —replicó él—. No soporta que te cases con un tío sin futuro, y por eso quiere arreglarnos el futuro a los dos. ¿No te parece un poco presuntuoso llegar a la conclusión de que no le gusta mi trabajo y buscarme otro por su cuenta y riesgo?

—A lo mejor, sólo intenta ayudar. Le encanta el juego de los favores.

—Pero ¿por qué da por sentado que yo necesito ayuda?

—Puede que la necesites.

—Comprendo. Finalmente, la verdad.

—No puedes pasarte toda la vida trabajando allí, Clay. Lo haces todo muy bien y te preocupas por tus clientes, pero quizás haya llegado el momento de pasar a otra cosa. Cinco años en la ODO es mucho tiempo. Tú mismo lo has dicho.

—A lo mejor, no me gusta vivir en Richmond. A lo mejor, jamás he pensado en abandonar el Distrito de Columbia. ¿Y si no me apetece trabajar con uno de los amigotes de tu padre? ¿Y si no me atrajera la idea de estar rodeado por toda una serie de políticos locales? Soy un abogado, Rebecca, no un burócrata.

—Muy bien. Como quieras.

—¿Este empleo es un ultimátum?

—¿En qué sentido?

—En todos los sentidos. ¿Y si digo que no?

—Creo que ya has dicho que no, lo cual, por cierto, es muy típico. Una decisión precipitada.

—Las decisiones precipitadas resultan muy fáciles cuando la elección es obvia. Ya me buscaré yo los trabajos, y está claro que no le pedí a tu padre que me hiciera un favor. Pero ¿qué ocurrirá si digo que no?

—Estoy segura de que el sol volverá a salir.

—¿Y tus padres?

—Estoy segura de que sufrirán una decepción.

—¿Y tú?

Rebecca se encogió de hombros y bebió un sorbo de su copa. Habían hablado varias veces de la boda, pero no habían llegado a ningún acuerdo. No existía ningún compromiso, y mucho menos una fecha. Si uno de ellos quería dejarlo tendría espacio suficiente para escabullirse, aunque la maniobra le resultaría un tanto complicada. Porque, después de cuatro años de (1) no salir con nadie más, (2) confirmar a cada paso su amor mutuo, y (3) acostarse juntos por lo menos cinco veces a la semana, la relación empezaba a adquirir un carácter permanente.

Sin embargo, ella no estaba dispuesta a reconocer que deseaba hacer una pausa en su profesión, tener un marido y unos hijos y, tal vez, no reemprender después su carrera. Ambos seguían compitiendo entre sí, jugando al juego de cuál de los dos era más importante. No podía reconocer que quería un marido que la mantuviese.

—No me importa, Clay —dijo—. Es sólo una oferta de trabajo, no un nombramiento para el Gabinete. Di que no, si quieres.

—Gracias.

De repente, Clay se sintió un gilipollas. ¿Y si Bennett sólo hubiera estado intentando echarle una mano? Le gustaban tan poco los padres de Rebecca que todo lo que hacían le atacaba los nervios. Ése era el problema, ¿verdad? Tenían derecho a estar preocupados por el futuro compañero de su hija, el padre de sus nietos.

Y Clay reconoció a regañadientes que cualquier padre se habría preocupado con un yerno como él.

—Tengo ganas de irme —dijo Rebecca.

—Muy bien.

La siguió mientras salían del club y la estudió desde atrás casi como si pensara que aún le daría tiempo a correr a su apartamento para un polvo rápido. Pero el estado de ánimo de Rebecca le decía que no y, dado el tono de la velada, seguramente ella estaría encantada de rechazarlo. Y entonces él se sentiría un estúpido incapaz de controlarse, justo lo que era en aquel momento. Por consiguiente, se atrincheró en sí mismo, apretó fuertemente las mandíbulas y dejó pasar el momento.

Mientras la ayudaba a subir a su BMW, ella le dijo en voz baja:

—¿Por qué no te pasas un ratito por casa?

Clay corrió a su automóvil.

6

Con Rodney se sentía un poco más seguro y, además, las nueve de la mañana era demasiado temprano para los tipos peligrosos de la calle Lamont. Aún estaban durmiendo la mona de cualquiera que fuera el veneno que hubieran consumido la víspera. Tardarían en volver a la vida. Clay aparcó muy cerca del callejón.

Rodney era un auxiliar jurídico de la ODO. Llevaba diez años estudiando esporádicamente en la facultad de Derecho y todavía soñaba con sacar el título y darse de alta en el colegio de abogados. Pero con cuatro adolescentes en casa no andaba muy sobrado ni de tiempo ni de dinero. Puesto que procedía de las calles del Distrito de Columbia, las conocía muy bien. Parte de su actividad cotidiana consistía en atender las peticiones de algún abogado o alguna abogada de la ODO, normalmente de raza blanca, atemorizado y no muy experto, de que lo acompañara a las zonas de guerra para investigar algún crimen horrendo. Él era un auxiliar jurídico, no un investigador, y contestaba tantas veces que no como que sí.

Pero a Clay jamás le decía que no. Los dos habían colaborado estrechamente en muchos casos. Encontraron el lugar del callejón donde Ramón había caído y examinaron cuidadosamente la zona circundante, sabiendo muy bien que la policía ya había peinado varias veces el lugar. Dispararon todo un carrete de fotos y después fueron en busca de algún testigo.

No había ninguno, lo que no era de extrañar. Cuando Clay y Rodney llevaban quince minutos en el escenario del crimen, ya se había corrido la voz. Hay forasteros in situ, fisgoneando acerca del último asesinato, por consiguiente, cerrad las puertas y no digáis nada. Los dos testigos sentados en sendas cajas de embalaje de leche delante de la tienda de licores, unos hombres que solían pasarse muchas horas cada día en el mismo lugar tomando vino barato sin perderse el menor detalle de nada, se habían largado hacía bastante rato y nadie sabía nada de ellos. Los comerciantes parecían extrañarse de que hubiera habido un tiroteo.

—¿Por aquí? —preguntó uno de ellos, como si el delito todavía no hubiera llegado a su gueto.

Al cabo de una hora se marcharon y se dirigieron al Campamento. Mientras Clay conducía, Rodney tomaba café frío en un vaso alto de papel. Un café muy malo a juzgar por la expresión de su rostro.

—A Jermaine le tocó un caso parecido hace unos días —dijo—. Un chico que estaba en un centro de rehabilitación. Lo habían tenido encerrado varios meses, y de algún modo consiguió salir, no sé si se fugó o lo soltaron, pero el caso es que en cuestión de veinticuatro horas cogió una pistola y disparó contra dos personas, una de las cuales murió.

—¿Al azar?

—¿Qué significa «al azar» en estos barrios? Dos tipos que circulan en automóviles sin seguro chocan y empiezan a tirotearse el uno al otro. ¿Es por puro azar o está justificado?

—¿Fue por un asunto de drogas, por atraco o en defensa propia?

—Por puro azar, creo.

—¿Dónde está el centro de rehabilitación? —preguntó Clay.

—No era el Campamento, sino un sitio cerca de Howard, me parece. No he visto el expediente. Tú ya sabes lo lento que es Jermaine.

—¿O sea que no estás trabajando con el expediente?

—No. Me he enterado por los rumores que corren.

Rodney controlaba los rumores y sabía más cosas acerca de los abogados de la ODO y de los casos que llevaban que la propia Glenda, la directora. Mientras doblaban la esquina de la calle W, Clay preguntó:

—¿Tú ya has estado alguna vez en el Campamento?

—Una o dos veces. Es para los casos más desesperados, la última parada antes del cementerio. Un lugar duro dirigido por tipos duros.

—¿Conoces a un caballero llamado Talmadge X?

—No.

No hubo que abrirse paso entre gente rara que ocupaba la acera. Clay aparcó delante del edificio y ambos se apresuraron a entrar. Talmadge X no estaba, pues una emergencia lo había obligado a ir al hospital. Un compañero suyo llamado Noland se presentó amablemente como el asesor jefe. En una mesita de su despacho les mostró el expediente de Tequila Watson y los invitó a examinarlo. Clay le dio las gracias, convencido de que el expediente ya habría sido debidamente expurgado y adecentado.

—Nuestra norma es que yo permanezca en la estancia mientras ustedes examinan el expediente —dijo Noland—. Si quieren copias, son a veinticinco centavos cada una.

—Sí, claro —dijo Clay.

El obstáculo de la norma no podría salvarse. Y, en caso de que él quisiera todo el expediente, podría obtenerlo en cualquier momento mediante un requerimiento. Noland ocupó su lugar detrás del escritorio, donde lo esperaba una impresionante pila de papeles. Clay empezó a hojear el expediente mientras Rodney tomaba notas.

Los antecedentes de Tequila eran tristes y previsibles. Había ingresado en enero, enviado por los Servicios Sociales tras haber sido rescatado de una sobredosis de algo. Pesaba cincuenta y cinco kilos y medía un metro sesenta y cuatro de estatura. El examen médico lo habían efectuado en el Campamento. Tenía un poco de fiebre y experimentaba temblores y cefaleas, lo cual no era nada insólito en un yonqui. Aparte la desnutrición, una ligera gripe y un cuerpo devastado por la droga, no se observaba en él ningún otro detalle de interés, según el médico. Como a todos los pacientes, lo encerraron en el sótano durante los primeros treinta días y lo alimentaron sin cesar.

Según los apuntes de TX, Tequila había iniciado su caída a la edad de ocho años cuándo él y su hermano robaron una caja de cervezas del interior de una furgoneta de reparto. Se bebieron la mitad y vendieron la otra mitad y, con los ingresos obtenidos, se compraron cuatro litros de vino barato. Lo habían expulsado de distintas escuelas y hacia los doce años, coincidiendo con su descubrimiento del crack, dejó definitivamente los estudios. El robo se convirtió en su medio de vida.

La memoria le funcionó hasta que empezó a consumir crack, de manera que de los últimos años sólo conservaba una imagen borrosa. TX había comprobado los detalles, y había también varias cartas y *e-mails* que confirmaban algunas de las etapas oficiales de aquel desdichado camino. A los catorce años, Tequila se había pasado un mes en una unidad de rehabilitación del Correccional de Menores del Distrito de Columbia. Nada más salir a la calle fue directamente en busca de un camello para comprar crack. Los dos meses que había pasado en El Huerto, un conocido centro de rehabilitación para adolescentes enganchados al crack, le habían servido de muy poco. Tequila le confesó a TX que había consumido tanta droga dentro de EH como fuera. A los dieciséis años había ingresado en Calles Limpias, un centro muy duro de desintoxicación, muy parecido al Campamento. Su estancia allí duró cincuenta y tres días, tras los cuales se marchó sin pronunciar palabra. La nota de TX decía: «A las dos horas de salir estaba enganchado de nuevo al crack.» A los diecisiete años el Tribunal de Menores lo había enviado a un campamento para adolescentes con problemas, pero las medidas de seguridad en éste eran muy deficientes y, de hecho, Tequila ganaba dinero vendiendo droga a los demás internos. El último intento de desintoxicación, antes de ingresar en el Campamento, había sido un programa de la Iglesia Greyson bajo la dirección del reverendo Jolley, un conocido asesor en materia de drogas. Jolley le envió una carta a Talmadge X, señalando que, en su opinión, Tequila era uno de aquellos trágicos casos «probablemente irremediables».

Lo que más llamaba la atención en su deprimente historia era su curiosa ausencia de actos violentos. Tequila había sido detenido y condenado cinco veces por atraco, una vez por robo en un establecimiento comercial y dos por una falta leve de tenencia. Tequila jamás había utilizado un arma para cometer un delito, por lo menos en ninguno de aquéllos por los cuales había sido detenido. Semejante detalle no le había pasado inadvertido a TX, quien en la entrada correspondiente al día 39, había escrito: «Muestra tendencia a evitar la mínima amenaza de conflicto físico. Al parecer tiene auténtico miedo a los más grandes, e incluso a casi todos los pequeños.»

El día 45 fue examinado por un médico. Pesaba unos saludables sesenta y tres kilos. Su piel ya no presentaba «erosiones ni lesiones». Había algunas notas acerca de sus progresos en el aprendizaje de la lectura y sus aficiones artísticas. Conforme pasaban los días, las notas eran cada vez más breves. La vida en el Campamento era sencilla y hasta vulgar. Algunos días pasaban sin ninguna anotación.

La entrada del día 80 era distinta: «Comprende que necesita ayuda espiritual para mantenerse limpio. Dice que quiere quedarse en el Campamento para siempre.»

Día 100: «Hemos celebrado el centésimo día con *brownies* y helado. Tequila ha pronunciado un breve discurso. Ha llorado. Le han concedido un permiso de salida de dos horas.»

Día 104: «Permiso de dos horas. Ha salido y ha regresado a los veinte minutos con un helado.»

Día 107: «Lo hemos enviado a Correos, ha estado fuera casi una hora y ha regresado.»

Día 110: «Permiso de dos horas, regreso sin problemas.»

La última entrada correspondía al día 115: «Permiso de dos horas sin regreso.»

Noland los miró mientras se acercaban al final del expediente.

—¿Alguna pregunta? —les dijo como si ya le hubieran robado suficiente tiempo.

—Todo es muy triste —repuso Clay, cerrando la carpeta con un profundo suspiro.

Tenía muchas preguntas, pero Noland no hubiera podido o querido responder a ninguna de ellas.

—En un mundo de desgracias, señor Carter, ésta es, en efecto, una de las más tristes. Raras veces me conmuevo hasta las lágrimas, pero Tequila me hizo llorar. —Noland se estaba levantando de su asiento—. ¿Desean copiar algo?

La reunión había terminado.

—Quizá más adelante —contestó Clay.

Le dieron las gracias por el tiempo que les había dedicado y lo siguieron hasta la zona de recepción.

Una vez en el interior del vehículo, Rodney se abrochó el cinturón de seguridad y miró alrededor.

—Bueno, chico, tenemos un nuevo amigo —dijo en tono muy pausado.

Clay estaba estudiando el indicador de gasolina, confiando en que les quedara suficiente para regresar al despacho.

—¿Qué clase de amigo?

—¿Ves aquel Jeep color granate a media manzana, al otro lado de la calle?

Clay miró y dijo:

—¿Y qué?

—Hay un negro sentado al volante, un tipo corpulento que lleva una gorra de los Redskins, creo. Está observándonos.

Clay forzó la vista y apenas logró distinguir la silueta del conductor; la raza y la gorra no pudo identificarlas.

—¿Cómo sabes que está observándonos?

—Lo he visto en la calle Lamont cuando estábamos allí, un par de veces. Ha pasado por nuestro lado como si nada, mirando sin mirar.

—¿Cómo sabes que es el mismo Jeep?

—El granate es un color muy raro. ¿Ves la abolladura del guardabarros delantero, en el lado derecho?

—Sí, es posible.

—Es el mismo Jeep, estoy seguro. Venga, vamos a verlo más de cerca.

Clay se apartó del bordillo y pasó por delante del Jeep granate. El conductor ocultó rápidamente el rostro detrás de un periódico. Rodney garabateó el número de la matrícula.

—¿Y qué interés podría tener alguien en seguirnos? —preguntó Clay.

—La droga. Siempre la droga. Tal vez Tequila fuese un camello. Quizás el chico al que mató tenía malas amistades. ¿Quién sabe?

—Me gustaría averiguarlo.

—No ahondemos demasiado, por el momento. Tú conduce y yo vigilaré la retaguardia.

Se dirigieron hacia el sur circulando durante treinta minutos por la avenida Puerto Rico y se detuvieron en una gasolinera cerca del río Anacostia. Rodney observó todos los automóviles mientras Clay llenaba el depósito.

—Ya no nos siguen —declaró Rodney cuando se pusieron nuevamente en marcha—. Vamos al despacho.

—¿Y por qué han dejado de seguirnos? —preguntó Clay, dispuesto a creerse cualquier explicación.

—No estoy muy seguro —contestó Rodney, sin apartar los ojos del espejo lateral—. A lo mejor, sólo tenían curiosidad por saber si íbamos al Campamento. O a lo mejor saben que los hemos visto. Por las dudas, comprueba si te siguen.

—Qué emoción. Jamás me habían seguido.

—Reza para que no se les ocurra atraparte.

Jermaine Vance compartía despacho con otro abogado novato que en aquellos momentos no se encontraba allí, por lo que Clay se sentó en su silla. Ambos compararon sus notas referentes a los últimos acusados por asesinato.

El cliente de Jermaine era un delincuente nato de veinticuatro años llamado Washad Porter que, a diferencia de Tequila Watson, tenía un largo y temible historial de actos violentos. Como miembro de la banda más grande del Distrito de Columbia, Washad había resultado gravemente herido un par de veces en el transcurso de tiroteos entre bandas rivales y había sido condenado una vez por intento de asesinato. Había pasado siete años entre rejas. Jamás había mostrado el menor interés por desengancharse; el único intento de rehabilitación había tenido lugar durante su permanencia en la cárcel, y estaba claro que había fracasado estrepitosamente. Se lo acusaba de haber disparado contra dos personas cuatro días antes del asesinato de Ramón Pumphrey. Una de las víctimas había muerto instantáneamente, mientras que la vida de la otra pendía de un hilo.

Washad se había pasado seis meses en Calles Limpias, donde había permanecido encerrado y había sobrevivido al duro programa de allí. Jermaine había hablado con el asesor y la conversación había sido muy similar a la que Clay había mantenido con Talmadge X. Washad se había desintoxicado, era un paciente modelo, gozaba de buena salud y estaba recuperando progresivamente su autoestima. El único obstáculo en el camino había sido un episodio inicial en que se había fugado y había consumido droga, pero había regresado y había pedido perdón. Después habían transcurrido cuatro meses prácticamente sin problemas.

Había dejado Calles Limpias en abril, y al día siguiente había disparado contra dos hombres con una pistola robada. Al parecer, las víctimas habían sido elegidas al azar. La primera fue un repartidor de fruta y verdura que estaba haciendo su trabajo cerca del hospital Walter Reed. Hubo algunas palabras seguidas de unos cuantos empujones y codazos, cuatro disparos en la cabeza y, a continuación, Washad huyó corriendo. El repartidor todavía estaba en coma. Una hora después, y a seis manzanas de distancia, Washad descargó las últimas dos balas que le quedaban contra un camello de poca monta con quien tenía una cuenta pendiente. Fue inmovilizado por unos amigos de la víctima que, en lugar de matarlo, lo retuvieron hasta que llegó la policía.

Jermaine había hablado brevemente con Washad una vez, en la sala del tribunal durante su comparecencia inicial.

—Lo negaba todo —dijo Jermaine—. Miraba con rostro inexpresivo y me repetía que no podía creer que hubiera disparado contra alguien, que eso era cosa del antiguo Washad, no del nuevo.

7

Clay recordaba haber llamado o intentado llamar a Bennett *el Bulldozer* sólo una vez en los últimos cuatro años. El intento había sido catastrófico, pues le había resultado imposible atravesar las capas de importancia que rodeaban al gran hombre. El señor BVH quería que la gente pensara que se pasaba el rato «trabajando», lo cual consistía en permanecer en las obras entre las excavadoras para dirigir las operaciones y aspirar de cerca las ilimitadas posibilidades del norte de Virginia. En su casa había fotografías suyas de gran tamaño «trabajando», con su casco a la medida adornado con sus iniciales, señalando aquí y allá mientras los obreros nivelaban el terreno y construían nuevas galerías y centros comerciales. Decía que estaba demasiado ocupado para dar importancia a los rumores intrascendentes y aseguraba odiar los teléfonos, aunque siempre tenía a mano un buen surtido de ellos para atender sus negocios.

Pero lo cierto era que Bennett jugaba mucho al golf, y muy mal, por cierto, según el padre de uno de los compañeros de estudios de Clay en la facultad de Derecho. A Rebecca se le había escapado decir más de una vez que su padre jugaba por lo menos cuatro veces a la semana en el Potomac y que su sueño secreto era ganar el campeonato del club.

El señor Van Horn era un hombre de acción y no tenía paciencia para permanecer sentado detrás de un escritorio. Pasaba muy poco tiempo allí, decía. El pit bull que contestaba Grupo «BVH Group» accedió a regañadientes a pasar la llamada de Clay a otra secretaria de una sección más interna de la empresa. «Desarrollo», dijo la segunda chica en tono desabrido, como si la empresa tuviera ilimitados departamentos. Transcurrieron por lo menos cinco minutos antes de que la secretaria personal de Bennett se pusiera al teléfono.

—No está en su despacho —dijo.

—¿Cómo puedo ponerme en contacto con él? —preguntó Clay.

—Está trabajando.

—Sí, ya me lo imaginaba, pero ¿cómo puedo ponerme en contacto con él?

—Deje un número y yo lo añadiré a los restantes mensajes —respondió la chica.

—Ah, muchas gracias —dijo Clay, y procedió a dejar el número de su despacho.

Treinta minutos después, Bennett le devolvió la llamada. Parecía que estuviera en el interior de alguna estancia, tal vez en el Salón de Caballeros del club de campo Potomac, con un whisky doble en la mano y un enorme puro entre los dedos, en plena partida de *gin rummy* con los chicos.

—Clay, pero ¿cómo estás, hombre? —exclamó, como si ambos llevaran meses sin verse.

—Muy bien, señor Van Horn, ¿y usted?

—Estupendamente. Me encantó la cena de anoche.

Clay no oyó en segundo plano ni rugido de motores diesel ni estruendo de explosiones controladas.

—Pues sí, fue realmente agradable —mintió Clay.

—¿En qué puedo ayudarte, hijo?

—Bueno, quiero que comprenda que le agradezco de todo corazón sus esfuerzos por conseguirme ese puesto en Richmond. No lo esperaba, y fue usted muy amable, interviniendo en mi favor. —Clay tragó saliva y añadió—: Pero, la verdad, señor Van Horn, no me veo trasladándome a Richmond en un futuro inmediato. Yo siempre he vivido en el Distrito de Columbia, y ésta es mi casa.

Clay tenía muchos motivos para rechazar la oferta. El deseo de permanecer en el Distrito de Columbia ocupaba un lugar intermedio en la lista. El motivo más poderoso era el de evitar que Bennett Van Horn organizara su vida y tener que estar en deuda con él.

—No hablarás en serio —dijo Van Horn.

—Pues sí, hablo muy en serio. Gracias, pero no.

Lo que menos quería Clay era aguantar las gilipolleces de aquel memo. Le encantaba el teléfono en aquellos momentos; era un igualador maravilloso.

—Cometes un grave error, hijo —dijo Van Horn—. No ves la magnitud de lo que se te ofrece, ¿verdad?

—Es probable que no. Pero no estoy muy seguro de que usted la vea.

—Eres muy orgulloso, Clay, y eso me gusta. Pero también eres un poco novato. Tienes que comprender que la vida es un juego de favores, y cuando alguien trata de ayudarte debes aceptar el favor. Puede que algún día tengas la oportunidad de devolverlo. Y aquí cometes un error, Clay, un error que me temo tenga graves consecuencias.

—¿Qué clase de consecuencias?

—Se trata de algo que podría afectar muy seriamente tu futuro.

—Pues es mi futuro, no el suyo. Yo elegiré mi siguiente trabajo, y después el siguiente. En estos momentos me encuentro a gusto donde estoy.

—¿Cómo puedes ser feliz defendiendo todo el día a delincuentes? Es que no lo entiendo.

No era la primera vez que mantenían aquella conversación y, si ésta siguiera el rumbo habitual, las cosas se deteriorarían rápidamente.

—Creo que me ha formulado usted esta pregunta otras veces. No entremos en este tema.

—Estamos hablando de un impresionante aumento de sueldo, Clay. Más dinero, mejor trabajo, te pasarás el rato entre gente importante, no con un atajo de asquerosos tipejos de la calle. ¡Despierta, muchacho!

Se oyeron unas voces en segundo plano. Dondequiera que se hallase, Bennett estaba interpretando su papel delante de un público.

Clay apretó los dientes y dejó correr lo de «muchacho».

—No voy a discutir, señor Van Horn. Le he llamado para decir que no.

—Será mejor que reconsideres tu decisión.

—Ya la he reconsiderado. Muchas gracias, pero no.

—Eres un perdedor, Clay, y lo sabes muy bien. Yo lo sé desde hace tiempo, y esto viene a confirmármelo. Estás rechazando un puesto prometedor sólo para seguir en la rutina de siempre y trabajar a cambio de un sueldo miserable. No tienes ambición ni agallas ni visión de futuro.

—Anoche era muy trabajador..., tenía una espalda muy ancha y mucho talento y era listísimo.

—Retiro lo dicho. Eres un perdedor.

—Y estaba muy bien preparado, e incluso era guapo.

—Mentía. Eres un perdedor.

Clay colgó primero. Depositó violentamente el auricular en la horquilla con una sonrisa en los labios, orgulloso de haber irritado hasta tal extremo al gran Bennett Van Horn. No había cedido terreno y había transmitido el claro mensaje de que no se dejaría manejar por aquella gente.

Ya hablaría más tarde con Rebecca y no sería agradable.

La tercera y última visita de Clay al Campamento fue más espectacular que las dos primeras. Con Jermaine sentado en el asiento del acompañante y Rodney en el de atrás, Clay siguió un coche patrulla del Distrito de Columbia y volvió a aparcar directamente delante del edificio. Dos agentes, ambos jóvenes y de raza negra, y hartos de su trabajo en la tarea de los requerimientos, consiguieron que les franquearan la entrada. En cuestión de minutos se encontraron metidos de lleno en un enfrentamiento con Talmadge X, Noland y otro asesor, un exaltado sujeto llamado Samuel.

En parte por ser el único blanco del grupo, pero sobre todo por ser el abogado que había obtenido el requerimiento, los tres asesores centraron su cólera en Clay. A éste le dio enteramente igual. Jamás volvería a ver a aquella gente.

—¡Usted ya examinó el expediente! —le gritó Noland.

—Examiné el expediente que ustedes quisieron que examinara —puntualizó Clay—. Ahora quiero el resto.

—Pero ¿de qué está usted hablando? —preguntó Talmadge X.

—Quiero todo lo que hay aquí bajo el nombre de Tequila.

—No puede hacer eso.

Clay se volvió hacia el agente que llevaba los papeles y le dijo:

—¿Quiere tener la bondad de leer el requerimiento?

El agente lo sostuvo en alto para que todo el mundo lo viera y leyó:

—«Todas las fichas relacionadas con el ingreso, la evaluación médica, el tratamiento médico, la reducción de la sustancia, la asesoría sobre la adicción a la sustancia, la rehabilitación y el alta de Tequila Watson. Por orden del excelentísimo F. Floyd Sackman, juez del Departamento Penal del Tribunal Superior del Distrito de Columbia.»

—¿Cuándo lo ha firmado? —preguntó Samuel.

—Hace unas tres horas.

—Se lo hemos enseñado todo —le dijo Noland a Clay.

—Lo dudo. Cuando un expediente ha sufrido alguna modificación, yo me doy cuenta.

—Demasiado pulcro y ordenado —intervino Jermaine, echando finalmente una mano.

—No vamos a pelearnos —terció el más corpulento de los agentes, dando a entender sin el menor asomo de duda que le encantaría una buena pelea—. ¿Por dónde empezamos?

—Las evaluaciones médicas son confidenciales —dijo Samuel—. Creo que éste es el privilegio de la relación entre médico y paciente.

Era un argumento excelente, pero un poco fuera de lugar.

—Las fichas del médico son confidenciales —explicó Clay—, pero no las del paciente. Tengo una autorización y una renuncia firmada por Tequila Watson en la que se me autoriza a ver todas sus fichas, incluidas las de carácter médico.

Empezaron en una habitación sin ventanas en cuyas paredes se alineaba toda una serie de desparejados archivadores. A los pocos minutos, Talmadge X y Samuel se marcharon y la tensión empezó a ceder. Los agentes acercaron unas sillas y aceptaron el café que les ofreció la recepcionista, quien no se lo había ofrecido a los representantes de la Oficina de la Defensa de Oficio.

Se pasaron una hora escarbando, pero no descubrieron nada útil. Clay y Jermaine encomendaron a Rodney la tarea de seguir investigando. Tenían que reunirse con otros agentes de la policía.

El operativo en Calles Limpias fue muy similar. Los dos abogados entraron en el despacho de la parte anterior del edificio, seguidos de dos agentes. La directora tuvo que interrumpir una reunión. Mientras leía el requerimiento, ésta comentó por lo bajo que conocía al juez Sackman y que ya hablaría con él más tarde. Estaba furiosa, pero el documento era muy claro. El lenguaje era el mismo que el del anterior: todas las fichas y los papeles relacionados con Washad Porter.

—Eso no era necesario —le dijo a Clay—. Siempre colaboramos con los abogados.

—No es lo que yo tengo entendido —apuntó Jermaine.

En efecto, Calles Limpias tenía fama de oponerse a todas las peticiones de la ODO, por inocentes que fueran.

Cuando terminó de leer el requerimiento por segunda vez, uno de los agentes le dijo:

—No vamos a pasarnos todo el día esperando.

Los acompañó a un espacioso despacho y mandó llamar a un auxiliar, que empezó a sacar las fichas.

—¿Cuándo nos las devolverán? —preguntó la directora.

—Cuando terminemos con ellas —contestó Jermaine.

—¿Y quién las custodiará?

—La Oficina de la Defensa de Oficio, bajo llave.

El idilio había empezado en Abe's Place. Rebecca estaba en un reservado con dos amigas cuando pasó Clay de camino hacia el servicio de caballeros. Sus miradas se cruzaron y él se detuvo un instante sin saber muy bien qué hacer. Las amigas no tardaron en desaparecer. Clay se libró de sus compañeros de copas. Ambos permanecieron sentados dos horas junto a la barra, charlando por los codos. La primera cita fue a la noche siguiente. Antes de que finalizara la semana, ya habían hecho el amor. Ella se pasó dos meses ocultando ante sus padres la existencia de Clay.

Al cabo de cuatro años, la situación se encontraba en punto muerto y ella estaba siendo presionada para que lo dejara. Les pareció apropiado terminar las cosas en Abe's Place.

Clay fue el primero en llegar y permaneció de pie junto a la barra en medio de un numeroso grupo de funcionarios del Gobierno que hablaban rápidamente en voz alta y todos a la vez acerca de los trascendentales asuntos cuyo estudio tantas horas les había llevado. Le encantaba el Distrito de Columbia, pero también lo odiaba. Le gustaba su historia, su energía y su importancia, y despreciaba a todos los paniaguados que se perseguían entre sí en su afán por establecer cuál de ellos era más importante. Lo más parecido a una discusión era un apasionado debate acerca de las leyes sobre el tratamiento de las aguas residuales en Central Plains.

Abe's Place no era más que un abrevadero estratégicamente situado en la proximidad de la colina del Capitolio para atrapar a las sedientas multitudes que regresaban a sus zonas residenciales. Mujeres tremendamente guapas y bien vestidas. Muchas de ellas en busca de presa. Clay atrajo algunas miradas.

Rebecca se mostró apagada, decidida y fría. Se sentaron en un reservado y ambos pidieron bebidas de alta graduación para poder afrontar lo que tenían por delante. Él hizo unas cuantas preguntas absurdas acerca de las vistas que ya habían empezado sin ninguna alharaca, por lo menos según el *Post*. En cuanto les sirvieron las consumiciones, se lanzaron en picado.

—He hablado con mi padre —empezó ella.

—Yo también.

—¿Por qué no me dijiste que no pensabas aceptar el puesto de Richmond?

—Y tú, ¿por qué no me dijiste que tu padre estaba echando mano de su influencia para conseguirme un puesto en Richmond?

—Deberías habérmelo dicho.

—Lo dije con toda claridad.

—Contigo jamás nada está claro.

Ambos bebieron un trago.

—Tu padre me llamó perdedor. ¿Es la opinión más extendida en tu familia?

—Por el momento, sí.

—¿Y tú la compartes?

—Tengo mis dudas. Aquí alguien ha de ser realista.

Se había producido una seria interrupción en las relaciones, un lamentable fracaso como mucho. Aproximadamente un año atrás, ambos habían decidido dejar que se enfriaran un poco las cosas, seguir siendo amigos pero mirar un poco alrededor e incluso alternar con otras personas y cerciorarse de que no había nadie más que les interesara. Barb había organizado la separación porque, tal como Clay descubrió posteriormente, un joven muy rico del club de campo Potomac acababa de perder a su mujer a causa de un cáncer de ovario. Bennett era un íntimo amigo de la familia, etcétera. Él y Barb tendieron la trampa, pero el viudo se dio cuenta. Tras pasarse un mes en la periferia de la familia Van Horn, el hombre se compró una propiedad en Wyoming.

La de ahora, sin embargo, era una ruptura mucho más grave. Se trataba, casi con toda certeza, del final. Clay pidió otra copa y se prometió a sí mismo que, por muchas cosas que allí se dijeran, bajo ningún pretexto diría nada que pudiera herirla. Que ella le propinase golpes bajos si quería. Él no pensaba hacerlo.

—¿Qué es lo que deseas, Rebecca?

—No lo sé.

—Sí, lo sabes. ¿Quieres dejarlo?

—Creo que sí —respondió Rebecca, e inmediatamente se le humedecieron los ojos.

—¿Hay alguien más?

—No.

«Todavía no, en cualquier caso. Dales a Barb y a Bennett unos cuantos días.»

—Es que no irás a ninguna parte, Clay —añadió ella—. Eres listo y tienes talento, pero te falta ambición.

—Vaya, es bueno saber que vuelvo a ser listo y talentoso. Hace unas horas, era un perdedor.

—¿Estás de guasa?

—¿Por qué no, Rebecca? ¿Por qué no tomárnoslo a broma? Todo ha terminado, reconozcámoslo. Nos queremos, pero yo soy un perdedor que no irá a ninguna parte. Éste es tu problema. El mío son tus padres. Machacarán al pobre desgraciado que se case contigo.

—¿El pobre desgraciado?

—Exactamente. Compadezco al pobre tipo que se case contigo, porque tus padres son insoportables. Y eso también lo sabes.

—¿El pobre desgraciado que se case conmigo?

Sus ojos ya no estaban llorosos. Ahora emitían destellos de furia.

—Tranquilízate.

—¿El pobre desgraciado que se case conmigo?

—Mira, voy a hacerte un ofrecimiento. Casémonos ahora mismo. Dejemos nuestros empleos, organicemos una boda rápida sin invitados, vendamos todo lo que tenemos y volemos, por ejemplo, a Seattle o a Portland, cualquier lugar lejos de aquí, y vivamos del amor durante un tiempo.

—¿No quieres ir a Richmond pero estás dispuesto a ir a Seattle?

—Richmond está demasiado cerca de tus padres, ¿acaso no lo comprendes?

—Y después, ¿qué?

—Después buscaremos trabajo.

—¿Qué clase de trabajo? ¿Acaso hay escasez de abogados en el oeste?

—Olvidas una cosa. Recuerda que desde anoche soy inteligente, tengo talento, estoy bien preparado, soy listísimo e incluso guapo. Los grandes bufetes me perseguirán por todas partes. Me convertiré en asociado en dieciocho meses. Tendremos hijos.

—Entonces vendrán mis padres.

—No, porque no les diremos dónde estamos. Y si lo averiguan nos cambiaremos de nombre y nos trasladaremos a Canadá.

Les sirvieron otras dos copas y ambos se apresuraron a apartar a un lado las anteriores.

Pasó el momento de charla intrascendente, y con mucha rapidez, por cierto. Pero a ambos les sirvió para recordar por qué se amaban y lo bien que lo pasaban juntos. Había habido más alegrías que penas, aunque últimamente las cosas estaban cambiando. Menos alegrías. Más discusiones estúpidas. Más influencia de la familia de ella.

—No me gusta la Costa Oeste —dijo finalmente Rebecca.

—Pues entonces, elige tú el lugar —replicó Clay, dando por finalizada la aventura.

El lugar ya se lo habían elegido otros y ella no se alejaría demasiado de su mamá y su papá.

Al final, tuvo que soltar lo que tenía pensado decir en el transcurso de aquella cita.

—Clay, la verdad es que necesito una pausa.

—No te preocupes por eso, Rebecca. Haremos lo que tú quieras.

—Gracias.

—Una pausa... ¿cómo de larga?

—No voy a negociar, Clay.

—¿Un mes?

—Algo más.

—No, no estoy de acuerdo. Pasémonos treinta días sin llamarnos, ¿te parece? Hoy estamos a 7 de mayo. Volvamos a reunirnos el

6 de junio, aquí mismo y en esta misma mesa, y entonces hablaremos de la ampliación.

—¿La ampliación?

—Llámala como quieras.

—Gracias. Voy a llamarla separación, Clay. El big bang. La escisión. Tú sigues tu camino y yo el mío. Volveremos a hablar dentro de un mes, pero no esperes ningún cambio. Las cosas no han cambiado demasiado en el último año.

—Si yo aceptara este horrible puesto en Richmond, ¿la separación también se produciría?

—Probablemente, no.

—¿Significa eso algo más que no?

—No.

—O sea, que ya estaba todo previamente decidido, ¿verdad? Me refiero a lo del trabajo y el ultimátum. Lo de anoche fue lo que yo pensaba, una emboscada. Acepta este trabajo, muchacho, de lo contrario...

Ella no lo negó. En su lugar, dijo:

—Mira, Clay, ya estoy harta de discutir, ¿comprendes? No me llames hasta dentro de treinta días. —Cogió el bolso y se levantó. Mientras salía del reservado, consiguió estamparle un seco y absurdo beso cerca de la sien derecha, pero él no reaccionó. No la vio alejarse.

Y ella no se volvió a mirar.

8

El apartamento de Clay estaba situado en un vetusto complejo residencial de Arlington. Cuando lo había alquilado cuatro años atrás, jamás había oído hablar del BVH Group. Más tarde averiguaría que la empresa había construido el complejo a principios de los ochenta en una de las primeras actividades empresariales de Bennett. La firma se declaró en quiebra, el complejo se compró y vendió varias veces y ninguna de las cuotas de alquiler de Clay había ido a parar al señor Van Horn. De hecho, ningún miembro de aquella familia sabía que Clay vivía en algo que ellos habían construido. Ni siquiera Rebecca.

Compartía una vivienda de dos dormitorios con Jonah, un antiguo compañero de la facultad de Derecho que había suspendido cuatro veces el examen de ingreso en el colegio de abogados antes de conseguir aprobarlo y que ahora se dedicaba a la venta de ordenadores. Trabajaba a tiempo parcial y, aun así, ganaba más dinero que Clay, una circunstancia que siempre estaba veladamente presente en las relaciones entre ambos.

A la mañana siguiente de la separación, Clay recogió el *Post* que habían dejado delante de su puerta y se sentó a la mesa de la cocina para tomarse la primera taza de café. Como siempre, se fue directamente a las páginas económicas para echar un rápido vistazo a la triste situación del BVHG. Las acciones apenas se negociaban y los pocos incautos inversores que todavía las conservaban estaban ahora dispuestos a desprenderse de ellas por sólo 0,75 dólares la acción.

¿Quién era allí el perdedor?

No se decía ni una sola palabra de las trascendentales vistas del subcomité de Rebecca.

Cuando terminó con su pequeña caza de brujas, pasó a la página de deportes y se dijo a sí mismo que ya era hora de olvidarse de los Van Horn. De todos ellos.

A las siete y veinte, una hora en la que solía estar comiendo un cuenco de cereales, sonó el teléfono. Sonrió, pensando que era ella. Ya volvía.

Nadie más habría llamado tan temprano. Nadie excepto el novio o el marido de quienquiera que fuese la señora que estuviera arriba durmiendo la resaca con Jonah. Clay había atendido varias llamadas semejantes a lo largo de los años. Jonah adoraba a las mujeres, sobre todo a las que ya estaban comprometidas con otro. Constituían un reto más interesante, decía.

Pero no era Rebecca, ni ningún novio o marido.

—¿El señor Clay Carter? —dijo una desconocida voz masculina.

—Soy yo.

—Señor Carter, soy Max Pace. Me dedico a reclutar abogados para bufetes jurídicos de Washington y Nueva York. Su nombre nos ha llamado la atención y tengo dos puestos muy atractivos que quizá le interesen. ¿Sería posible que almorzáramos juntos este mediodía?

Clay se quedó sin habla. Más tarde, en la ducha, recordaría que la idea de un suculento almuerzo había sido curiosamente lo primero que se le había pasado por la cabeza.

—Sí, claro —consiguió responder.

Los cazatalentos formaban parte del negocio jurídico, tal como ocurría con cualquier otra profesión. Pero raras veces perdían el tiempo pulsando el timbre de la Oficina de la Defensa de Oficio.

—Muy bien. ¿Le parece que nos reunamos en el vestíbulo del hotel Willard hacia las doce?

—Las doce me parece muy bien —contestó Clay, clavando la mirada en un montón de platos sucios que había en el fregadero. Sí, aquello estaba ocurriendo de verdad. No era un sueño.

—Gracias —dijo Max Pace—. Lo veré después. Le prometo, señor Carter, que el tiempo que me dedique merecerá la pena.

—Por supuesto.

Max Pace se apresuró a colgar y, por un instante, Clay se quedó con el auricular en la mano contemplando los platos sucios preguntándose qué compañero suyo de la facultad de Derecho estaría detrás de aquella broma pesada. ¿O acaso sería obra de Bennett *el Bulldozer*, que quería tomarse una última venganza?

No tenía ningún teléfono de Max Pace. Ni siquiera se le había ocurrido preguntar el nombre de su empresa.

Y no tenía ningún traje limpio. Tenía dos, ambos de color gris, uno de tejido grueso y otro ligero, ambos muy viejos y muy gastados. Su vestuario para los juicios. Por suerte, en la ODO no existía un código de vestimenta especial, por lo que él solía llevar unos pantalones caqui y una chaqueta azul marino. Cuando iba a los juzgados solía ponerse una corbata, que se quitaba nada más regresar al despacho.

Mientras se duchaba, llegó a la conclusión de que su atuendo no tenía importancia. Max Pace sabía dónde trabajaba y debía de tener una idea aproximada de lo poco que ganaba. Si se presentaba a la entrevista con unos viejos pantalones caqui, podría pedir más dinero.

Atrapado entre el tráfico del puente Arlington Memorial, pensó que quizás había sido su padre. El viejo había sido desterrado del Distrito de Columbia, pero todavía conservaba algunos contactos. Seguramente había pulsado la tecla adecuada, había pedido un último favor y le había encontrado a su hijo un trabajo como Dios manda. Cuando su carrera jurídica de alto nivel acabó en un prolongado y espectacular fracaso, Jarrett Carter empezó a empujar a su hijo hacia la Oficina de la Defensa de Oficio. Ahora aquel aprendizaje había terminado. Tras haberse pasado cinco años en las trincheras, había llegado la hora de ocupar un puesto de verdad.

¿Qué clase de bufetes estarían interesados en contratarlo? El misterio lo intrigaba. Su padre aborrecía los grandes bufetes mercantiles de los grupos de presión que se congregaban a lo largo de las avenidas Connecticut y Massachusetts. Y no le interesaban los despachos de tres al cuarto que se anunciaban en los autobuses y en las vallas publicitarias y obstruían el sistema con casos frívolos. El viejo bufete de Jarrett Carter contaba con diez abogados, diez fieras de las salas de justicia que ganaban pleitos y estaban muy solicitados.

—Allá voy —murmuró Clay para sí mientras contemplaba el río Potomac, que fluía debajo de él.

Tras soportar la mañana más infructuosa de su carrera, Clay salió a las once y media y subió a su automóvil para dirigirse sin prisas al hotel Willard, conocido ahora oficialmente como Willard Inter-Continental. En el vestíbulo fue inmediatamente abordado por un joven musculoso cuyo aspecto le resultaba vagamente familiar.

—El señor Pace está arriba —le explicó—. Le gustaría reunirse allí con usted, si le parece bien.

Se encaminaron hacia los ascensores.

—Por supuesto —dijo Clay.

No sabía muy bien cómo era posible que lo hubieran reconocido tan fácilmente.

Ambos hicieron caso omiso el uno al otro mientras subían. Bajaron en el noveno piso y el acompañante de Clay llamó con los nudillos a la puerta de la suite Theodore Roosevelt. La puerta se abrió de inmediato y Max Pace saludó con una sonrisa profesional. Tenía unos cuarenta y tantos años, una cabellera negra y ondulada y un bigote tan negro como todo lo demás. Vestía tejanos negros, camiseta negra y unas negras y puntiagudas botas de diseño. Hollywood en el Willard. No era exactamente el aspecto profesional que Clay esperaba. Mientras ambos se estrechaban la mano, éste experimentó por primera vez la sensación de que las cosas no eran lo que parecían.

Con una rápida mirada, el hombre despidió al guardaespaldas.

—Gracias por venir —dijo Max mientras ambos cruzaban un salón ovalado lleno de mármoles.

—Faltaría más. —Clay estaba asimilando la suite; lujosos cueros y tejidos, con habitaciones que se irradiaban en todas direcciones—. Bonito lugar.

—Es mío durante unos cuantos días más. He pensado que podríamos comer aquí, pedir algo al servicio de habitaciones para hablar con más intimidad.

—Me parece muy bien.

Se le ocurrió una pregunta, la primera de otras muchas. ¿Para qué habría alquilado un cazatalentos de Washington una suite de hotel tan tremendamente cara? ¿Por qué no tenía un despacho cerca de allí? ¿De veras necesitaba un guardaespaldas?

—¿Le apetece comer algo en particular?

—No soy difícil.

—Preparan unos *capellini* con salmón estupendos. Ayer los probé. Son exquisitos.

—Los probaré.

En aquel momento Clay hubiera probado cualquier cosa; estaba muerto de hambre.

Max se acercó al teléfono mientras Clay admiraba la vista de la avenida Pennsylvania. Tras pedir el almuerzo, ambos se sentaron cerca de la ventana e hicieron unos rápidos comentarios sobre el tiempo, la reciente mala racha de los Orioles y la desastrosa situación económica. Pace tenía mucha labia y parecía sentirse a gusto hablando de cualquier cosa durante todo el tiempo que Clay quisiera. Practicaba el levantamiento de pesas muy en serio y quería que la gente se diera cuenta. La camiseta se le pegaba al pecho y a los brazos y gustaba de atusarse el bigote. Cada vez que lo hacía, sus bíceps se contraían e hinchaban.

Quizá fuese un doble de cine especialista en escenas peligrosas, pero no un cazatalentos de primera división.

Cuando ya llevaban diez minutos charlando, Clay preguntó:

—¿Por qué no me habla un poco de esos dos bufetes?

—No existen —contestó Max—. Confieso que le he mentido. Y le prometo que será la única vez que le mienta.

—O sea que no es un cazatalentos, ¿verdad?

—No.

—Pues entonces, ¿qué es?

—Un bombero.

—Gracias, eso lo aclara todo.

—Déjeme hablar un momento. Tengo que darle algunas explicaciones. Cuando termine, le prometo que se alegrará.

—Le aconsejo que hable rápido, Max, de lo contrario, me largo.

—Tranquilícese, señor Carter. ¿Puedo llamarlo Clay?

—Todavía no.

—Muy bien. Soy un agente, un contratista, trabajo por mi cuenta y tengo una especialidad. Me contratan las grandes empresas como apagafuegos. Se meten en líos, se dan cuenta de sus errores antes que los abogados y me contratan para que entre discretamente en escena, arregle los estropicios y les ahorre, de ser posible, un montón de dinero. Mis servicios están muy solicitados. Puede que me llame Max Pace o que mi nombre sea otro, eso no importa.

Quién soy y de dónde vengo son cuestiones irrelevantes. Lo importante aquí es que una gran empresa me ha contratado para que apague un fuego. ¿Alguna pregunta?

—Son muchas para poder formularlas todas ahora mismo.

—Espere un momento. Ahora no puedo revelarle el nombre de mi cliente y tal vez jamás lo haga. Si llegamos a un acuerdo, entonces estaré en situación de decirle muchas más cosas. Ésta es la historia: mi cliente es una empresa farmacéutica multinacional. Reconocerá el nombre. Fabrica una variada serie de productos, desde conocidos remedios que ahora mismo se guardan en los botiquines de las casas hasta complicados fármacos contra el cáncer y la obesidad. Una antigua y consolidada empresa de valor seguro e intachable reputación. Hace un par de años, descubrió una sustancia que quizá pudiera curar la adicción a los estupefacientes basados en el opio y la cocaína. Mucho más avanzada que la metadona que, aunque ayuda a muchos adictos, es en sí misma una sustancia adictiva de la que se abusa ampliamente. Vamos a llamar Tarvan a esta sustancia prodigiosa..., pues ése fue su apodo durante un tiempo. Se descubrió por error y se empezó a utilizar rápidamente en todos los animales de laboratorio disponibles. Los resultados fueron sensacionales, pero el caso es que resulta muy difícil reproducir la adicción al crack en un montón de ratones.

—Se necesitan seres humanos —dijo Clay.

Pace se acarició el bigote mientras su bíceps se hinchaba.

—Sí. Las posibilidades del Tarvan eran tan enormes que los grandes jefes se pasaban las noches sin dormir. Imagínese, tomar una pastilla diaria durante noventa días y quedar desintoxicado. La adicción a la droga desaparece. Uno se libra de la cocaína, la heroína, el crack..., así, sin más. Una vez desintoxicado, toma Tarvan en días alternos y se cura para toda la vida. Casi un remedio instantáneo para millones de adictos. Piense en los beneficios... Podrían cobrar lo que les diera la gana por el fármaco porque alguien, en algún lugar, siempre estaría gustosamente dispuesto a pagarlo. Imagine las vidas que se podrían salvar, los delitos que se dejarían de cometer, la unión de las familias, los miles de millones que se dejarían de gastar tratando de rehabilitar a los drogadictos. Cuanto más pensaban los grandes jefes en lo estupendo que podría ser el Tarvan, tanto más interés tenían en sacarlo al mercado. Pero, tal como usted dice, necesitan probarlo en seres humanos.

Una pausa, un sorbo de café. La buena forma física hizo temblar la camiseta. Max siguió adelante.

—Y entonces empezaron a cometer errores. Eligieron tres lugares (Ciudad de México, Singapur, Belgrado) situados muy lejos de la jurisdicción de la DEA.* Bajo la tapadera de una vaga organización humanitaria internacional, construyeron clínicas de desintoxicación, unos centros francamente bonitos en los que los adictos podían estar completamente controlados. Eligieron a los peores yonquis que pudieron encontrar, los desintoxicaron y empezaron a utilizar Tarvan sin que los adictos lo supieran. En realidad, les daba igual..., pues todo era gratis.

—Laboratorios humanos —dijo Clay.

La historia hasta ese momento resultaba fascinante, y Max, el bombero, tenía un don especial como narrador.

—Simples laboratorios humanos —admitió—. Muy lejos del sistema estadounidense de indemnizaciones por daños. Y de la prensa estadounidense. Y de las normas y disposiciones estadounidenses. Era un plan brillante. Y la sustancia obraba milagros. A los treinta días, acababa con la adicción. Después de sesenta días, los drogadictos parecían encantados de haberse desintoxicado, y a los noventa días ya no temían regresar a las calles. Todo estaba controlado..., la dieta, el ejercicio, la terapia, e incluso las conversaciones. Mi cliente tenía por lo menos un empleado por paciente, y cada una de estas clínicas disponía de cien camas. A los tres meses se dejaba en libertad a los pacientes con la condición de que regresaran a la clínica en días alternos para tomar el Tarvan. El noventa por ciento siguió tomando la sustancia y no volvió a engancharse. ¡El noventa por ciento nada menos! Sólo un dos por ciento volvió a caer en la drogadicción.

—¿Y el otro ocho por ciento?

—Se convertiría en un problema, pero mi cliente ignoraba cuál sería su gravedad. Sea como fuere, siguieron con las camas ocupadas, y a lo largo de dieciocho meses unos mil adictos fueron tratados con Tarvan. Los resultados eran espectaculares. Mi cliente ya estaba empezando a olfatear miles de millones de beneficios. Y no

---

* Drug Enforcement Administration (Departamento Federal Antidroga), organismo estadounidense de lucha contra la droga. (*N. de la T.*)

existía competencia. No había ningún otro laboratorio que estuviera dedicándose seriamente a la busca de una sustancia antiadictiva. Casi todos los laboratorios farmacéuticos habían tirado la toalla años atrás.

—¿Y el segundo error?

Max hizo una pausa de un segundo antes de contestar:

—Hubo muchos.

Sonó un timbre y llegó el almuerzo. Entró un camarero con un carrito y se pasó cinco minutos poniendo la mesa. Clay permaneció de pie delante de la ventana, contemplando la parte superior del monumento a Washington, pero estaba demasiado sumido en sus pensamientos para ver algo. Max le dio una propina al camarero y éste abandonó finalmente la estancia.

—¿Tiene apetito? —preguntó Max.

—No. Prefiero que siga. —Clay se quitó la chaqueta y se sentó en el sillón—. Creo que está usted llegando a la parte más interesante.

—Bueno, eso depende de cómo se mire. El siguiente error fue trasladar el espectáculo aquí. Fue donde las cosas empezaron a ponerse auténticamente feas. Tras una búsqueda cuidadosa, mi cliente había elegido un lugar para los caucásicos, otro para los hispanos y otro para los asiáticos. Se necesitaban algunos africanos.

—Los hay a montones en el Distrito de Columbia.

—Eso pensó mi cliente.

—Está usted mintiendo, ¿verdad? Dígame que miente.

—Le mentí una vez, señor Carter, y le prometí que no volvería a hacerlo.

Clay se levantó muy despacio y rodeó el sillón para acercarse nuevamente a la ventana. Max lo estudió detenidamente. El almuerzo se estaba enfriando, pero a ninguno de los dos parecía importarle. El tiempo se había detenido.

Clay se volvió y preguntó:

—¿Tequila?

—Sí —contestó Max, asintiendo con la cabeza.

—¿Y Washad Porter?

—Sí.

Transcurrió un minuto. Clay cruzó los brazos y se apoyó contra la pared de cara a Max, que estaba atusándose el bigote.

—Prosiga —pidió.

—En aproximadamente el ocho por ciento de los pacientes algo falló —dijo Max—. Mi cliente no tiene idea de qué o cómo ocurrió, ni de quién puede estar en peligro, pero el caso es que el Tarvan los induce a matar. Así de sencillo. Al cabo de unos cien días algo se agita en algún lugar del cerebro y experimentan un irresistible impulso de hacer daño y derramar sangre. Es indiferente que tengan o no antecedentes de violencia. La edad, la raza, el sexo, nada distingue a los asesinos.

—¿Eso significa que hay ochenta personas muertas?

—Por lo menos. Pero no es fácil obtener información en los barrios pobres de Ciudad de México.

—¿Y cuántas aquí, en el Distrito de Columbia?

Max se agitó por primera vez en su asiento y eludió la pregunta.

—Le contestaré dentro de unos minutos. Déjeme terminar la historia. ¿Quiere hacer el favor de sentarse, si no le importa? No me gusta tener que levantar la mirada cuando hablo.

Clay se sentó, accediendo a la petición.

—El siguiente error fue intentar salvar el obstáculo de la FDA.*

—Claro.

—Mi cliente tiene muchos amigos importantes en esta ciudad. Es un veterano profesional en la compra de políticos por medio del PAC, el Comité de Acción Política, y en contratar a sus mujeres y parejas y a antiguos colaboradores, las habituales mierdas que se suelen hacer aquí con el dinero. Se llegó a un acuerdo en el que estaban incluidos peces gordos de la Casa Blanca, el Departamento de Estado, la DEA, el FBI y otras dos agencias, ninguna de las cuales puso nada por escrito. No hubo entrega de dinero ni sobornos. Mi cliente fue muy hábil en convencer a las suficientes personas de que el Tarvan podría salvar al mundo siempre y cuando se siguiera investigando en un laboratorio más. Puesto que la FDA tardaría de dos a tres años en autorizar el medicamento, y puesto que, de todos modos, dicho organismo cuenta con muy pocos amigos en la Casa Blanca, el acuerdo se cerró. Estos importantes personajes, cuyos nombres se han perdido ahora para siempre, encontraron el

* Food and Drug Administration (Administración para Alimentos y Medicamentos). *(N. de la T.)*

— 83 —

medio de introducir clandestinamente el Tarvan en un reducido y selecto número de clínicas de rehabilitación del Distrito de Columbia subvencionadas con fondos federales. Si daba resultado en ellas, la Casa Blanca y los peces gordos ejercerían una implacable presión sobre la FDA para que ésta diera rápidamente el visto bueno.

—Cuando se concertó este acuerdo, ¿conocía su cliente los datos relativos al ocho por ciento?

—No lo sé. Mi cliente no me lo ha dicho todo y jamás lo hará. Y yo tampoco hago demasiadas preguntas. Mi trabajo consiste en otra cosa. Sin embargo, sospecho que mi cliente ignoraba lo del ocho por ciento. De otro modo, habría sido demasiado arriesgado hacer experimentos aquí. Todo ha ocurrido muy rápido, señor Carter.

—Ahora ya puede llamarme Clay.

—Gracias, Clay.

—De nada.

—He dicho que no se pagaron sobornos. Repito que eso es lo que me dijo mi cliente. Pero seamos realistas: la estimación inicial de los beneficios del Tarvan correspondientes a los próximos diez años fue de treinta mil millones de dólares. Hablo de beneficios, no de ventas. La estimación inicial de los dólares en impuestos ahorrados gracias al Tarvan fue de unos cien mil millones en el mismo período. Es evidente que cierta cantidad de dinero cambiaría de manos a lo largo de todo el proceso.

—Pero ¿todo eso ya es historia pasada?

—Pues sí. El medicamento se retiró hace seis días. Aquellas maravillosas clínicas de la Ciudad de México, Singapur y Belgrado cerraron al amparo de la noche y todos aquellos amables asesores se esfumaron como fantasmas. Todos los experimentos se han olvidado. Todos los papeles se han triturado. Mi cliente jamás ha oído hablar del Tarvan. Y desearíamos que todo siguiera así.

—Tengo la sensación de que aquí es donde yo entro en escena.

—Sólo si tú quieres. Si lo rechazas, estoy dispuesto a contactar con otro abogado.

—¿Rechazar el qué?

—El trato, Clay, el trato. Hasta ahora, ha habido en el Distrito de Columbia cinco personas asesinadas por adictos sometidos a tratamiento con Tarvan. Un pobre hombre está en coma, y lo más probable es que no se salve. Me refiero a la primera víctima de Washad Porter. Eso suma un total de seis. Sabemos quiénes son, cómo murieron, quién los mató, todo. Queremos que representes a sus familias. Tú las convences de que te contraten, nosotros pagamos el dinero, todo se arregla rápidamente y con la mayor discreción, sin juicios ni publicidad y sin que quede la menor huella en ningún sitio.

—¿Y por qué razón van a contratarme?

—Porque no tienen ni idea de que pueden presentar una demanda. Que ellos sepan, sus seres queridos fueron víctimas de un acto fortuito de violencia callejera. Es lo que suele ocurrir aquí. Un cabrón de la calle mata a tu hijo, tú lo entierras, el cabrón es detenido, se celebra el juicio y tú abrigas la esperanza de que el asesino se pase el resto de su vida en la cárcel. Pero jamás se te ocurre presentar una querella. ¿Vas a demandar a un cabrón? Ni siquiera el abogado más hambriento aceptaría el caso. A ti, en cambio, te contratarán porque irás a verlos, les explicarás que tienen derecho a presentar una demanda y les dirás que puedes conseguirles cuatro millones de dólares mediante un rápido acuerdo muy confidencial.

—Cuatro millones de dólares —repitió Clay, sin saber si era demasiado o demasiado poco.

—Es el riesgo que corremos, Clay. En caso de que algún abogado descubra el Tarvan (y, si he de serte sincero, tú eres el primero que ha olfateado el rastro), podría haber un juicio. Supongamos que este abogado es un as y consigue reunir un jurado enteramente de raza negra, aquí en el Distrito de Columbia.

—Eso es fácil.

—Por supuesto que es fácil. Y supongamos que este abogado consigue reunir las pruebas apropiadas. Tal vez algunos documentos que no se trituraron. O más probablemente alguien que trabaja para mi cliente y se va de la lengua. Y el juicio resulta favorable para la familia del difunto. El veredicto podría ser devastador. Y peor todavía, por lo menos para mi cliente, la publicidad negativa sería desastrosa. El valor de las acciones caería en picado. Imagínate lo peor, Clay, invéntate tu propia pesadilla, y créeme si te digo que estos tipos también la ven. Hicieron una cosa muy mala. Lo saben y quieren corregirla. Pero también quieren limitar los daños que puedan sufrir.

—Cuatro millones son una ganga.

—Sí y no. Pensemos en Ramón Pumphrey. Veintidós años, trabajo a tiempo parcial, seis mil dólares anuales de ingresos. Con una esperanza de vida normal de cincuenta y tres años más, y suponiendo unos ingresos anuales del doble del salario mínimo, el valor económico de su vida, calculado en dólares actuales, es de aproximadamente medio millón de dólares. Eso es lo que vale.

—Sería fácil exigir una indemnización por daños y perjuicios.

—Depende. Los hechos serían muy difíciles de demostrar, Clay, porque no hay documentos. Las fichas que tú te llevaste ayer no revelarán nada. Los asesores del Campamento y de Calles Limpias no tienen ni idea de la clase de fármaco que estaban administrando. La FDA jamás ha oído hablar del Tarvan. Mi cliente se gastaría mil millones de dólares en abogados y expertos y en quienquiera que hiciera falta para protegerse. ¡El litigio sería una guerra, porque mi cliente es muy culpable!

—Seis por cuatro son veinticuatro millones de dólares.

—Añádeles diez para el abogado.

—¿Diez millones?

—Sí, ése es el trato, Clay. Diez millones para ti.

—Bromeas.

—Hablo completamente en serio. Treinta y cuatro en total. Y puedo extender los cheques ahora mismo.

—Necesito salir a dar un paseo.

—¿Y el almuerzo?

—No, gracias.

9

Estaba pasando por delante de la Casa Blanca. Se detuvo un momento en medio de un grupo de turistas holandeses que estaban tomando fotografías y esperando a que el presidente los saludara con la mano; después cruzó dando un paseo por el parque Lafayette, donde los sin techo desaparecían durante el día, y a continuación se sentó en un banco de la plaza Farragut, donde se comió un bocadillo frío sin darse cuenta de lo que hacía. Todos sus sentidos estaban embotados, y sus pensamientos eran lentos y confusos. Corría el mes de mayo, pero había mucha humedad, y esto no lo ayudaba precisamente a pensar.

Vio doce rostros negros sentados en el banco del jurado, unos seres enfurecidos que se habían pasado una semana oyendo contar la espeluznante historia del Tarvan. Se dirigió a ellos en su alegato final: «Necesitaban ratones de laboratorio negros, señoras y señores, a ser posible norteamericanos, porque aquí es donde está el dinero. Y así fue cómo trajeron su prodigioso Tarvan a nuestra ciudad.» Los doce rostros estaban pendientes de sus palabras, y asintieron con la cabeza en gesto de aquiescencia, ansiosos de retirarse para hacer justicia. ¿Cuál había sido la sentencia más impresionante de toda la historia del mundo? ¿Decía algo al respecto el *Libro Guinness de los Récords*? Cualquiera que fuese, sería suyo con sólo pedirlo. «Rellenen el espacio en blanco, señoras y señores del jurado.»

El caso jamás iría a juicio; ningún jurado sabría nada de él. Quienesquiera que hubiesen fabricado el Tarvan se gastarían muchísimo más que treinta y cuatro millones de dólares para enterrar la verdad. Y contratarían a toda clase de matones para romper piernas, robar documentos, pinchar teléfonos, incendiar despachos y hacer cuanto hiciera falta para mantener su secreto alejado de aquellos doce rostros enfurecidos.

Pensó en Rebecca. Qué distinta sería envuelta en el lujo de su dinero. Con cuánta rapidez abandonaría las preocupaciones laborales para retirarse a criar a sus hijos. Se casaría con él en cuestión de tres meses o en cuanto Barb lo hubiera organizado todo.

Pensó en los Van Horn, pero, curiosamente, no como personas a las que todavía conocía. Ya no formaban parte de su vida; estaba tratando de olvidarlos. Se había librado de aquella gente después de cuatro años de esclavitud. Jamás volverían a atormentarlo.

Estaba a punto de librarse de muchas cosas.

Transcurrió una hora. Se encontraba en DuPont Circle, contemplando los escaparates de las tiendecitas que daban a la avenida Massachusetts; libros raros, platos raros, disfraces raros, personas raras por doquier. Había un espejo en un escaparate, se miró directamente a los ojos y se preguntó en voz alta si Max, el bombero, era real o era un farsante, un fantasma. Echó a andar por la acera y se sintió asqueado ante la sola idea de que una respetada empresa pudiera aprovecharse de las personas más débiles que lograra encontrar, y a los pocos segundos se sintió entusiasmado ante la perspectiva de tener más dinero del que jamás hubiese soñado. Necesitaba a su padre. Jarrett Carter sabría exactamente qué hacer.

Transcurrió otra hora. Lo esperaban en el despacho para participar en una reunión semanal del equipo.

—Ya podéis despedirme —murmuró sonriendo.

Se pasó un rato curioseando en Kramerbooks, su librería preferida del Distrito de Columbia. Quizá muy pronto pudiera dejar la sección de libros de bolsillo y pasar a la de tapa dura. Cubriría sus nuevas paredes con hileras de libros.

A las tres en punto de la tarde, según lo previsto, se dirigió al café de la parte de atrás de Kramer y vio a Max Pace sentado solo, tomándose un zumo de limón, esperando. Éste se alegró visiblemente de volver a verlo.

—¿Me has seguido? —le preguntó Clay, sentándose con las manos metidas en los bolsillos de los pantalones.

—Naturalmente. ¿Te apetece beber algo?

—No. ¿Y si yo mañana presentara una demanda en nombre de la familia de Ramón Pumphrey? Este caso solo podría valer mucho más que lo que tú ofreces por los seis.

Al parecer, Max había previsto la pregunta, pues tenía la respuesta a punto.

—Te meterías en una larga serie de problemas. Permíteme darte a conocer los tres primeros. Primero, tú no sabes a quién demandar. No sabes quién fabricó el Tarvan y cabe la posibilidad de que nadie lo sepa jamás. Segundo, no cuentas con dinero para enfrentarte con mi cliente. Se necesitarían por lo menos diez millones de dólares para organizar un ataque sustentable. Tercero, perderías la oportunidad de representar a todos los querellantes conocidos. Si no dices inmediatamente que sí, estoy dispuesto a pasar al siguiente abogado de mi lista con la misma oferta. Mi meta es tenerlo todo arreglado en treinta días.

—Podría acudir a un importante bufete especializado en demandas por daños y perjuicios.

—Sí, y eso te plantearía más problemas. Primero, perderías por lo menos la mitad de tus honorarios. Segundo, tardarías cinco años o más en obtener un resultado. Tercero, es muy probable que el bufete más importante del país en cuestión de demandas por daños y perjuicios perdiese fácilmente este caso. Puede que la verdad jamás se conozca, Clay.

—Pues debería conocerse.

—Tal vez, pero a mí me da lo mismo una cosa que otra. Mi misión es silenciar este asunto; compensar debidamente a las víctimas y enterrarlo para siempre. No seas tonto, amigo mío.

—No somos precisamente amigos.

—Cierto, pero estamos en el mismo barco.

—¿Tienes una lista de abogados?

—Sí, tengo otros dos nombres, ambos con un perfil muy similar al tuyo.

—En otras palabras, muertos de hambre.

—Sí, tú estás muerto de hambre. Pero también eres inteligente.

—Eso me han dicho. Y tengo una espalda muy ancha. ¿Los otros dos son de aquí, de la ciudad?

—Sí, pero no nos preocupemos por ellos. Hoy estamos a jueves. Necesito una respuesta el lunes al mediodía. De lo contrario, pasaré al siguiente.

—¿Se utilizó el Tarvan en alguna otra ciudad de Estados Unidos?

—No, sólo en el Distrito de Columbia.

—¿Y cuántas personas fueron tratadas con él?

—Unas cien.

Clay bebió un sorbo del agua helada que el camarero había depositado cerca de él.

—O sea, que hay unos cuantos asesinos sueltos por ahí...

—Es muy posible. Huelga decir que estamos esperando y vigilando con gran inquietud.

—¿No podéis impedir que actúen?

—¿Impedir los asesinatos callejeros en el Distrito de Columbia? Nadie podía prever que Tequila Watson saldría del Campamento y antes de dos horas mataría a una persona. Y tampoco podía preverse lo que hizo Washad Porter. El Tarvan no permite establecer quién estallará ni cuándo lo hará. Existen ciertas pruebas según las cuales después de diez días sin tomar el medicamento la persona vuelve a ser inofensiva. Pero todo son conjeturas.

—¿Eso significa que los asesinatos tendrían que terminar en cuestión de unos días?

—Contamos con ello. Y espero que logremos sobrevivir a este fin de semana.

—Tu cliente tendría que ir a la cárcel.

—Mi cliente es una empresa.

—Las empresas pueden ser consideradas penalmente responsables.

—Procuremos no discutir al respecto, si no te importa. No nos llevará a ninguna parte. Tenemos que centrarnos en ti y en si estás dispuesto a afrontar el reto o no.

—Estoy seguro de que tienes un plan.

—Sí, y muy detallado, por cierto.

—Muy bien, dejo mi trabajo actual, y después, ¿qué?

Pace apartó el zumo de limón a un lado y se inclinó hacia delante como si estuviera a punto de revelar lo mejor.

—Te montas tu propio bufete. Alquilas un despacho, lo amueblas como Dios manda, etcétera. Tienes que vender esta idea, Clay, y la única manera de hacerlo consiste en parecer y comportarse como un prestigioso penalista. Tus clientes en potencia serán conducidos a tu despacho. Hay que causarles muy buena impresión. Necesitarás empleados y otros abogados que trabajen para ti. Aquí la percepción lo es todo. Confía en mí. He sido abogado en otros tiempos. A los clientes les gustan los despachos bonitos. Le dirás a esta gente que puede conseguir acuerdos por valor de cuatro millones de dólares.

—Cuatro son muy pocos.

—Eso más tarde, si no te importa. Tienes que dar la impresión de ser un triunfador. Eso es lo que quiero decir.

—Comprendo lo que quieres decir. Me formé en un bufete jurídico muy importante.

—Lo sabemos. Es una de las cosas que nos gustan de ti.

—¿Qué tal están ahora los locales para oficinas?

—Hemos alquilado unos cuantos metros cuadrados en la avenida Connecticut. ¿Quieres verlos?

Abandonaron el Kramer's por la entrada posterior y echaron a andar por la acera como si fueran dos viejos amigos que hubieran salido a dar un paseo.

—¿Todavía me estáis siguiendo? —preguntó Clay.

—¿Por qué?

—Pues no sé. Simple curiosidad. Es algo que no ocurre todos los días. Me gustaría saber si me pegarían un tiro en caso de que me echara atrás y huyera corriendo.

Pace soltó una risita por lo bajo.

—Es un poco absurdo, ¿no te parece?

—Una auténtica tontería.

—Mi cliente está muy nervioso, Clay.

—Y con razón.

—En estos momentos tienen en la ciudad docenas de personas vigilando, esperando, rezando para que no haya más asesinatos. Y esperan que tú seas el que se encargue de ofrecer el acuerdo.

—¿Qué me dices de los problemas éticos?

—¿Cuál de ellos?

—Se me ocurren dos: conflicto de intereses y petición de venia.

—La venia es una estupidez. No hay más que ver los anuncios de las vallas publicitarias.

Se detuvieron al llegar a un cruce.

—En este momento represento al acusado —dijo Clay mientras esperaban—. ¿Cómo cruzo la calle y represento a la víctima?

—Haciéndolo, sencillamente. Hemos examinado los criterios éticos. Resulta un poco violento, pero no se comete ninguna incorrección. En cuanto abandones tu puesto en la ODO serás libre de abrir tu propio despacho y empezar a aceptar casos.

—Ésta es la parte más fácil. ¿Qué hago con Tequila Watson? Sé por qué cometió el asesinato. No puedo ocultarle este dato, ni a él ni a su siguiente abogado.

—El hecho de estar bebido o bajo los efectos de la droga no es un eximente en la comisión de un delito. Es culpable. Ramón Pumphrey está muerto. Olvídate de Tequila.

Habían reanudado la marcha.

—No me gusta esa respuesta —dijo Clay.

—Es la mejor que tengo. Si me dices que no y sigues representando a tu cliente, te será prácticamente imposible demostrar que éste tomó alguna vez un medicamento llamado Tarvan. Tú sabrás que sí, pero no podrás demostrarlo. Utilizando este argumento como justificación harás el ridículo.

—Tal vez no sea una justificación, pero podría ser una circunstancia atenuante.

—Sólo si consigues demostrarlo, Clay. Ya estamos.

Habían llegado a la avenida Connecticut y se encontraban delante de un alargado y moderno edificio con una entrada de tres pisos de bronce y cristal.

Clay levantó la vista.

—La zona de los alquileres más altos —dijo.

—Vamos. Estás en la cuarta planta, un despacho de esquina con una vista impresionante.

En el espacioso vestíbulo de mármol, un directorio facilitaba la lista del quién era quién en el sector jurídico del Distrito de Columbia.

—No es precisamente mi terreno —dijo Clay mientras leía los nombres de los bufetes.

—Pero puede serlo —puntualizó Max.

—¿Y si no quiero estar aquí?

—Eso depende de ti. Resulta que nosotros disponemos de un despacho. Te lo subarrendaremos a ti con un alquiler muy razonable.

—¿Cuándo lo alquilaste?

—No hagas demasiadas preguntas, Clay. Estamos en el mismo equipo.

—Todavía no.

En la zona de la cuarta planta destinada a Clay estaban pintando las paredes y colocando una alfombra. Una alfombra muy cara. Ambos permanecieron de pie junto a la ventana del espacioso y desierto despacho contemplando el tráfico de la avenida Connecticut. Había mil cosas que hacer para abrir un nuevo bufete, y a él sólo se le ocurrían cien. Tenía la impresión de que Max conocía todas las respuestas.

—¿En qué piensas? —preguntó Max.

—En estos momentos no puedo pensar mucho. Todo está muy confuso.

—No desperdicies esta oportunidad, Clay. Jamás se te volverá a presentar. Y el reloj sigue marcando el paso del tiempo.

—Es surrealista.

—Puedes conseguir el permiso legal para abrir el despacho *on line*; se tarda aproximadamente una hora. Elegir un banco y abrir cuentas. Los membretes y demás se pueden hacer en un santiamén. El despacho se puede tener listo y amueblado en pocos días. El miércoles que viene estarás sentado aquí, detrás de un soberbio escritorio, dirigiendo tu propio espectáculo.

—¿Cómo firmo contrato con los otros casos?

—Tus amigos Rodney y Paulette. Conocen la ciudad y a su gente. Contrátalos, triplícales el sueldo, asígnales unos bonitos despachos al fondo del pasillo. Podrán hablar con los familiares. Nosotros echaremos una mano.

—Has pensado en todo.

—Sí, absolutamente en todo. Manejo una máquina muy eficiente que funciona en modo de alerta máxima. Estamos trabajando las veinticuatro horas del día, Clay. Necesitamos a un hombre que explore el territorio.

Mientras bajaban, el ascensor se detuvo en el tercer piso. Entraron tres hombres y una mujer, todos elegantemente vestidos a la medida y con las uñas de las manos impecablemente cuidadas, sosteniendo unos abultados y costosos maletines de cuero, envueltos por el irremediable aire de importancia que suele rodear a los abogados de los grandes bufetes. Max estaba tan enfrascado en sus asuntos que ni siquiera reparó en ellos. Pero Clay estudió sus modales, su comedida manera de hablar, su seriedad, su arrogancia. Eran los grandes abogados, los abogados importantes que ni siquiera reconocían la existencia de alguien como él. Claro que con sus viejos pantalones caqui y sus gastados mocasines tampoco proyectaba demasiado la imagen de un miembro del Colegio de Abogados.

Pero todo aquello podía cambiar de la noche a la mañana, ¿verdad?

Se despidió de Max y fue a dar otro largo paseo, esta vez en la dirección aproximada de su despacho. Cuando finalmente llegó a éste, no encontró ninguna nota urgente sobre su escritorio. Al parecer, había muchos otros que tampoco habían asistido a la reunión. Nadie le preguntó dónde había estado. Nadie pareció haber notado su ausencia de aquella tarde.

De repente, su despacho le pareció mucho más pequeño y sucio, y el mobiliario se le antojó insoportablemente triste. Había un montón de expedientes sobre su escritorio, unos casos en los que no tenía ánimos para pensar. De todos modos, sus clientes eran, invariablemente, delincuentes.

Las normas de la ODO exigían notificar el abandono del puesto con treinta días de antelación. Pero esta regla no se cumplía, porque no había modo de obligar a cumplirla. La gente se iba constantemente casi sin previo aviso o con muy poca antelación. Glenda escribiría una carta amenazadora. Él le contestaría con una carta amabilísima y el asunto quedaría zanjado.

La mejor secretaria del despacho era la señorita Glick, una veterana que probablemente pegaría un brinco de alegría ante la posibilidad de duplicar su sueldo y dejar a su espalda la monotonía de la ODO. Clay ya había decidido que su despacho tendría un ambiente de trabajo muy agradable. Sueldos, bonificaciones, largas vacaciones y tal vez incluso participación en los beneficios.

Se pasó la última hora de su jornada laboral detrás de una puerta cerrada, planificando, robando empleados y examinando qué abogados y qué auxiliares jurídicos serían más apropiados.

Se reunió con Max Pace por tercera vez aquel día para cenar en el Old Ebbitt Grille de la calle Quince, a dos manzanas del Willard. Para su sorpresa, Max empezó con un martini que lo relajó considerablemente. La presión de la situación empezó a suavizarse bajo los efectos de la ginebra y Max se convirtió en una persona real. Había trabajado como abogado penalista en California antes de que un desdichado incidente acabara con su carrera allí. A través de varios contactos había encontrado un hueco en el mercado de los litigios como bombero. O mediador. Un agente muy bien pagado que se introducía subrepticiamente, limpiaba los desastres y volvía a retirarse sin dejar rastro. Mientras se tomaban los bistecs tras haberse bebido la primera botella de vino de Burdeos, Max le dijo a Clay que después del Tarvan le esperaba otra cosa.

—Algo mucho más importante —dijo, mirando alrededor como si temiera que hubiera algún espía escuchando en el restaurante.

—¿Qué? —preguntó Clay tras una larga espera.

Otra rápida mirada alrededor.

—Mi cliente tiene un competidor que ha sacado al mercado un producto muy malo. Nadie lo sabe todavía. Su medicamento es mejor que el nuestro. Pero mi cliente cuenta con pruebas fidedignas según las cuales el medicamento provoca tumores. Mi cliente ha estado esperando el momento más oportuno para atacar.

—¿Atacar?

—Sí, mediante una demanda presentada por un joven y agresivo abogado que está en posesión de las pruebas pertinentes.

—¿Me estás ofreciendo otro caso?

—Sí. Tú aceptas el trato del Tarvan, lo resuelves todo en treinta días y nosotros te entregamos un caso que valdrá millones.

—¿Más que el Tarvan?

—Mucho más.

Hasta aquel momento, Clay había conseguido tragarse la mitad de su filete sin apenas saborearlo. La otra mitad se quedaría intacta. Se le había pasado el hambre.

—¿Por qué yo? —preguntó, más dirigiéndose a sí mismo que a su nuevo amigo.

—Es la misma pregunta que se hacen los ganadores de un premio de la lotería, Clay. Llámalo la lotería del abogado. Tú has sido lo bastante sagaz para olfatear el rastro del Tarvan y, al mismo tiempo, nosotros estábamos buscando desesperadamente a un joven abogado en quien confiar. Nos hemos encontrado, Clay, y nos hallamos en ese breve momento en que tú tomas una decisión que cambiará el rumbo de tu vida. Si dices que sí, te convertirás en un abogado muy importante. Si dices que no, perderás en la lotería.

—Entiendo el mensaje. Necesito un poco de tiempo para pensar y aclararme las ideas.

—Dispones del fin de semana.

—Gracias. Mira, voy a hacer un viaje rápido, saldré por la mañana y regresaré el domingo por la noche. No creo que sea necesario que me sigas.

—¿Puedo preguntarte adónde?

—Abaco, en las Bahamas.

—¿A ver a tu padre?

Clay se sorprendió, pero no debería haberlo hecho.

—Sí —contestó.

—¿Con qué objeto?

—Eso no es asunto tuyo. Para pescar.

—Perdona, pero es que estamos muy nerviosos. Espero que lo comprendas.

—No del todo. Te indicaré mis vuelos para que no me sigas, ¿de acuerdo?

—Te doy mi palabra.

10

La isla Gran Abaco es una larga franja de tierra situada en el extremo norte de las Bahamas, a unos ciento sesenta kilómetros de Florida. Clay había estado allí cuatro años atrás, la vez en que había conseguido reunir el dinero suficiente para el pasaje. Aquel viaje había sido un largo fin de semana en cuyo transcurso Clay pensaba discutir con su padre ciertos asuntos importantes y deshacerse de una parte del equipaje. No pudo ser. Jarrett Carter todavía estaba demasiado cerca de su ignominia y lo único que le interesaba era beber ponche de ron a partir del mediodía. Estaba dispuesto a hablar de todo menos de leyes y de abogados.

Esta visita sería distinta.

Clay llegó a última hora de la tarde en un sofocante y abarrotado turbohélice de la Coconut Air. El funcionario de Aduanas echó un vistazo a su pasaporte y le indicó por señas que pasara. La carrera en taxi hasta Marsh Harbor duró cinco minutos, circulando por el lado malo de la carretera. Al taxista le gustaba la música gospel a todo volumen y Clay no estaba de humor para discutir. Tampoco estaba de humor para darle una propina. Bajó del taxi en el puerto y fue en busca de su padre.

Jarrett Carter se había querellado una vez contra el presidente de Estados Unidos, y a pesar de haber perdido el pleito la experiencia le enseñó que todos los acusados sucesivos serían un blanco más fácil. No temía a nadie, ni en las salas de justicia ni fuera de ellas. Su fama se había cimentado con una gran victoria, un sonado veredicto contra el presidente de la Asociación Norteamericana de Médicos, un afamado profesional que había cometido un error en una intervención quirúrgica. Un implacable jurado de un condado conservador había pronunciado el veredicto, y de la noche a la mañana Jarrett Carter se convirtió en un penalista muy solicitado. Aceptaba los casos más difíciles, los ganaba casi todos y, a la edad de cuarenta años, ya se había labrado una inmensa fama. Fundó un bufete conocido por la dureza de su actuación ante los tribunales. Clay estaba seguro de que seguiría los pasos de su padre y se pasaría toda su vida profesional entre juicios.

La buena racha terminó cuando Clay ya había iniciado sus estudios universitarios. Se produjo un terrible divorcio que a Jarrett le costó muy caro. Su bufete empezó a desmembrarse cuando, tal como suele ocurrir en estos casos, todos los asociados se querellaron entre sí. Trastornado por la situación, Jarrett se pasó dos años sin ganar ni un solo juicio y su reputación se vio gravemente dañada. Su mayor error lo cometió cuando, junto con su contable, empezó a amañar los libros de contabilidad, ocultando ingresos e hinchando los gastos. Cuando los pillaron, el contable se suicidó, pero no así Jarrett, que sin embargo estaba destrozado y corría peligro de acabar en la cárcel. Por suerte, el fiscal encargado de la acusación era un antiguo compañero suyo de la facultad de Derecho.

Los detalles del acuerdo al que ambos llegaron permanecerían en secreto para siempre. Jamás hubo un proceso, sino tan sólo un acuerdo oficioso, de conformidad con el cual Jarrett cerró discretamente su despacho, renunció a su licencia para el ejercicio de la abogacía y abandonó el país. Huyó sin nada, aunque las personas más próximas al caso creían que tenía ciertas sumas escondidas en algún paraíso fiscal. Pero Clay no había observado ningún indicio de la existencia de semejante botín.

Así pues, el gran Jarrett Carter se convirtió en patrón de un pesquero en las Bahamas, lo cual a algunos les habría parecido una existencia maravillosa. Clay lo localizó en el barco, un Weavedancer de dieciocho metros de eslora encajado entre dos embarcaciones del abarrotado puerto deportivo. Otros barcos de alquiler estaban regresando de una larga jornada en el mar y los bronceados pescadores contemplaban admirados sus capturas. Las cámaras se disparaban por doquier. Los marineros de cubierta nativos corrían de un lado a otro descargando neveras portátiles llenas de meros y atunes. Y retiraban bolsas de botellas y latas de cerveza vacías.

Jarrett se encontraba en la proa con una manguera de agua en una mano y una esponja en la otra. Clay se pasó un rato observándolo, sin querer interrumpir su tarea. No cabía duda de que su padre estaba muy puesto en su papel de desterrado de su antiguo territorio..., descalzo y con la morena piel curtida por la intemperie, una poblada barba a lo Hemingway, unas cadenas de plata alrededor del cuello, una gorra de pescador de larga visera y una vieja camisa blanca de algodón, remangada hasta los bíceps. De no haber sido por la leve tripita propia de los bebedores de cerveza, Jarrett habría ofrecido un aspecto de lo más saludable.

—¡Pero mira quién está aquí! —exclamó al ver a su hijo.

—Bonito barco —dijo Clay, subiendo a bordo.

Hubo un firme apretón de manos, pero nada más. Jarrett no era un tipo expansivo, por lo menos con su hijo. Varias antiguas secretarias habrían podido contar historias muy distintas. Olía a sudor ya seco, agua salada y cerveza rancia después de una larga jornada en la mar. Sus shorts y su camisa blanca estaban sucios.

—Sí, es de un médico de Boca. Te veo estupendo.

—Yo a ti también.

—Tengo salud, y eso es lo único que importa. Tómate una cerveza. —Jarrett señaló una nevera portátil que había en la cubierta.

Abrieron sendas latas y permanecieron sentados en unas sillas de lona mientras un grupo de pescadores avanzaba con paso cansino por el muelle. El barco se balanceaba suavemente.

—Has tenido un día muy ajetreado, ¿eh? —dijo Clay.

—Hemos salido al amanecer con un padre y sus dos hijos, todos ellos levantadores de pesas. De no sé qué sitio de Nueva Jersey. Jamás he visto tantos músculos juntos a bordo de un barco. Sacaban del océano agujas de mar de más de cuarenta kilos como si de truchas se tratara.

Dos mujeres de unos cuarenta y tantos años pasaron por su lado portando pequeñas mochilas y equipos de pesca. Parecían tan cansadas y requemadas por el sol como los demás pescadores. Una de ellas estaba un poco gruesa, mientras que la otra no, pero Jarrett las estudió a las dos por igual, hasta que se perdieron de vista. Su mirada resultaba casi embarazosa.

—¿Sigues teniendo la misma vivienda en propiedad? —preguntó Clay.

La vivienda que había visto cuatro años atrás era un viejo apartamento de dos habitaciones en la parte de atrás de Marsh Harbor.

—Sí, pero ahora vivo en el barco. El propietario viene muy poco y yo me quedo aquí. Hay un sofá para ti en el camarote.

—¿Vives en este barco?

—Pues claro; tiene aire acondicionado y es muy espacioso. Casi siempre estoy solo.

Ambos se bebieron sus cervezas mientras contemplaban el paso de otro grupo de pescadores.

—Mañana tengo un flete —anunció Jarrett—. ¿Te apetece el paseo?

—¿Qué otra cosa podría hacer aquí?

—Tengo a unos gilipollas de Wall Street que quieren salir a las siete de la mañana.

—Podría ser divertido.

—Me muero de hambre —dijo Jarrett, levantándose y arrojando la lata de cerveza vacía al cubo de la basura—. Vamos.

Echaron a andar por el muelle, pasando por delante de docenas de barcos de todas clases. En los veleros ya estaban preparando la cena. Los patrones se relajaban, bebiendo cerveza. Todos le gritaron algo a Jarrett, quien tuvo para cada uno de ellos una respuesta apropiada. Todavía iba descalzo. Clay lo siguió a un paso de distancia. Éste es mi padre, el gran Jarrett Carter, pensaba, ahora un descalzo holgazán de playa vestido con unos shorts y una camisa desabrochada, el rey de Marsh Harbor. Y un hombre muy desgraciado.

El Blue Fin era un ruidoso bar abarrotado de gente. Al parecer, Jarrett conocía a todo el mundo. Antes de que pudieran encontrar dos taburetes contiguos, el camarero ya les había servido dos vasos altos de ponche de ron.

—Salud —dijo Jarrett, entrechocando su vaso con el de Clay e ingiriendo de un trago la mitad de su contenido. A continuación, inició una seria charla sobre pesca con otro patrón, y durante un buen rato Clay se quedó al margen, lo cual a él le pareció muy bien. Jarrett se tomó el primer vaso de ponche de ron y pidió otro en voz alta. Y después otro.

En una gran mesa redonda situada en un rincón estaban organizando un festín a base de langosta, cangrejo y gambas. Jarrett le hizo señas a Clay de que lo siguiera y ambos se sentaron alrededor de la mesa junto con otras doce personas. La música sonaba a todo volumen y la conversación era aún más estruendosa. Todos los comensales se esforzaban al máximo en emborracharse, y Jarrett el primero. El marinero sentado a la derecha de Clay era un veterano hippie que afirmaba haber eludido la guerra de Vietnam y haber quemado su cartilla militar. Había rechazado todas las ideas democráticas, entre ellas el empleo y el impuesto sobre la renta.

—Llevo treinta años saltando de un lugar del Caribe a otro —dijo en tono de jactancia con la boca llena de gambas—. Los federales ni siquiera saben que existo.

Clay sospechaba que a los federales no les importaba demasiado la existencia de aquel hombre, y lo mismo habría podido decirse de los demás inadaptados con los cuales estaba cenando en aquellos momentos. Marineros, patrones de barco, pescadores a tiempo completo, todos ellos huyendo de algo: pago de pensiones por alimentos, juicios pendientes, negocios fraudulentos... Todos se consideraban rebeldes, anticonformistas, espíritus libres, piratas de la época moderna, demasiado independientes para dejarse oprimir por las reglas normales de la sociedad.

El verano anterior un huracán había azotado gravemente Abaco y el capitán Floyd, el más charlatán de la mesa, estaba en guerra con una compañía de seguros. Su comentario dio lugar a toda una serie de historias sobre huracanes que, como es natural, hicieron necesaria otra ronda de ponche de ron. Clay dejó de beber; su padre no. Jarrett, cada vez más borracho, se puso a hablar a voz en grito al igual que todos los demás comensales.

Pasadas dos horas, la comida ya había desaparecido pero el ponche de ron seguía llegando. Ahora el camarero ya lo servía directamente de la jarra, por lo que Clay decidió hacer un rápido mutis. Abandonó la mesa sin que nadie se diera cuenta y salió a hurtadillas del Blue Fin.

Así acabó la tranquila cena con su padre.

Despertó en medio de la oscuridad a causa del alboroto que estaba armando su padre en el camarote de abajo, silbando e incluso cantando una melodía que sonaba un poco a Bob Marley.

—¡Despierta! —gritó Jarrett.

La embarcación se estaba balanceando, pero no tanto a causa del agua como del sonoro ataque de Jarrett contra el nuevo día.

Clay permaneció tumbado un instante en el estrecho sofá mientras trataba de orientarse y recordaba la legendaria fama de Jarrett Carter. Siempre estaba en su despacho a las seis de la mañana, a menudo a las cinco, y a veces a las cuatro. Seis días a la semana, y a menudo siete. Se perdía casi todos los partidos de béisbol y de fútbol americano de Clay sencillamente porque estaba demasiado ocupado. Nunca regresaba a casa antes del anochecer y muchas veces no regresaba en absoluto. Cuando Clay se hizo mayor y empezó a trabajar en el bufete, Jarrett era famoso por su costumbre de agobiar de trabajo a los jóvenes asociados. Cuando su matrimonio empezó a hacer agua, adquirió la costumbre de quedarse a dormir en el despacho, en ocasiones solo. Sin embargo, a pesar de sus malas costumbres, Jarrett siempre cumplía con sus obligaciones, y mucho antes que cualquiera de los demás. Había coqueteado con el alcohol, pero había conseguido detenerse a tiempo al advertir que la bebida le impedía desarrollar debidamente su trabajo.

En sus días de gloria no necesitaba dormir demasiado, y ahora estaba claro que las viejas costumbres se negaban a morir. Pasó por delante del sofá cantando a pleno pulmón y oliendo a ducha reciente y loción barata para después del afeitado.

—¡Vamos! —gritó.

Del desayuno ni se habló. Clay consiguió darse un rápido baño en el diminuto espacio llamado ducha. No padecía de claustrofobia, pero la mera idea de vivir en los reducidos confines de la embarcación le causaba mareo. Fuera, las nubes se condensaban y el aire ya estaba caliente.

En el puente, Jarrett escuchaba con el entrecejo fruncido.

—Malas noticias —dijo.

—¿Qué ocurre?

—Se acerca una fuerte tormenta. Dicen que lloverá a cántaros todo el día.

—¿Qué hora es?

—Las seis y media.

—¿A qué hora regresaste anoche?

—Te pareces a tu madre. El café está allí.

Clay se llenó una buena taza de café cargado y se sentó junto al timón.

El rostro de Jarrett estaba cubierto por unas gruesas gafas de sol, la barba y la visera de la gorra. Clay sospechaba que los ojos habrían revelado una resaca descomunal, pero eso nadie lo sabría jamás. La radio hablaba de alertas meteorológicas y de avisos de tormenta procedentes de embarcaciones de mayor tonelaje desde alta mar. Jarrett y otros patrones de embarcaciones de alquiler se llamaban mutuamente, comunicándose información, haciendo previsiones y meneando la cabeza mientras contemplaban las amenazadoras nubes. Transcurrió media hora. Nadie se haría a la mar.

—Maldita sea —masculló Jarrett en determinado momento—. Un día perdido.

Llegaron cuatro jóvenes ejecutivos de Wall S treet, todos con shorts blancos de tenis, impecables zapatillas de *footing* y gorros de pescar recién estrenados. Jarrett los vio acercarse y los recibió en la popa. Antes de que saltaran a la embarcación, les dijo:

—Lo siento, muchachos, hoy no podremos salir a pescar. Avisos de tormenta.

Los cuatro echaron un vistazo a las nubes y les bastó para decidir que los hombres del tiempo estaban equivocados.

—Usted bromea —dijo uno de ellos.

—Sólo caerán unas cuantas gotitas —dijo otro.

—Vamos a probar —dijo un tercero.

—La respuesta es no —declaró Jarrett—. Hoy no va a salir nadie a pescar.

—Pero nosotros hemos pagado el flete.

—Se les devolverá el dinero.

Volvieron a contemplar los nubarrones cada vez más oscuros. De repente, estalló un trueno semejante al fragor de unos lejanos cañones.

—Lo siento, amigos —dijo Jarrett.

—¿Y mañana? —preguntó uno.

—Ya estoy comprometido. Lo lamento.

Se marcharon, convencidos de que los habían estafado, impidiéndoles obtener unos impresionantes trofeos.

Ahora que ya había resuelto la cuestión laboral, Jarrett se dirigió a la nevera y sacó una cerveza.

—¿Quieres una? —la preguntó a Clay.

—¿Qué hora es?

—Hora de tomarse una cerveza, supongo.

—Todavía no me he terminado el café.

Se sentaron en las sillas de cubierta mientras el rugido de los truenos se intensificaba por momentos. El puerto deportivo estaba lleno de patrones y marineros ocupados en la tarea de amarrar sus embarcaciones y de entristecidos pescadores que corrían por los embarcaderos, llevando a cuestas neveras portátiles y bolsas llenas de aceite bronceador y cámaras fotográficas. El viento soplaba cada vez con más fuerza.

—¿Has hablado con tu madre? —preguntó Jarrett.

—No.

La historia de la familia Carter era una pesadilla, y ambos se guardaban de explorarla.

—¿Sigues en la ODO? —preguntó Jarrett.

—Sí, y precisamente quería hablarte de ello.

—¿Cómo está Rebecca?

—Creo que ya pasó a la historia.

—¿Y eso es bueno o malo?

—En estos momentos es, sencillamente, doloroso.

—¿Cuántos años tienes ahora?

—Veinticuatro menos que tú. Treinta y uno.

—Exactamente. Demasiado joven para casarte.

—Gracias, papá.

El capitán Floyd se acercó corriendo por el muelle y se detuvo al llegar a la altura de su embarcación.

—Ha llegado Gunter. Partida de póquer dentro de diez minutos. ¡Vamos!

Jarrett se levantó de un salto, convertido de repente en un niño en la mañana de Navidad.

—¿Vienes? —le preguntó a Clay.

—¿A qué?

—A jugar al póquer.

—Yo no juego al póquer. ¿Quién es Gunter?

Jarrett se desperezó y señaló con la mano.

—¿Ves aquel yate de allí, el de treinta metros de eslora? Es de Gunter. Es un viejo cabrón alemán con mil millones de dólares y todo un barco lleno de chicas. Es el mejor sitio donde capear el temporal, créeme.

—¡Vamos! —volvió a gritar el capitán Floyd, reanudando su camino.

Jarrett saltó al muelle.

—¿Vas a venir? —le preguntó a Clay en tono perentorio.

—Me parece que no.

—No seas tonto. Será mucho más divertido que quedarte todo el día sentado aquí.

Jarrett ya se había puesto en marcha, tras el capitán Floyd.

Clay lo saludó con la mano.

—Leeré un libro.

—Como quieras.

Saltaron a una lancha junto con otro individuo y se alejaron por el puerto hasta desaparecer detrás de los yates.

Pasarían varios meses antes de que Clay volviera a ver a su padre. Adiós consejo.

Clay estaba abandonado a su suerte.

11

La suite estaba en otro hotel. Pace cambiaba de alojamiento en el Distrito de Columbia como si unos espías estuvieran siguiéndole la pista. Tras un rápido saludo y un ofrecimiento de café, ambos se sentaron a hablar de negocios. Clay comprendió que la presión de enterrar cuanto antes el secreto estaba afectando seriamente a Pace. Éste parecía cansado. Sus movimientos eran nerviosos. Hablaba atropelladamente. La sonrisa había desaparecido. Nada de preguntas acerca del fin de semana o de la pesca allá abajo en las Bahamas. Pace estaba dispuesto a llegar a un acuerdo con Clay Carter o con el siguiente abogado de su lista. Se sentaron a una mesa, cada uno con un cuaderno de apuntes tamaño folio y con los bolígrafos dispuestos.

—Creo que cinco millones de dólares por defunción sería una cantidad más apropiada —empezó Clay—. Es cierto que eran unos chicos de la calle cuyas vidas no tenían gran valor económico, pero lo que ha hecho tu cliente costaría muchos millones de indemnización por daños. Por consiguiente, si mezclamos el valor real con el de la indemnización, llegamos a los cinco millones.

—El tipo que estaba en coma murió anoche —dijo Pace.

—O sea, que tenemos seis víctimas.

—Siete. Perdimos a otra el sábado por la mañana.

Clay había multiplicado tantas veces cinco millones por seis que tuvo dificultades para aceptar la nueva cifra.

—¿Quién? ¿Dónde?

—Te facilitaré los sucios detalles más tarde, ¿de acuerdo? Digamos que ha sido un fin de semana muy largo. Mientras tú te encontrabas de pesca, nosotros estábamos controlando llamadas al nueve uno uno, que, en un activo fin de semana en esta ciudad, exigen un pequeño ejército.

—¿Estáis seguros de que el caso se debe al Tarvan?

—Estamos seguros.

Clay hizo una anotación y trató de fijar su estrategia.

—Vamos a acordar cinco millones por fallecimiento —dijo.

—De acuerdo.

Durante el vuelo de regreso desde Abaco, Clay había llegado a la conclusión de que se trataba de un juego de ceros. No pienses en ello en términos de dinero sino tan sólo en toda una serie de ceros detrás de unos números. Por el momento, olvídate de todo lo que puede comprarse con dinero. Olvídate de los cambios trascendentales que están a punto de producirse. Olvídate de lo que puede hacer un jurado dentro de unos años. Tú juega con los ceros. No pienses en el afilado cuchillo que te está retorciendo el estómago. Compórtate como si tuvieras las tripas revestidas de acero. Tu contrincante es débil y se siente asustado, es muy rico y está equivocado.

Clay tragó saliva y procuró hablar en tono normal.

—Los honorarios de los abogados son demasiado bajos —dijo.

—Vaya. —Pace llegó al extremo de sonreír—. ¿Diez millones de dólares no te parecen suficiente para cerrar un trato con nosotros?

—No en este caso. El peligro de que todo quedara al descubierto sería mucho mayor si un importante bufete especializado en daños y perjuicios interviniera en el asunto.

—Veo que lo captas todo muy rápido.

—La mitad se irá en impuestos. Los gastos generales que habéis previsto para mí serán muy elevados. Tengo que montar un verdadero bufete jurídico en cuestión de días, y hacerlo en la zona más exclusiva de la ciudad. Además, quiero hacer algo por Tequila y los otros acusados que van a joderse por culpa de todo eso.

—Indícame una suma.

Pace ya estaba garabateando algo.

—Quince millones suavizarían más la transición.

—¿Estás lanzando dardos?

—No, negociando, sencillamente.

—O sea que quieres cincuenta millones, treinta y cinco para las familias y quince para ti. ¿No es así?

—Creo que con eso me conformaría.

—Trato hecho. —Pace alargó la mano y añadió—: Enhorabuena.

Clay se la estrechó.

—Gracias —fue lo único que se le ocurrió decir.

—Hay un contrato con ciertos detalles y condiciones. —Max estaba introduciendo la mano en un maletín.

—¿Qué clase de condiciones?

—Ante todo, jamás podrás mencionar el Tarvan a Tequila Watson, a su nuevo abogado o a cualquiera de los demás acusados relacionados con este caso. Si lo hicieras, lo pondrías todo en grave peligro. Tal como ya tuvimos ocasión de comentar, la toxicomanía no es una justificación legal para un delito. Podría ser una circunstancia atenuante en la sentencia, pero el señor Watson cometió un asesinato, y lo que estuviera tomando en aquel momento no tiene la menor relevancia en su defensa.

—Eso lo sé yo mejor que tú.

—Pues entonces, olvídate de los asesinos. Tú representas ahora a los familiares de las víctimas. Estás al otro lado de la calle, Clay, por consiguiente, acéptalo. Según el contrato, cobrarás cinco millones de dólares por adelantado, otros cinco dentro de diez días y los cinco restantes una vez se hayan firmado todos los acuerdos. Si le mencionas a alguien el Tarvan, el contrato quedará sin efecto. Si abusas de nuestra confianza y te pones en contacto con los acusados, perderás un montón de dinero.

Clay asintió con la cabeza contemplando el abultado contrato que estaba sobre la mesa.

—Se trata esencialmente de un acuerdo de confidencialidad —añadió Max, dando unas palmadas a los papeles—. Está lleno de oscuros secretos, la mayor parte de los cuales tendrás que ocultar hasta a tu propia secretaria. Por ejemplo, el nombre de mi cliente jamás se menciona. Hay una sociedad fantasma radicada actualmente en las Bermudas con una nueva división en las Antillas Holandesas que responde ante un grupo suizo cuyo cuartel general está en Luxemburgo. Las pruebas documentales empiezan y terminan allí, y nadie, ni siquiera yo, puede seguirlas sin perderse. Tus nuevos clientes cobrarán el dinero; no tienen que hacer ninguna pregunta. No creemos que eso vaya a constituir un problema. En cuanto a ti, ganarás una fortuna. No esperamos sermones desde un terreno moral más elevado. Tú cobras el dinero, terminas el trabajo y todo el mundo será más feliz.

—¿Sólo a cambio de vender mi alma?

—Tal como ya te he dicho, déjate de sermones. No haces nada que sea inmoral. Conseguirás unos acuerdos por unas sumas cuantiosas para unos clientes que no tienen la menor idea de que se les deba algo. Eso no es precisamente vender tu alma. ¿Y qué si te haces rico? No serás el primer abogado que tiene un golpe de suerte inesperado.

Clay estaba pensando en los primeros cinco millones. Pagaderos de inmediato.

Max rellenó unos espacios en blanco del contrato y empujó este último sobre la mesa.

—Éste es nuestro acuerdo preliminar. Fírmalo, y entonces te podré decir algo más acerca de mi cliente. Voy por un poco de café.

Clay tomó el documento, lo sostuvo en las manos al advertir que pesaba mucho, y después trató de leer el párrafo inicial. Max estaba llamando por teléfono al servicio de habitaciones.

Abandonaría de inmediato, ese mismo día, la Oficina de la Defensa de Oficio y se retiraría como abogado de oficio de Tequila Watson. El documento necesario ya se había redactado y estaba fijado al contrato con un clip. Clay establecería directamente su propio bufete jurídico; contrataría a los suficientes colaboradores, abriría cuentas bancarias, etcétera. También se adjuntaba una propuesta de normas internas del bufete jurídico J. Clay Carter II, todo según la fórmula habitual en tales documentos.

Llegó el café y Clay siguió leyendo. Max estaba hablando en voz baja a través de un móvil en la suite contigua, transmitiendo sin duda el desarrollo de los últimos acontecimientos a su superior. O puede que estuviera controlando su red de información para averiguar si se había producido algún otro asesinato por culpa del Tarvan. A cambio de su firma en la página 11, Clay recibiría por medio de una transferencia inmediata la suma de cinco millones de dólares, cantidad que Max acababa de escribir en el documento. Le temblaban las manos cuando estampó su firma, pero no por temor o incertidumbre moral sino por el vértigo que le daban tantos ceros.

Cuando terminó la primera tanda del papeleo, ambos abandonaron el hotel y subieron a un SUV conducido por el mismo guardaespaldas que había recibido a Clay en el vestíbulo del Willard.

—Te sugiero que abramos primero la cuenta bancaria —dijo Max en tono suave pero no exento de firmeza.

Clay era la Cenicienta que iba al baile y se dejaba llevar porque ahora todo aquello era un sueño.

—Pues claro, buena idea —consiguió decir.

—¿Algún banco en particular? —preguntó Pace.

El banco de Clay se quedaría estupefacto al ver la clase de actividad que estaba a punto de producirse. Su cuenta bancaria llevaba tanto tiempo justo por encima del mínimo que cualquier depósito significativo dispararía la alarma. Un humilde empleado del banco lo había llamado una vez para advertirle de la necesidad de que pagara un pequeño préstamo pendiente. Ya se imaginaba al pez gordo de arriba boquiabierto de asombro al ver aquel cheque.

—Estoy seguro de que ya habréis pensado en alguno en particular —contestó Clay.

—Mantenemos estrechas relaciones con el Chase. Allí las transferencias serán más fluidas.

«Pues que sea el Chase», pensó Clay con una sonrisa en los labios. Lo que fuera más rápido.

—Al Chase Bank de la Quince —le indicó Max al conductor, quien ya se dirigía hacia allí. Max sacó otros papeles—. Éste es el arriendo y el subarriendo de tu despacho. Se trata de un espacio privilegiado, como bien sabes, y está claro que no es barato. Mi cliente utilizó una empresa de poca monta para alquilarlo por dos años por dieciocho mil dólares mensuales. Podemos subarrendártelo por la misma suma.

—Eso son más o menos cuatrocientos mil dólares.

—Estás en situación de permitírtelo —dijo Max sonriendo—. Empieza a pensar como un penalista con mucho dinero que malgastar.

Ya tenían reservado a un vicepresidente de cierto peso. Max preguntó por la persona indicada y de inmediato les extendieron alfombras rojas en todos los pasillos. Clay asumió el control de sus asuntos y firmó todos los documentos pertinentes.

Según el vicepresidente, la transferencia se recibiría a las cinco de la tarde.

En cuanto subieron de nuevo al SUV, Max volvió a poner rápidamente manos a la obra.

—Nos hemos tomado la libertad de redactar las normas internas de tu bufete jurídico —dijo, entregándole a Clay unos nuevos documentos.

—Eso ya lo he visto —dijo Clay, pensando todavía en la transferencia bancaria.

—Son cosas bastante corrientes..., nada delicado. Hazlo *on line*. Paga doscientos dólares mediante tarjeta de crédito y tendrás tu negocio. Se tarda menos de una hora. Puedes hacerlo desde tu mismo despacho de la ODO.

Clay cogió los papeles y miró a través de la ventanilla. Un elegante Jaguar XJ de color granate se había detenido a su lado en un semáforo en rojo, y su mente empezó a divagar. Quería concentrarse en el asunto que tenía entre manos, pero le resultaba imposible.

—Hablando de la ODO —estaba diciendo Max—, ¿cómo piensas abordar a esa gente?

—Hagámoslo ahora.

—Al trece de la Dieciocho —le dijo Max al conductor, que parecía no perderse detalle. Dirigiéndose de nuevo a Clay, añadió—: ¿Has pensado en Rodney y Paulette?

—Sí. Hoy mismo hablaré con ellos.

—Muy bien.

—Me alegro de que lo apruebes.

—También tenemos algunas personas que conocen muy bien la ciudad. Pueden ser útiles. Trabajarán para nosotros, pero tus clientes no lo sabrán. —Señaló con la cabeza al conductor mientras lo decía—. No podemos relajarnos, Clay, hasta que las siete familias se conviertan en clientes tuyos.

—Me parece que tendré que decírselo todo a Rodney y Paulette.

—Casi todo. Serán los únicos de tu bufete que sabrán lo que ha ocurrido. Pero tú jamás podrás mencionar el Tarvan ni la empresa, y ellos nunca verán los documentos del acuerdo. Ésos los prepararemos nosotros.

—Pero tendrán que saber lo que ofrecemos.

—Evidentemente. Deberán convencer a las familias de que acepten el dinero, pero jamás sabrán de dónde procede éste.

—Eso constituirá todo un reto.

—Primero hay que contratarlos.

En la ODO nadie parecía haber echado en falta a Clay. Hasta la eficiente señorita Glick estaba ocupada atendiendo varios teléfonos y no tuvo tiempo de mirarle con la habitual expresión de «Pero ¿dónde se ha metido?». Tenía una docena de mensajes sobre su escritorio, todos intrascendentes, pues ahora ya nada importaba. Glenda estaba asistiendo a una reunión en Nueva York y, como de costumbre, su ausencia se traducía en almuerzos más largos y más bajas por enfermedad en la ODO.

Redactó rápidamente una nota de dimisión y se la envió por *e-mail*. Con la puerta cerrada, introdujo sus objetos de escritorio personales en dos maletines y dejó a su espalda viejos libros y otras pertenencias que en otro tiempo habían tenido para él un valor sentimental. Siempre podría regresar, aunque sabía que no lo haría.

El escritorio de Rodney ocupaba un pequeño espacio compartido con otros dos auxiliares jurídicos.

—¿Tienes un minuto? —le preguntó Clay.

—Creo que no —contestó Rodney sin apenas levantar los ojos de un montón de informes.

—Ha habido una novedad en el caso de Tequila Watson. Será sólo un minuto.

Rodney se colocó a regañadientes el bolígrafo detrás de la oreja y siguió a Clay hasta su despacho, cuyos estantes ya se habían vaciado. La puerta se cerró inmediatamente a su espalda.

—Me voy —anunció Clay casi en un susurro.

Se pasaron aproximadamente una hora hablando mientras Max esperaba con impaciencia en el SUV, mal aparcado junto al bordillo. Cuando Clay salió con dos abultados maletines, Rodney lo acompañaba, cargado también con una cartera de documentos y una bolsa de la compra de papel. Rodney se dirigió a su automóvil y se marchó. Clay subió rápidamente al SUV.

—Ya lo tenemos —dijo.

—Qué sorpresa.

En el despacho de la avenida Connecticut se reunieron con un especialista en decoración contratado por Max. A Clay le dieron a elegir entre varias piezas de mobiliario muy caro del cual había casualmente existencias en el almacén, por lo que podrían entregarse en veinticuatro horas. Clay señaló varios diseños y muestras, todos ellos de entre los más caros del catálogo. Después firmó una orden de compra.

Estaban instalando un sistema telefónico. Un asesor informático llegó nada más retirarse el decorador. En determinado momento, Clay observó que estaba gastando un montón de dinero y se preguntó si le habría ajustado lo suficiente las tuercas a Max.

Poco antes de las cinco de la tarde Max salió de un despacho recién pintado y se guardó el móvil en el bolsillo.

—Ya ha llegado la transferencia —le dijo a Clay.

—¿Cinco millones de dólares?

—Eso es. Ahora ya eres multimillonario.

—Me largo de aquí —dijo Clay—. Nos vemos mañana.

—¿Adónde vas?

—No vuelvas a hacerme esta pregunta nunca más, ¿entendido? Tú no eres mi jefe. Y deja de seguirme. Ya hemos cerrado el trato.

Anduvo unas cuantas manzanas por Connecticut en medio de los apretujones de la hora punta, sonriendo estúpidamente para sus adentros. Bajó por la Diecisiete hasta llegar al Reflectig Pool y el monumento a Washington, donde varios grupos de alumnos de bachillerato se habían congregado para hacerse fotos. Giró a la derecha cruzando Constitution Gardens y pasó por delante del Vietnam Memorial. Una vez al otro lado del mismo, se detuvo en un quiosco, compró dos cigarros baratos, encendió uno y se acercó a las gradas del Lincoln Memorial, donde permaneció sentado un buen rato contemplando el Mall, abajo, y el Capitolio a lo lejos.

Le resultaba imposible pensar con claridad. Un buen pensamiento era inmediatamente superado y empujado por otro. Pensó en su padre, que vivía en una embarcación de pesca alquilada, simulando darse la gran vida, aunque en realidad tuviera que luchar por ganarse un magro sustento; a sus cincuenta y cinco años, no tenía ningún futuro y bebía más de la cuenta para olvidarse de sus penurias. Dio una calada al cigarro y se pasó un rato haciendo mentalmente compras, y por pura diversión llevó la cuenta de lo que se gastaría si comprara todo lo que quería: un nuevo vestuario, un automóvil auténticamente bonito, un equipo estereofónico, unos cuantos viajes. El total no era más que una pequeña parte de su fortuna. La gran pregunta era qué clase de automóvil. Llamativo pero no ostentoso.

Y, como es natural, necesitaría un nuevo domicilio. Se daría una vuelta por Georgetown en busca de alguna vieja casa con encanto. Había oído decir que algunas de ellas se vendían por seis millones de dólares, pero él no necesitaba tanto. Estaba seguro de que encontraría algo que le gustara por un millón de dólares.

—Un millón por aquí. Un millón por allá.

Pensó en Rebecca, pero procuró no entretenerse demasiado en ella. En el transcurso de los últimos cuatro años, ella había sido la única amiga con quien lo había compartido todo. Ahora no tenía con quien hablar. La ruptura se había producido cinco días atrás, y seguía adelante, pero habían ocurrido tantas cosas que apenas había tenido tiempo de pensar.

—Olvídate de los Van Horn —se dijo en voz alta, exhalando una densa nube de humo.

Haría una elevada donación a la fundación Piedmont, que se dedicaba a la lucha por la conservación de la belleza natural del Norte de Virginia. Contrataría a un auxiliar jurídico cuya única misión consistiría en localizar las más recientes compras de tierras y las previstas urbanizaciones del BVH Group y, siempre que le fuera posible, olfatearía a su alrededor y contrataría abogados para los pequeños propietarios de tierras, ignorantes de que estaban a punto de convertirse en vecinos de Bennett *el Bulldozer*. ¡Qué bien se lo pasaría actuando en defensa del medio ambiente!

Olvídate de esta gente.

Encendió el segundo puro y llamó a Jonah, que estaba en la tienda de informática haciendo unas cuantas horas extra.

—Tengo una mesa reservada en el Citronelle a las ocho —le dijo.

Era el restaurante francés más de moda en el Distrito de Columbia.

—Vale —dijo Jonah.

—Hablo en serio. Vamos a celebrar que cambio de trabajo. Te lo explicaré después. Espérame allí.

—¿Puedo llevar a una amiga?

—De ninguna manera.

Jonah no iba a ningún sitio sin la chica de la semana. Cuando se mudara de casa, Clay lo haría solo y no echaría de menos las hazañas de alcoba de Jonah. Llamó a otros dos compañeros de la facultad de Derecho, pero ambos tenían hijos y obligaciones y no podían dejarlas con tan poca antelación.

Cenar con Jonah siempre constituía una aventura.

12

Llevaba en el bolsillo de la pechera de la camisa sus nuevas tarjetas de visita con la tinta todavía húmeda, entregadas aquella misma mañana por una imprenta rápida, en las cuales se lo calificaba de «jefe auxiliar jurídico del bufete de J. Clay Carter II». Rodney Albritton, jefe auxiliar jurídico, como si el despacho dispusiera de toda una división de auxiliares jurídicos bajo sus órdenes. No era así, pero el despacho estaba creciendo a un ritmo impresionante.

Si hubiera tenido tiempo de comprarse un traje nuevo, probablemente no se lo habría puesto en su primera misión. Su viejo uniforme le sería más útil: chaqueta azul marino, corbata con el nudo aflojado, pantalones vaqueros desteñidos, viejas botas negras del Ejército... Seguía trabajando en la calle, y le convenía tener aspecto de que lo hacía. Encontró a Adelfa Pumphrey en su puesto, con los ojos fijos en una pared cubierta de monitores de circuito cerrado, pero sin ver nada en realidad.

Su hijo llevaba diez días muerto.

Lo miró y le indicó una tablilla con sujetapapeles en la que, al parecer, todos los visitantes tenían que firmar. Rodney sacó una de sus tarjetas y se presentó.

—Trabajo para un abogado de la ciudad —dijo.

—Qué bien —susurró ella sin mirar la tarjeta.

—Quisiera hablar con usted dos minutos.

—¿Sobre qué?

—Sobre su hijo Ramón.

—¿Qué pasa con él?

—Sé acerca de su muerte ciertas cosas que usted ignora.

—No es uno de mis temas preferidos en este momento.

—Lo comprendo, y lamento hablar de ello ahora, pero le interesará lo que tengo que decirle, y seré muy rápido.

Adelfa miró alrededor. Al fondo del vestíbulo había otro guardia uniformado medio dormido, de pie junto a la puerta.

—Puedo tomarme un descanso dentro de veinte minutos —dijo—. Reúnase conmigo en el bar que hay un piso más arriba.

Mientras se marchaba, Rodney se dijo que se merecía hasta el último centavo de su nuevo y elevado sueldo. Un sujeto blanco que hubiera abordado a Adelfa Pumphrey para plantearle un tema tan delicado aún estaría de pie delante de ella, trémulo y nervioso, buscando las palabras más apropiadas para convencerla, pues ella no se fiaría de él, no se creería ni una sola palabra de lo que dijera, no tendría el menor interés en escuchar lo que quisiera decirle, al menos durante los primeros quince minutos de conversación. Pero Rodney era muy afable e inteligente, y era negro, y ella necesitaba hablar con alguien.

La ficha de Max Pace sobre Ramón Pumphrey era breve pero exhaustiva; no había gran cosa que contar. Su presunto padre jamás se había casado con su madre. El hombre se llamaba Leon Tease y en esos momentos estaba cumpliendo una condena de treinta años en Pensilvania por atraco a mano armada y asesinato en grado de tentativa. Era evidente que él y Adelfa habían convivido justo lo suficiente para tener dos hijos, Ramón y un hermano algo más joven llamado Michael. Posteriormente, Adelfa había tenido otro hijo de otro hombre con el que se había casado y del que después se había divorciado. Así pues, Adelfa era libre y estaba tratando de educar, aparte los dos hijos que le quedaban, a dos sobrinas más pequeñas, hijas de una hermana que se encontraba en la cárcel por venta de crack.

Adelfa ganaba veintiún mil dólares trabajando para una empresa de seguridad que se dedicaba a la vigilancia de edificios de oficinas de bajo riesgo en el Distrito de Columbia. Desde su apartamento en un complejo de viviendas protegidas del noroeste, bajaba cada día al centro en metro. No tenía automóvil y jamás había aprendido a conducir. Tenía una cuenta corriente con un saldo muy bajo y dos tarjetas de crédito que le hacían pasar dificultades y le impedían alcanzar una favorable valoración crediticia. No tenía antecedentes penales. Aparte'el trabajo y la familia, su único interés exterior parecía ser el Old Salem Gospel Center, situado muy cerca de su casa.

Puesto que ambos habían crecido en la ciudad, se pasaron unos minutos preguntándose mutuamente a qué escuela habían ido, a quién conocían, de dónde eran sus padres. Descubrieron dos débiles nexos. Adelfa pidió una cola dietética. Rodney se tomó un café solo. El bar estaba medio lleno de burócratas de bajo nivel que conversaban acerca de todo menos de las monótonas tareas cotidianas que tenían entre manos.

—Me quería hablar de mi hijo —dijo Adelfa después de unos cuantos minutos de charla forzada.

Hablaba en un suave susurro, tenso y todavía doloroso.

Rodney se movió ligeramente en su asiento y se inclinó hacia delante.

—Sí, y le repito que lamento hablar de él. Yo también tengo hijos. No puedo ni imaginar lo que usted está sufriendo.

—En eso tiene usted razón.

—Trabajo para un abogado de la ciudad, un chico muy listo que está investigando un asunto que podría suponer un montón de dinero para usted.

La idea del montón de dinero no pareció asombrarla.

Rodney siguió adelante.

—El chico que mató a Ramón acababa de salir de un centro de desintoxicación en el que había permanecido encerrado casi cuatro meses. Era un yonqui, un chico de la calle que nunca había tenido demasiadas oportunidades en la vida. Le habían administrado ciertos fármacos como parte del tratamiento. Nosotros creemos que uno de dichos medicamentos le provocó un acceso de locura que lo indujo a elegir a una víctima al azar y a disparar contra ella sin más.

—¿No fue por un ajuste de cuentas relacionado con la droga?

—No, de ninguna manera.

Adelfa apartó la mirada y los ojos se le llenaron de lágrimas; por un instante, Rodney adivinó que estaba a punto de derrumbarse, pero ella volvió a mirarlo y le preguntó:

—¿Un montón de dinero? ¿Cuánto?

—Más de un millón de dólares —contestó Rodney con un semblante inexpresivo que había ensayado por lo menos doce veces, pues abrigaba serias dudas de que pudiera soltar aquella frase clave sin poner los ojos en blanco.

No hubo ninguna reacción visible por parte de Adelfa, por lo menos en un primer momento. Otra mirada perdida a su alrededor.

—¿Me está tomando el pelo? —preguntó.

—¿Por qué iba a hacerlo? No la conozco de nada. ¿Por qué iba a entrar aquí y soltarle una mentira? Hay dinero sobre la mesa, muchísimo dinero. Dinero de un importante laboratorio farmacéutico que alguien quiere que usted acepte a cambio de que guarde silencio.

—¿Qué importante laboratorio?

—Mire, yo le he dicho todo lo que sé. Mi tarea era hablar con usted, decirle lo que ocurre e invitarla a reunirse con el señor Carter, el abogado para quien trabajo. Él se lo explicará todo.

—¿Es un tío blanco?

—Sí. Pero es buen chico. Llevo cinco años trabajando con él. Le gustará, y más le gustará lo que él va a decirle.

Los ojos ya no estaban empañados. Adelfa se encogió de hombros y repuso:

—De acuerdo.

—¿A qué hora sale del trabajo? —le preguntó Rodney.

—A las cuatro y media.

—Nuestro despacho está en la avenida Connecticut, a quince minutos de aquí. El señor Carter estará esperándola. Ya tiene usted mi tarjeta.

Ella volvió a estudiar la tarjeta.

—Y una cosa muy importante —añadió Rodney en voz baja—. Esto sólo dará resultado si usted guarda silencio. Es un secreto muy grande. Si hace lo que el señor Carter le aconseja que haga, cobrará más dinero del que se imagina. Pero si esto se divulga, no recibirá nada.

Adelfa asintió con la cabeza.

—Y ya puede empezar a pensar en mudarse a otra casa —agregó Rodney.

—¿Mudarme?

—A una nueva casa en otra ciudad, donde nadie la conozca ni sepa que tiene usted montones de dinero. Una bonita casa en una calle tranquila de esas donde los niños pueden circular en bicicleta por las aceras, no hay camellos ni bandas callejeras ni detectores de metal en la escuela. Ni parientes que ambicionen su dinero. Acepte el consejo de alguien que se crió como usted. Trasládese a vivir a otro sitio. Abandone este lugar. Como se lleve usted este dinero a Lincoln Towers, se la comen viva.

La incursión de Clay en la ODO le había permitido quedarse hasta aquel momento con la señorita Glick, la eficiente secretaria que sólo dudó un instante ante la perspectiva de duplicar su sueldo, y con su veterana compañera Paulette Tullos, quien, a pesar de estar muy bien mantenida por su ausente marido griego, pegó un salto ante la posibilidad de ganar doscientos mil dólares al año en lugar de los miserables cuarenta mil que le pagaban allí; y, naturalmente, con Rodney. La incursión había dado lugar a dos urgentes y todavía no contestadas llamadas de Glenda y a toda una serie de mordaces *e-mails* que también habían sido ignorados, al menos por el momento. Clay tenía previsto reunirse con Glenda en un futuro muy cercano y exponerle algunas de las endebles razones que lo habían inducido a robarle a sus más valiosos colaboradores.

Para contrapesar un poco la captación de colaboradores valiosos, había contratado también a Jonah, su compañero de apartamento, el cual, a pesar de que jamás había ejercido como abogado —había superado el examen de ingreso en el Colegio de Abogados al quinto intento—, era un amigo y confidente que, a su juicio, podría adquirir ciertas técnicas jurídicas. Jonah era un bocazas aficionado a la bebida, por lo que Clay se había limitado a describirle muy por encima los detalles de su nuevo trabajo. Tenía previsto revelarle gradualmente más cosas, pero había empezado con muy poco. Jonah, que había olfateado la existencia de mucho dinero, negoció un sueldo inicial de noventa mil dólares, menos de lo que ganaba el jefe auxiliar jurídico, aunque nadie del bufete sabía lo que ganaban los demás. La nueva empresa de contabilidad del tercer piso se encargaría de los libros y la nómina.

Clay había facilitado a Paulette y a Jonah la misma cuidadosa explicación que a Rodney. A saber: había descubierto casualmente una conspiración relacionada con un fármaco de efectos perniciosos, cuyo nombre, así como el de la empresa, jamás sería revelado, ni a ellos ni a nadie. Se había puesto en contacto con el laboratorio y había llegado rápidamente a un acuerdo. Unas cuantiosas sumas de dinero cambiarían de mano. Era de vital importancia que todo se mantuviese en secreto. «Vosotros os tenéis que limitar a llevar a cabo vuestro trabajo sin hacer demasiadas preguntas —le había dicho—. Vamos a montar un bufete jurídico estupendo en el que ganaremos muchísimo dinero y, de paso, nos lo pasaremos bomba.»

¿Quién podía rechazar semejante oferta?

La señorita Glick saludó a Adelfa Pumphrey como si ésta fuera el primer cliente que entraba en aquel nuevo y resplandeciente despacho de abogados, cosa que así era, en realidad. Todo olía a nuevo: la pintura, la alfombra, el papel de la pared, el mobiliario italiano de cuero de la zona de recepción. La señorita Glick le sirvió agua a Adelfa con una jarra y un vaso de cristal jamás utilizados anteriormente, y después reanudó su tarea de ordenar su nuevo escritorio de cristal y metal cromado. Paulette fue la siguiente. Acompañó a Adelfa a su despacho para la tarea inicial de preparación, la cual consistió en algo más que una conversación entre chicas. Paulette tomó toda una serie de notas acerca de la familia y los antecedentes de Adelfa, reuniendo la misma información que Max ya había preparado. Le dirigió las palabras más apropiadas para una madre afligida.

Hasta aquel momento, todos habían sido negros, y Adelfa se sintió reconfortada.

—Puede que usted ya haya visto al señor Carter —dijo Paulette, siguiendo cuidadosamente el guión que ella y Clay habían preparado—. Se encontraba en la sala cuando usted estuvo allí. El juez le nombró abogado de oficio de Tequila Watson, pero él se libró del caso. Así fue como entró en contacto con este asunto.

Adelfa se mostró tan confusa como ellos esperaban.

—Él y yo hemos estado trabajando cinco años juntos en la Oficina de la Defensa de Oficio —prosiguió Paulette—. Nos fuimos hace unos días y abrimos este bufete. Clay le gustará. Es un hombre muy simpático y un buen abogado. Honrado y fiel a sus clientes.

—¿Acaban de abrir el bufete?

—Sí. Clay lleva mucho tiempo deseando ejercer por su cuenta. Me pidió que colaborara con él. Está usted en muy buenas manos, Adelfa.

La confusión se trocó en perplejidad.

—¿Alguna pregunta? —preguntó Paulette.

—Tengo tantas preguntas que no sé por dónde empezar.

—Lo comprendo. Siga mi consejo. No haga demasiadas preguntas. Hay una empresa muy importante que está dispuesta a pagarle mucho dinero para llegar a un acuerdo y evitar la posible demanda que usted pudiera presentar en relación con la muerte de su hijo. Si titubea o hace preguntas, podría acabar fácilmente sin nada. Limítese a aceptar el dinero, Adelfa. Cójalo y eche a correr.

Cuando finalmente llegó el momento de conocer al señor Carter, Paulette la acompañó por un pasillo hasta un espacioso despacho. Clay llevaba una hora paseando nerviosamente arriba y abajo, pero la saludó muy tranquilo. Se había aflojado el nudo de la corbata y remangado las mangas de la camisa, y tenía el escritorio cubierto de carpetas y documentos, como si estuviera litigando en muchos frentes. Paulette permaneció en el despacho hasta que se rompió por completo el hielo inicial y entonces, siguiendo el guión, se retiró.

—Lo reconozco —dijo Adelfa.

—Sí, estuve en la sala para el auto de acusación del asesino de su hijo. El juez me adjudicó el caso, pero yo me libré de él. Ahora trabajo al otro lado de la calle.

—Lo escucho.

—Probablemente esté usted un poco confusa por todo esto.

—Es cierto.

—En realidad, se trata de algo muy sencillo.

Clay se sentó a horcajadas en la esquina de su escritorio y contempló desde arriba el rostro perplejo de la mujer. Cruzó los brazos y trató de dar la impresión de haber hecho lo mismo otras veces. Se lanzó a soltar su versión de la historia del importante laboratorio que había creado el fármaco perjudicial y, a pesar de que ésta era más detallada y animada que la de Rodney, en el fondo ambas contaban lo mismo sin revelar demasiados datos nuevos. Adelfa permanecía sentada en un mullido sillón de cuero, con las manos entrelazadas sobre el regazo, sin parpadear ni saber muy bien qué creer.

Cuando ya estaba llegando al final de su relato, Clay le dijo:

—Ellos quieren pagarle ahora mismo un montón de dinero.

—¿Quiénes son ellos, exactamente?

—El laboratorio farmacéutico.

—¿Tiene nombre?

—Tiene varios y también varias direcciones, pero usted jamás conocerá su verdadera identidad. Eso forma parte del trato. Nosotros, usted y yo, el abogado y la clienta, tenemos que comprometernos a mantenerlo todo en secreto.

Adelfa parpadeó, volvió a cruzar las manos sobre el regazo y se agitó en su asiento. Sus ojos se empañaron mientras contemplaba la preciosa alfombra persa recién estrenada que ocupaba la mitad del despacho.

—¿Cuánto dinero? —preguntó finalmente.

—Cinco millones de dólares.

—Dios mío —balbuceó Adelfa antes de venirse abajo.

Se cubrió los ojos, rompió en sollozos y se pasó un buen rato sin hacer el menor esfuerzo por reprimirlos. Clay le ofreció un pañuelo de papel de una caja.

El dinero del acuerdo se hallaba en el Chase Bank, al lado del de Clay, a la espera de ser repartido. Los documentos que había preparado Max formaban una pila sobre el escritorio. Clay fue mostrándoselos y le explicó que el dinero sería transferido a primera hora de la mañana siguiente, en cuanto el banco abriera sus puertas. Pasó páginas y más páginas de documentos, deteniéndose en los puntos más destacados de los tecnicismos legales e indicándole los lugares donde tenía que firmar. Adelfa estaba tan aturdida que apenas conseguía hablar.

—Confíe en mí —le dijo varias veces Clay—. Si quiere el dinero, firme aquí mismo.

—Me parece que estoy haciendo algo que no debo —dijo Adelfa en determinado momento.

—No, son otros los que han hecho lo que no debían. Aquí la víctima es usted, Adelfa, la víctima y ahora la clienta.

—Tengo que hablar con alguien —dijo ella en determinado momento mientras volvía a firmar.

Pero no tenía a nadie con quien hablar. Según la información obtenida por Max, había un novio que iba y venía, y no era la clase de persona a quien pedir consejo. Tenía hermanos y hermanas repartidos entre el Distrito de Columbia y Filadelfia, pero éstos no estaban en modo alguno mejor preparados que ella. Sus padres habían muerto.

—Eso sería un error —dijo Clay con la mayor delicadeza de que fue capaz—. Si usted guarda silencio, este dinero mejorará su vida. Si habla, la destruirá.

—Yo no sabré manejar tanto dinero.

—Nosotros podemos ayudarla. Si lo desea, Paulette hará un seguimiento de todo el proceso y la asesorará.

—Se lo agradecería.

—Para eso estamos.

Paulette la acompañó a casa en su automóvil, un lento recorrido a través del tráfico de la hora punta. Más tarde ésta le dijo a Clay que Adelfa apenas había abierto la boca y que, al llegar al complejo de viviendas protegidas donde vivía, no había querido bajar. Ambas permanecieron media hora en el interior del vehículo, hablando en voz baja de su nueva vida. Ya no dependería de los servicios sociales, ya no oiría más disparos por la noche. Ya no tendría que pedirle a Dios que protegiera a sus hijos. Jamás tendría que volver a preocuparse por la seguridad de sus hijos tal como se había preocupado por la de Ramón.

Se habían acabado las bandas callejeras. Y las malas escuelas. Cuando finalmente se despidió de Paulette, estaba llorando.

13

El Porsche Carrera de color negro se detuvo suavemente a la sombra de un árbol en la calle Dumbarton. Clay bajó y, por unos segundos, consiguió no prestar la menor atención a su más reciente juguete, pero, tras una rápida mirada en todas direcciones, se volvió y lo contempló una vez más. Era suyo desde hacía tres días, pero aún no se había acostumbrado a la idea. Acostúmbrate, se repetía a sí mismo una y otra vez, y de esa manera conseguía comportarse como si fuera un coche más, nada especial, aunque sólo de echarle un vistazo se le seguía acelerando el pulso. «Tengo un Porsche», decía en voz alta mientras circulaba entre el tráfico sintiéndose un piloto de fórmula uno.

Se encontraba a ocho manzanas del campus principal de la Universidad de Georgetown, el lugar donde se había pasado cuatro años estudiando antes de trasladarse a su facultad de Derecho en las inmediaciones de la colina del Capitolio. Las casas eran históricas y pintorescas; el césped de los pequeños jardines estaba impecablemente cuidado y en las aceras crecían añosos robles y alerces. Las animadas tiendas, los bares y los restaurantes de la calle M se encontraban a sólo dos manzanas al sur, y uno podía desplazarse fácilmente a pie hasta allí. Se había pasado cuatro años practicando el *jogging* por aquellas calles y muchas y largas noches recorriendo con sus amigos los locales y los bares de la avenida Wisconsin y la calle M.

Ahora se disponía a mudarse allí.

La casa que le gustaba estaba a la venta por un millón trescientos mil dólares. La había descubierto dos días antes paseando por

Georgetown. Había otra en la calle N y otra en Volta, todas a un tiro de piedra la una de la otra. Estaba decidido a comprarse una antes de que terminara la semana.

La de Dumbarton, la primera que le había gustado, había sido construida en 1850 aproximadamente y se había mantenido cuidadosamente conservada desde entonces. Su fachada de ladrillo había sido pintada muchas veces y ahora presentaba un desvaído color azulado. Tenía planta baja, dos pisos y sótano. El agente de la inmobiliaria le había dicho que la casa había sido impecablemente conservada por un matrimonio de jubilados que en otros tiempos había recibido a los Kennedy, a los Kissinger y a todos los apellidos que él quisiera añadir. Los corredores de fincas de Washington podían soltar nombres con mayor rapidez que los de Beverly Hills, sobre todo cuando ofrecían propiedades de Georgetown.

Clay había llegado con quince minutos de adelanto. La casa estaba desocupada; sus propietarios vivían ahora en una residencia asistida, según el agente. Cruzó la verja de la parte lateral de la casa y admiró el jardincito de la parte de atrás. No había piscina ni espacio para construirla; los inmuebles eran algo muy apreciado en Georgetown. Había un patio con mobiliario de hierro forjado y las malas hierbas crecían en los parterres de flores. Clay podría dedicar algunas horas a la jardinería, pero no muchas.

Lo más probable era que se limitara a contratar los servicios de una empresa de mantenimiento.

Le encantaba la casa, así como las contiguas. Le encantaba la calle, el carácter acogedor del barrio, en el que todos vivían cerca los unos de los otros pero respetaban mutuamente su intimidad. Sentado en los escalones de la entrada principal, decidió ofrecer un millón, después negociar duro, echarse un farol y marcharse. Se lo pasaría en grande viendo cómo el agente corría de un lado para otro, aunque, al final, estaría totalmente dispuesto a pagar el precio que pedían.

Mientras contemplaba el Porsche, se perdió de nuevo en su mundo de fantasía en el que el dinero crecía en los árboles y él podía comprarse cuanto quisiera. Trajes italianos, vehículos deportivos alemanes, casas en Georgetown, despachos en el centro de la ciudad y... ¿qué más? Había estado pensando en la posibilidad de comprarle un barco a su padre, más grande, naturalmente, a fin de que incrementase sus ingresos. Podría crear un pequeño negocio de alquiler en las Bahamas, amortizar el precio del barco y cancelar casi todas las deudas para que, de esa manera, su padre pudiera ganarse mejor la vida. Jarrett se estaba muriendo allí abajo, bebiendo demasiado, acostándose con la primera que encontraba, viviendo en un barco prestado y buscando las propinas con desesperación. Clay estaba decidido a mejorar su vida.

Una portezuela se cerró de golpe e interrumpió sus gastos, aunque sólo por un instante. Acababa de llegar el agente de la inmobiliaria.

La lista de víctimas elaborada por Pace se había detenido en la número siete. Siete que él supiera. Siete que él y sus colaboradores hubieran podido controlar. Hacía dieciocho días que habían retirado el Tarvan y el laboratorio sabía por experiencia que, cualquiera que fuese la causa que inducía a la gente a matar, el efecto solía cesar a los diez días. Su lista era cronológica, y Ramón Pumphrey ocupaba el sexto lugar.

El número uno había sido un estudiante de la Universidad George Washington que había salido de una cafetería Starbucks de la avenida Wisconsin en Bethesda justo a tiempo para que un pistolero lo viera. El estudiante era de Bluefield, Virginia Occidental. Clay efectuó el viaje hasta allí en un tiempo récord de cinco horas, sin correr en absoluto, sino más bien como un piloto de automóviles de carreras que estuviera cruzando a gran velocidad el valle Shenandoah. Siguiendo las detalladas instrucciones de Pace, localizó la casa de los padres, un pequeño bungaló de aspecto un tanto tristón cerca del centro. Sentado en el interior de su automóvil, en el sendero de entrada, dijo en voz alta:

—No puedo creer lo que estoy haciendo.

Dos cosas lo indujeron a descender del vehículo. Primera, no tenía más remedio que hacerlo. Segunda, la perspectiva de los quince millones de dólares, no simplemente un tercio o dos tercios, sino los quince en su totalidad.

Vestía prendas informales y dejó la cartera en el automóvil. La madre estaba en casa, pero el padre aún no había regresado del trabajo. La mujer le franqueó la entrada a regañadientes, pero después le ofreció un té y unos pastelillos. Clay permaneció sentado en un sofá del estudio, con fotografías del difunto por todas partes. Las cortinas estaban corridas. La casa estaba hecha un desastre.

«¿Qué estoy haciendo aquí?», se preguntó Clay.

La mujer se pasó un buen rato hablando de su hijo, y Clay la escuchó atentamente.

El padre vendía seguros a pocas manzanas de allí, y regresó a casa antes de que el hielo se fundiera en el vaso de té. Clay les expuso los datos en la medida de lo posible. Al principio, sólo hubo algunas preguntas, como de tanteo: ¿cuántas personas habían muerto por este motivo?, ¿por qué no podían acudir a las autoridades?, ¿no debería revelarse ese hecho a la opinión pública? Clay las paró todas como un veterano. Pace lo había preparado muy bien.

Al igual que a todas las víctimas, se les ofrecía una alternativa. Podían enfadarse, formular preguntas, presentar demandas y exigir justicia, o bien aceptar discretamente el dinero. Al principio, la cantidad de cinco millones de dólares no hizo mella en ellos, o por lo menos fueron muy hábiles en simular que no les atraía. Querían enojarse y no mostrar interés por el dinero, por lo menos al principio. Pero, conforme transcurría la tarde, empezaron a ver la luz.

—Si usted no quiere decirme el verdadero nombre de la empresa, no aceptaré el dinero —dijo el padre en determinado momento.

—Ignoro su verdadero nombre —repuso Clay.

Hubo lágrimas y amenazas, amor y odio, perdón y justo castigo, casi todas las emociones y los sentimientos fueron y vinieron a lo largo de la tarde y parte del atardecer. Acababan de enterrar al menor de sus hijos y el dolor era inconmensurable y paralizador. No les gustaba la presencia de Clay, pero le agradecían con toda su alma su preocupación. Desconfiaban de él por ser un abogado de una gran ciudad que a todas luces estaba mintiéndoles acerca de aquel acuerdo tan indignante y escandaloso, pero le pidieron que se quedara a cenar con ellos.

La cena llegó a las seis en punto. Cuatro señoras de la parroquia se presentaron con comida suficiente para toda la semana. Clay fue presentado como un amigo de Washington y las cuatro lo sometieron de inmediato a un interrogatorio implacable. Un experto penalista no hubiera podido mostrarse más entrometido.

Al final, las señoras se fueron. Después de la cena, y a medida que avanzaba la noche, Clay empezó a ejercer presión. Estaba ofreciéndoles el único acuerdo al que podrían llegar. Poco después de las diez de la noche, empezaron a firmar los documentos.

El número tres fue, con mucho, el más difícil. Se trataba de una prostituta de diecisiete años que se había pasado casi toda la vida haciendo la calle. La policía pensaba que ella y su asesino habían mantenido en otros tiempos una relación laboral, pero ignoraba por qué razón él había disparado contra ella. Lo hizo a la entrada de un bar en presencia de tres testigos.

Se llamaba Bandy y no necesitaba para nada un apellido. Las investigaciones de Pace habían permitido establecer que no tenía marido, padre, madre, hermanos, hijos, domicilio conocido, escuelas, iglesias ni, y esto era lo más curioso de todo, antecedentes policiales. No se había celebrado ningún funeral. Al igual que las dos docenas de personas como ella que había cada año en el Distrito de Columbia, Bandy tuvo un entierro de pobre. Cuando uno de los agentes de Pace preguntó en el despacho del forense municipal, le contestaron:

—Está enterrada en la tumba de la prostituta desconocida.

Su asesino había facilitado la única pista. Había revelado a la policía que Bandy tenía una tía en Little Beirut, el gueto más peligroso del sudeste del Distrito de Columbia. Pero, después de dos semanas de búsqueda implacable, no habían logrado localizar a la tía. No habiendo herederos, sería imposible concertar un acuerdo.

14

Los últimos clientes del Tarvan en firmar los documentos fueron los padres de una alumna de veinte años de la Universidad de Howard que había sido asesinada una semana después de haber abandonado los estudios. Vivían en Warrenton, Virginia, a sesenta y cinco kilómetros al oeste del Distrito de Columbia. Se habían pasado una hora sentados en el despacho de Clay tomados fuertemente de la mano como si ninguno de ellos pudiera actuar en solitario. Lloraron a ratos, derramando todo su indecible dolor, y a ratos se mostraron estoicos y tan rígidos, fuertes y aparentemente indiferentes al dinero que Clay llegó a dudar que aceptaran el acuerdo.

Pero lo hicieron, aunque, de entre todos los clientes que habían pasado por sus manos, Clay estaba seguro de que serían los menos afectados por el dinero. Tal vez con el tiempo lo apreciaran, pero por el momento sólo querían que les devolvieran a su hija.

Paulette y la señorita Glick los acompañaron desde el despacho hasta los ascensores, donde todo el mundo volvió a abrazar a todo el mundo. Mientras las puertas se cerraban, los padres pugnaron por contener las lágrimas.

El pequeño equipo de Clay se reunió en la sala de conferencias donde dejaron que pasara el momento y se alegraron de que ya no tuvieran que visitarlos más viudas y padres desconsolados, por lo menos en un futuro próximo. Habían puesto a enfriar para la ocasión un champán muy caro y Clay procedió a servirlo. La señorita Glick lo rechazó porque no bebía, pero era la única abstemia del bufete. Paulette y Jonah parecían especialmente sedientos. Rodney hubiera preferido una Budweiser, pero bebió junto con los demás.

Cuando ya iban por la segunda botella, Clay se levantó para hablar.

—Tengo que hacer algunos anuncios relacionados con el bufete —dijo, dando unas palmadas a su copa—. Primero, los casos del Tylenol ya se han terminado. Enhorabuena y gracias a todos.

Había utilizado el nombre de Tylenol como denominación en clave del Tarvan, un nombre que sus colaboradores jamás oirían pronunciar. De la misma manera que jamás sabrían a cuánto ascendían los honorarios de Clay. Estaba claro que le pagaban una fortuna, pero ellos no tenían la menor idea de a cuánto ascendía.

Todos se aplaudieron a sí mismos.

—Segundo. Esta noche iniciaremos las celebraciones con una cena en el Citronelle. A las ocho en punto. Puede que la velada sea muy larga, pues mañana no hay trabajo. El despacho está cerrado.

Más aplausos y más champán.

—Tercero, dentro de dos semanas nos vamos a París. Todos nosotros más un acompañante para cada uno, a ser posible consorte, si lo tenéis. Todos los gastos pagados. Pasaje de avión de primera clase, hotel de lujo y todo lo que queráis. Estaremos ausentes una semana. Sin excepciones. Aquí mando yo y os ordeno que vayáis todos a París.

La señorita Glick se cubrió la boca con ambas manos. Estaban todos asombrados. Paulette fue la primera en hablar.

—¿No será París, Tennessee?

—No, querida, el París de verdad.

—¿Y si me tropiezo con mi marido por allí? —dijo esbozando una media sonrisa mientras las carcajadas estallaban en torno a la mesa.

—Puedes ir a Tennessee, si quieres —le dijo Clay.

—Ni hablar, cariño.

Cuando finalmente consiguió hablar, la señorita Glick dijo:

—Necesitaré un pasaporte.

—Los impresos están en mi escritorio. Yo me encargaré de todo. Se tarda menos de una semana. ¿Alguna otra cosa?

Hablaron del tiempo, de la comida y de la ropa que iban a ponerse. Jonah empezó a preguntarse a qué chica le pediría que lo acompañase. Paulette era la única que había estado en París, durante su luna de miel, un breve encuentro que terminó de mala manera cuando al griego lo llamaron para un urgente asunto de negocios. Regresó a casa sola en clase turista, a pesar de que a la ida había viajado en primera.

—Queridos, en primera clase te sirven champán —les explicó a los demás—, y los asientos son tan amplios como sofás.

—¿Puedo llevar a quien me dé la gana? —preguntó Jonah, que aún no había conseguido tomar una decisión.

—Limitémonos a alguien que no esté casado, ¿de acuerdo? —contestó Clay.

—Eso reduce el campo de elección.

—¿Tú a quién llevarás? —preguntó Paulette.

—Puede que a nadie —contestó Clay, y la estancia enmudeció por un instante.

Todos habían estado hablando de Rebecca y de la ruptura, basándose en los chismes que les había contado Jonah. Querían que su jefe fuera feliz, pero no tenían la confianza suficiente para mezclarse en sus asuntos.

—¿Cómo se llama aquella torre de allí? —preguntó Rodney.

—La torre Eiffel —contestó Paulette—. Puedes subir hasta arriba.

—Yo no. No me parece muy segura.

—Te vas a convertir en un auténtico viajero, te lo digo yo.

—¿Cuánto tiempo permaneceremos allí? —preguntó la señorita Glick.

—Siete noches —contestó Clay—. Siete noches en París.

Todos empezaron a marcharse, animados por el champán. Un mes atrás, estaban atrapados en las monótonas tareas de la ODO. Todos menos Jonah, que se dedicaba a la venta de ordenadores a tiempo parcial.

Max Pace quería hablar, y, dado que el despacho estaba cerrado, Clay le propuso que se reuniesen allí al mediodía, en cuanto se le hubiera pasado la resaca.

Para entonces sólo le dolía la cabeza.

—Estás fatal —le dijo Pace en tono risueño.

—Es que lo hemos celebrado.

—Lo que tengo que discutir contigo es muy importante. ¿Estás en condiciones de escucharme?

—Puedo seguirte. Dispara.

Pace empezó a pasear por la estancia con un vaso de papel de café en la mano.

—El desastre del Tarvan ha terminado —dijo en tono perentorio. Las cosas terminaban cuando él decía que terminaban, y no antes—. Hemos resuelto los seis casos. Si alguna vez apareciera alguien que alegase estar emparentado con la chica Bandy, confiaremos en que tú resuelvas el asunto. Aunque estoy convencido de que no tiene familia.

—Yo también.

—Has hecho un buen trabajo, Clay.

—Me pagan muy bien por ello.

—Hoy mismo haré la transferencia del último pago. Los quince millones estarán en tu cuenta. Lo que quede de ellos.

—¿Qué esperas que haga? ¿Que conduzca un cacharro, duerma en un apartamento en mal estado y siga vistiendo ropa barata? Tú mismo me dijiste que tenía que gastarme un poco de dinero para causar buena impresión.

—Era una broma. Representas muy bien el papel de rico.

—Gracias.

—Estás haciendo la transición de la pobreza a la riqueza con considerable soltura.

—Es un don que tengo.

—Pero ándate con cuidado. Procura no llamar demasiado la atención.

—Vamos a hablar del siguiente caso.

Pace se sentó y empujó una carpeta sobre el escritorio.

—El medicamento se llama Dyloft, fabricado por los laboratorios Ackerman. Es un potente fármaco antiinflamatorio utilizado por pacientes aquejados de artritis aguda. El Dyloft es nuevo, y los médicos están entusiasmados con él. Obra maravillas y a los pacientes les encanta. Pero tiene dos problemas: primero, lo fabrica un competidor de mi cliente; segundo, se ha relacionado con la aparición de pequeños tumores en la vejiga. Mi cliente, el mismo del Tarvan, fabrica un medicamento parecido que era ampliamente utilizado hasta hace doce meses en que se lanzó al mercado el Dyloft. El mercado vale unos tres mil millones de dólares anuales, más o menos. El Dyloft ya es el número dos y este año alcanzará probablemente los mil millones de dólares. Es difícil decirlo, porque está creciendo muy rápido. El medicamento de mi cliente alcanza los mil quinientos millones de dólares, pero está perdiendo terreno a ojos vistas. El Dyloft es la estrella del momento y no tardará en hundir a toda la competencia. Así son de buenos sus efectos. Hace unos meses, mi cliente compró un pequeño laboratorio farmacéutico en Bélgica. Esta empresa tenía anteriormente una división que más tarde fue absorbida por los laboratorios Ackerman. Éstos despidieron y jodieron de paso a unos cuantos investigadores. Desaparecieron algunos estudios de laboratorio y después reaparecieron donde no debían. Mi cliente tiene testigos y documentos en los que se demuestra que Ackerman conoce los potenciales problemas del medicamento desde hace por lo menos seis meses. ¿Me sigues?

—Sí. ¿Cuántas personas han tomado el Dyloft?

—Es difícil saberlo, porque el número está aumentando muy rápido. Probablemente un millón.

—¿Qué porcentaje de ellas desarrolla tumores?

—Las investigaciones señalan un cinco por ciento, suficiente para acabar con el fármaco.

—¿Y cómo se sabe que un paciente tiene estos tumores?

—Por medio de análisis de orina.

—¿Y queréis que yo presente una demanda contra Ackerman?

—Espera. La verdad acerca del Dyloft está a punto de divulgarse. Por el momento no ha habido querellas ni reclamaciones, y las publicaciones especializadas no han dado a conocer ningún estudio perjudicial. Nuestros espías nos dicen que los de Ackerman están ocupados contando el dinero y reservándolo para pagar a los abogados en cuanto estalle la tormenta. También cabe la posibilidad de que Ackerman esté tratando de mejorar el medicamento, pero eso lleva tiempo y requiere la aprobación de la FDA. Están en apuros, porque necesitan dinero en efectivo. Se endeudaron fuertemente para adquirir otras empresas que, en su mayor parte, no han dado el resultado que se esperaba. Sus acciones se cotizan a cuarenta y dos dólares. Hace un año valían ochenta.

—¿Qué daño causará a la empresa la noticia sobre el Dyloft?

—Hundirá las acciones, que es justamente lo que quiere mi cliente. Si la demanda se lleva bien, y supongo que tú y yo podremos hacerlo como es debido, la noticia será el fin de Ackerman. Y, puesto que contamos con pruebas internas de que el Dyloft es malo, la empresa no tendrá más remedio que disolverse. No pueden correr el riesgo de afrontar un juicio con un producto tan peligroso.

—¿Dónde está la pega?

—El noventa y cinco por ciento de los tumores es de carácter benigno. La vejiga no sufre auténtico daño.

—¿O sea que la demanda sólo servirá para provocar una sacudida en el mercado?

—Sí, y, naturalmente, también para compensar a las víctimas. Yo no quiero tener tumores en la vejiga, ni benignos ni malignos. Y casi todos los miembros de los jurados pensarían lo mismo. Aquí tienes el guión: tú reúnes a un grupo de unos cincuenta demandantes y presentas una querella en nombre de todos los pacientes del Dyloft. Al mismo tiempo, lanzas una serie de anuncios a través de la televisión solicitando más casos. Si golpeas rápido y duro, conseguirás miles de casos. Los anuncios se emitirán de costa a costa. Serán anuncios rápidos capaces de asustar a la gente e inducirla a marcar gratuitamente tu número del Distrito de Columbia, donde un ejército de auxiliares jurídicos atenderá las llamadas y se encargará de las tareas burocráticas. Te costará bastante dinero, pero si consigues, por ejemplo, unos cinco mil casos y pides por cada uno veinte mil dólares, son cien millones de dólares, un tercio de los cuales es para ti.

—¡Pero eso es un escándalo!

—No, Clay, eso es la máxima expresión de lo que se llama acción conjunta en demanda de resarcimiento de daños. Así funciona el sistema en la actualidad. Y si tú no lo haces, te aseguro que otro lo hará. Y muy pronto. Hay tanto dinero en juego que los abogados especializados en demandas conjuntas por daños y perjuicios esperan como buitres la aparición de cualquier indicio sobre medicamentos perjudiciales. Y te aseguro que los hay a montones.

—¿Y por qué soy yo el afortunado?

—Por una cuestión de oportunidad. Si mi cliente sabe exactamente cuándo vas a presentar la demanda, podrá reaccionar al mercado.

—Pero ¿dónde encuentro yo a cincuenta clientes? —preguntó Clay.

Max depositó otra abultada carpeta sobre la mesa.

—Sabemos de mil por lo menos. Nombres, direcciones, todo está aquí dentro.

—¿Me has dicho que dispongo de un ejército de auxiliares jurídicos?

—Media docena. Serán necesarios para atender las llamadas y organizar las fichas. Podrías acabar con cinco mil clientes individuales.

—¿Y los anuncios en la televisión?

—Sí, tengo el nombre de una agencia que puede crear el anuncio en menos de tres días. No es necesario que sea sofisticado: una voz en *off*, las imágenes de unos comprimidos cayendo sobre una mesa, los posibles efectos adversos del Dyloft, quince segundos de terror destinados a inducir a la gente a llamar al bufete jurídico de Clay Carter II. Estos anuncios funcionan, créeme. Si los pasas durante una semana en los principales mercados, tendrás tantos clientes que no podrás ni contarlos.

—¿Cuánto costará todo eso?

—Un par de millones de dólares, pero puedes permitírtelo.

Ahora le tocó a Clay pasear por la estancia para que la sangre le circulara mejor por las venas. Había visto algunos anuncios sobre píldoras adelgazantes de efectos dañinos, en los que unos abogados invisibles trataban de atemorizar a la gente para que llamara a un número gratuito. Estaba firmemente decidido a no caer tan bajo.

¡Pero treinta y tres millones de dólares de honorarios! Aún no se había recuperado de los efectos de la primera fortuna.

¿Cuál sería el programa?

Pace había elaborado una lista de las primeras cosas que se tendrían que hacer.

—Debes firmar el contrato con los clientes, lo que te llevará dos semanas como máximo. Tres días para la creación del anuncio. Unos cuantos días más para la compra de tiempo televisivo. Tendrás que contratar a unos auxiliares jurídicos y colocarlos en algún espacio alquilado de las afueras; aquí sería demasiado caro. Habrá que preparar la demanda. Cuentas con un buen equipo. Creo que podrías hacerlo en menos de treinta días.

—Voy a llevarme a los chicos a pasar una semana en París, pero lo haremos.

—Mi cliente quiere que la demanda se presente antes de un mes. El día 2 de julio para ser más exactos.

Clay se acercó de nuevo a la mesa y miró a Pace.

—Jamás he manejado una demanda de este tipo —dijo.

Pace sacó algo de la carpeta.

—¿Estás ocupado este fin de semana? —preguntó, contemplando el folleto.

—No.

—¿Has estado últimamente en Nueva Orleans?

—Hace unos diez años que no voy por allí.

—¿Has oído hablar alguna vez del Círculo de Abogados?

—Es probable.

—Es una veterana asociación con savia nueva..., un grupo de abogados especializados en demandas colectivas. Se reúnen dos veces al año y comentan las últimas tendencias del sector. Sería un fin de semana muy fructífero.

Deslizó el folleto sobre la mesa hacia Clay, y éste lo cogió.

En la cubierta había una fotografía en color del hotel Royal Sonesta, del Barrio Francés.

Nueva Orleans era tan húmedo y caluroso como siempre, sobre todo en el Barrio.

Estaba solo y le parecía muy bien. Aunque él y Rebecca todavía hubieran estado juntos, ella no habría hecho el viaje. Habría estado demasiado ocupada con su trabajo y yendo de compras el fin de semana con su madre. La rutina de siempre. Había pensado en la posibilidad de invitar a Jonah, pero la relación entre ambos era un poco tensa en aquel momento. Clay había dejado el pequeño e incómodo apartamento y se había mudado a la tranquilidad de Georgetown sin ofrecérsela a Jonah, una ofensa que ya había previsto y tenía intención de reparar. Lo que menos quería en su nueva casa era un alocado compañero de vivienda que entrara y saliese a todas horas siempre con una chica distinta.

El dinero empezaba a aislarlo de los demás. Había dejado de llamar a sus amigos porque no quería que le hicieran preguntas. No frecuentaba los antiguos locales porque ahora podía permitirse cosas mejores. En menos de un mes había cambiado de trabajo, de casa, de automóvil, de banco, de vestuario, de restaurantes y de gimnasio y tenía el firme propósito de cambiar de novia, por más que no se vislumbrara ninguna sustituta en el horizonte. Llevaban veintiocho días sin hablarse. Pensaba llamarla cuando se cumpliera el trigésimo día, según lo prometido, pero muchas cosas habían cambiado desde entonces.

Cuando entró en el vestíbulo del Royal Sonesta, su camisa ya estaba mojada y se le pegaba a la espalda. La tarifa de inscripción era de cinco mil dólares, una escandalosa cantidad de dinero por unos pocos días de confraternización con un grupo de abogados. La tarifa le decía al mundo jurídico que no todos estaban invitados, sino tan sólo los ricos que se tomaban en serio los daños colectivos. Su habitación costaba otros cuatrocientos cincuenta dólares por noche, que él pagó con una tarjeta de crédito platino todavía por estrenar.

Estaban celebrándose varios seminarios simultáneamente. Pasó por una sala donde dos abogados estaban moderando una discusión acerca de daños por sustancias tóxicas. Ambos habían presentado una demanda contra un laboratorio químico que había contaminado unas aguas potables que quizás habían provocado la aparición de cánceres, o quizá no. De todos modos la empresa pagó quinientos millones de dólares, y ellos dos se hicieron ricos. En la sala contigua, un abogado a quien Clay había visto en la televisión estaba explicando con entusiasmo cómo manejar los medios de difusión, pero contaba con muy pocos oyentes. De hecho, casi todos los seminarios estaban muy poco concurridos. Lo que ocurría era que estaban a viernes, y los pesos pesados llegarían el sábado.

Al final, Clay encontró a la gente en una pequeña sala de proyecciones en la que una compañía aérea estaba mostrando un vídeo sobre su nuevo jet de lujo, el más sofisticado de su generación. Las imágenes se proyectaban sobre una pantalla gigante instalada en un rincón de la sala, y los abogados permanecían todos juntos, contemplando en silencio el milagro más reciente de la aviación. Autonomía de seis mil kilómetros. «De costa a costa o de Nueva York a París, sin escalas, naturalmente.» Consumía menos combustible que los otros cuatro modelos de jet de los que Clay jamás había oído hablar, y también era más rápido. El interior era más espacioso y había asientos y sofás por todas partes, e incluso una agraciada auxiliar de vuelo en minifalda, sosteniendo en sus manos una botella de champán y un cuenco de cerezas. El cuero era de un intenso color canela. Para vuelos de placer o de trabajo, pues el Galaxy 9000 iba equipado con un sofisticado sistema telefónico y un receptor vía satélite que permitía a cualquier atareado abogado llamar a cualquier lugar del mundo; y faxes y una fotocopiadora y, naturalmente, acceso instantáneo a Internet. El vídeo mostraba a un grupo de abogados de aspecto severo sentados en torno a una mesita con las mangas de las camisas remangadas, como si estuvieran estudiando atentamente un complicado acuerdo sin prestar la menor atención a la agraciada rubia minifaldera y a su champán.

Clay se acercó poco a poco al grupo, sintiéndose un intruso. Con muy buen criterio, el vídeo no indicaba en ningún momento el precio del Galaxy 9000. Había otras posibilidades mejores, como, por ejemplo, el tiempo compartido y los trueques de venta y los arriendos al vendedor, todas las cuales serían debidamente explicadas por los representantes que aguardaban allí cerca, listos para hacer negocio. Cuando la pantalla se quedó en blanco, los abogados se pusieron a hablar todos a la vez, pero no de medicamentos cuyos efectos resultaban perniciosos ni de demandas colectivas, sino de jets y de lo caros que resultaban los pilotos. En determinado momento, Clay oyó decir a alguien:

—Uno nuevo ronda los treinta y cinco.

No era posible que fueran treinta y cinco millones de dólares.

Otros exhibidores estaban ofreciendo toda clase de artículos de lujo. Un constructor de embarcaciones había llamado la atención de un sesudo grupo de abogados interesados en yates. Había un especialista en inmuebles caribeños. Otro vendía ranchos de ganado en Montana. Una cabina electrónica con los últimos y carísimos artilugios era objeto de especial atención.

Y los automóviles. Había una pared enteramente cubierta por complejos displays de costosos vehículos: un cupé descapotable Mercedes-Benz, un Corvette de edición limitada, un Bentley de color rojo oscuro que cualquier especialista en demandas colectivas que se respetara no podía por menos que poseer. La marca Porsche estaba exhibiendo su propio SUV y un representante anotaba los pedidos. Pero el vehículo que más atraía la atención era un reluciente Lamborghini de color azul marino cuya etiqueta con el precio estaba casi escondida, como si el fabricante le tuviera miedo. Sólo doscientos noventa mil dólares, y en edición muy limitada. Varios abogados parecían dispuestos a pelearse por él.

En una zona más tranquila de la sala, un sastre y sus ayudantes estaban tomando las medidas de un abogado un tanto grueso para un traje italiano. Un letrero decía que eran de Milán, pero Clay les había oído hablar en un inglés muy americano.

Una vez, en la facultad de Derecho, Clay había asistido a una mesa redonda acerca de importantes acuerdos jurídicos y de lo que deberían hacer los abogados para proteger a sus poco sofisticados clientes de la tentación de la riqueza inmediata. Varios penalistas habían contado terroríficas historias de familias trabajadoras que habían destrozado su vida por culpa de acuerdos jurídicos, y dichas historias constituían unos estudios fascinantes sobre la conducta humana. En determinado momento, un participante en la mesa redonda había comentado con ironía: «Nuestros clientes se gastan el dinero casi con tanta rapidez como nosotros.»

Mientras miraba en la sala de exposiciones, Clay observó a los abogados gastarse el dinero con la misma rapidez con que lo ganaban. ¿Era él también culpable de lo mismo?

Por supuesto que no. Se había limitado a lo esencial, al menos por el momento. ¿Quién no querría un nuevo automóvil y una vivienda mejor? No estaba comprando yates ni aviones ni ranchos de ganado. No le interesaban. Y, si el Dyloft le reportara otra fortuna, bajo ningún pretexto malgastaría su dinero en jets y en segundas residencias. Lo enterraría en el banco o en el patio de atrás.

La frenética orgía consumista estaba asqueándolo, por cuyo motivo abandonó el hotel. Le apetecía comerse unas ostras en el Dixie Beer.

15

La única sesión de las nueve de la mañana del sábado era una puesta al día sobre la legislación relativa a las demandas colectivas que en aquellos momentos se estaba debatiendo en el Congreso. El tema había atraído a un pequeño grupo. Por cinco mil dólares, Clay estaba firmemente decidido a absorber cuanto pudiera. De entre los pocos presentes, parecía el único que no tenía resaca. Por todo el salón de baile los asistentes apuraban sin descanso humeantes tazas de café.

El conferenciante era un abogado perteneciente a algún grupo de presión de Washington, que empezó muy mal, contando dos chistes verdes que no fueron del agrado de nadie. Todos los presentes eran varones blancos, y constituían una especie de club masculino, pero no estaban para bromas de mal gusto. La presentación pasó rápidamente del mal humor al aburrimiento. Sin embargo, por lo menos para Clay, los temas eran en cierto modo interesantes, e incluso ligeramente informativos; no sabía nada acerca de las acciones legales colectivas y, por consiguiente, todo constituía una novedad.

A las diez de la mañana tuvo que elegir entre una mesa redonda sobre los más recientes acontecimientos relacionados con el Skinny Ben y una presentación por parte de un abogado cuya especialidad era la pintura a base de plomo, un tema que a él le pareció un tanto aburrido, por lo que decidió regresar a la mesa redonda.

El Skinny Ben era el apodo de una infame píldora contra la obesidad que había sido recetada a millones de pacientes. Su inventor se había embolsado miles de millones de dólares y pretendía hacerse el amo del mundo cuando, de pronto, en un número considerable de consumidores empezaron a producirse problemas cardíacos fácilmente atribuibles al medicamento. Las demandas estallaron en un abrir y cerrar de ojos, y el laboratorio no mostró el menor interés en ir a juicio. Tenía los bolsillos llenos y empezó a comprar a los demandantes, llegando a acuerdos por los que pagaba elevadas sumas de dinero. Varios abogados de los cincuenta estados de la Unión especializados en demandas colectivas se habían pasado cuatro años buscando como locos casos relacionados con el Skinny Ben.

Cuatro abogados permanecían sentados detrás de una mesa en compañía de un moderador, de cara a los presentes. El asiento contiguo al de Clay estaba desocupado, hasta que un menudo y risueño abogado apareció en el último momento y consiguió pasar entre las filas. Abrió su maletín y reveló varios cuadernos de notas de tamaño folio, material de seminarios, dos teléfonos móviles y un buscapersonas. Cuando hubo ordenado debidamente su puesto de mando, y Clay ya se hubo apartado todo lo posible de él, el hombre murmuró:

—Buenos días.

—Buenos días —contestó Clay, también en voz baja, sin el menor deseo de enzarzarse en una charla. Contempló los móviles y se preguntó a quién demonios podría querer llamar aquel hombre a las diez de la mañana de un sábado.

—¿Cuántos casos ha conseguido? —le preguntó todavía en voz baja el otro abogado.

Una pregunta interesante, a la que Clay no tenía intención de contestar. Acababa de resolver los casos del Tarvan y estaba preparando su ataque contra el Dyloft, pero en aquel momento no tenía ningún caso en absoluto. Sin embargo, semejante respuesta habría sido del todo impropia en un ambiente en el que todas las cantidades eran enormes y exageradas.

—Un par de docenas —mintió.

El tipo frunció el entrecejo como si su respuesta fuera totalmente inaceptable, y la conversación quedó interrumpida, por lo menos durante unos minutos. Uno de los participantes en la mesa redonda tomó la palabra y se hizo el silencio en la sala. Su tema era un informe económico sobre el laboratorio Healthy Living, fabricante de las Skinny Ben. La empresa tenía varias divisiones, casi todas ellas rentables. El precio de las acciones no había bajado. Más aún, después de cada uno de los acuerdos, su valor se había mantenido, señal de que los inversores sabían que la empresa tenía dinero en abundancia.

—Éste es Patton French —le dijo el abogado que tenía al lado.

—¿Quién es? —preguntó Clay.

—El especialista en demandas colectivas más importante del país. El año pasado obtuvo trescientos millones de dólares en honorarios.

—Es el orador de la hora del almuerzo ¿verdad?

—Sí, no se lo pierda.

El señor French explicó con insoportable lujo de detalles que los aproximadamente trescientos mil casos del Skinny Ben se habían resuelto con unas indemnizaciones de unos siete mil quinientos millones de dólares. Él, junto con otros expertos, calculaban que debía de haber por ahí otros cien mil casos por un valor aproximado de entre dos mil millones y tres mil millones de dólares. La empresa y sus aseguradoras tenían dinero más que suficiente para hacer frente a todas las demandas que se presentaran, por cuyo motivo los presentes en la sala deberían afanarse en encontrar a los restantes. Sus palabras provocaron el entusiasmo del auditorio.

Clay no tenía el menor interés en saltar a la cancha. No le entraba en la cabeza que aquel bajito, regordete y presuntuoso gilipollas del micrófono pudiera ganar trescientos millones de dólares en honorarios al año y todavía tuviera tanto afán en ganar más. El debate pasó al tema de las maneras más creativas de atraer a nuevos clientes. Uno de los participantes en la mesa redonda había ganado tanto dinero que tenía en plantilla a dos médicos a tiempo completo cuya tarea consistía exclusivamente en ir de ciudad en ciudad examinando a personas que hubieran tomado Skinny Ben. Otro se había limitado a utilizar los anuncios a través de la televisión, un tema que despertó el momentáneo interés de Clay, pero que enseguida se transformó en una aburrida discusión acerca de la conveniencia de que el abogado apareciera en pantalla o bien contratara a un actor de aspecto impecable.

Lo más curioso, sin embargo, fue que no hubo ningún debate sobre estrategias judiciales —testigos expertos, gente que tirara de la manta, selecciones de jurados, pruebas médicas—, es decir, la información que los abogados solían intercambiarse en los seminarios. Clay estaba averiguando que tales casos raras veces iban a juicio. Las habilidades en las salas de justicia carecían de importancia. Allí sólo se hablaba de buscar casos. Y de cobrar honorarios cuantiosos. En distintos momentos del debate, los cuatro participantes en la mesa redonda, y varios otros que se limitaron a plantear cuestiones intrascendentes, no pudieron por menos que confesar que habían ganado muchos millones en acuerdos recientes.

Clay estaba deseando darse otra ducha.

A las once, el concesionario local de la Porsche ofreció una concurrida recepción con Bloody Marys. Ostras, Bloody Marys e incesantes comentarios acerca de los casos que tenía cada cual. Y de la manera de conseguir otros. Mil por aquí, dos mil por allá. Estaba claro que la táctica más utilizada consistía en reunir el mayor número de casos posible y después formar equipo con Patton French, quien estaría encantado de incluirlos en su propia demanda colectiva en su propio terreno de Misisipí, donde los jueces, los jurados y las sentencias siempre iban por donde él quería y los fabricantes temían poner los pies. French manejaba a los presentes como un dirigente político de barrio de Chicago.

Volvió a hablar a la una, después de un bufé libre a base de comida cajun y cerveza. Tenía las mejillas coloradas y la lengua suelta y animada. Sin utilizar notas, se lanzó a contar una breve historia del sistema estadounidense de daños indemnizables y de la importancia que éste revestía para proteger a las masas de la codicia y la corrupción de las grandes empresas que fabricaban productos peligrosos. Y, de paso, aprovechó para decir que no le gustaban las compañías de seguros, los bancos, las multinacionales ni los republicanos. El capitalismo desenfrenado provocaba la necesidad de personas como los valerosos miembros del Círculo de Abogados, que trabajaban en las trincheras y no temían atacar a las grandes empresas en representación de los trabajadores y los desvalidos.

Con sus honorarios de trescientos millones de dólares anuales resultaba un poco difícil imaginar a Patton French en el papel de desamparado, pero él estaba actuando para sus espectadores. Clay miró alrededor y se preguntó, no por primera vez, si él sería la única persona cuerda de allí. ¿Tan cegados estaban aquellos hombres por el dinero que de verdad se creían los defensores de los pobres y los enfermos?

¡Casi todos ellos disponían de jets privados!

Las historias de las batallitas de French se iban sucediendo. Un acuerdo de demanda colectiva de cuatrocientos millones de dólares por un medicamento contra el colesterol de efectos adversos. Mil millones por un medicamento contra la diabetes que había matado por lo menos a cien pacientes. Ciento cincuenta millones por una instalación eléctrica defectuosa en doscientos mil hogares que había provocado mil quinientos incendios, se había cobrado la vida de diecisiete personas y había causado quemaduras a otras cuarenta. Los abogados estaban pendientes de sus palabras. Y, entremedio de todo ello, alguna que otra alusión a los lugares adonde había ido a parar su dinero.

—Eso les costó un nuevo Gulfstream —soltó en un determinado momento mientras los presentes aplaudían.

Clay sabía, tras haberse pasado menos de veinticuatro horas en el Royal Sonesta, que el Gulfstream era el mejor de todos los jets privados del mercado y que uno a estrenar costaba aproximadamente cuarenta y cinco millones de dólares.

El rival de French era un abogado especializado en compañías tabaqueras de algún lugar de Misisipí que había ganado algo así como mil millones de dólares y se había comprado un yate de sesenta metros de eslora. El viejo yate de French sólo medía cuarenta y cinco metros, y por eso lo había cambiado por otro de setenta. Eso también les hizo mucha gracia a los presentes. Ahora su bufete contaba con treinta abogados y necesitaba otros treinta. Ya iba por la cuarta esposa. La última se había quedado con su apartamento de Londres.

Y así sucesivamente. Una fortuna ganada, una fortuna perdida. No era de extrañar que trabajara siete días a la semana.

Un público normal se hubiera sentido molesto ante aquella vulgar ostentación de riqueza, pero French conocía a su público. Y sus palabras estimulaban a todos los presentes a ganar más, gastar más, presentar más demandas y buscar más clientes. Por espacio de una hora demostró ser un necio y un desvergonzado, pero raras veces resultó aburrido.

Sus cinco años en la ODO habían protegido a Clay contra muchos aspectos del moderno ejercicio de la abogacía. Había leído muchas cosas acerca de las demandas colectivas por daños y perjuicios, pero no tenía ni idea de que los letrados que las presentaban constituyeran un grupo tan organizado y especializado. No daban la impresión de ser excepcionalmente brillantes. Sus estrategias no se centraban en una auténtica labor de penalistas, sino en buscar los casos y llegar a acuerdos extrajudiciales.

French podría haber seguido hablando eternamente sin cansarse, pero al cabo de una hora se retiró en medio de una atronadora aunque un tanto embarazosa ovación. Regresaría a las tres para participar en un seminario sobre la búsqueda de la plaza judicial más favorable: cómo encontrar la mejor jurisdicción para tu caso. La tarde prometía ser una repetición de la mañana, y Clay ya había tenido suficiente.

Paseó sin rumbo por el Barrio, fijándose no en los bares y los clubes de *striptease* sino en los anticuarios y las galerías, pero no compró nada porque se sentía dominado por la necesidad de almacenar su dinero. Más tarde se sentó en la terraza de un café de Jackson Square y se dedicó a contemplar el ir y venir de los personajes de la calle. Mientras bebía a sorbos, trató de disfrutar de la achicoria caliente, pero no lo consiguió. Aunque no había puesto los números sobre el papel, ya había hecho mentalmente los cálculos. Los honorarios del Tarvan menos el cuarenta y cinco por ciento de los impuestos y los gastos del despacho, menos lo que ya se había gastado, sumaban seis millones y medio de dólares. Podía enterrarlos en un banco y ganar trescientos mil dólares anuales en concepto de intereses, lo cual equivalía aproximadamente a ocho veces el sueldo que ganaba en la ODO. Trescientos mil dólares al año eran veinticinco mil dólares al mes, y él no acertaba a imaginar, sentado a la sombra en una calurosa tarde de Nueva Orleans, cómo podría gastar semejante cantidad de dinero.

No era un sueño, sino una realidad. El dinero ya estaba en su cuenta. Sería rico durante el resto de su vida y no se convertiría en uno de aquellos payasos del Royal Sonesta que se pasaban el tiempo quejándose de lo que costaban los pilotos o los patrones de los yates.

Pero había un problema, y era muy importante. Había contratado a unas personas y les había hecho unas promesas. Rodney, Paulette, Jonah y la señorita Glick habían abandonado su trabajo de siempre y habían depositado ciegamente su confianza en él. Ahora no podía coger el dinero y salir corriendo sin más.

Pidió una cerveza y tomó una decisión trascendental. Trabajaría duro durante un breve período de tiempo con los casos del Dyloft que, con toda franqueza, habría sido una estupidez rechazar, pues Max Pace estaba entregándole una mina de oro, y cuando terminara con el Dyloft ofrecería cuantiosas gratificaciones a sus colaboradores y clausuraría el bufete. Viviría tranquilamente en Georgetown, se dedicaría a viajar por el mundo cuando quisiera, pescaría como su padre y vería crecer su dinero, y jamás, bajo ningún pretexto, se volvería a acercar a otra reunión del Círculo de Abogados.

Acababa de pedir el desayuno al servicio de habitaciones cuando sonó el teléfono. Era Paulette, la única persona que sabía exactamente dónde estaba.

—¿Estás instalado en una bonita habitación? —le preguntó.

—Vaya si lo estoy.

—¿Dispone de fax?

—Pues claro.

—Dame el número que voy a enviarte una cosa.

Era una fotocopia de un recorte de la edición dominical del *Post*. El anuncio de una boda. Rebecca Allison Van Horn, de McLean, Virginia, y Jason Shubert Myers IV. «El señor Bennett Van Horn y esposa, de McLean, Virginia, se complacen en participar el enlace de su hija Rebecca con el señor Jason Shubert Myers IV, hijo del señor D. Stephens Myers y esposa, de Falls Church...» La fotografía, a pesar de haber sido fotocopiada y enviada por fax desde más de mil seiscientos kilómetros de distancia, era muy nítida... Una chica muy guapa iba a casarse con otro.

D. Stephens Myers era el hijo de Dallas Myers, abogado de varios presidentes, desde Woodrow Wilson a Dwight Eisenhower. Según el anuncio, Jason Myers había estudiado en Brown y en la facultad de Derecho de Harvard y ya era socio de Myers & O'Malley, tal vez el bufete jurídico más antiguo del Distrito de Columbia y sin duda el más arrogante. Había creado el departamento de propiedad intelectual y se había convertido en el socio más joven de toda la historia de Myers & O'Malley. Aparte de sus gafas redondas, el chico no tenía la menor pinta de intelectual, por más que Clay supiera que no podía ser justo en sus apreciaciones aunque quisiese. No era feo, pero no estaba a la altura de Rebecca.

La boda se celebraría en diciembre en la iglesia episcopaliana de McLean, y la recepción se ofrecería en el club de campo Potomac.

En menos de un mes Rebecca había encontrado a alguien a quien amaba lo suficiente para casarse con él. Alguien dispuesto a aguantar una vida al lado de Bennett y Barb. Alguien con dinero suficiente para impresionar a los Van Horn.

Volvió a sonar el teléfono. Era Paulette.

—¿Estás bien? —le preguntó.

—Perfectamente —contestó él, haciendo un esfuerzo.

—Lo siento mucho, Clay.

—Ya había terminado, Paulette. Llevábamos un año alejándonos poco a poco el uno del otro. Es una buena noticia. Ahora ya puedo olvidarla por completo.

—Si tú lo dices...

—Estoy bien. Gracias por llamarme.

—¿Cuándo regresas a casa?

—Hoy mismo. Estaré en el despacho mañana por la mañana.

Llegó el desayuno, pero él ya lo había olvidado. Bebió un poco de zumo de fruta y dejó lo demás. Era probable que aquel pequeño idilio ya llevase un tiempo en marcha. Lo único que necesitaba Rebecca era librarse de Clay, lo cual había conseguido hacer con notable facilidad. Estaba claro que lo había traicionado. Clay ya podía ver y oír a su madre actuando bajo mano, manipulando la ruptura, tendiéndole una trampa a Myers y organizando a continuación los detalles de la boda.

—Vete con viento fresco —masculló para sí.

Después pensó en el sexo y en Myers ocupando su lugar, y entonces arrojó el vaso al otro lado de la habitación; se estrelló contra la pared y se hizo añicos. Clay se maldijo por comportarse como un idiota.

¿Cuántas personas estarían leyendo el anuncio en aquellos momentos y pensando en él, diciendo: «Caray, qué rápido»?

¿Estaría Rebecca pensando en él? ¿Cuánta satisfacción experimentaría admirando el anuncio de su boda y pensando en el viejo

Clay? Probablemente mucha. Quizá muy poca. Pero ¿qué más daba? No cabía duda de que el señor y la señora Van Horn lo habrían olvidado en un santiamén. ¿Por qué no podía él limitarse a devolverles el favor?

Ella se había dado mucha prisa, eso lo sabía con toda certeza. El idilio entre ambos había sido demasiado largo e intenso, y su ruptura era demasiado reciente para que ella lo soltara sin más y se buscara a otro. Se había pasado cuatro años acostándose con ella; Myers sólo llevaba un mes, o tal vez menos, confiaba.

Regresó a pie a Jackson Square, donde los artistas y los tarotistas y los malabaristas y los músicos callejeros ya se habían puesto en marcha. Se compró un helado y se sentó en un banco cerca de la estatua de Andrew Jackson. Decidió llamarla para felicitarla por lo menos. Después pensó que se buscaría a una putita rubia y se la restregaría por las narices a Rebecca. A lo mejor, la llevaría a la boda, con minifalda, naturalmente, y unas piernas de un kilómetro de longitud. Con su dinero, no le resultaría difícil encontrar a una mujer así. Incluso estaba dispuesto a contratarla en caso necesario.

—Todo ha terminado, chico —se repitió varias veces—. Procura serenarte.

Déjala que se vaya.

16

El código indumentario del despacho había evolucionado rápidamente hacia el estilo del «todo vale». El tono lo había establecido el jefe, que mostraba predilección por los tejanos y las camisetas caras, con una chaqueta deportiva a mano por si tenía que salir a almorzar. Tenía trajes de diseño para las reuniones y las comparecencias ante los tribunales, pero por el momento ambas cosas eran acontecimientos más bien insólitos, pues el despacho no tenía clientes ni casos. Todos habían mejorado su vestuario, para gran satisfacción de Clay.

Se reunieron a última hora de la mañana del lunes en la sala de conferencias, Paulette, Rodney y un tanto enfurruñado Jonah. A pesar de que ya había adquirido una considerable importancia en la breve historia del bufete, la señorita Glick aún seguía siendo, sencillamente, una recepcionista que hacía las veces de secretaria.

—Chicos, tenemos trabajo que hacer —dijo Clay, dando comienzo a la reunión.

Les expuso el caso del Dyloft y, basándose en los concisos resúmenes de Pace, les describió el medicamento y les reveló su historia. Echando mano de su memoria, les facilitó rápidamente los sucios datos sobre los laboratorios Ackerman, ventas, beneficios, dinero en efectivo, competidores y demás problemas legales. Después pasó a lo bueno: los desastrosos efectos secundarios del Dyloft, los tumores de la vejiga y el conocimiento de estos problemas por parte de la empresa.

—Hasta la fecha no se ha presentado ninguna demanda. Pero nosotros estamos a punto de modificar esta situación. El día 2 de julio declararemos la guerra, presentando una demanda colectiva aquí, en el Distrito de Columbia, en nombre de todos los pacientes perjudicados por el medicamento. Se producirá un caos descomunal y nosotros estaremos justo en el centro.

—¿Tenemos a alguno de estos clientes? —preguntó Paulette.

—Todavía no. Pero contamos con nombres y direcciones. Hoy mismo empezaremos a ponernos en contacto con ellos. Elaboraremos un plan para captar a los clientes y después tú y Rodney os encargaréis de llevarlo a la práctica.

A pesar de las reservas que le inspiraban los anuncios a través de la televisión, durante el vuelo de regreso a casa desde Nueva Orleans había llegado a la conclusión de que no se le ofrecía ninguna otra alternativa factible. En cuanto presentase la demanda y revelara los adversos efectos secundarios del medicamento, los buitres que acababa de conocer en el Círculo de Abogados empezarían a revolotear como un enjambre de abejas en busca de clientes. El único medio eficaz de llegar a un elevado número de pacientes del Dyloft serían los anuncios a través de la televisión.

Así se lo explicó a sus colaboradores diciendo:

—Eso costará por lo menos dos millones de dólares.

—¿Y este bufete dispone de dos millones de dólares? —preguntó Jonah, expresando lo que todos los demás estaban pensando.

—Los tiene. Hoy mismo empezaremos a trabajar en los anuncios.

—Tú no vas a aparecer en pantalla ¿verdad, jefe? —preguntó Jonah casi en tono suplicante—. Por favor.

Como en el resto del país, el Distrito de Columbia estaba inundado de anuncios que, a primera hora de la mañana y última de la noche, se rogaba a los afectados que llamaran al abogado fulano de tal, quien estaba dispuesto a dar la batalla por ellos y no cobraba nada por la consulta inicial. A menudo los propios abogados aparecían en pantalla, con los embarazosos resultados que cabía esperar.

Paulette también parecía asustada, y meneaba levemente la cabeza.

—Por supuesto que no. De eso se encargarán unos profesionales.

—¿Cuántos clientes podría haber? —preguntó Rodney.

—Miles de ellos. Es difícil saberlo.

Rodney apuntó a cada uno de los presentes con un dedo, contando lentamente hasta cuatro.

—Según mis cálculos —dijo—, somos cuatro.

—Añadiremos más. Jonah será el encargado de la expansión. Alquilaremos espacio en las afueras y lo llenaremos de auxiliares jurídicos. Ellos atenderán las llamadas y organizarán las fichas.

—¿Y dónde vamos a encontrar a los auxiliares? —preguntó Jonah.

—En la sección de anuncios de las publicaciones del Colegio de Abogados. Ponte a trabajar ahora mismo en los anuncios. Y esta tarde tienes una cita con un corredor de fincas de Manassas. Vamos a necesitar unos mil quinientos metros cuadrados. No es necesario un local lujoso, basta con que tenga suficientes cables para los teléfonos y un sistema informático completo, lo cual, tal como sabemos, es tu especialidad. Alquílalo, encárgate de todos los detalles de las instalaciones y de la contratación de personal y organízalo todo. Cuanto antes, mejor.

—Sí, señor.

—¿Cuánto vale el caso Dyloft? —preguntó Paulette.

—Todo lo que pague Ackerman. La cantidad podría oscilar entre diez mil hasta nada menos que cincuenta mil, dependiendo de varios factores, el menor de los cuales quizá no sea el alcance de los daños en la vejiga.

Paulette estaba haciendo unos cálculos en un cuaderno de apuntes tamaño folio.

—¿Y cuántos casos podríamos tener?

—Imposible saberlo.

—¿Ni siquiera aproximadamente?

—No lo sé. Varios miles.

—De acuerdo. Pongamos tres mil casos. Tres mil casos por un mínimo de diez mil dólares suman treinta millones, ¿es así? —dijo Paulette sin dejar de garabatear en su cuaderno.

—Exactamente.

—¿Y cuáles son los honorarios de los abogados? —preguntó.

Los otros tres estaban mirando fijamente a Clay.

—Un tercio —contestó éste.

—Eso significa diez millones de dólares en honorarios —dijo ella muy despacio—. ¿Todos para este bufete?

—Sí. Y vamos a repartirnos los honorarios.

El verbo «repartir» resonó por un instante por toda la estancia.

Jonah y Rodney miraron a Paulette como diciendo: «Adelante, suéltalo todo de una vez.»

—¿Compartirlos? ¿Cómo? —preguntó Paulette con deliberada lentitud.

—El diez por ciento para cada uno de vosotros.

—O sea que, según mis cálculos hipotéticos, ¿mi participación en los honorarios sería de un millón?

—Exactamente.

—Mmm, ¿y lo mismo para mí? —preguntó Rodney.

—Lo mismo para ti. Y lo mismo para Jonah. Y debo añadir que las sumas están calculadas a la baja.

Tanto si estaban calculadas a la baja como si no, los presentes las asimilaron en un silencio sobrecogido que duró aparentemente una eternidad mientras cada uno de ellos empezaba a gastarse mentalmente una parte de aquel dinero. Para Rodney, significaría poder enviar a los chicos a la universidad. Para Paulette, poder divorciarse del griego al que el año anterior sólo había visto una vez. Para Jonah, pasarse la vida en un velero.

—Hablas en serio, ¿verdad, Clay? —preguntó Jonah.

—Totalmente en serio. Si trabajamos duro todo el año que viene, caben muchas posibilidades de que podamos optar a un temprano retiro.

—¿Y quién te ha hablado de este Dyloft? —preguntó Rodney.

—Jamás podré responder a esta pregunta, Rodney. Lo siento. Te pido, sencillamente, que confíes en mí.

Por su parte, Clay esperaba en aquel momento que su ciega confianza en Max Pace no fuera una locura.

—Casi me había olvidado de París —dijo Paulette.

—Pues no te olvides. Estaremos allí la semana que viene.

Jonah se levantó de un salto y, tomando su cuaderno de apuntes, preguntó:

—¿Cómo se llama el corredor de fincas?

En la segunda planta de su casa, Clay montó un pequeño despacho. No tenía previsto trabajar mucho allí, pero necesitaba un sitio donde poner sus papeles. El escritorio era un viejo tajo de carnicero que había encontrado en una tienda de antigüedades de Fredericksburg, justo unos kilómetros más abajo. Ocupaba toda una pared y era lo bastante largo para que cupieran un teléfono, un fax y un ordenador portátil.

Allí fue donde llevó a cabo su primer acercamiento experimental al mundo de las demandas conjuntas. Aplazó la llamada hasta casi las nueve de la noche, una hora en la que algunas personas ya se iban a la cama, sobre todo las de más edad que quizá padecieran de artritis. Tras tomarse un trago de una bebida de alta graduación para armarse de valor, marcó los números.

Contestó una mujer, tal vez la esposa de Ted Worley, de Upper Marlboro, Maryland. Clay se presentó amablemente, se identificó como abogado, como si los abogados tuvieran por costumbre llamar constantemente a la gente y no hubiera el menor motivo para alarmarse, y pidió hablar con el señor Worley.

—Está viendo el partido de los Orioles —contestó la mujer.

Estaba claro que Ted no atendía ninguna llamada cuando jugaban los Orioles.

—Ya... ¿sería posible hablar con él un momento?

—¿Dice usted que es abogado?

—Sí, señora, de aquí mismo, en el Distrito de Columbia.

—¿Qué es lo que ha hecho ahora?

—Oh, no, nada, nada en absoluto. Me gustaría hablar con él acerca de su artritis.

El impulso de colgar y echar a correr vino y se fue en un segundo. Clay dio gracias a Dios de que nadie estuviera viéndolo o escuchándolo. «Piensa en los honorarios», se dijo.

—¿Su artritis? Pensaba que era usted abogado, no médico.

—En efecto, señora, soy abogado y tengo motivos para pensar que está tomando un medicamento peligroso para el tratamiento de su artritis. Si no le importa, quisiera hablar con él un instante.

Unas voces en segundo plano mientras ella le gritaba algo a Ted y él le contestaba algo también a gritos. Al final, el hombre se puso al teléfono.

—¿Quién es? —preguntó.

—¿Cómo va el partido? —preguntó Clay tras presentarse rápidamente.

—Tres-uno Red Sox en la quinta. ¿Le conozco?

El señor Worley tenía setenta años.

—No, señor. Soy abogado aquí, en el Distrito de Columbia, y estoy especializado en demandas relacionadas con efectos perjudiciales de medicamentos. Presento constantemente demandas contra empresas que sacan al mercado fármacos perjudiciales.

—Muy bien, ¿qué desea?

—A través de nuestras fuentes de Internet, hemos averiguado su nombre como posible consumidor de un medicamento contra la artritis llamado Dyloft. ¿Podría decirme si toma usted este medicamento?

—A lo mejor no me interesa decirle qué medicamentos tomo.

Una respuesta perfectamente válida, para la que Clay creía estar preparado.

—Por supuesto que no tiene usted por qué contestarme, señor Worley. Pero la única manera de establecer si usted tiene derecho a llegar a un acuerdo para el cobro de una indemnización consiste en averiguar si está tomando el medicamento.

—Este condenado Internet... —murmuró el señor Worley, intercambiando rápidamente unas palabras con su mujer, la cual debía de estar esperando cerca del teléfono—. ¿De qué clase de acuerdo se trata? —preguntó.

—Permítame que se lo explique en un minuto. Necesito saber si usted toma el Dyloft. Si no lo toma, es usted un hombre de suerte.

—Bueno, vamos a ver. Supongo que no es un secreto, ¿verdad?

—No, señor.

Pero sí lo era, naturalmente. ¿Por qué no hubiera tenido que ser confidencial el historial médico de una persona? Las pequeñas mentiras eran necesarias, se repetía una y otra vez Clay. Tú piensa en el cuadro general. Era posible que el señor Worley y miles de personas como él jamás llegaran a saber que estaban tomando un medicamento perjudicial a menos que alguien se lo dijera. Estaba claro que los laboratorios Ackerman no lo habían revelado todo. Ésa era la misión de Clay.

—Pues sí, tomo Dyloft.

—¿Desde hace cuánto tiempo?

—Puede que un año. Me da muy buen resultado.

—¿Algún efecto secundario?

—¿Como qué?

—Sangre en la orina. Una sensación de ardor durante la micción.

Clay ya se había resignado al hecho de tener que pasarse varios meses hablando de vejigas y de orina con mucha gente. No podría evitarlo.

Era una de las cosas para las cuales no lo preparaban a uno en la facultad de Derecho.

—No. ¿Por qué?

—Disponemos de ciertas investigaciones preliminares que Ackerman, el fabricante del Dyloft, está tratando de ocultar. Se ha descubierto que este medicamento provoca tumores en la vejiga en algunas personas que lo toman.

De esta manera, el señor Ted Worley, que justo hacía unos momentos estaba ocupado en sus propios asuntos y en la contemplación del juego de sus queridos Orioles, iba a pasarse el resto de esa noche, y buena parte de la semana siguiente, preocupado por la posibilidad de que le crecieran unos tumores en la vejiga. Clay se sentía fatal y hubiera deseado pedir disculpas, pero se repitió una vez más que no tenía más remedio que hacerlo. ¿De qué otro modo habría averiguado el señor Worley la verdad? Si al pobre hombre fueran a desarrollársele efectivamente unos tumores, ¿no convendría que lo supiera?

Sosteniendo el auricular con una mano mientras se frotaba el costado de la cabeza con la otra, el señor Worley dijo:

—Pues mire, ahora que lo dice, recuerdo que noté una sensación de ardor hace un par de días.

—¿De qué estás hablando? —oyó preguntar Clay a la señora Worley en segundo plano.

—Por favor —dijo el señor Worley a su mujer.

Clay siguió adelante antes de que la discusión fuera a mayores.

—Mi bufete representa a un elevado número de consumidores de Dyloft. Creo que debería considerar la posibilidad de someterse a un examen.

—¿Qué clase de examen?

—Un análisis de orina. Disponemos de un médico que puede hacerlo mañana mismo. No le costará ni un centavo.

—¿Y si se descubre que algo no marcha bien?

—Entonces podremos discutir las alternativas. Cuando la noticia sobre el Dyloft se divulgue dentro de unos días, habrá un aluvión de querellas. Mi bufete encabezará el ataque contra los laboratorios Ackerman.

—Quizá convendría que hablara con mi médico.

—Por supuesto que puede hacerlo, señor Worley. Pero es posible que él también tenga cierto grado de responsabilidad. Al fin y al cabo fue quien le recetó el medicamento. Sería mejor que recabara la opinión de alguien que fuera imparcial.

—Espere un momento. —El señor Worley cubrió el micrófono con la mano y mantuvo una tormentosa discusión con su mujer. Cuando volvió, dijo—: Yo no creo en las demandas contra los médicos.

—Yo tampoco. Mi especialidad es perseguir a las grandes empresas que causan daños a la gente.

—¿Le parece que deje de tomar el medicamento?

—Hagamos primero el análisis. Es probable que el Dyloft sea retirado del mercado en algún momento del verano que viene.

—¿Y dónde me hago el análisis?

—El médico está en Chevy Chase. ¿Podría ir mañana?

—Sí, claro, ¿por qué no? Parece una tontería esperar, ¿no cree?

—Pues sí.

Clay le facilitó el nombre y la dirección del médico que Max Pace había localizado. El análisis costaba ochenta dólares, pero a Clay le saldría por trescientos cada uno; el precio que tendría que pagar para poder hacer negocio.

Una vez ultimados todos los detalles, Clay se disculpó por la intromisión, le agradeció al señor Worley la atención que le había prestado y lo dejó para que siguiera sufriendo mientras veía el resto del partido. Sólo cuando colgó el auricular se percató de las gotas de sudor que se habían concentrado sobre sus cejas. ¿Buscar clientes por teléfono? ¿En qué clase de abogado se había convertido? En un abogado muy rico, se repetía una y otra vez. Necesitaría tener un pellejo muy duro, pero no estaba seguro de conseguirlo.

Dos días más tarde, Clay enfiló el sendero de entrada de la casa de los Worley, en Upper Marlboro, quienes lo recibieron en la puerta. El análisis de orina, que incluía un examen citológico, había revelado la presencia de células anormales en la orina, signo inequívoco, según Max Pace y sus exhaustivas e ilegalmente obtenidas investigaciones médicas, de la existencia de tumores en la vejiga. El señor Worley había sido enviado a un urólogo que lo vería la semana siguiente. El examen y la extirpación de los tumores se llevaría a cabo mediante cirugía citológica, introduciendo un minúsculo endoscopio y un bisturí en un tubo a través del miembro hasta la vejiga, y, por más que le hubieran dicho que se trataba de un procedimiento de rutina, el señor Worley no las tenía todas consigo y estaba tremendamente preocupado. La señora Worley dijo que se había pasado las dos últimas noches sin dormir, lo mismo que ella.

Por mucho que lo quisiera, Clay no podía decirles que lo más probable era que los tumores fuesen benignos. Mejor que eso lo dijeran los médicos después de la intervención.

Mientras se tomaba un café instantáneo con crema de leche en polvo, Clay les explicó los pormenores del contrato a cambio de sus servicios y contestó a sus preguntas acerca de la demanda. Cuando Ted Worley firmó al pie del documento, se convirtió en el primer demandante de todo el país contra el Dyloft.

Y por un tiempo pareció que iba a ser el único. Utilizando el teléfono sin cesar, Clay consiguió convencer a once personas de que se sometieran a los análisis de orina. Las once dieron negativo.

—Sigue insistiendo —lo apremiaba Max.

Aproximadamente un tercio de las personas colgaba o se negaba a creer que Clay hablara en serio.

Él, Paulette y Rodney dividieron sus listas entre posibles clientes negros y blancos. Estaba claro que los negros no se mostraban tan recelosos como los blancos, porque era más fácil convencerles de que fueran a ver al médico. O puede que les halagara la atención médica que recibían. O puede, tal como Paulette sugirió más de una vez, que ella tuviese más labia.

A finales de semana, Clay ya había captado a tres clientes cuyos análisis habían revelado la presencia de células anormales. Rodney y Paulette, trabajando en equipo, habían firmado un contrato con otros siete.

La demanda conjunta contra el Dyloft ya estaba preparada para la guerra.

17

La aventura parisiense le costó 95.300 dólares según la cuidadosa contabilidad llevada a cabo por Rex Crittle, un hombre que estaba familiarizándose cada vez más con casi todos los aspectos de la vida de Clay. Crittle era un experto contable con una empresa mediana situada directamente bajo los despachos de Carter. No era de extrañar que también hubiera sido recomendado por Max Pace.

Por lo menos una vez a la semana Clay bajaba por la escalera de la parte posterior o bien era Crittle quien subía, y ambos se pasaban aproximadamente media hora hablando acerca del dinero del primero y de la mejor manera de manejarlo. La existencia de un sistema de contabilidad era esencial para el bufete, y su puesta en marcha no revistió la menor dificultad. La señorita Glick tomaba notas acerca de todo y se limitaba a transmitirlas a los ordenadores de Crittle del piso de abajo.

A juicio de Crittle, un enriquecimiento tan repentino daría lugar a una inspección por parte del fisco. Pese a las promesas de Pace en sentido contrario, Clay se mostró de acuerdo e insistió en que las cuentas se llevaran de manera impecable, sin zonas grises en lo tocante a las desgravaciones y las deducciones. Sería absurdo intentar estafarle al Estado algunos impuestos. Mejor pagar y dormir tranquilo.

—¿Qué es este pago de medio millón de dólares a East Media? —preguntó Crittle.

—Vamos a emitir algunos anuncios a través de la televisión para captar clientes. Eso es el primer pago aplazado.

—¿Pago aplazado? ¿Cuántos más habrá? —El hombre miró por

encima de sus gafas de lectura a Clay con una expresión que éste ya le había visto otras veces, como diciendo: «¿Has perdido la cabeza, hijo?»

—Un total de dos millones de dólares. Dentro de unos días presentaremos una importante demanda, y coordinaremos la acción con unos anuncios relámpago de los que se encargará East Media.

—Muy bien —dijo Crittle, recelando visiblemente de semejantes gastos—. Supongo que habrá algunos honorarios adicionales para cubrir todo esto.

—Así lo espero —contestó Clay, y soltó una carcajada.

—¿Y qué hay de este nuevo despacho de Manassas? ¿Un depósito de alquiler de quince mil dólares?

—Pues sí, estamos creciendo. Voy a necesitar seis nuevos auxiliares jurídicos. El alquiler de despachos allí es más barato.

—Me alegro de comprobar que se preocupa por los gastos. ¿Seis nuevos auxiliares jurídicos?

—Sí, ya he contratado a cuatro. Tengo sus contratos y la información correspondiente a las nóminas en mi escritorio.

Crittle estudió por un instante un listado mientras introducía unas cifras en la calculadora que tenía por cerebro.

—¿Puedo preguntarle por qué necesita a otros seis auxiliares jurídicos teniendo tan pocos casos?

—Buena pregunta —dijo Clay.

Describió muy por encima la inminente acción legal colectiva sin mencionar ni el medicamento ni el fabricante, pero no estuvo muy seguro de si su rápido resumen había contestado a las demandas de Crittle. Como contable, éste se mostraba lógicamente escéptico ante cualquier actuación que instara a la gente a presentar demandas.

—Confío en que sepa lo que hace —dijo, sospechando, en realidad, que Clay había perdido el juicio.

—Confíe en mí, Rex, el dinero está a punto de entrar a raudales.

—De lo que no cabe duda es de que ahora está saliendo a raudales.

—Para ganar dinero primero hay que gastarlo.

—Eso dicen.

El ataque se inició poco después de la puesta de sol del día primero de julio. Todos menos la señorita Glick se congregaron delante del televisor de la sala de conferencias, esperaron hasta las ocho y treinta y dos de la tarde en punto y entonces enmudecieron. Era un anuncio de quince segundos en el que aparecía un joven y apuesto actor enfundado en una bata blanca, sosteniendo en las manos un grueso libro y mirando con expresión sincera a la cámara. «Atención, pacientes de artritis. Si están ustedes tomando el medicamento Dyloft, pueden interponer una demanda contra el fabricante del mismo. El Dyloft ha sido relacionado con varios efectos perjudiciales, entre ellos la aparición de tumores en la vejiga.» En la parte inferior de la pantalla aparecieron las audaces palabras: DYLOFT LÍNEA DIRECTA - LLAME AL 1-800-555-DYLO. El médico añadía: «Llame inmediatamente a este número. La Línea Directa Dyloft puede facilitarle un examen médico gratuito. ¡Llame ahora!»

Todos contuvieron la respiración durante unos quince segundos, y permanecieron en silencio cuando el anuncio terminó. Para Clay, fue un momento especialmente angustioso, pues acababa de lanzar un virulento y potencialmente demoledor ataque contra una poderosa empresa que indudablemente respondería con la máxima dureza. ¿Y si resultaba que Max Pace estaba equivocado con respecto al fármaco? ¿Y si en realidad estaba utilizando a Clay como peón en una encarnizada partida de ajedrez empresarial? ¿Y si Clay no lograba demostrar por medio de testigos expertos que el medicamento provocaba la aparición de tumores? Se había pasado varias semanas luchando con aquellas preguntas y había interrogado a Pace miles de veces. Ambos se habían peleado en un par de ocasiones y se habían intercambiado duras palabras. Al final, Max le había entregado las investigaciones ilegalmente obtenidas sobre los efectos secundarios del Dyloft. Clay se las había pasado a un compañero de una hermandad estudiantil de Georgetown que ahora ejercía la medicina en Baltimore, para que las estudiase. Las investigaciones parecían tan serias como siniestras.

Al final, Clay había llegado al convencimiento de que él tenía razón y Ackerman se equivocaba. Sin embargo, al ver el anuncio, se acobardó ante la acusación y sintió que le temblaban las rodillas.

—Un poco bestia —dijo Rodney, que había visto el vídeo del anuncio una docena de veces.

Sin embargo, en la televisión real resultaba todavía más duro. East Media había prometido que el dieciséis por ciento de cada mercado vería el anuncio. Los anuncios se presentarían en días alternos durante diez días en noventa mercados de costa a costa. La audiencia estimada era de ochenta millones de personas.

—Dará resultado —dijo Clay, muy puesto en su papel de jefe.

Durante la primera hora, el anuncio se emitió a través de diez emisoras de treinta mercados de la Costa Este y después se distribuyó por dieciocho mercados de la Zona de la Hora Central. A las cuatro horas de haber empezado, el anuncio llegó finalmente a la otra costa y se extendió por cuarenta y dos mercados. El pequeño bufete de Clay se había gastado la primera noche algo más de cuatrocientos mil dólares en anuncios.

El prefijo 800 desviaba a los comunicantes al Sudadero, el nuevo apodo de la rama del bufete jurídico de J. Clay Carter II, ubicada en el centro comercial. Allí los seis nuevos auxiliares jurídicos atendían las llamadas, rellenaban impresos, formulaban todas las preguntas previstas, remitían a los comunicantes a la página *web* de Dyloft Línea Directa y prometían que las llamadas serían devueltas por uno de los abogados del bufete. A las dos horas de haberse emitido los primeros anuncios, todas las líneas estaban ocupadas. Un ordenador grababa los nombres de los comunicantes que no podían ser atendidos. Un mensaje informatizado los remitía a la página *web*.

A las nueve de la mañana siguiente Clay recibió una urgente llamada telefónica de un abogado de un importante bufete de unas puertas más abajo. Representaba a los laboratorios Ackerman y exigía la inmediata retirada de los anuncios. Se mostró altivo y condescendiente y amenazó con toda suerte de marrulleras acciones legales si Clay no se doblegaba de inmediato a sus exigencias. La discusión comenzó muy áspera y fue calmándose poco a poco.

—¿Estará usted en su despacho dentro de unos minutos? —preguntó Clay.

—Sí, claro. ¿Por qué?

—Quiero enviarle una cosa. Utilizaré a mi mensajero. Sólo serán cinco minutos.

Rodney, el mensajero, bajó corriendo por la acera con una fotocopia de las veinte páginas de la demanda. Clay se dirigió al Palacio de Justicia para presentar el original. Siguiendo las instrucciones de Pace, otras copias se enviaron por fax al *Washington Post*, el *Wall Street Journal* y el *New York Times*.

Pace también había insinuado que la venta al descubierto de las acciones de Ackerman sería un hábil movimiento inversor. Las acciones habían cerrado el viernes anterior a 45,50 dólares. Cuando se abrió la bolsa el lunes por la mañana, Clay cursó una orden de venta de cien mil acciones. Volvería a comprarlas a los pocos días, confiando en que cotizaran a 30 dólares, y se embolsaría otro millón de dólares. O al menos ése era el plan.

A su regreso, reinaba una frenética actividad en su despacho. En horario de oficina, había seis líneas directas gratuitas al Sudadero de Manassas y, cuando las seis estaban ocupadas, las llamadas eran desviadas al despacho principal de la avenida Connecticut. Rodney, Paulette y Jonah estaban al teléfono, hablando con consumidores de Dyloft repartidos por toda Norteamérica.

—Puede que le interese ver esto —dijo la señorita Glick, tendiendo un papel en el que aparecía escrito el nombre de un reportero del *Wall Street Journal*—. Y el señor Pace está en su despacho.

Max sostenía una taza de café en la mano y estaba mirando a través de la ventana.

—Ya ha sido presentada la demanda —dijo Clay—. Hemos agitado el avispero.

—Disfruta del momento.

—Sus abogados han llamado. Les he enviado una copia de la demanda.

—Muy bien. Ya están muriéndose. Les han tendido una emboscada y saben que van a matarlos. Es el sueño de cualquier abogado, Clay; sácale todo el partido que puedas.

—Siéntate. Tengo que hacerte una pregunta.

Pace, vestido de negro como siempre, se acomodó en un sillón y cruzó las piernas. Sus botas vaqueras parecían de piel de serpiente de cascabel.

—Si ahora mismo los laboratorios Ackerman te contrataran, ¿qué harías? —preguntó Clay.

—La rapidez es esencial. Empezaría a divulgar comunicados de prensa, lo negaría todo, culparía de lo ocurrido a la codicia de unos abogados. Defendería mi medicamento. El objetivo inicial, después del estallido de la bomba, y cuando el polvo empieza a disiparse, es proteger el precio de la acción. Empezó a cuarenta dólares y medio, que ya era un precio muy bajo. Ahora está a treinta y tres. Conseguiría que el director general hablara por televisión y dijera las cosas más apropiadas. Pediría que el departamento de Relaciones Públicas lanzara una ofensiva propagandística en toda regla. Ordenaría que los abogados preparasen una defensa organizada. Pediría que los comerciales tranquilizaran a los médicos en cuanto a la seguridad del medicamento.

—Pero resulta que el medicamento no es seguro.

—De eso me preocuparía más tarde. Durante los primeros días, todo gira vertiginosamente, por lo menos en la superficie. Si los inversores creen que el medicamento tiene algún fallo, abandonan el barco y las acciones siguen cayendo. Cuando todo estuviera en marcha, mantendría una conversación seria con los jefes. Cuando averiguara que el medicamento plantea problemas, llamaría a los expertos en números para establecer cuánto costarían los acuerdos de indemnización. Nunca vas a juicio cuando tienes un mal medicamento. Cada jurado está facultado para dictar el veredicto que considere oportuno, y no existe manera de controlar los gastos. Un jurado concede al demandante un millón de dólares. El jurado de otro estado se vuelve loco y fija la indemnización por daños en veinte millones. Es un juego de dados. Y entonces prefieres llegar a un acuerdo. Tal como estás aprendiendo rápidamente, los abogados de las acciones conjuntas cobran porcentajes netos, y, por consiguiente, es fácil llegar a un acuerdo con ellos.

—¿Cuánto puede permitirse pagar Ackerman?

—Están asegurados en por lo menos trescientos millones de dólares. Y tienen unos quinientos millones de dólares en efectivo, casi todos ellos generados por el Dyloft. En el banco ya están apretándoles las tuercas, pero, si yo mandara, decidiría pagar mil millones. Y lo haría muy rápido.

—¿Lo hará rápido Ackerman?

—No me han contratado, y, por consiguiente, eso significa que no son muy listos. Llevo mucho tiempo estudiando esta empresa, y no son demasiado inteligentes. Como a todos los fabricantes de medicamentos, las demandas los horrorizan. En lugar de utilizar a un bombero como yo, lo hacen a la manera antigua: se fían de sus propios abogados, los cuales, como es natural, no están interesados en concertar acuerdos rápidos. El bufete principal es Walker-Stearns, de Nueva York. No tardarás en recibir noticias suyas.

—O sea, que el acuerdo no será rápido...

—Has presentado la demanda hace menos de una hora. Tranquilízate.

—Lo sé. Pero es que estoy gastando todo el dinero que acabas de darme.

—No te preocupes. Dentro de un año serás todavía más rico.

—Conque un año, ¿eh?

—Es lo que calculo. Primero hay que engordar a los abogados. Walker-Stearns pondrá a trabajar en el caso a cincuenta asociados con los contadores a toda marcha. La acción conjunta del señor Worley vale cien millones de dólares para los propios abogados de Ackerman. No lo olvides.

—¿Por qué no se limitan a pagarme los cien millones para que me largue?

—Veo que empiezas a pensar como un chico especializado en demandas colectivas. Van a pagarte todavía más, pero primero han de pagar a sus abogados. Así es como se hace.

—Pero tú no lo harías así, ¿verdad?

—Por supuesto que no. Con el Tarvan, el cliente me dijo la verdad, lo cual raras veces ocurre. Yo hice mis deberes, te encontré, lo arreglé todo discreta y rápidamente y les salió barato. Cincuenta millones, y sin tener que pagar ni cinco centavos a sus propios abogados.

La señorita Glick se asomó diciendo:

—Está otra vez al teléfono el reportero del *Wall Street Journal*.

Clay miró a Pace y éste le dijo:

—Habla con él. Y recuerda que los del otro lado tienen toda una unidad de relaciones públicas grabando la conversación.

A la mañana siguiente, el *Times* y el *Post* publicaron unos breves reportajes sobre la demanda colectiva contra el Dyloft en la primera página de su sección de economía. Ambos mencionaban el nombre de Clay, lo que en éste produjo una emoción íntima que saboreó discretamente. Dedicaban más espacio a las respuestas del acusado. El director general calificó la querella de «frívola» y señaló que era «un nuevo ejemplo del abuso de las demandas por parte de los juristas». El vicepresidente del departamento de Investigación afirmó que «el Dyloft ha sido exhaustivamente investigado y no se ha descubierto ninguna prueba de efectos secundarios adversos». Pero los periódicos mencionaron que las acciones de los laboratorios Ackerman, que ya habían caído un cincuenta por ciento en los tres trimestres anteriores, habían sufrido otro golpe a causa de aquella sorpresiva demanda.

El *Wall Street Journal* lo había entendido muy bien, por lo menos a juicio de Clay. Al principio de la entrevista, el reportero le había preguntado a éste qué edad tenía. «Sólo treinta años», había contestado él, lo cual había dado lugar a toda una serie de preguntas acerca de su experiencia, su bufete, etcétera. Un David contra Goliat era un tema mucho más atractivo que unos áridos datos económicos o unos informes de laboratorio, por cuyo motivo el relato había acabado por cobrar vida propia. Habían enviado rápidamente a un fotógrafo y Clay había posado en medio del regocijo de todos sus colaboradores.

En primera página, primera columna de la izquierda, el titular rezaba: UN NOVATO SE ENFRENTA CON LOS PODEROSOS LABORATORIOS ACKERMAN. Al lado figuraba una caricatura informatizada de un sonriente Clay Carter. El primer párrafo decía lo siguiente: «Hace menos de dos meses, el abogado del Distrito de Columbia Clay Carter desarrollaba una dura labor en el ámbito del sistema judicial de la ciudad como uno más de sus muchos anónimos y mal pagados abogados de oficio. Ayer, como propietario de su propio bufete, presentó una demanda por valor de mil millones de dólares contra el tercer laboratorio farmacéutico más grande del mundo, alegando que su medicamento estrella más reciente, el Dyloft, no sólo alivia el dolor agudo de los pacientes de artritis sino que, además, provoca el desarrollo de tumores en la vejiga.»

El artículo estaba lleno de preguntas acerca del motivo por el cual Clay había pasado por una transformación tan radical en tan breve período de tiempo. Y, puesto que no podía hablar del Tarvan ni de ninguna otra cosa relacionada con él, Clay se había referido vagamente a los rápidos acuerdos de indemnización que se habían alcanzado en algunas demandas que él había tenido ocasión de conocer a través de su actuación como abogado de oficio. Los laboratorios Ackerman se llevaban algún que otro rapapolvo por su conocida actitud a propósito de los abusos de las demandas y de los perseguidores de ambulancias que destrozaban la economía, pero el grueso del reportaje se centraba en Clay y su sorprendente ascenso al primer plano de las demandas colectivas de indemnización. También se hacían algunos comentarios favorables acerca de su padre, un «legendario penalista del Distrito de Columbia» que desde hacía un tiempo vivía «retirado» en las Bahamas.

Glenda, de la ODO, se deshacía en elogios hacia Clay, calificándolo de «celoso defensor de los pobres», una fina observación que sería recompensada con un almuerzo en un restaurante de lujo. El presidente de la Academia Nacional de Juristas reconocía que jamás había oído hablar de Clay Carter, pese a lo cual se mostraba «muy impresionado por su labor».

Un profesor de Derecho de Yale lamentaba aquel «nuevo ejemplo de abuso de las acciones conjuntas», mientras que otro de Harvard afirmaba que ésta era «un perfecto ejemplo de cómo debía utilizarse la demanda colectiva para perseguir a los malhechores empresariales».

—Encárgate de que eso aparezca en la página *web* —dijo Clay, entregándole el reportaje a Jonah—. A nuestros clientes les encantará.

18

Tequila Watson se declaró culpable del asesinato de Ramón Pumphrey y fue condenado a cadena perpetua. Pasados veinte años podría optar a la libertad condicional, aunque en el reportaje del *Post* semejante detalle no se mencionaba. Se decía que su víctima había sido una de las muchas que habían acabado acribilladas a balazos en toda una larga serie de asesinatos al azar un tanto insólita incluso en una ciudad acostumbrada a la violencia insensata. La policía no veía ninguna explicación. Clay anotó llamar a Adelfa para ver qué tal estaba.

Le debía algo a Tequila, pero no sabía muy bien el qué. Tampoco había ningún medio de compensar a su ex cliente. Argumentó en su fuero interno que éste se había pasado casi toda la vida enganchado a la droga y de todos modos se habría pasado el resto de ella entre rejas, pero sus razonamientos le sirvieron de muy poco para sentirse honrado. Lo había abandonado, así de claro. Había aceptado el dinero y enterrado la verdad.

Dos páginas de otro reportaje le llamaron la atención y le hicieron olvidarse de Tequila Watson. El mofletudo rostro del señor Bennett Van Horn aparecía en una fotografía bajo un casco adornado con sus iniciales, tomada en otra obra de Dios sabía dónde. Estaba estudiando atentamente una serie de planos en compañía de otro hombre que se identificaba como el ingeniero de proyectos del BVH Group. La empresa se había visto envuelta en una desagradable disputa a propósito de una prevista urbanización cerca del campo de batalla de Chancellorsville, aproximadamente a una hora de carretera al sur del Distrito de Columbia. Como siempre, Bennett se proponía construir una de sus horribles urbanizaciones de casas, viviendas en propiedad horizontal, apartamentos, tiendas, zonas recreativas, pistas de tenis y el consabido estanque, todo a menos de un kilómetro y medio del centro del campo de batalla y muy cerca del lugar donde el general Stonewall Jackson había muerto acribillado por las balas de los centinelas confederados. Conservacionistas, abogados, historiadores bélicos, defensores del medio ambiente y la Confederate Society habían desenvainado las espadas y se disponían a despedazar a Bennett *el Bulldozer*. Como era de esperar, el *Post* alababa a todos aquellos grupos y no decía nada bueno acerca de Bennett. Sin embargo, los terrenos en cuestión eran propiedad de unos ancianos agricultores, por cuyo motivo él parecía llevar las de ganar, al menos por el momento.

El reportaje se ampliaba con datos acerca de otros campos de batalla repartidos por todo el estado de Virginia que habían sido asfaltados por los promotores inmobiliarios. Una asociación llamada Civil War Trust encabezaba la lucha. Su abogado era descrito como un radical que no temía echar mano de las querellas para preservar la historia. «Pero necesitamos dinero para pleitear», decía, según el periódico.

Dos llamadas después, Clay ya lo tenía al teléfono. Ambos se pasaron media hora conversando y, al colgar, Clay extendió un cheque de cien mil dólares a nombre de la Civil War Trust, Chancellorsville Litigation Fundation.

La señorita Glick le entregó el mensaje telefónico mientras él pasaba por delante de su escritorio. Leyó dos veces el nombre y se sentía todavía un poco escéptico cuando se sentó en la sala de conferencias y marcó el número.

—¿El señor Patton French? —dijo.

La nota del mensaje decía que era urgente.

—¿De parte de quién, por favor? —preguntaron al otro lado de la línea.

—Clay Carter, del Distrito de Columbia.

—Ah, sí, estaba esperándolo.

Costaba imaginar a un abogado tan poderoso y atareado como Patton French esperando la llamada de Clay. En cuestión de pocos segundos el gran hombre se puso al teléfono.

—Hola, Clay, gracias por devolverme la llamada —dijo en tono tan despreocupado que pilló a Clay desprevenido—. Bonito reportaje el del *Journal,* ¿eh? No está mal para un novato. Mire, quiero pedirle disculpas por no haber tenido ocasión de saludarle allá abajo, en Nueva Orleans.

Era la misma voz que él había escuchado a través del micrófono, pero más relajada.

—No se preocupe —dijo Clay.

Había doscientos letrados en la reunión del Círculo de Abogados. No existía motivo alguno para que Clay saludara a Patton French, y mucho menos para que éste supiera de su presencia allí. Estaba claro que el hombre había hecho averiguaciones.

—Me gustaría conocerle, Clay. Creo que podríamos hacer unos cuantos negocios juntos. Hace un par de meses estuve tras la pista del Dyloft. Usted se me ha adelantado, pero hay una tonelada de dinero suelta por ahí.

Clay no sentía el menor deseo de irse a la cama con Patton French. Por otra parte, los métodos que éste utilizaba para arrancarles a los fabricantes de medicamentos ingentes sumas en concepto de acuerdos de indemnización por daños y perjuicios eran legendarios.

—Podemos hablar —dijo Clay.

—Mire, ahora mismo tengo que irme a Nueva York. ¿Qué le parece si le recojo en el Distrito de Columbia y lo llevo conmigo? Tengo un nuevo Gulfstream 5 que me encantaría enseñarle. Nos alojaremos en Manhattan y esta noche disfrutaremos de una cena maravillosa. Hablaremos de negocios. Regresaremos a casa a última hora de mañana. ¿Qué le parece?

—La verdad es que estoy muy ocupado.

Clay recordaba con toda claridad la sensación de repugnancia que había experimentado mientras French hablaba sin cesar de sus juguetes durante su discurso. El nuevo Gulfstream, el yate, el castillo de Escocia.

—Ya me lo imagino. Mire, yo también lo estoy. Qué demonios, todos estamos ocupados, pero éste podría ser el viaje más fructífero de su vida. No admito un no por respuesta. Me reuniré con usted en el Reagan National dentro de tres horas. ¿De acuerdo?

Aparte unas cuantas llamadas telefónicas y un partido de pádel aquella noche, Clay apenas tenía nada que hacer. Los atemorizados consumidores del Dyloft no cesaban de llamar a los teléfonos del despacho, pero él no era el encargado de atender las llamadas. Llevaba varios años sin visitar Nueva York.

—Pues claro, ¿por qué no? —contestó, tan deseoso de ver un Gulfstream 5 como de comer en un gran restaurante.

—Sabia decisión, Clay. Sabia decisión.

La terminal privada del Reagan National estaba abarrotada de atareados ejecutivos y burócratas que iban de un lado a otro abriéndose paso a empujones. Cerca del mostrador de recepción una atractiva morena vestida con minifalda sostenía un letrero escrito a mano con su nombre. Se presentó a ella.

—Sígame —dijo la chica, esbozando una impecable sonrisa.

Les franquearon el paso a través de la puerta de salida y cruzaron la rampa en una furgoneta de cortesía. Docenas de Lear, Falcon, Hawker, Challenger y Citation estaban estacionados o bien rodando hacia la terminal o saliendo de ella. Los empleados que trabajaban en la rampa guiaban cuidadosamente a los jets, que pasaban los unos por el lado de los otros con las alas a escasos centímetros de distancia. Los motores chillaban y el ambiente atacaba los nervios.

—¿De dónde son ustedes? —preguntó Clay.

—Nuestra base está en las afueras de Biloxi —contestó Julia—. Allí es donde el señor French tiene su despacho principal.

—Le oí hablar hace un par de semanas en Nueva Orleans.

—Sí, estuvimos allí. Raras veces estamos en casa.

—Él trabaja muchas horas, ¿verdad?

—Aproximadamente unas cien a la semana.

Se detuvieron al lado del jet de mayor tamaño de la rampa.

—Aquí estamos nosotros —dijo Julia mientras ambos descendían de la furgoneta. Un piloto cogió la maleta de Clay y se marchó con ella.

Como era de esperar, Patton French estaba hablando por teléfono. Dio la bienvenida a bordo a Clay con un gesto de la mano mientras Julia sujetaba su chaqueta y le preguntaba qué le apetecía beber. Sólo agua con una raja de limón, respondió Clay. Su primera visión del interior de un jet privado no hubiera podido ser más impresionante. Los vídeos que había visto en Nueva Orleans no permitían apreciarlo debidamente.

Se percibía en el aire un aroma de cuero, pero de cuero muy caro. Los asientos, los sofás, los reposacabezas, los paneles e incluso las mesas estaban revestidos de cuero en distintos tonos de canela y azul. Las lámparas, los tiradores y los mandos de los distintos aparatos estaban chapados en oro. La madera era de color oscuro y muy reluciente, probablemente caoba. Era una suite de lujo de un hotel de cinco estrellas, pero con alas y motores.

Clay medía metro ochenta y dos de estatura y aún sobraba espacio por encima de su cabeza. El habitáculo era alargado y tenía una especie de despacho en la parte posterior. Allí estaba French, hablando todavía por teléfono. El bar y la cocina se hallaban justo detrás de la cabina. Julia salió con el agua.

—Será mejor que se siente. Despegamos muy pronto.

En cuanto el aparato comenzó a rodar por la pista, French dio bruscamente por terminada su conversación y se trasladó a grandes zancadas a la parte delantera, donde atacó a Clay con un violento apretón de manos, una sonrisa toda dientes y una nueva disculpa por no haber tenido ocasión de saludarlo en Nueva Orleans. Estaba un poco grueso, tenía un bonito y espeso cabello ondulado con hebras grises y debía de rondar los cincuenta y cinco, tal vez sesenta años de edad. La fuerza se le escapaba por todos los poros y el aliento.

Se sentaron el uno delante del otro a una de las mesas.

—Bonito cacharro, ¿verdad? —dijo French, señalando el interior del aparato con un amplio ademán de la mano izquierda.

—Muy bonito.

—¿Aún no tiene un jet?

—No —respondió Clay, y llegó a avergonzarse de ello. Pero ¿qué clase de abogado era?

—No tardará en tenerlo, se lo aseguro. Es imposible vivir sin él. Julia, prepáreme un vodka. Ya van cuatro, me refiero a los jets, no a los vodkas. Se necesitan doce pilotos para mantener en marcha cuatro jets. Y cinco Julias. ¿A que es guapa?

—Lo es.

—Los gastos son muchos, pero también hay muchos honorarios esperando por ahí. ¿Me oyó hablar en Nueva Orleans?

—Sí. Fue muy agradable —mintió Clay, aunque sólo en parte. A pesar de lo insoportable que había sido en el estrado, French también había resultado distraído e incluso informativo.

—No me gusta hablar tanto del dinero, pero estaba actuando ante el público. Casi todos aquellos hombres acabarán por traerme algún caso importante de demanda de indemnización. Tengo que estimular su entusiasmo, ¿comprende? He fundado el bufete jurídico especializado en acciones legales colectivas más importante de Estados Unidos, y sólo nos dedicamos a perseguir a los peces gordos. Cuando presentas una demanda contra empresas como Ackerman o cualquiera de estas quinientas organizaciones empresariales que figuran en *Fortune*, tienes que disponer de unas cuantas municiones, por no hablar de cierta influencia. Su dinero es ilimitado. Yo intento, sencillamente, nivelar un poco las cosas.

Julia le sirvió la bebida y se abrochó el cinturón, lista para el despegue.

—¿Le apetece almorzar? —preguntó French—. Julia puede preparar lo que sea.

—No, gracias. Estoy bien.

French bebió un buen trago de vodka y, de repente, se reclinó contra el respaldo de su asiento, cerró los ojos y pareció rezar mientras el Gulfstream aceleraba por la pista de despegue y se elevaba en el aire. Clay aprovechó la pausa para admirar el aparato. Su lujo y la riqueza de sus detalles eran casi obscenos. ¡Cuarenta o cuarenta y cinco millones de dólares por un jet privado! Y, según los rumores que corrían entre el Círculo de Abogados, la compañía Gulfstream no daba abasto. ¡Los pedidos pendientes llevaban un retraso de dos años!

Transcurrieron unos minutos hasta que el aparato se niveló y entonces Julia desapareció en el interior de la cocina. French despertó súbitamente de su meditación y bebió otro trago de vodka.

—¿Es cierto todo lo que dice el *Journal*? —preguntó, ya más tranquilo.

Clay tuvo la impresión de que los cambios de humor de French debían de ser rápidos y espectaculares.

—Han sabido exponerlo muy bien.

—Yo he salido un par de veces en la primera página, pero no fue gran cosa. No es de extrañar que nosotros los especialistas en demandas por daños no les gustemos demasiado. En realidad, no gustamos a nadie, y eso es algo que usted aprenderá con el tiempo. Pero el dinero compensa la imagen negativa. Ya se acostumbrará. Todos nos acostumbramos. Una vez conocí a su padre.

Entornaba los ojos y los movía rápidamente mientras hablaba, como si pensara constantemente tres frases por adelantado.

—Ah, ¿sí? —dijo Clay, que no sabía si creerle.

—Hace veinte años yo estaba en el Departamento de Justicia. Manteníamos una disputa por unos territorios indios. Los indios mandaron llamar a Jarrett Carter desde el Distrito de Columbia y la guerra terminó. Era muy bueno.

—Gracias —dijo Clay con inmenso orgullo.

—Quiero que sepa, Clay, que en mi opinión la emboscada que le ha tendido al Dyloft es una maravilla. Y muy insólita. En casi todos los casos, los rumores acerca de los efectos adversos de un medicamento se van extendiendo lentamente a medida que aumentan las quejas de los pacientes. Los médicos tardan mucho en facilitar información. Como están conchabados con los laboratorios farmacéuticos, no tienen el menor interés en dar la voz de alarma. Además, en la mayor parte de las jurisdicciones se presentan demandas contra los médicos por haber recetado el medicamento. Poco a poco, los abogados empiezan a entrar en acción. Tío Luke observa de repente que orina con sangre sin motivo y, al cabo de un mes de orinar sangre, acude a su médico de Podunk, Luisiana. Y el médico le dice que deje de tomar el nuevo fármaco milagroso que le había recetado. Puede que tío Luke vaya o no vaya a ver al abogado de la familia, por regla general un picapleitos de tres al cuarto de una pequeña ciudad que se dedica a testamentos y divorcios y que, en la mayoría de los casos, no sabría presentar una demanda por daños aunque se le ofreciera la ocasión. Se tarda mucho en descubrir los efectos perjudiciales de los medicamentos. Lo que usted ha hecho es extraordinario.

Clay se limitaba a asentir con la cabeza y escuchar. French llevaba el peso de la conversación. Todo aquello estaba llevando a alguna parte.

—Lo cual me dice que usted dispone de información interna —añadió French.

Una pausa, un intervalo en cuyo transcurso se le dio a Clay la oportunidad de confirmar que efectivamente disponía de información interna. Pero él no facilitó ninguna clave.

—Yo dispongo de una amplia red de abogados y contactos de costa a costa —prosiguió French—. Nadie, ni uno solo de ellos, había oído hablar de los problemas del Dyloft hasta hace unas semanas. Tuve a dos abogados de mi bufete haciendo investigaciones preliminares sobre el medicamento, pero todavía estaban muy lejos de poder presentar una demanda. Y, de repente, leo la noticia de su emboscada y contemplo su sonriente rostro en la primera plana del *Wall Street Journal*. Yo sé cómo se juega a este juego, Clay, y sé que usted dispone de algo que procede del interior de la empresa.

—En efecto. Y jamás se lo diré a nadie.

—Muy bien. Eso me tranquiliza. Vi sus anuncios. Controlamos estas cosas en todos los mercados. No está mal. De hecho, el método de los quince segundos que está usted utilizando ha demostrado ser el más eficaz. ¿Lo sabía usted?

—No.

—Se les golpea duro a última hora de la noche o a primera hora de la mañana. Un rápido mensaje para meterles el miedo en el cuerpo y después un número de teléfono al que llamar. ¿Cuántos casos ha generado?

—Es difícil decirlo. Tienen que hacerse el análisis de orina inicial. Los teléfonos suenan sin cesar.

—Mis anuncios empiezan mañana. Tengo a seis personas en el despacho dedicadas exclusivamente a trabajar con los anuncios, ¿se imagina? Seis personas a tiempo completo. Y no salen baratas.

Apareció Julia con dos bandejas de comida, una bandeja de gambas y una de quesos y distintas variedades de carne: jamón, salami y otros embutidos que Clay no supo identificar.

—Trae una botella de aquel vino chileno —pidió Patton—. Ya debe de estar frío. ¿Le gusta el vino? —preguntó, cogiendo una gamba por la cola.

—Un poco. No soy un experto.

—Yo adoro el vino. Tengo cien botellas en este aparato. —Otra gamba—. Sea como fuere, calculamos que debe de haber entre cincuenta mil y cien mil casos de Dyloft. ¿Me equivoco?

—No creo que lleguen a cien mil —contestó cautelosamente Clay.

—Estoy un poco preocupado por los laboratorios Ackerman. Ya los he demandado un par de veces, ¿sabe?

—No, no lo sabía.

—Hace diez años, cuando nadaban en la abundancia. Tuvieron

un par de directores generales desastrosos que hicieron malas adquisiciones. Ahora sus deudas ascienden a diez mil millones. Una estupidez muy típica de los años noventa. Los bancos invertían dinero en acciones de primera clase y éstas lo tomaban y trataban de comprar el mundo. De todos modos, Ackerman no corre peligro de quiebra ni nada por el estilo. Y, además, están bastante bien asegurados.

Aquí French pretendía pescar, y Clay decidió picar el anzuelo.

—Tienen por lo menos trescientos millones en seguros —dijo—. Y es posible que puedan gastarse quinientos millones de dólares en el Dyloft.

French esbozó una sonrisa y casi se le cayó la baba ante semejante información. No pudo, ni intentó, ocultar su admiración.

—Un material estupendo, muchacho, francamente estupendo. ¿Y hasta qué extremo es buena la información que usted posee?

—Es excelente. Disponemos de gente dentro que tirará de la manta y disponemos de informes de laboratorio que no deberíamos tener. Ackerman no podría ni acercarse a un jurado con el tema Dyloft.

—Tremendo. —French cerró los ojos para asimilar mejor aquellas palabras.

Un abogado muerto de hambre con su primer caso de accidente de tráfico no habría estado más contento.

Julia regresó con el vino y llenó dos copas de valioso cristal. French aspiró su aroma, lo estudió muy despacio y, cuando se dio por satisfecho, bebió un sorbo. Chasqueó los labios, asintió con la cabeza y se inclinó hacia delante para seguir con los chismorreos.

—En eso de sorprender a una importante y poderosa empresa haciendo una cochinada hay algo mucho más emocionante que el sexo, Clay, mucho más emocionante. Es la mayor emoción que conozco. Sorprendes a los codiciosos cabrones sacando al mercado productos que causan daño a personas inocentes y a ti, el abogado, se te ofrece la ocasión de castigarlos. Vivo para eso. Por supuesto que el dinero es algo sensacional, pero el dinero viene después, cuando ya los has atrapado. Jamás lo dejaré, por mucho dinero que llegue a ganar. La gente cree que soy codicioso porque podría dejarlo e irme a vivir a una playa paradisíaca el resto de mi vida. ¡Menudo aburrimiento! Prefiero trabajar cien horas a la semana tratando de atrapar a los timadores de altos vuelos. Es mi vida.

En aquellos momentos, su entusiasmo resultaba contagioso y el fanatismo le iluminaba el rostro. Exhaló un profundo suspiro y preguntó:

—¿Le gusta este vino?

—No, sabe a queroseno —contestó Clay.

—Tiene razón. ¡Julia! ¡Tire esto! Tráiganos una botella de aquel Mersault que encontramos ayer.

Pero, primero, ella le acercó un teléfono.

—Es Muriel.

French lo cogió y dijo:

—Hola.

Julia se inclinó y dijo casi en un susurro:

—Muriel es la secretaria principal, la Madre Superiora. Consigue hablar con él cuando sus mujeres no pueden.

French cortó la comunicación diciendo:

—Deje que le exponga el guión que he preparado para usted. Y le prometo que está destinado a permitirle ganar más dinero en un período de tiempo más corto. Mucho más.

—Soy todo oídos.

—Acabaré teniendo tantos casos de Dyloft como usted. Ahora que usted ha abierto la puerta, habrá centenares de abogados que se lanzarán a la búsqueda de casos. Nosotros dos, usted y yo, podemos controlar la situación si trasladamos su demanda desde el Distrito de Columbia a mi patio de Misisipí. Esto aterrorizará a Ackerman mucho más de lo que pueda usted imaginar. Ahora están preocupados porque los han pillado en el Distrito de Columbia, pero también piensan: «Bueno, no es más que un novato, jamás ha estado aquí, jamás ha llevado un caso de demanda colectiva de indemnización por daños, es su primer caso de acción legal colectiva», etcétera. En cambio, si juntamos sus casos y los míos, lo combinamos todo en una sola demanda conjunta y lo trasladamos a Misisipí, Ackerman va a sufrir un masivo infarto empresarial.

Clay estaba casi aturdido por las dudas y las preguntas.

—Le escucho —fue lo único que atinó decir.

—Usted conserva sus casos y yo los míos. Los juntamos y, mientras otros afectados firman contratos con otros abogados y éstos se enganchan al carro, yo acudo al juez encargado del juicio y le pido que nombre un comité directivo de los demandantes. Lo hago constantemente. Yo seré el presidente. Y usted formará parte del comité por haber sido el primero en presentar la demanda. Nosotros controlaremos la demanda del Dyloft y procuraremos tenerlo todo organizado, aunque, habiendo por ahí tantos abogados arrogantes, nunca se sabe. Lo he hecho docenas de veces. El comité nos otorga el control, y enseguida empezamos a negociar con Ackerman. Conozco a sus abogados. Si la información interna que obra en su poder es tan tremenda como usted dice, les apretamos las tuercas para llegar a un rápido acuerdo.

—¿Cómo de rápido?

—Eso depende de varios factores. ¿Cuántos casos hay realmente por aquí fuera? ¿Con cuánta rapidez podemos captarlos? ¿Cuántos otros abogados entrarán en liza? Y, lo más importante, ¿qué gravedad revisten los daños sufridos por nuestros clientes?

—No mucha. Prácticamente todos los tumores son benignos.

French asimiló el dato; frunció el entrecejo ante aquella mala noticia, pero rápidamente vio el lado bueno de la situación.

—Mejor todavía. El tratamiento consiste en una intervención citoscópica.

—Exactamente. Un procedimiento que se puede llevar a cabo con carácter ambulatorio y cuesta unos mil dólares.

—¿Y el pronóstico a largo plazo?

—Muy bueno. Si uno deja de tomar el Dyloft, todo se normaliza, lo cual quizá no sea muy agradable para algunos enfermos de artritis.

French aspiró el aroma de su vino, agitó éste en la copa y finalmente bebió un sorbo.

—Mucho mejor, ¿no le parece?

—Sí —contestó Clay.

—El año pasado hice un recorrido de cata de vinos por la Borgoña. Me pasé una semana olfateando y escupiendo. Muy agradable.

Otro sorbo mientras reflexionaba y organizaba en orden de importancia sus tres pensamientos siguientes sin escupir.

—Eso es todavía mejor —dijo—. Mejor para nuestros clientes, claro, porque no están tan enfermos como podrían estarlo. Y mejor para nosotros, porque los acuerdos de indemnización se firmarán más rápido. Aquí la clave es captar los casos. Cuantos más casos tengamos, tanto más control ejerceremos sobre la acción conjunta. Y, a más casos, más honorarios.

—Entendido.

—¿Cuánto se está usted gastando en anuncios?

—Un par de millones de dólares.

—No está mal, no está nada mal.

French hubiera querido preguntar de dónde demonios había sacado un novato dos millones de dólares para anuncios, pero se dominó y lo dejó correr.

El morro del aparato se inclinó ligeramente hacia abajo y se produjo una perceptible reducción de potencia.

—¿Cuánto dura el vuelo a Nueva York? —preguntó Clay.

—Desde el Distrito de Columbia, unos cuarenta minutos. Este pajarito recorre mil kilómetros por hora.

—¿Qué aeropuerto?

—Teterboro. Está en Nueva Jersey. Todos los jets privados van allí.

—Por eso no he oído hablar de él.

—Su jet ya está en camino, Clay, váyase preparando. Podría usted quedarse con todos mis juguetes, pero el jet no me lo quite. Tiene que comprarse uno.

—Me limitaré a utilizar el suyo.

—Empiece con un pequeño Lear. Se consiguen por un par de millones de dólares. Se necesitan dos pilotos, a setenta y cinco mil dólares cada uno. Forma parte de los gastos generales. Cómpreselo. Ya verá.

Por primera vez en su vida, a Clay estaban dándole consejos sobre jets.

Julia retiró las bandejas de la comida y dijo que aterrizarían en cuestión de cinco minutos. Clay contempló embobado el perfil de Manhattan hacia el este. French se quedó dormido.

Tomaron tierra y rodaron por la pista pasando por delante de una hilera de terminales privadas, donde varias docenas de fabulosos jets permanecían estacionados o bien estaban siendo sometidos a revisión.

—Va usted a ver aquí más jets privados que en ningún otro lugar del mundo —le explicó French mientras ambos miraban a través de las ventanillas—. Todos los peces gordos de Manhattan aparcan sus aparatos aquí. Eso está a cuarenta y cinco kilómetros de distancia de la ciudad. El que tiene dinero de verdad dispone de su propio helicóptero para trasladarse desde aquí. Sólo son diez minutos.

—¿Tenemos un helicóptero? —preguntó Clay.

—No. Pero, si yo viviera aquí, lo tendría.

Una limusina los recogió en la rampa, a dos pasos del lugar donde habían desembarcado. Los pilotos y Julia se quedaron para limpiarlo y arreglarlo todo y asegurarse de que el vino estuviera frío para el siguiente vuelo.

—Al Península —le indicó French al chófer.

—Sí, señor French —contestó el hombre.

¿Sería una limusina alquilada o acaso pertenecía a French? Seguro que el especialista más importante del mundo en demandas colectivas no utilizaría un vehículo de alquiler. Clay decidió dejarlo correr. ¿Qué más daba?

—Siento curiosidad por sus anuncios —dijo French mientras circulaban entre el denso tráfico de Nueva Jersey—. ¿Cuándo empezó a emitirlos?

—El domingo por la noche en noventa mercados de costa a costa.

—¿Cómo los está procesando?

—Nueve personas atienden las llamadas, siete auxiliares jurídicos y dos abogados. El lunes recibimos dos mil llamadas; ayer, tres mil. Nuestra página *web* sobre el Dyloft está recibiendo ochenta mil visitas diarias. Dando por sentada la habitual proporción de las visitas, eso supondría unos mil clientes.

—¿Y el total a cuánto asciende?

—Entre cincuenta mil y setenta y cinco mil, según mi fuente, que hasta ahora ha sido muy precisa.

—Me gustaría conocer a su fuente.

—De eso, ni hablar.

French hizo sonar los nudillos y trató de aceptar la negativa.

—Tenemos que conseguir estos casos, Clay. Mis anuncios empezarán a emitirse mañana. ¿Y si nos repartimos el país? Usted se encarga del norte y el este y a mí me da el sur y el oeste. Será más fácil centrarse en mercados más pequeños y mucho más sencillo manejar los casos. Hay un tipo en Miami que aparecerá en la televisión dentro de unos días. Y hay otro en California que ahora mismo está copiando sus anuncios, se lo aseguro. Es cierto que somos unos tiburones, unos simples buitres. Habrá una carrera para llegar cuanto antes al juzgado, Clay. Nosotros les llevamos una buena ventaja, pero está a punto de producirse una estampida.

—Hago todo lo que puedo.

—Deme su presupuesto —dijo French como si él y Clay llevaran años haciendo negocios juntos.

«Qué demonios», pensó Clay. Acomodados en la parte de atrás de la limusina, no cabía duda de que ambos parecían socios.

—Dos millones de dólares para anuncios y otros dos para los análisis de orina.

—Pues voy a decirle lo que haremos —dijo French sin que se produjera la menor solución de continuidad en la conversación—. Me gastaré todo su dinero en anuncios. ¡Y vaya si conseguiré los casos! Yo pondré el dinero necesario para los análisis de orina y se los haremos pagar a Ackerman cuando concertemos los acuerdos de indemnización. Que la empresa cubra todos los gastos médicos forma parte de todos los acuerdos.

—Cada análisis cuesta trescientos dólares.

—Están timándolo. Yo reuniré a unos cuantos técnicos que nos los harán por mucho menos.

Aquello le hizo recordar a French una anécdota de los primeros días de la demanda contra Skinny Ben. Convirtió cuatro autocares de la empresa Greyhound en clínicas ambulantes y recorrió todo el país seleccionando a posibles clientes. Clay empezó a perder el interés mientras cruzaban el puente George Washington. French empezó a contar otra historia.

La suite de Clay en el Península daba a la Quinta Avenida. Una vez a salvo en su interior, lejos de Patton French, Clay tomó el teléfono y empezó a buscar a Max Pace.

19

El tercer número de móvil le permitió localizar a Pace en algún lugar no revelado. En las últimas semanas, el hombre sin domicilio conocido había permanecido cada vez más ausente del Distrito de Columbia. Sin duda andaría por ahí apagando otro incendio, procurando evitarle otra serie de desagradables demandas a otro cliente descarriado, aunque él no quisiera reconocerlo. No tenía por qué. Clay lo conocía lo bastante para saber que era un bombero muy solicitado. En el mercado no escaseaban los malos productos.

Clay se sorprendió del alivio que experimentó al oír la voz de Pace. Le explicó que estaba en Nueva York, con quien y por qué. La primera palabra de Pace selló el pacto.

—Brillante —dijo—. Sencillamente brillante.

—¿Lo conoces? —preguntó Clay.

—En el sector, todo el mundo conoce a Patton French —repuso Pace—. Nunca he tenido que tratar con él, pero es una leyenda.

Clay le facilitó las condiciones del ofrecimiento de French. Pace lo comprendió todo al instante y empezó a hacer especulaciones.

—Si trasladas las demandas a Biloxi, Misisipí, las acciones de Ackerman experimentarán otra caída. Ahora mismo están sometidos a una fuerte presión..., tanto de los bancos como de los accionistas. La idea me parece brillante, Clay. ¡Hazlo!

—Muy bien. Ya está hecho.

—Y echa un vistazo al *New York Times* mañana por la mañana. Va a publicarse un gran reportaje sobre el Dyloft. Ya se ha divulgado el primer informe médico. Es demoledor.

—Estupendo.

Sacó una cerveza del minibar —ocho dólares, pero qué más daba— y se pasó un buen rato sentado delante de la ventana, contemplando el ajetreo de la Quinta Avenida. No resultaba enteramente consolador verse obligado a confiar en los consejos de Max Pace, pero no tenía nadie más a quien recurrir. A nadie, ni siquiera a su padre, se le había planteado jamás una alternativa semejante: «Vamos a trasladar sus cinco mil casos aquí y vamos a juntarlos con mis cinco mil, y no presentaremos dos demandas colectivas sino una sola. Yo pondré aproximadamente un millón para los exámenes médicos y usted duplicará su programa de anuncios, sacaremos una tajada del cuarenta por ciento neto más gastos y ganaremos una fortuna. ¿Qué dice, Clay?»

En el transcurso del mes anterior había ganado más dinero del que jamás hubiera soñado. Ahora que estaba perdiendo el control de la situación, le parecía que estaba gastándoselo todavía más rápido. «Sé valiente, —se repetía una y otra vez—, golpea rápido, no temas correr riesgos, arroja el dado y puede que te hagas cochinamente rico.» Pero otra voz le decía que fuera más despacio, que no malgastara el dinero, que lo enterrara y lo conservara para siempre.

Había transferido un millón de dólares a un paraíso fiscal, no para ocultarlo sino para protegerlo. Jamás lo tocaría, bajo ningún pretexto. Si llegaba a tomar decisiones equivocadas y lo perdía todo, aún le quedaría dinero para irse a la playa. Abandonaría discretamente la ciudad tal como había hecho su padre y jamás regresaría.

El millón de dólares de la cuenta secreta era su compromiso.

Intentó llamar a su despacho, pero todas las líneas estaban ocupadas, lo que constituía una buena señal. Consiguió localizar a Jonah en su móvil, sentado detrás de su escritorio.

—Eso es una locura —dijo Jonah con voz de agotamiento—. Un caos total.

—Estupendo.

—¿Por qué no vuelves y nos echas una mano?

—Mañana.

A las siete y treinta y dos minutos, encendió el televisor y encontró su anuncio en un canal por cable. En Nueva York el Dyloft parecía todavía más siniestro.

La cena fue en el Montrachet, no por la comida, que era excelente, sino por la carta de vinos, la más completa de todas las de Nueva York. French quiso beber varios tintos de Borgoña para acompañar la ternera. Se depositaron sobre la mesa cinco botellas con una copa distinta para cada vino. Ya casi no quedaba sitio para el pan y la mantequilla.

El sumiller y Patton pasaron a expresarse en otro lenguaje mientras comentaban el contenido de cada botella. Clay se moría de aburrimiento. Él hubiera preferido una cerveza y una hamburguesa, aun cuando sabía que en un futuro próximo sus gustos iban a experimentar un cambio espectacular.

En cuanto se abrieron las botellas y los vinos empezaron a respirar, French dijo:

—He llamado a mi despacho. El abogado de Miami ya está en antena con los anuncios del Dyloft. Ya ha contratado dos clínicas para que se encarguen de seleccionar a los pacientes y los está dirigiendo como si fueran ganado. Se llama Carlos Hernández y es muy pero que muy bueno.

—Mis colaboradores no dan abasto para atender las llamadas —dijo Clay.

—¿Estamos juntos en eso? —preguntó French.

—Vamos a revisar el trato.

French sacó un documento doblado.

—Aquí está el memorándum del pacto —dijo, entregándoselo a Clay mientras escanciaba vino de la primera botella—. Resume todo lo que hemos discutido hasta la fecha.

Clay lo leyó atentamente y firmó en la parte inferior. Entre sorbo y sorbo, French también firmó, y el pacto quedó sellado.

—Vamos a presentar la demanda conjunta en Biloxi —anunció French—. Lo haré en cuanto regrese a casa. Ahora mismo tengo a dos abogados trabajando en ello. En cuanto la haya presentado, usted podrá retirar la suya en el Distrito Federal. Conozco al abogado de Ackerman. Creo que puedo hablar con él. Si la empresa accede a negociar directamente con nosotros y prescindir de sus abogados externos, se podrá ahorrar una inmensa fortuna y dárnosla a nosotros. Y la cosa será más rápida. Si los abogados externos se encargan de llevar las negociaciones, malgastaremos medio año de tiempo.

—Hemos dicho unos cien millones aproximadamente, ¿verdad?

—Algo así. Ése podría ser nuestro dinero. —Sonó un teléfono en algún bolsillo y French lo sacó con la mano izquierda mientras sostenía en la derecha una copa de vino—. Perdón —le dijo a Clay.

Era una conversación sobre el Dyloft con otro abogado, alguien de Tejas, un viejo amigo, al parecer alguien que podía hablar todavía más rápido que Patton French. Las bromas eran corteses, pero French se mostraba muy cauto. En cuanto apagó el móvil, masculló: «¡Maldita sea!»

—¿Tenemos competencia?

—Y muy seria. Un tal Vic Brennan, un conocido abogado de Houston, muy inteligente y agresivo. Está metido en el Dyloft y quiere conocer el plan de juego.

—Pero usted no le ha dicho nada.

—Lo sabe. Mañana empezará a emitir anuncios..., radio, televisión, prensa. Captará varios miles de casos. —Por un instante, French se consoló con un sorbo de vino que lo hizo sonreír—. La carrera ya ha empezado, Clay. Tenemos que conseguir estos casos.

—Pues la cosa está a punto de complicarse todavía más —dijo Clay.

French estaba saboreando un sorbo de Pinot Noir y no podía hablar. «¿Qué?», preguntó enarcando las cejas.

—Mañana por la mañana se publicará un gran reportaje en el *New York Times*. El primer informe negativo sobre el Dyloft, según mis fuentes.

Fue lo más inapropiado que hubiera podido decir desde el punto de vista de la cena. French se olvidó de la ternera, que aún estaba en la cocina, y de todos los vinos carísimos que cubrían la mesa, si bien se las arregló para consumirlos en el transcurso de las tres horas siguientes. Pero ¿qué abogado especialista en demandas colectivas podía concentrarse en la comida y el vino cuando faltaban pocas horas para que el *New York Times* pusiera al descubierto los trapos sucios de su próximo demandado y su peligroso medicamento?

El teléfono sonaba y fuera aún estaba oscuro. El reloj de pared, cuando finalmente consiguió enfocarlo, marcaba las cinco y cuarenta y cinco.

—¡Levántese! —rugió French—. Y abra la puerta.

Cuando la abrió, French ya estaba empujándola hacia adentro. Entró con varios periódicos y una taza de café.

—¡Increíble! —exclamó arrojando un ejemplar del *Times* sobre la cama de Clay—. No se puede pasar todo el día durmiendo, muchacho. ¡Lea esto!

Iba vestido con el atuendo de cortesía del hotel, albornoz de rizo y zapatillas blancas de ducha.

—Pero si ni siquiera son las seis.

—Pues yo llevo treinta años sin dormir más allá de las cinco. Hay demasiadas demandas esperando aquí fuera.

Clay sólo llevaba puestos los calzoncillos. French se bebió el café y volvió a leer el reportaje, bajando la mirada a lo largo de su chata nariz a través de unas gafas de lectura apoyadas en la punta.

No había ni rastro de resaca. Clay se había hartado de los vinos, pues todos le sabían igual, y había terminado la noche con agua mineral. French había seguido batallando, firmemente dispuesto a declarar vencedor a algunos de los cinco borgoñas, aunque estaba tan ocupado con el Dyloft que lo había hecho sin demasiado interés.

El *Atlantic Journal of Medicine* señalaba que el dylofedamint, conocido como Dyloft, se había relacionado con tumores en la vejiga en aproximadamente un seis por ciento de los que llevaban un año tomándolo.

—Más de un cinco por ciento —dijo Clay, leyendo.

—¿No le parece maravilloso? —dijo French.

—No si uno espera un seis por ciento.

—Yo no lo espero.

Algunos médicos ya estaban dejando de recetar el medicamento. Los laboratorios Ackerman lo negaban sin demasiada convicción y lo atribuían todo, como siempre, a los voraces abogados, aunque daba la impresión de que la empresa ya estaba agachándose un poco. No había ningún comentario de la FDA. Un médico de Chicago se pasaba media columna ensalzando las virtudes del medicamento y señalando lo contentos que estaban sus pacientes con él. La buena noticia, si así podía llamársela, era que los tumores no parecían ser malignos hasta el momento. Mientras leía el reportaje, Clay tuvo la sensación de que Max Pace ya conocía su contenido desde hacía un mes.

Había un párrafo a propósito de la demanda conjunta presentada el lunes en el Distrito de Columbia, pero no se mencionaba para nada al joven abogado que la había impulsado.

Las acciones de Ackerman habían bajado de los 42,50 dólares del lunes por la mañana a 32,50 al cierre del miércoles.

—Tendríamos que haber atajado esta maldita historia —murmuró.

Clay se mordió la lengua y se guardó el secreto, uno de los pocos que se había guardado en el transcurso de las últimas veinticuatro horas.

—Volveremos a leerlo en el avión —añadió French—. Larguémomos de aquí.

Las acciones habían bajado a 28 dólares cuando Clay entró en su despacho y trató de saludar a sus exhaustos colaboradores. Se sentó ante su ordenador y accedió a una página *web* en la que aparecían los últimos movimientos bursátiles. Los estudió durante quince minutos, calculando sus ganancias. Cuando se quemaba dinero por un lado, resultaba reconfortante comprobar que se estaba ganando por otro.

Jonah fue el primero en ir a verlo.

—Anoche estuvimos aquí hasta las doce —dijo—. Es una locura.

—Pues va a serlo aún más. Vamos a duplicar los anuncios de televisión.

—Ahora ya no damos abasto.

—Contrata a unos cuantos auxiliares jurídicos temporales.

—Necesitamos expertos en informática, por lo menos dos. No podemos introducir datos con la suficiente rapidez.

—¿Puedes encontrarlos?

—Tal vez algunos temporales. Conozco a un tipo, quizás a dos, que podrían venir por la noche y actualizar los datos.

—Contrátalos.

Jonah estaba a punto de marcharse, pero lo pensó mejor y se volvió, cerrando la puerta a su espalda.

—Oye, Clay, estamos solos tú y yo, ¿verdad?

Clay miró alrededor y no vio a nadie más.

—¿Qué ocurre?

—Bueno, tú eres muy listo, pero ¿te das cuenta de lo que haces? Estás gastando dinero más rápido de lo que jamás se ha gastado. ¿Y si falla algo?

—¿Estás preocupado?

—Todos estamos un poco preocupados, ¿sabes? Este bufete ha empezado a lo grande. Queremos seguir, pasarlo bien, ganar dinero y todo eso, pero ¿y si fallan las cosas y vas a la quiebra? Creo que es una pregunta justa.

Clay rodeó su escritorio y se sentó en la esquina del mismo.

—Te seré muy sincero. Creo que sé lo que hago, pero, como jamás lo he hecho, no tengo modo de estar seguro. La apuesta es tremenda. Si gano, todos nos embolsaremos un montón de dinero. Si pierdo, seguiremos con el bufete, pero no nos haremos ricos, sencillamente.

—Si tienes ocasión, díselo a los demás, ¿de acuerdo?

—Así lo haré.

El almuerzo consistió en una pausa de diez minutos para tomar un bocadillo en la sala de conferencias. Jonah disponía de los últimos datos. Durante los primeros tres días, la línea directa había atendido siete mil cien llamadas y la página *web* había recibido un promedio de ocho mil visitas diarias. Los paquetes de información y los contratos de los servicios jurídicos se habían enviado con la mayor rapidez posible, pero aún llevaban retraso. Clay autorizó a Jonah a contratar a dos auxiliares informáticos a tiempo parcial. A Paulette se le encomendó la tarea de buscar a otros tres o cuatro auxiliares jurídicos para trabajar en el Sudadero. Y la señorita Glick recibió la orden de contratar a todos los administrativos que fueran necesarios para atender la correspondencia de los clientes.

Clay les describió su reunión con Patton French y les explicó su nueva estrategia. Les mostró fotocopias del artículo del *Times* del que ellos no se habían enterado por estar demasiado ocupados.

—La carrera ya ha empezado, muchachos —dijo, tratando de animar a los agotados miembros de su equipo—. Los tiburones ya están persiguiendo a nuestros clientes.

—Los tiburones somos nosotros —señaló Paulette.

Patton French llamó a última hora de la tarde e informó que la acción conjunta se había modificado para incluir a demandantes de Misisipí y se había presentado en el juzgado de Biloxi.

—La hemos colocado justo donde queríamos, muchacho —añadió.

—Yo retiraré mañana la de aquí —dijo Clay, confiando en que no estuviera regalando su demanda.

—¿Va a darle el soplo a la prensa?

—No pensaba hacerlo —contestó Clay, que no tenía la menor idea de cómo se daba el soplo a la prensa.

—Deje que yo me encargue de eso.

Ackerman cerró aquel día a 26,25, un beneficio sobre el papel de un millón seiscientos veinticinco mil dólares si Clay hubiera comprado en aquel momento y hecho efectiva su venta al descubierto. Decidió esperar. La noticia de la demanda presentada en Biloxi se divulgaría a la mañana siguiente y sólo serviría para castigar aún más las acciones.

A medianoche estaba sentado en su despacho, conversando con un caballero de Seattle que llevaba casi un año tomando Dyloft y en ese momento estaba aterrorizado, pues temía haber desarrollado algún tumor. Clay le aconsejó que acudiese al médico lo antes posible para someterse a un análisis de orina. Le facilitó la página *web* y le prometió que le enviaría toda la información a primera hora de la mañana siguiente. Cuando se despidieron, el hombre estaba al borde de las lágrimas.

20

Las malas noticias sobre el medicamento milagroso Dyloft se sucedían sin pausa. Se habían publicado otros dos estudios médicos, uno de los cuales explicaba de manera muy convincente que los laboratorios Ackerman habían abreviado las investigaciones y echado mano de todas las influencias posibles para conseguir la autorización del medicamento. Al final, la FDA ordenó la retirada del mercado del Dyloft.

Como es natural, las malas noticias eran noticias maravillosas para los abogados, y el caos aumentó a medida que los rezagados iban sumándose. Los pacientes que tomaban Dyloft recibían unas advertencias por escrito de Ackerman y de sus propios médicos, y sus apremiantes mensajes eran seguidos casi de inmediato por siniestros ofrecimientos de servicios por parte de abogados especializados en demandas conjuntas. La correspondencia directa resultaba extremadamente eficaz. Los anuncios de prensa se utilizaban en todos los grandes mercados, y en todos los canales de televisión aparecían líneas de llamada gratuita. La amenaza de la aparición de tumores indujo prácticamente a la totalidad de los consumidores de Dyloft a ponerse en contacto con un abogado.

Patton French jamás había visto una acción conjunta tan bien montada. Gracias a que él y Clay habían ganado la carrera presentando la demanda en Biloxi, su acción legal había sido la primera en ser admitida. A partir de aquel momento, todos los demandantes que quisieran ejercer una acción conjunta se verían obligados a unirse a la suya, y el comité directivo de los demandantes se llevaría una tajada adicional. El juez amigo de French ya había nombrado a los cinco abogados del comité: el propio French, Clay, Carlos Hernández, de Miami, y otros dos amigotes de Nueva Orleans. En teoría, el comité se encargaría de llevar la amplia y complicada acción contra los laboratorios Ackerman. En realidad, los cinco se limitarían a revolver papeles y a llevar a cabo la tarea administrativa de organizar en cierto modo a los aproximadamente cinco mil clientes y sus abogados.

Un demandante del Dyloft podía en cualquier momento «retirarse» de la demanda colectiva y querellarse en solitario contra Ackerman en un juicio aparte. Mientras los abogados de todo el país reunían casos y formaban coaliciones, empezaron a plantearse los inevitables conflictos. Algunos no estaban de acuerdo con la demanda presentada en Biloxi y querían presentar la suya propia. Otros despreciaban a Patton French, y los había que querían celebrar juicios en sus respectivas jurisdicciones, abriendo con ello la posibilidad de conseguir veredictos sensacionales.

Pero French ya había librado esa clase de batalla muchas veces. Vivía a bordo de su Gulfstream, volaba de costa a costa, se reunía con los especialistas en acciones legales colectivas que estaban captando centenares de casos y se las arreglaba para mantener unida la frágil coalición. El acuerdo por resarcimiento de daños sería mucho más grande en Biloxi, les prometía a todos.

Hablaba a diario con el abogado de Ackerman, un viejo y curtido guerrero que había intentado retirarse un par de veces sin que el director general se lo permitiera. El mensaje de French era claro y sencillo: «Hablemos ahora del acuerdo de indemnización sin la participación de vuestros abogados externos porque tú sabes que no vais a ir a juicio con un medicamento como éste.» Y Ackerman ya empezaba a hacerle caso.

A mediados de agosto, French convocó una cumbre de los abogados del Dyloft en su impresionante rancho cerca de Ketchum, Idaho. Le explicó a Clay que su presencia sería imprescindible como miembro del comité directivo de los demandantes y, algo tan importante como lo anterior, los demás abogados deseaban conocer al joven advenedizo que había iniciado el caso del Dyloft.

—Además, con esta gente no puedes perderte ninguna reunión, de lo contrario te apuñalan por la espalda.

—Allí estaré —prometió Clay.

—Te enviaré un jet —ofreció amablemente French.

—No, gracias. Iré por mi cuenta.

Clay fletó un Lear 35, un precioso y pequeño jet aproximadamente un tercio más pequeño que un Gulfstream 5, pero, puesto que viajaría solo, sería suficiente. Se reunió con los pilotos en la terminal del Reagan National, donde se mezcló con los restantes peces gordos, todos ellos mayores que él, y procuró comportarse como si eso de viajar en su propio jet no tuviera nada de especial. El aparato debía de pertenecer sin duda a una compañía de vuelos chárter, pero durante los tres días siguientes sería suyo.

Mientras el jet despegaba hacia el norte, Clay contempló el Potomac y después el Lincoln Memorial y, rápidamente, todos los edificios más destacados del centro de la ciudad. Allí estaba el edificio de su despacho y, algo más lejos, la Oficina de la Defensa de Oficio. ¿Qué pensarían Glenda, Jermaine y todos los que había dejado a su espalda si lo vieran en ese momento?

¿Qué pensaría Rebecca?

Si ésta hubiera esperado sólo un mes...

Había tenido tan poco tiempo de pensar en ella...

El aparato penetró en las nubes y la vista desapareció. Washington quedó muy pronto a varios kilómetros de distancia. Clay Carter estaba dirigiéndose a una reunión secreta de algunos de los abogados más ricos de Estados Unidos, los especialistas en acciones conjuntas, los que tenían la inteligencia y el valor de perseguir a las empresas más poderosas.

¡Y deseaban conocerlo!

Su jet era el más pequeño que había en el aeropuerto de Ketchum-Sun Valley, en Friedman, Idaho. Mientras el aparato rodaba por la pista pasando por delante de Gulfstream y Challenger, se le ocurrió la ridícula idea de que aquel avión era inapropiado y necesitaba uno de mayor tamaño. Después se burló de sí mismo..., allí estaba él, en el habitáculo forrado de cuero de un Lear de tres millones de dólares, preguntándose si debía o no agenciarse otro más grande. Menos mal que todavía era capaz de reír. ¿Qué ocurriría cuando dejara de hacerlo?

Estacionaron al lado de un conocido aparato en cuya cola aparecía el número 000AC. Cero, Cero, Cero, Acción Conjunta, el hogar fuera del hogar del mismísimo Patton French. A su lado, el de Clay parecía un enano, y por un instante éste contempló con envidia el jet de lujo más bonito del mundo.

Lo esperaba una furgoneta a cuyo volante iba sentado algo que parecía la imitación de un vaquero. Por suerte, el conductor no era muy hablador, y Clay disfrutó del viaje de cuarenta y cinco minutos en silencio. Siguieron un tortuoso camino ascendente por unas carreteras cada vez más estrechas. Tal como había supuesto, la vasta propiedad de Patton era muy nueva y tan perfecta como una postal. La casa era un pabellón cuyas alas y niveles hubieran sido suficientes para albergar un bufete jurídico de considerable tamaño. Otro vaquero se hizo cargo de la maleta de Clay.

—El señor French espera en la terraza de la parte de atrás —dijo, como si Clay hubiera estado allí muchas veces.

Cuando Clay los localizó, el tema de conversación era Suiza: cuál era su exclusiva estación de esquí preferida. Los escuchó un segundo mientras se acercaba. Los restantes cuatro miembros del comité directivo de los demandantes permanecían tranquilamente acomodados en unas sillas de cara a las montañas, fumando oscuros cigarros y dando buena cuenta de las bebidas. Cuando se percataron de la presencia de Clay, se cuadraron como si el juez acabara de entrar en la sala. Durante los primeros tres minutos de emocionada conversación, lo calificaron de «brillante», «sagaz», «valiente» y, lo que más le gustó, «visionario».

—Nos tienes que decir cómo descubriste el Dyloft —dijo Carlos Hernández.

—No lo dirá —terció French mientras preparaba para Clay un brebaje infame.

—Vamos —intervino Wes Saulsberry, el amigo más reciente de Clay.

En cuestión de pocos minutos, Clay tendría ocasión de averiguar que Wes había ganado aproximadamente quinientos millones de dólares en el acuerdo del tabaco de hacía tres años.

—He jurado guardar silencio —dijo Clay.

Otro abogado de Nueva Orleans era Damon Didier, uno de los oradores en una de las sesiones a las que Clay había asistido durante su fin de semana con el Círculo de Abogados. Didier tenía un rostro impenetrable y unos ojos de acero, y Clay recordaba haberse preguntado cómo era posible que semejante sujeto fuese capaz de conectar con un jurado. Muy pronto descubrió que Didier había ganado una fortuna cuando un barco fluvial lleno de jóvenes pertenecientes a una hermandad estudiantil se había hundido en el lago Pontchartrain. Cuánta sordidez.

Necesitaban honores y medallas como los héroes de guerra. Esto de aquí me lo dieron por la explosión de aquel camión cisterna que mató a veinte personas. Esto fue por lo de aquellos chicos que murieron quemados en aquella plataforma petrolífera de explotación submarina. Esto tan grande de aquí fue por la campaña del Skinny Ben. Esto por la guerra contra las grandes compañías tabaqueras. Esto por la batalla contra el Seguro Médico Global.

Puesto que no tenía batallas que contar, Clay se limitó a escuchar. El Tarvan las habría superado a todas, pero él jamás podría decirlo.

Un mayordomo con una camisa estilo Roy Rogers informó al señor French de que la cena se serviría en cuestión de una hora. Todos bajaron a una sala de juegos con mesas de billar y grandes pantallas. Unos doce hombres blancos estaban bebiendo y hablando y algunos sostenían en la mano unos tacos de billar.

—El resto de la conspiración —susurró Hernández al oído de Clay.

Patton lo presentó al grupo. Los nombres, los rostros y las ciudades de las que procedían se borraron de inmediato. Seattle, Houston, Topeka, Boston y otras que no captó. Y Effingham, Illinois. Todos rindieron homenaje a aquel «brillante» abogado que los había sorprendido con su audaz ataque contra el Dyloft.

—Vi el anuncio la primera noche que se emitió —dijo Bernie no sé qué, de Boston—. Jamás había oído hablar del Dyloft. Por consiguiente, llamo a tu línea directa gratuita y me contesta un simpático chico. Le digo que he estado tomando el medicamento y le suelto el rollo, ya sabes. Me indica la página *web*. Fue sensacional. Entonces pensé: «Me han tendido una emboscada.» Tres días más tarde, salgo en antena con mi propia línea gratuita del Dyloft.

Los presentes soltaron una carcajada, porque probablemente todos ellos habrían podido contar historias parecidas. A Clay no se le había ocurrido la posibilidad de que otros abogados llamaran a su línea directa y utilizaran su página *web* para robarle clientes, pero ¿por qué se sorprendía?

Cuando por fin terminaron las muestras de admiración, French dijo que antes de la cena, que, por cierto, incluiría una fabulosa selección de vinos australianos, tenían que discutir ciertos asuntos Clay ya estaba un poco mareado a causa del excelente habano que se había fumado y de la primera bomba de vodka doble. Era con mucho el abogado más joven de allí, y se sentía un novato en todos los sentidos. Se encontraba en presencia de unos importantes profesionales.

El abogado más joven. El jet más pequeño. Sin batallas que contar. El hígado más débil. Clay llegó a la conclusión de que ya era hora de crecer.

Todos se congregaron alrededor de French, que sólo vivía para los momentos como aquél.

—Tal como sabéis —empezó el anfitrión—, me he pasado mucho tiempo con Wicks, el abogado de la casa de los laboratorios Ackerman. El resumen de todo es que aceptarán un acuerdo, y lo harán muy rápido. Están dándoles palos por todas partes y quieren que eso se olvide cuanto antes. Sus acciones están ahora tan bajas que temen una oferta pública de adquisición. Los buitres, entre los cuales figuramos, están dispuestos a acabar con ellos. Si averiguan cuánto va a costarles el Dyloft, es posible que puedan renegociar algunas deudas y mantenerse. Lo que no quieren es un juicio que se alargue en muchos frentes y que les caigan veredictos por todas partes. Tampoco quieren soltar docenas de millones de dólares para la defensa.

—Pobre gente —dijo alguien.

—El *Business Week* habló de quiebra —apuntó otro—. ¿Han utilizado esta amenaza?

—Todavía no. Y no creo que lo hagan. Ackerman tiene demasiados activos. Acabamos de completar el análisis económico (ya examinaremos los números mañana por la mañana) y nuestros chicos creen que la empresa dispone de entre dos mil y tres mil millones de dólares para indemnizaciones.

—¿Cuánto cubre el seguro?

—Sólo trescientos millones. Hace un año la empresa lanzó al mercado su propia división de cosméticos. Piden mil millones. El valor real equivale a unas tres cuartas partes. Podrían venderla por quinientos millones y disponer de dinero suficiente para indemnizar a nuestros clientes.

Clay observó que raras veces mencionaban a los clientes.

Los buitres se apretujaron alrededor de French, quien prosiguió:

—Tenemos que establecer dos cosas. Primero, cuántos posibles demandantes hay ahí fuera. Segundo, el valor de cada caso.

—Vamos a sumarlos —dijo alguien hablando con el típico acento de Tejas—. Yo tengo mil.

—Yo tengo mil ochocientos —dijo French—. ¿Carlos?

—Dos mil —dijo Hernández, y procedió a anotar algo.

—¿Wes?

—Novecientos.

El abogado de Topeka era el que menos tenía: seiscientos. Dos mil era la cifra más alta, pero French reservaba lo mejor para el final.

—¿Clay? —dijo, y todo el mundo se dispuso a escuchar.

—Tres mil doscientos —contestó Clay, consiguiendo mantener un rostro ceñudo e impasible.

Sus recientes hermanos, sin embargo, se mostraron muy complacidos. O, por lo menos, eso dieron a entender.

—Así me gusta, mi chico —dijo alguien.

Clay sospechaba que detrás de sus amplias sonrisas y sus expresiones de elogio se ocultaban algunas personas muy envidiosas.

—Eso suma veinticuatro mil —dijo Carlos, haciendo rápidamente el cálculo.

—Podemos duplicarlo fácilmente, y de esa manera nos acercaríamos a los cincuenta mil, la cantidad que Ackerman tiene prevista. Dos mil millones a repartir entre cincuenta mil son cuarenta mil por cada caso. No está mal para empezar.

Clay efectuó unos rápidos cálculos por su cuenta: cuarenta mil por sus tres mil doscientos casos eran algo así como ciento veinte millones de dólares. Y un tercio de aquella cantidad... Sintió que se le paralizaba el cerebro, y empezaron a temblarle las rodillas.

—¿Sabe la empresa cuántos de estos casos corresponden a tumores malignos? —preguntó Bernie de Boston.

—No, no lo sabe. Calculan que un uno por ciento.

—Eso son quinientos casos.

—A un mínimo de un millón de dólares cada uno.

—Eso son otros quinientos millones.

—Un millón de dólares es una broma.

—Cinco millones por muerte en Seattle.

—Aquí estamos hablando de homicidio culposo.

Como era de esperar, cada abogado tenía su propia opinión que ofrecer, y lo hacían todos al mismo tiempo. En cuanto consiguió restablecer el orden, French dijo:

—Caballeros, vamos a comer.

La comida fue un fracaso. La mesa del comedor era una tabla de lustrosa madera procedente de un impresionante y majestuoso alerce rojo que se había mantenido en pie varios siglos hasta que la poderosa Norteamérica lo había necesitado. En torno a ella podían comer simultáneamente cuarenta personas. Los presentes eran dieciocho, sabiamente separados entre sí. De lo contrario, alguien habría podido soltar un puñetazo.

En una estancia llena de arrogantes egos donde cada uno era el más ilustre abogado que Dios hubiera creado, el más odioso charlatán era Victor K. Brennan, un ruidoso tejano de Houston que hablaba con voz gangosa. A la tercera o cuarta copa de vino, y a medio zamparse los gruesos bistecs, Brennan empezó a quejarse de las bajas cantidades previstas para cada caso individual. Él tenía un cliente de cuarenta años que ganaba muchos millones y ahora padecía unos tumores malignos gracias al Dyloft.

—Puedo sacarle a cualquier jurado de Tejas diez millones por daños efectivamente sufridos y veinte millones en concepto de castigo ejemplar —dijo en tono jactancioso.

Casi todos los demás se mostraron de acuerdo. Algunos llegaron a decir que en su propio territorio conseguirían mucho más. French se mantuvo firme en su teoría, señalando que, si unos pocos conseguían millones, las masas recibirían muy poco. Brennan no estaba de acuerdo, pero no sabía cómo rebatir el argumento. Tenía la vaga sospecha de que los laboratorios Ackerman disponían de mucho más dinero del que parecía.

El grupo estaba dividido a este respecto, pero las líneas cambiaban con tal rapidez y las lealtades eran tan efímeras que Clay tenía dificultades para establecer dónde estaba cada cual. French puso en tela de juicio la afirmación de Brennan en el sentido de que los daños susceptibles de indemnización fueran tan fáciles de demostrar.

—Tú tienes los documentos, ¿no? —dijo Brennan.

—Clay nos ha facilitado algunos documentos. Ackerman todavía no lo sabe. Vosotros no los habéis visto, muchachos, y puede que no los veáis si no os estáis quietecitos en clase.

Los diecisiete invitados (incluido Clay) dejaron a un lado los cubiertos y se pusieron a gritar a la vez. Los camareros se retiraron. Clay ya se los imaginaba en la cocina, agachados detrás de las mesas. Brennan estaba deseando pelearse con alguien. Wes Saulsberry no quería dar su brazo a torcer. El lenguaje fue subiendo de tono. Y, en medio de todo aquel follón, Clay miró hacia el fondo de la mesa y vio a Patton French aspirar el aroma de una copa de vino, beber un sorbo, cerrar los ojos y evaluar un vino más.

¿Cuántas de aquellas peleas habría presenciado French? Probablemente cien. Clay cortó un trozo de bistec.

En cuanto se calmaron los ánimos, Bernie de Boston contó un chiste acerca de un cura católico, y la estancia estalló en carcajadas. Todos disfrutaron de la comida y el vino durante cinco minutos hasta que Albert de Topeka sugirió la estrategia de obligar a Ackerman a ir a la quiebra. Él se lo había hecho un par de veces a otras empresas con resultados muy satisfactorios. En ambas ocasiones, las empresas amenazadas por ofertas públicas de adquisición habían utilizado las leyes sobre la quiebra para estafar a los bancos y a otros acreedores, dejando de ese modo más dinero para él y sus millares de clientes. Los que no estaban de acuerdo expresaron sus opiniones. Albert se lo tomó a mal y volvió a armarse una pelea.

Se peleaban por todo: los documentos, la conveniencia de presentar una querella y olvidarse de los rápidos acuerdos por resarcimiento de daños, la ventajas que presentaban los territorios de cada cual, los anuncios engañosos, la manera de captar más casos, los gastos, los honorarios... Clay notaba un nudo en el estómago y no dijo una palabra. Los demás parecían disfrutar enormemente de la comida mientras mantenían dos o tres disputas a la vez.

«Lo que es la experiencia», pensó Clay.

Después de la comida más larga de la vida de Clay, French los acompañó abajo, de nuevo a la sala de billar, donde los esperaba el coñac y más habanos. Los que llevaban tres horas discutiendo y soltando palabrotas empezaron a beber y a reírse como si fueran socios de un club. Clay se retiró y, después de un considerable esfuerzo, localizó su habitación.

El espectáculo de Barry y Harry estaba previsto para las diez de la mañana del sábado, lo que daba tiempo suficiente para que todo el mundo se hubiera librado de la resaca y pudiera zamparse un opíparo desayuno. French había ofrecido la posibilidad de pescar truchas y tirar al plato, pero ni un solo abogado se apuntó a alguna de las dos actividades.

Barry y Harry eran propietarios de una empresa de Nueva York que sólo se dedicaba a analizar la situación económica de las empresas amenazadas por ofertas públicas de adquisición. Contaban con fuentes, contactos y espías, y tenían fama de arrancar la piel a tiras y descubrir la verdad. French los había traído en avión para una exposición de una hora.

—Nos va a costar doscientos mil —le murmuró orgullosamente a Clay—, y se lo haremos pagar a Ackerman. Imagínate.

Su sistema consistía en formar un equipo en el que Barry hacía los gráficos y Harry señalaba con el puntero, como dos profesores junto al atril. Ambos se situaron de pie delante del pequeño teatro, un nivel por debajo de la sala de billar. Por una vez, los abogados guardaron silencio.

Ackerman tenía una cobertura de seguros de por lo menos quinientos millones de dólares, trescientos por responsabilidad contra terceros y otros doscientos en reaseguros. El análisis del *cash-flow* era muy denso y Harry y Barry tuvieron que hablar los dos a la vez para completarlo. Los números y los porcentajes fueron saliendo y no tardaron en asfixiar a todos los presentes en la sala.

Hablaron de la división cosmética de Ackerman, que tal vez sacara seiscientos millones en una liquidación. La empresa quería desprenderse de una división de plásticos con sede en México por doscientos millones. Tardaron quince minutos en explicar la estructura de las deudas de la empresa.

Barry y Harry eran también abogados y, por consiguiente, estaban en condiciones de evaluar la probable respuesta de una empresa a una desastrosa acción conjunta como la producida por el Dyloft.

Lo más prudente para Ackerman sería llegar rápidamente a un acuerdo transaccional de resarcimiento de daños, pero en varias fases.

—Lo que se llama un acuerdo de hojaldre —puntualizó Harry.

Clay estaba seguro de que él era la única persona de la sala que no sabía lo que era un acuerdo de hojaldre.

—La primera fase serían dos mil millones para todos los demandantes del primer nivel —añadió Harry, teniendo la bondad de exponer los elementos de semejante plan.

—Creemos que podrían hacerlo dentro de un plazo de noventa días —señaló Barry.

—La segunda fase serían quinientos millones para los demandantes del segundo nivel, los aquejados de tumores malignos que no han muerto.

—Y la tercera fase se dejaría abierta durante cinco años para cubrir los casos de fallecimiento.

—Creemos que Ackerman puede pagar entre dos mil quinientos y tres mil millones a lo largo del año que viene y otros quinientos millones en un período de cinco años.

—Si por el motivo que fuera se superaran estas sumas podría producirse una declaración de quiebra.

—Lo cual no es aconsejable para esta empresa. Hay demasiados bancos con demasiados derechos de prioridad.

—Y una quiebra reduciría seriamente el flujo monetario. Se tardaría de tres a cinco años en alcanzar un acuerdo aceptable.

Como es natural, se pasaron un rato discutiendo. Vincent de Pittsburgh tenía especial empeño en demostrar a los demás sus conocimientos económicos, pero Harry y Barry no tardaron en ponerlo en su sitio. Al cabo de una hora, ambos se fueron a pescar.

French ocupó su lugar en la cabecera de la sala. Se habían completado todos los temas. Las discusiones habían terminado. Ya era hora de ponerse de acuerdo sobre los planes a seguir.

El primer paso sería conseguir todos los demás casos. Cada cual por su cuenta. Sin ninguna limitación. Puesto que habían conseguido reunir la mitad del total, quedaban todavía muchos demandantes del Dyloft ahí fuera. Había que localizarlos. Buscar a los picapleitos que sólo tuviesen veinte o treinta casos y atraerlos al redil. Hacer cuanto fuese necesario para captar a los indecisos.

El segundo paso consistiría en celebrar una conferencia de acuerdo transaccional con los laboratorios Ackerman en un plazo de sesenta días. El comité directivo de los demandantes la programaría y enviaría las correspondientes notificaciones.

El tercer paso consistiría en hacer el máximo esfuerzo por mantener a todos los demandantes dentro de la acción conjunta. El número hacía la fuerza. Los que decidieran abandonar la acción conjunta y quisieran ir a juicio por su cuenta no tendrían acceso a los mortíferos documentos. Así de sencillo. Muy duro, pero así eran los pleitos.

Todos los abogados de la sala pusieron reparos a algún aspecto del plan, pero la alianza se mantuvo. El Dyloft llevaba camino de convertirse en el acuerdo más rápido de toda la historia de las acciones conjuntas, y los abogados ya olfateaban el dinero.

21

La siguiente reorganización del joven bufete se produjo de la misma caótica manera que las anteriores y por los mismos motivos: demasiados nuevos clientes, demasiado nuevo papeleo, insuficiencia de personal, una cadena de mando muy imprecisa y un estilo de dirección muy vacilante porque ninguno de los de arriba jamás había dirigido nada, exceptuando tal vez a la señorita Glick. Tres días después de que Clay regresase de Ketchum, Paulette y Jonah se presentaron en su despacho con una larga lista de problemas urgentes. El motín se respiraba en el aire. Los nervios estaban a flor de piel y el cansancio agravaba la situación.

Según los mejores cálculos, el bufete había captado hasta el momento 3.320 casos de Dyloft y, puesto que todos ellos eran nuevos, precisaban de atención inmediata. Sin contar a Paulette, que estaba asumiendo a regañadientes el papel de directora del despacho, sin contar a Jonah, que se pasaba diez horas diarias con un sistema informatizado para poner al día los casos, y, naturalmente, sin contar a Clay, porque era el jefe y tenía que conceder entrevistas y viajar a Idaho, el bufete había contratado a dos abogados y ahora disponía de diez auxiliares jurídicos, ninguno de los cuales tenía más de tres meses de experiencia, excepto Rodney.

—No sé distinguir los buenos de los que no lo son tanto —dijo Paulette—. Es demasiado pronto. —Calculaba que cada auxiliar jurídico podía manejar entre cien y doscientos casos—. Los clientes están asustados —añadió—, están asustados porque tienen esos tumores y la prensa habla constantemente del Dyloft, pero por encima de todo porque nosotros les hemos metido el miedo en el cuerpo, qué demonios.

—Quieren que alguien les diga algo —terció Jonah—. Y quieren que en el otro extremo de la línea les conteste un abogado, no un agobiado auxiliar jurídico de una especie de cadena de montaje. Temo que muy pronto empecemos a perder clientes.

—No vamos a perder a ningún cliente —declaró Clay, pensando en todos aquellos tiburones tan simpáticos que acababa de conocer en Idaho y en lo contentos que estarían de arrebatarle a los clientes insatisfechos.

—El papeleo nos está ahogando —dijo Paulette, siguiendo con los argumentos de Jonah sin prestar atención a Clay—. Todos los exámenes médicos preliminares deben analizarse, y después hay que llevar a cabo un seguimiento. Ahora mismo creemos que hay unas cuatrocientas personas que necesitan análisis adicionales. Podría haber casos graves; estas personas podrían estar muriéndose, Clay. Pero alguien tiene que coordinar su atención sanitaria con los médicos, y eso no se está haciendo, ¿lo comprendes?

—Muy bien —dijo Clay—. ¿Cuántos abogados necesitamos?

Paulette dirigió una cauta mirada a Jonah. Ninguno de los dos tenía una respuesta.

—¿Diez? —aventuró ella.

—Diez por lo menos —repuso Jonah—. Ahora mismo, diez, y más adelante puede que más.

—Estamos aumentando las emisiones de anuncios —dijo Clay.

Se produjo una prolongada pausa mientras Jonah y Paulette asimilaban aquello. Clay les había facilitado información acerca de los puntos más destacados de la reunión de Ketchum, pero sin dar ningún detalle. Les había asegurado que todos los casos que captaran no tardarían en reportarles cuantiosos beneficios, pero los datos acerca de las estrategias de los acuerdos se los había guardado para sí. El que se va de la lengua pierde los juicios. French se lo había advertido y, puesto que no conocía a fondo a sus colaboradores, lo mejor era guardar el secreto.

Un bufete jurídico de unas puertas más abajo acababa de despedir a treinta y cinco asociados. La situación económica no era buena, la facturación había bajado, estaba a punto de producirse una fusión; cualquiera que fuera el motivo, la noticia había sido objeto de comentario en el Distrito de Columbia, pues el mercado laboral solía estar blindado. ¿Despidos en la profesión jurídica, y en el Distrito de Columbia?

Paulette sugirió la posibilidad de contratar a algunos de aquellos asociados, ofreciéndoles un contrato de un año sin ninguna promesa de ascenso. Clay se ofreció a efectuar él mismo las llamadas a primera hora de la mañana siguiente. También se encargaría de buscar el local y el mobiliario necesario.

A Jonah se le ocurrió la insólita idea de contratar a un médico por un año para que se encargara de coordinar los análisis y las pruebas médicas.

—Podemos contratar a uno recién salido de la facultad por cien de los grandes al año. Su experiencia no será mucha, pero ¿eso qué más da? No tendrá que practicar ninguna intervención, sino que se limitará al papeleo.

—Hazlo —dijo Clay.

El siguiente punto de la lista de Jonah era la página *web*. Los anuncios la habían dado a conocer ampliamente, pero necesitaban personas que trabajaran a tiempo completo para contestar a los interesados. Además, había que actualizarla casi cada semana para incluir las más recientes novedades sobre la acción colectiva y las más recientes malas noticias acerca del Dyloft.

—Todos los clientes nos piden información desesperadamente, Clay —dijo Jonah.

Para los que no eran usuarios de Internet —Paulette calculaba que por lo menos la mitad de sus clientes se incluía en este grupo—, la hoja informativa sobre el Dyloft era esencial.

—Necesitamos una persona a tiempo completo para que prepare y envíe por correo la hoja informativa —dijo.

—¿Puedes buscar a alguien? —preguntó Clay.

—Supongo que sí.

—Pues hazlo.

Paulette miró a Jonah como si fuese a quien le correspondía decir lo que venía a continuación. Jonah arrojó sobre la mesa un cuaderno de apuntes tamaño folio e hizo sonar los nudillos.

—Clay, aquí estamos gastando dinero a espuertas —dijo—. ¿Estás seguro de que sabes lo que haces?

—No, pero creo que sí. Vosotros confiad en mí, ¿de acuerdo?

Estamos a punto de ganar una auténtica fortuna, pero para conseguirlo debemos gastar un poco de dinero.

—¿Y tú lo tienes? —preguntó Paulette.

—Sí.

Pace quería tomarse una última copa en un bar de Georgetown, muy cerca de la casa de Clay. Iba y venía de la ciudad, mostrándose siempre muy impreciso acerca de dónde había estado y del incendio que estaba apagando en aquellos momentos. Había aclarado un poco el color de su vestuario y ahora prefería el marrón: puntiagudas botas marrones de piel de serpiente, chaqueta de ante marrón. Formaba parte de su disfraz, pensó Clay. Mientras daba cuenta de su primera cerveza, Pace pasó al tema del Dyloft y enseguida resultó evidente que, cualquiera que fuese el proyecto en el que estuviera trabajando, éste guardaba cierta relación con los laboratorios Ackerman.

Clay, con el instinto propio de un abogado experto en toda suerte de lides judiciales, facilitó una colorista descripción de su viaje al rancho de French y del hatajo de ladrones que había conocido allí, de la conflictiva comida de tres horas de duración en la que todo el mundo comía y discutía a la vez y, finalmente, del espectáculo de Barry y Harry. No mostró el menor titubeo a la hora de facilitarle a Pace los detalles, pues éste sabía más que nadie.

—Sé quiénes son Barry y Harry —dijo Pace como si hablara de personajes del hampa.

—Me pareció que se conocían bien el paño. Ya pueden, con los doscientos mil que se ganaron.

Clay habló de Carlos Hernández, Wes Saulsberry y Damon Didier, sus nuevos compañeros del comité directivo de los demandantes. Pace dijo que había oído hablar de todos ellos.

Cuando ya iba por la segunda cerveza, Pace preguntó:

—Vendiste acciones de Ackerman al descubierto, ¿verdad? —Miró alrededor pero nadie escuchaba. Era un bar estudiantil en una noche un poco floja.

—Cien mil acciones a cuarenta y dos cincuenta —contestó orgullosamente Clay.

—Hoy Ackerman ha cerrado a veintitrés.

—Lo sé. Cada día hago los cálculos.

—Pues ha llegado el momento de cubrir la venta al descubierto y volver a comprar. Hazlo sin falta a primera hora de la mañana.

—¿Está a punto de producirse alguna novedad?

—Sí, y, de paso, compra todo lo que puedas a veintitrés y prepárate para el viaje.

—¿Adónde llevará ese viaje?

—Duplicarán su valor.

Seis horas después, Clay ya estaba en su despacho antes del amanecer, disponiéndose a afrontar una nueva jornada de absoluta locura. Y esperando también con ansia a que abrieran los mercados. La lista de las cosas que tenía que hacer cubría dos páginas y casi todo guardaba relación con la ingente tarea de contratar de inmediato a otros diez abogados y encontrar un local con suficiente espacio para acoger a algunos de ellos. Parecía una tarea casi imposible, pero no tendría más remedio que llevarla a cabo; a las siete y media llamó a un corredor de fincas y lo sacó de la ducha. A las ocho y media mantuvo una entrevista de diez minutos con un joven abogado recién despedido llamado Oscar Mulrooney. El pobre chico había sido un alumno brillante en Yale, había sido contratado con muy buenas perspectivas y después se había quedado sin trabajo a causa de la implosión de un megabufete. Por si fuera poco, llevaba dos meses casado y necesitaba encontrar trabajo cuanto antes. Clay lo contrató de inmediato con un sueldo de setenta y cinco mil dólares anuales. Mulrooney tenía cuatro amigos, también de Yale, que también se habían quedado en la calle y buscaban trabajo. «Ve por ellos», le dijo Clay.

A las diez de la mañana Clay llamó a su agente de bolsa y cubrió su venta al descubierto de Ackerman con un beneficio superior a un millón novecientos mil dólares. En la misma llamada, reunió todos los beneficios obtenidos y compró otras doscientas mil acciones a veintitrés dólares, utilizando su margen y parte del crédito de la cuenta. Se pasó toda la mañana observando el mercado *on line*. Nada cambió.

Oscar Mulrooney regresó al mediodía con sus amigos, todos ellos tan entusiastas como *boy scouts*. Clay contrató a los demás y enseguida les encomendó la tarea de alquilar el mobiliario, conectar sus teléfonos y hacer todo lo necesario para el inicio de su nueva carrera como abogados de bajo nivel en el campo de las demandas conjuntas de indemnización por daños y perjuicios. Oscar debería encargarse, además, de contratar a otros cinco abogados, los cuales, a su vez, tendrían que buscarse sus propios locales, etcétera.

Acababa de nacer la Sección de Yale.

A las cinco de la tarde, hora oficial del este, Philo Products anunció su intención de comprar las acciones ordinarias en circulación de los laboratorios Ackerman a cincuenta dólares cada una, lo que significaba una fusión por un precio de mil cuatrocientos millones de dólares. Clay presenció el drama solo en su sala de conferencias, pues todos los demás estaban atendiendo los malditos teléfonos. Los canales económicos directos se atragantaron con la noticia. La CBB envió precipitadamente a sus reporteros a White Plains, Nueva York, cuartel general de Ackerman, delante de cuyas puertas montaron guardia como si la sitiada compañía pudiera salir de un momento a otro a llorar ante las cámaras.

Una interminable serie de expertos y analistas de mercado parloteaban sin cesar, soltando toda suerte de opiniones infundadas. El Dyloft se mencionó al principio y muy a menudo a lo largo de las entrevistas. Aunque los laboratorios Ackerman llevaban varios años de mala gestión, no cabía duda de que el Dyloft habían conseguido empujarlo hacia el abismo.

¿Y si resultaba que Philo era el fabricante del Tarvan? ¿Y si se trataba del cliente de Pace? ¿Lo habrían acaso manipulado para provocar aquella adquisición mayoritaria de acciones por valor de mil cuatrocientos millones de dólares? Y, lo más inquietante, ¿qué significaría todo aquello para el futuro de Ackerman y el Dyloft? Por mucho que lo emocionara calcular los nuevos beneficios obtenidos con las acciones de Ackerman, Clay no tenía más remedio que preguntarse si el nuevo giro que habían tomado los acontecimientos significaría el final del sueño del Dyloft.

No había manera de saberlo. Él no era más que un insignificante jugador en un gigantesco juego que se llevaban entre manos dos importantes compañías. Se tranquilizó al pensar que los laboratorios Ackerman tenían activos, y que habían fabricado un mal producto que había causado daño a muchos. Se impondría la justicia.

Patton French lo llamó desde su aparato a medio camino entre Florida y Tejas y le pidió que no se moviera de donde estaba durante aproximadamente una hora. El comité directivo de los demandantes tenía que convocar una conferencia con carácter urgente. Su secretaria ya estaba en ello.

French volvió a llamarlo una hora más tarde, ya en tierra, desde Beaumont, donde al día siguiente se reuniría con unos abogados que llevaban unos casos de un medicamento contra el colesterol y necesitaban su ayuda. Los casos valían toneladas de dinero, pero no había manera de localizar a los demás miembros del comité directivo. Ya había hablado con Barry y Harry en Nueva York, y éstos no se mostraban preocupados por la compra de acciones por parte de Philo.

—Ackerman tiene doce millones de participaciones de sus propias acciones, cada una de las cuales ahora vale por lo menos cincuenta dólares, y puede que más antes de que se disipe la polvareda. La empresa acaba de ganar seiscientos millones sólo en patrimonio neto. Además, el Gobierno tiene que aprobar la fusión, y, como es natural, antes de decir que sí querrá que se resuelva el litigio. Por otra parte, Philo es famosa por su alergia a los tribunales. Querrán llegar a un discreto y rápido acuerdo.

Aquello se parecía mucho a lo del Tarvan, pensó Clay.

—En conjunto, es una buena noticia —dijo French mientras se oía el zumbido de un fax en segundo plano. Clay ya se lo imaginaba paseando arriba y abajo en su Gulfstream mientras éste esperaba en la rampa de Beaumont—. Te mantendré informado.

Y cortó la comunicación.

22

Rex Crittle quería echar una reprimenda, quería que lo tranquilizaran, quería soltar un sermón, educar, pero su cliente, sentado al otro lado del escritorio, se mostraba totalmente impasible ante las cifras.

—Su bufete sólo tiene seis meses de vida —dijo Crittle, mirando por encima de sus gafas de lectura, con un montón de informes delante de él. ¡Las pruebas! Tenía pruebas de que el bufete J. Clay Carter II estaba efectivamente dirigido por idiotas.

—Al principio sus gastos generales eran nada menos que de setenta mil dólares mensuales, tres abogados, un auxiliar jurídico, una secretaria, un alquiler muy elevado, una sede preciosa. Ahora son de medio millón de dólares mensuales y siguen aumentando.

—Hay que gastarlo para ganarlo —dijo Clay, tomando un sorbo de café mientras contemplaba con semblante risueño el rostro de preocupación de su contable. Ésta era la señal de un buen contable: alguien que perdía el sueño por los gastos en mayor medida que el propio cliente.

—Pero es que usted no lo está ganando —dijo cautelosamente Crittle—. En los últimos tres meses no ha habido ingresos.

—Ha sido un buen año.

—Por supuesto que sí. Quince millones de dólares en concepto de honorarios son, efectivamente, un año espléndido. Lo malo es que se están evaporando. El mes pasado gastó usted catorce mil dólares en alquiler de jets.

—Ahora que lo dice, estoy pensando en comprarme uno. Me tendrá usted que hacer los números.

—Los estoy haciendo ahora mismo, y no tiene usted modo de justificar esta necesidad.

—No se trata de eso. Se trata de saber si puedo o no permitirme el lujo de comprarme uno.

—No, no puede permitírselo.

—Tenga un poco de paciencia, Rex. La ayuda está a punto de llegar.

—Supongo que se refiere a los casos del Dyloft, ¿verdad? Cuatro millones de dólares en anuncios. Trescientos mil al mes por la página *web* del Dyloft. Ahora tres mil al mes por la hoja informativa del Dyloft. Todos esos auxiliares jurídicos de Manassas. Todos estos abogados nuevos...

—Creo que la pregunta será, ¿me conviene alquilar uno por cinco años o comprarlo directamente?

—¿El qué?

—El Gulfstream.

—¿Qué Gulfstream?

—El jet privado más bonito del mundo.

—¿Y qué va usted a hacer con un Gulfstream?

—Volar.

—¿Y por qué razón concreta cree que lo necesita?

—Es el jet preferido de todos los abogados especialistas en acciones conjuntas.

—Ah, ya comprendo.

—Sabía que lo comprendería.

—¿Tiene idea de lo que cuesta?

—Entre cuarenta y cuarenta y cinco millones de dólares.

—Lamento comunicarle la noticia, Clay, pero usted no tiene cuarenta millones.

—Es verdad. Creo que me limitaré a alquilarlo.

Crittle se quitó las gafas de lectura y se aplicó un masaje a la larga y huesuda nariz para aliviar el dolor de cabeza que empezaba a sentir.

—Mire, Clay, yo sólo soy su contable, pero no sé si hay alguien más que le diga la verdad. Tómese las cosas con calma. Ha ganado una fortuna, disfrútela. No necesita un bufete tan grande con tantos abogados. No necesita para nada un jet. Y después, ¿qué vendrá? ¿Un yate?

—Sí.

—¿Habla en serio?

—Sí.

—Creía que no le gustaban los barcos.

—Pues me gustan. Es para mi padre. ¿Puedo amortizarlo?

—No.

—Sin embargo, yo creo que sí.

—¿Cómo?

—Lo alquilaré cuando no lo use.

Crittle terminó de frotarse la nariz, volvió a ponerse las gafas y dijo:

—Es su dinero, amigo.

Se reunieron en la ciudad de Nueva York, en terreno neutral, en el deslucido salón de baile de un vetusto hotel muy cerca de Central Park, el último lugar en el que alguien hubiera podido imaginar que se celebrara una reunión tan importante. A un lado de la mesa se sentaba el comité directivo de los demandantes contra el Dyloft integrado por cinco abogados, entre ellos el joven Clay, que se sentía totalmente fuera de lugar, y, detrás de éste, toda suerte de ayudantes, asociados y recaderos contratados por el señor Patton French. Al otro lado de la mesa se encontraba el equipo de Ackerman, encabezado por Cal Wicks, un distinguido veterano, flanqueado por el mismo número de colaboradores.

Hacía una semana, el Gobierno había aprobado la fusión con Philo Products al precio de 53 dólares por acción, lo cual significaba unos nuevos beneficios para Clay de aproximadamente seis millones de dólares. La mitad de ellos los había remitido a un paraíso fiscal y jamás la tocaría. Así pues, la venerable empresa fundada por los hermanos Ackerman un siglo atrás estaba a punto de ser devorada por Philo, una compañía con unos ingresos anuales que apenas llegaban a la mitad de los que aquélla, pero mucho menos endeudada y mucho mejor gestionada.

Mientras tomaba asiento y colocaba las carpetas sobre la mesa y trataba de convencerse de que efectivamente estaba ocupando el lugar que le correspondía, a Clay le pareció observar algunos entrecejos severamente fruncidos al otro lado de la mesa. Al final, los de Ackerman habían conseguido ver en persona a ese joven advenedizo del Distrito de Columbia causante directo de la pesadilla del Dyloft.

Por muchos que fueran los colaboradores de Patton French, éste no los necesitaba para nada. Se puso al mando de la primera sesión y los demás no tardaron en callarse, con la excepción de Wicks, quien sólo hablaba cuando era necesario. Se pasaron la mañana estableciendo el número de casos existentes. La demanda conjunta de Biloxi englobaba a treinta y seis mil setecientos demandantes. Un grupo renegado de abogados de Georgia tenía cinco mil doscientos y amenazaba con ejercer otra acción conjunta por su cuenta. French estaba seguro de que podría disuadirlos de que lo hicieran. Otros abogados se habían retirado de la demanda colectiva y estaban preparando la presentación de querellas en sus propios territorios, pero esto a French tampoco le preocupaba. Ellos no estaban en poder de los documentos decisivos, y era improbable que los obtuviesen.

Los números seguían sucediéndose y Clay no tardó en hartarse de todo aquello. A él el único número que le interesaba era el 5.380, correspondiente a su participación en la demanda del Dyloft. Seguía teniendo más casos que cualquier otro abogado en solitario, pero el propio French había cerrado brillantemente la brecha y ahora tenía algo más de cinco mil.

Al cabo de tres horas de interminables cálculos, acordaron dedicar una hora al almuerzo. El comité de los demandantes subió a una suite del piso de arriba, donde comieron bocadillos y sólo bebieron agua. French no tardó en echar mano del teléfono, hablando y gritando a la vez. Wes Saulsberry quería salir a respirar un poco de aire fresco e invitó a Clay a dar un rápido paseo alrededor de la manzana. Echaron a andar por la Quinta Avenida, al otro lado del parque. Estaban a mediados de noviembre, el aire era frío, las hojas volaban a través de la calle, empujadas por el viento. Una época estupenda para estar en la ciudad.

—Me gusta venir aquí y me gusta marcharme —dijo Saulsberry—. En este mismo momento, en Nueva Orleans están a treinta y dos grados, y la humedad todavía es de noventa.

Clay se limitaba a escucharlo. Estaba demasiado ocupado con la emoción del momento; sólo faltaban unas horas para que se firmara el acuerdo, para los cuantiosos honorarios y para la absoluta libertad de ser joven, soltero e inmensamente rico.

—¿Cuántos años tienes, Clay? —le preguntó Wes.

—Treinta y uno.

—Cuando yo tenía treinta y tres, mi socio y yo concertamos un acuerdo por la explosión de un petrolero por una tonelada de dinero. Un caso horrible en el que doce hombres murieron quemados. Nos repartimos los veintiocho millones de dólares de los honorarios allí mismo. Mi socio cogió los catorce millones y se retiró. Yo los invertí en mí mismo. Puse un bufete con un montón de abogados, algunos de ellos muy inteligentes y verdaderamente enamorados de su profesión. Construí un edificio en el centro de Nueva Orleans y seguí contratando a los mejores abogados que pude encontrar. Ahora somos noventa y en los últimos diez años hemos cobrado ochocientos millones de dólares en honorarios. En cuanto a mi antiguo socio, el suyo es un caso muy triste. Uno no se retira a los treinta y tres años. No es normal. Perdió casi todo el dinero. Tres matrimonios fracasados. Problemas de juego. Lo contraté hace un par de años como auxiliar jurídico con un sueldo de sesenta mil dólares, y no vale ni eso.

—Yo no pienso retirarme —dijo Clay.

Era mentira.

—No lo hagas. Estás a punto de ganar montones de dinero, y te lo mereces. Disfrútalo. Cómprate un avión, cómprate un bonito barco, una vivienda en la playa, un chalet en Aspen, todos los juguetes que quieras. Pero invierte buena parte del dinero en tu bufete. Acepta el consejo de alguien que lo ha hecho.

—Gracias.

Doblaron la esquina de la Setenta y Tres y se dirigieron hacia el este. Saulsberry no había terminado.

—¿Conoces los casos de la pintura a base de plomo?

—No mucho.

—No son tan famosos como los casos de droga, pero resultan tremendamente lucrativos. Yo inicié la moda hace unos diez años. Nuestros clientes son escuelas, iglesias, hospitales, edificios comerciales, todos con las paredes cubiertas de pintura a base de plomo. Se trata de una sustancia muy peligrosa. Hemos demandado a los fabricantes y hemos firmado acuerdos con algunos. Dos mil millones de dólares hasta ahora. Sea como fuere, durante la presentación de pruebas contra una empresa descubrí otra bonita acción conjunta que, a lo mejor, podría interesarte. Ciertos conflictos me impiden encargarme de ella.

—Soy todo oídos.

—La empresa está en Reedsburg, Pensilvania, y fabrica el mortero que utilizan los albañiles en la construcción de obra nueva. Un producto de tecnología muy poco avanzada, pero una mina de oro en potencia. Al parecer, tienen problemas con el mortero. Un lote defectuoso. Al cabo de unos tres años, empieza a disgregarse. Cuando se rompe el mortero, los ladrillos empiezan a caerse. Todo se limita al área de Baltimore, probablemente unas dos mil viviendas. Y ha comenzado a salir a la luz.

—¿Cuáles son los daños?

—Cuesta aproximadamente quince mil dólares arreglar cada casa.

Quince mil por dos mil. Con un contrato de un tercio, los honorarios de los abogados ascenderían a diez millones de dólares. Clay estaba empezando a aprender a calcular muy rápido.

—La prueba será muy fácil —añadió Saulsberry—. La empresa sabe que está en el ojo del huracán. El acuerdo no plantearía ningún problema.

—Me gustaría echarle un vistazo.

—Te enviaré el expediente, pero tienes que guardarme el secreto.

—¿Vas a cobrar comisión?

—No. Es mi manera de devolverte el favor del Dyloft. Y, como es natural, si alguna vez tienes ocasión de devolverme este favor, te lo agradeceré. Así es cómo trabajamos algunos de nosotros, Clay. La fraternidad de las acciones conjuntas está llena deególatras que compiten a muerte entre sí, pero algunos de nosotros intentamos cuidar los unos de los otros.

Entrada la tarde, Ackerman aceptó un mínimo de sesenta y dos mil dólares por cada uno de los demandantes del Grupo Uno del Dyloft, los que tenían tumores benignos que podrían extirparse mediante un sencillo procedimiento quirúrgico cuyo coste también sería sufragado por la empresa. El grupo lo formaban unos cuarenta mil demandantes y el dinero estaría disponible de inmediato. Casi todas las discusiones que siguieron se centraron en el método que se utilizaría para establecer los requisitos necesarios para acceder a la indemnización. Se produjo una feroz discusión cuando se arrojó sobre la mesa la cuestión de los honorarios de los abogados. Como casi todos los demás, Clay había firmado un contrato condicional que le garantizaba una tercera parte de cada suma cobrada, pero en tales acuerdos dicho porcentaje solía reducirse. Se empleó y discutió una fórmula muy complicada, y French se mostró injustamente agresivo. Después de todo, allí se estaba hablando de su dinero. Al final, Ackerman aceptó un veintiocho por ciento para los honorarios del Grupo Uno.

Los demandantes del Grupo Dos eran los aquejados de tumores malignos, y puesto que su tratamiento duraría meses, o quizás años, el acuerdo se dejó abierto. No se puso ningún tope a dichos daños, lo que constituía una prueba evidente, según Barry y Harry, de que Philo Products estaba de alguna manera detrás de los laboratorios Ackerman, apuntalándolos con su dinero. Los abogados percibirían el veinticinco por ciento del Grupo Dos, aunque Clay no comprendía por qué. French estaba haciendo los números demasiado rápido como para que los demás pudieran seguirlo.

Los demandantes del Grupo Tres eran los del Grupo Dos que morirían a causa del Dyloft. Puesto que hasta aquel momento no se había producido ningún fallecimiento, esta acción conjunta también se dejó abierta. En este caso los honorarios se fijaron en un veintidós por ciento.

Levantaron la sesión a las siete y acordaron volver a reunirse al día siguiente para acabar de fijar los detalles de los Grupos Dos y Tres. Mientras bajaban en ascensor, French le entregó a Clay un listado.

—No ha sido un mal día de trabajo —dijo sonriendo.

Se trataba de un resumen de los casos de Clay y de sus honorarios previstos, incluyendo un siete por ciento adicional por su actuación en el comité directivo de los demandantes.

Sólo los del Grupo Uno ascendían a ciento seis millones de dólares.

Cuando al final se quedó solo, se acercó a la ventana y contempló las sombras del ocaso posarse sobre Central Park. Estaba claro que el Tarvan no lo había preparado lo suficiente para la emoción de la riqueza instantánea. Permaneció inmóvil y sin habla durante una eternidad delante de la ventana mientras los pensamientos entraban y salían al azar de su cerebro. Se bebió dos whiskies solos del minibar, pero no le hicieron el menor efecto.

Sin apartarse de la ventana, llamó a Paulette, quien descolgó al primer timbrazo.

—Dispara —dijo ella en cuanto reconoció la voz de Clay.

—Ha terminado el primer asalto —dijo él.

—¡No te andes por las ramas!

—Acabas de ganar diez millones de dólares. —Clay oyó las palabras brotar de su boca con una voz que no reconoció como suya.

—No me mientas, Clay —dijo Paulette, casi en un susurro.

—Es verdad. No te miento.

Se produjo una pausa, al cabo de la cual ella se echó a llorar. Clay retrocedió de espaldas y se sentó en el borde de la cama. Por un instante experimentó el impulso de echarse también a llorar.

—¡Oh, Dios mío! —consiguió repetir ella un par de veces.

—Volveré a llamarte dentro de unos minutos —dijo Clay.

Jonah todavía estaba en el despacho. Empezó a proferir gritos contra el teléfono y después arrojó el aparato sobre la mesa y fue en busca de Rodney. Clay oyó sus voces. Una puerta se cerró de golpe. Rodney cogió el auricular.

—Te escucho.

—Tu parte son diez millones —dijo Clay por tercera vez, interpretando el papel de Papá Noel como jamás en su vida volvería a interpretarlo.

—Gracias, Dios mío. Gracias, Dios mío. Gracias, Dios mío —estaba diciendo Rodney.

Jonah estaba gritando algo.

—Cuesta creerlo —admitió Clay.

Por un instante se imaginó a Rodney sentado detrás de su viejo escritorio de la ODO rodeado de carpetas y papeles y fotografías de su mujer y de sus hijos fijadas con chinchetas a la pared, un hombre estupendo que trabajaba mucho a cambio de muy poco dinero.

¿Qué le diría a su mujer cuando la llamara pocos minutos más tarde?

Jonah tomó el teléfono de una extensión y ambos se pasaron un rato comentando la reunión del acuerdo, quién estaba presente, dónde, qué tal había ido. Hubieran deseado seguir hablando, pero Clay dijo que le había prometido a Paulette que volvería a llamarla.

Tras haber comunicado la noticia, se pasó un buen rato sentado en la cama, lamentando no tener a nadie más a quien llamar. Ya se imaginaba a Rebecca, y de repente le pareció oír su voz y sentir su presencia, como si pudiera tocarla. Habrían podido comprarse una casa en la Toscana, en Hawai o en cualquier otro lugar que ella hubiera querido. Habrían podido vivir muy felices con una docena de niños y sin parientes políticos, con niñeras, criadas, cocineras y quizás incluso un mayordomo. Él la habría enviado a casa un par de veces al año a bordo del jet para que pudiera pelearse con sus padres.

O, a lo mejor, los Van Horn ya no habrían sido tan antipáticos con algo más de cien millones de dólares en la familia, lejos de su alcance pero lo bastante cerca para poder presumir de ellos.

Apretó las mandíbulas y marcó el número. Era un miércoles, una noche más bien floja en el club de campo. Seguro que ella estaba en su apartamento. A los tres timbrazos, contestó:

—¿Diga?

El sonido de su voz lo dejó casi sin fuerzas.

—Hola, soy Clay —anunció en tono falsamente despreocupado.

Ni una sola palabra en seis meses, pero el hielo se rompió de inmediato.

—Hola, forastero —dijo ella en tono cordial.

—¿Cómo estás?

—Bien. Ocupada, como siempre. ¿Y tú?

—Más o menos igual. Estoy en Nueva York, trabajando en unos casos.

—Tengo entendido que te van muy bien las cosas.

El comentario se quedaba un poco corto.

—No puedo quejarme. ¿Qué tal va tu trabajo?

—Me quedan seis días más.

—¿Lo dejas?

—Sí. Habrá boda, ¿sabes?

—Eso me han dicho. ¿Para cuándo será?

—El 20 de diciembre.

—No he recibido la invitación.

—Bueno, es que no te la envié. No pensé que te apeteciera asistir.

—Probablemente no. ¿Estás segura de que quieres casarte?

—Hablemos de otra cosa.

—Es que no hay nada más, en realidad.

—¿Sales con alguien?

—Las mujeres me persiguen por toda la ciudad. ¿Dónde conociste a ese chico?

—¿Y te has comprado una casa en Georgetown?

—De eso ya hace mucho. —Clay se alegró de que ella se hubiera enterado. A lo mejor sentía curiosidad por su recién estrenado éxito—. Ese tipo es un gusano —añadió.

—Vamos, Clay. Procuremos ser civilizados.

—Es un gusano, y tú lo sabes, Rebecca.

—Voy a colgar.

—No te cases con él, Rebecca. Corren rumores de que es gay.

—Es un gusano. Es gay. ¿Qué más? Suéltalo todo, Clay, así te quedarás más tranquilo.

—No lo hagas, Rebecca. Tus padres se lo comerán vivo. Y, además, tus hijos se parecerán a él. Todo un ramillete de gusanitos.

La comunicación se cortó.

Clay se tumbó en la cama y miró al techo oyendo todavía la voz de Rebecca y de pronto comprendió lo mucho que la echaba de menos. El timbre del teléfono lo sobresaltó. Era Patton French, esperándolo con una limusina. Cena y vino para las tres horas siguientes. Alguien tenía que hacerlo.

23

Todos los participantes habían jurado guardar el secreto. Los abogados habían firmado unos voluminosos documentos, prometiendo absoluta confidencialidad acerca de las negociaciones y el acuerdo sobre el Dyloft. Antes de abandonar Nueva York, Patton French había dicho a los miembros de su grupo:

—Dentro de cuarenta y ocho horas saldré en los periódicos. Philo filtrará la noticia y sus acciones subirán.

A la mañana siguiente el *Wall Street Journal* publicó el reportaje; naturalmente, toda la culpa se atribuía a los abogados. ABOGADOS ESPECIALISTAS EN DAÑOS Y PERJUICIOS FUERZAN UN RÁPIDO ACUERDO SOBRE EL DYLOFT, rezaba el titular. Unas fuentes anónimas tenían mucho que decir. Los detalles eran correctos. Se establecería un fondo de dos mil quinientos millones de dólares para la primera ronda de acuerdos, con otros mil quinientos millones de dólares como reserva para los casos más graves.

Philo Products abrió a 82 dólares y subió rápidamente a 85. Un analista señalaba que la noticia de los acuerdos había tranquilizado a los inversores. La empresa estaría en condiciones de controlar los costes del litigio. No habría largos procesos. Ni amenaza de veredictos descomunales. En este sentido, a los abogados les habían parado los pies y fuentes anónimas de Philo lo consideraban una victoria. Clay seguía la noticia a través del televisor de su despacho.

Al mismo tiempo, controlaba las llamadas de los reporteros. A las once, llegó uno del *Journal*, acompañado de un fotógrafo. Durante la conversación preliminar, Clay observó que el hombre sabía tanto como él sobre el acuerdo de indemnización.

—Estas cosas raras veces pueden mantenerse en secreto —dijo el reportero—. Sabíamos en qué hotel se escondían ustedes.

Clay contestó *off the record* a todas las preguntas. Y después se negó a comentar oficialmente las condiciones del acuerdo. Facilitó un poco de información acerca de sí mismo, de su rápido ascenso desde las profundidades de la ODO hasta su conversión en multimillonario de las demandas colectivas en sólo unos meses, del impresionante bufete jurídico que estaba montando, etcétera. Ya se estaba imaginando la configuración del reportaje y sabía que éste iba a ser espectacular.

A la mañana siguiente, lo leyó *on line* antes de que amaneciera. Por encima de su rostro, representado por uno de aquellos horribles dibujos popularizados por el *Journal*, figuraba el titular EL REY DE LOS PLEITOS: DE 40.000 DÓLARES A 100 MILLONES EN SEIS MESES, y, debajo, el subtitular: «¡Hay que ser un gran amante del Derecho!»

El reportaje era muy largo y se centraba enteramente en Clay. Sus antecedentes, sus estudios, su padre, la facultad de Derecho de Georgetown, elogiosos comentarios de Glenda y Jermaine, de la ODO, un comentario de un profesor suyo al que ni siquiera recordaba y un breve resumen de la acción legal contra el Dyloft. Lo mejor era una larga conversación con Patton French, en cuyo transcurso el «célebre abogado especialista en demandas colectivas» calificaba a Clay de «nuestro joven y más brillante astro», «intrépido» e «importante y nueva fuerza que habrá que tener en cuenta». «Las grandes compañías norteamericanas tendrían que echarse a temblar ante la sola mención de su nombre», añadía el altisonante comentario, y, concluía: «No cabe duda, Clay es el más reciente Rey de los Pleitos.»

Clay lo leyó un par de veces y se lo envió por correo electrónico a Rebecca con una nota arriba y otra abajo: «Rebecca, Espera Por favor, Clay.» Se lo envió a su apartamento y a su despacho y después eliminó el mensaje personal y lo envió por fax a las oficinas de BVH Group. Faltaba un mes para la boda.

Cuando Clay llegó a su despacho, la señorita Glick le entregó un montón de mensajes, aproximadamente la mitad de ellos de amigos de la facultad de Derecho solicitándole en broma la concesión de préstamos, y aproximadamente la otra mitad de periodistas de todos los pelajes. En el despacho reinaba un caos superior al habitual. Paulette, Jonah y Rodney todavía estaban confusos y desorientados. Todos los clientes querían cobrar el dinero aquel mismo día.

Por suerte, la Sección de Yale, bajo el fulgor emergente del señor Oscar Mulrooney, consiguió estar a la altura de las circunstancias y elaboró un plan de supervivencia hasta la firma del acuerdo. Clay instaló a Mulrooney en un despacho al fondo del pasillo, le dobló el sueldo y le encomendó la solución de aquel embrollo.

Él necesitaba tomarse un respiro.

Puesto que el Departamento de Justicia de Estados Unidos le había retirado discretamente el pasaporte, los movimientos de Jarrett Carter estaban en cierto modo limitados. Éste ni siquiera sabía muy bien si podía regresar a su país, aunque en seis años jamás lo había intentado. El pacto que le había permitido abandonar la ciudad sin cargos tenía muchos cabos sueltos.

—Será mejor que no nos movamos de las Bahamas —le dijo a Clay por teléfono.

Ambos abandonaron Abaco en un Cessna Citacion V, otro juguete que Clay había descubierto. Se dirigían a Nassau en un vuelo de treinta minutos. Jarrett esperó a estar en el aire antes de decir:

—Bueno, suelta lo que llevas dentro.

Ya se estaba tomando una cerveza. Vestía unos deshilachados shorts de tela vaquera, sandalias y una vieja gorra de pescador, muy en su papel de expatriado y desterrado a las islas, inmerso en su existencia de pirata.

Clay se abrió también una cerveza y después empezó con el Tarvan y terminó con el Dyloft. Jarrett había oído rumores acerca del éxito de su hijo, pero jamás leía la prensa y procuraba por todos los medios ignorar las noticias de su país. Se tomó otra cerveza mientras trataba de digerir la idea de que alguien pudiera tener cinco mil clientes a la vez.

Los cien millones le cerraron los ojos, lo hicieron palidecer o, por lo menos, le aclararon ligeramente el bronceado del rostro, y le fruncieron la curtida piel de la frente con toda una serie de profundas arrugas. Meneó la cabeza, bebió un poco de cerveza y se echó a reír.

Clay insistió en seguir adelante, firmemente decidido a terminar antes de que aterrizaran.

—¿Qué estás haciendo con el dinero? —preguntó Jarrett, todavía impresionado por lo que acababa de oír.

—Gastándolo a lo bestia.

Al salir del aeropuerto de Nassau encontraron un taxi, un Cadillac amarillo de 1974 cuyo conductor estaba fumándose un porro. El hombre los llevó sanos y salvos al hotel y casino Sunset, de cara al puerto de Nassau.

Jarrett se dirigió a las mesas de *black jack* con los cinco mil dólares en efectivo que su hijo acababa de regalarle. Clay encaminó sus pasos hacia la piscina y la crema bronceadora. Quería sol y bikinis.

La embarcación era un catamarán de veintidós metros de eslora procedente de un astillero de Fort Lauderdale especializado en la construcción de impresionantes veleros. El patrón y a la vez vendedor era un viejo y excéntrico británico llamado Maltbee que tenía por compinche a un escuálido marinero de cubierta bahameño. Maltbee empezó a soltar maldiciones y fue de un lado para otro hasta que salieron del puerto de Nassau para entrar en la bahía. Se dirigían a la orilla sur del canal para pasar media jornada bajo el ardiente sol y en las serenas aguas, en lo que iba a ser una prolongada prueba de una embarcación con la cual, a juicio de Jarrett, podría ganarse el dinero a paletadas. Cuando se apagó el motor y se arriaron las velas, Clay bajó a echar un vistazo al camarote. Al parecer, la embarcación podía acoger a ocho personas, más una tripulación de dos miembros. El espacio era muy reducido. La ducha resultaba tan estrecha que uno no podía girarse siquiera. La suite principal hubiera cabido en el interior del más pequeño de sus armarios. Así era la vida en un velero.

Según Jarrett, resultaba imposible ganar dinero con la pesca. El negocio era esporádico. Para obtener unos pocos beneficios se necesitaba alquilar el barco a diario, en cuyo caso el trabajo resultaba excesivo. No había manera de conservar a los marineros de cubierta. Las propinas solían ser escasas. Casi todos los clientes podían soportarse, pero había muchos que eran inaguantables. Llevaba cinco años como patrón de embarcaciones de alquiler y el duro esfuerzo comenzaba a pasarle factura.

El dinero de verdad sólo podía ganarse con el alquiler de embarcaciones de vela para pequeños grupos de gente rica que quería trabajar de verdad, no que la mimaran. Eran lo que se llamaba «marinos medio en serio». Toma una buena embarcación, la tuya propia, a ser posible sin ningún tipo de gravamen, y pásate un mes navegando por el Caribe. Jarrett tenía un amigo en Freeport que llevaba años alquilando dos embarcaciones similares a aquella clase y ganaba fortunas. Los clientes establecían su propio itinerario, elegían los horarios y las rutas, seleccionaban los menús y las bebidas y allá se iban con un patrón y un segundo oficial a navegar durante un mes.

—Diez mil dólares a la semana —dijo Jarrett—. Además, te dedicas a navegar, disfrutas del sol, del viento y del mar y no tienes que ir a ninguna parte. A diferencia de lo que ocurre con la pesca, donde debes pescar una pieza impresionante, pues de lo contrario todo el mundo se enfada.

Cuando Clay salió del camarote, Jarrett ya estaba al timón con la mayor soltura del mundo, como si llevara años patroneando yates de lujo. Clay paseó por la cubierta y se tumbó a tomar el sol.

Cuando se levantó un poco de viento, surcaron las tranquilas aguas hacia el este bordeando la bahía mientras Nassau se iba difuminando a lo lejos. Clay sólo se había dejado puestos los shorts e iba totalmente embadurnado de bronceador; estaba a punto de quedarse medio adormilado cuando Maltbee se acercó sigilosamente a él.

—Su padre me dice que el del dinero es usted.

Maltbee ocultaba los ojos detrás de unas gruesas gafas de sol.

—Supongo que es verdad —repuso Clay.

—El barco cuesta cuatro millones de dólares, es prácticamente nuevo y es uno de los mejores que tenemos. Se construyó para uno de esos propietarios de empresas «punto com» que perdió el dinero tan rápido como lo había ganado. Me dan mucha pena, si quiere que le diga la verdad. Pero el caso es que aquí lo tenemos. El mercado está un poco estancado. Podemos dejarlo en tres millones, y le aseguro que lo acusarían a usted de robo. Si matricula el barco en las Bahamas como empresa de alquiler, aquí hay toda clase de triquiñuelas para evadir impuestos. Yo no puedo explicárselas, pero en Nassau hay un abogado que se encarga de todo el papeleo. Si lo pilla usted sereno.

—Yo soy abogado.

—Pues entonces, ¿por qué está sereno?

Ja, ja, ja; ambos consiguieron soltar una embarazosa carcajada.

—¿Y qué tal la amortización? —preguntó Clay.

—Fuerte, bastante fuerte, pero ya le digo que eso es cosa de los abogados. Yo soy sólo un vendedor. Sin embargo, creo que a su padre le gusta. Los barcos de este tipo causan furor desde aquí hasta las Bermudas y América del Sur. Se puede ganar mucho dinero con él.

Eso lo decía el vendedor, que no era muy bueno, por cierto. Si Clay acababa por comprarle un barco a su padre, se conformaba con que cubriese gastos y no se convirtiera en un pozo sin fondo. Maltbee se retiró con la misma rapidez con que había aparecido.

Tres días más tarde, Clay firmó un contrato por valor de 2,9 millones de dólares por el barco. El abogado, que no estaba enteramente sereno durante las dos reuniones que Clay mantuvo con él, matriculó la compañía bahameña sólo a nombre de Jarrett. El barco era un regalo de un hijo a su padre, una propiedad que permanecería oculta en las islas, más o menos como el propio Jarrett.

Durante la cena de su última noche en Nassau en la parte de atrás de un sórdido restaurante lleno de narcotraficantes, evasores de impuestos y tunantes que se negaban a pagarles a sus ex mujeres las pensiones por alimentos, prácticamente todos ellos norteamericanos, Clay se pasó un rato partiendo patas de cangrejo hasta que, al final, formuló la pregunta en la que llevaba varias semanas pensando.

—¿Hay alguna posibilidad de que pudieras regresar alguna vez a Estados Unidos?

—¿Para qué?

—Para ejercer la abogacía. Para ser mi socio. Para pleitear y volver a propinar puntapiés en el trasero.

Jarrett no pudo evitar sonreír ante la idea de un padre y un hijo trabajando juntos, de que Clay deseara su regreso, verlo otra vez en un despacho, en un lugar respetable. El muchacho vivía bajo la oscura nube que el padre había dejado a su espalda. Sin embargo, a la vista de su reciente éxito, no cabía duda de que la nube empezaba a disiparse.

—Lo dudo, Clay. Devolví mi licencia y prometí mantenerme apartado.

—Pero ¿te gustaría volver?

—Es posible que sí, para limpiar mi nombre, pero jamás para ejercer de nuevo la profesión. Hay demasiadas experiencias acumuladas, demasiados enemigos todavía al acecho. Tengo cincuenta y cinco años y quizá ya sea un poco tarde para volver a empezar.

—¿Dónde estarás dentro de diez años?

—Yo no pienso en esos términos. No creo en los calendarios ni en los programas ni en las listas de cosas pendientes. Fijarse objetivos es una estúpida costumbre americana. No estoy hecho para eso. Vivo más bien al día, puede que piense un poco en el mañana, pero eso es todo. Planificar el futuro me parece ridículo.

—Lamento habértelo preguntado.

—Vive el momento, Clay. El mañana ya cuidará de sí mismo. Me parece que ahora mismo tienes las manos muy ocupadas.

—El dinero me obliga a estar ocupado.

—No lo malgastes, hijo. Sé que eso parece imposible, pero te llevarás una sorpresa. Empezarás a tener amigos por todas partes. Las mujeres te lloverán del cielo.

—¿Cuándo?

—Ya lo verás. Una vez leí un libro... *El oro del necio*, o algo por el estilo. Eran varias historias sobre idiotas que malgastaron grandes fortunas. Un libro fascinante. Trata de leerlo.

—Será mejor que no.

Jarrett se llevó una gamba a la boca y cambió de tema.

—¿Vas a ayudar a tu madre?

—No lo creo —respondió Clay—. No necesita ayuda. Su marido es rico, ¿no lo recuerdas?

—¿Cuándo has hablado por última vez con ella?

—Hace once años, papá. ¿Por qué te interesa?

—Simple curiosidad. Es extraño. Te casas con una mujer, vives con ella veinticinco años y a veces te preguntas qué estará haciendo.

—Hablemos de otra cosa.

—¿Rebecca?

—Después.

—Vamos a las mesas de dados. Quiero ganarme cuatro mil dólares.

Cuando el señor Ted Worley, de Upper Marlboro, Maryland, recibió un abultado sobre del bufete jurídico de J. Clay Carter II, lo abrió de inmediato. Había leído varios reportajes de prensa sobre el acuerdo del Dyloft y había visitado religiosamente la página *web* sobre éste a la espera de alguna señal de que ya había llegado la hora de cobrar el dinero de Ackerman.

La carta decía:

Estimado señor Worley:

Enhorabuena. Su reclamación de acción conjunta contra los laboratorios Ackerman se ha resuelto en el Tribunal de Distrito de Estados Unidos correspondiente al Distrito del Sur de Misisipí. Como demandante del Grupo Uno, su parte del acuerdo asciende a 62.000 dólares. De conformidad con el Contrato de Servicios Legales suscrito entre usted y este bufete, se establece un pacto de *cuota litis* de un veintiocho por ciento en concepto de honorarios de los abogados en función de las cantidades recuperadas. El tribunal ha aprobado, además, una deducción de 1.400 dólares en concepto de gastos judiciales. La suma neta de su acuerdo equivale a 43.240 dólares. Le rogamos tenga la bondad de firmar los impresos de aceptación y reconocimiento y los devuelva de inmediato en el sobre adjunto.

Atentamente,

OSCAR MULROONEY
Abogado

—Cada puñetera vez un abogado distinto —masculló el señor Worley, pasando las páginas.

Se incluía una copia de la orden del tribunal aprobando el acuerdo y una nota dirigida a todos los demandantes de la acción conjunta y otros papeles que, ahora, no sentía el menor deseo de leer.

¡Cuarenta y tres mil doscientos cuarenta dólares! ¿Ésa era la fabulosa suma que iba a recibir de un miserable gigante farmacéutico que deliberadamente había sacado al mercado un medicamento que le había provocado cuatro tumores en la vejiga? ¿Cuarenta y tres mil doscientos cuarenta dólares a cambio de varios meses de miedo, tensión e incertidumbre, sin saber si iba a vivir o a morir? ¿Cuarenta y tres mil doscientos cuarenta dólares a cambio del suplicio de que le introdujeran un bisturí y un endoscopio por medio de un tubo en el miembro hasta llegar a la vejiga y le extirparan uno a uno los cuatro tumores, para luego sacárselos a través de su miembro? ¿Cuarenta y tres mil doscientos cuarenta dólares por tres días de grumos y sangre expulsados con la orina?

Hizo una mueca al recordarlo.

Llamó seis veces, dejó seis enfurecidos mensajes y esperó seis horas hasta que el señor Mulrooney le devolvió la llamada.

—¿Quién demonios es usted? —le preguntó el señor Worley en tono afable.

En los últimos diez días Oscar Mulrooney se había convertido en un experto en el manejo de semejantes llamadas. Así pues, explicó que él era el abogado encargado del caso del señor Worley.

—¡Este acuerdo es una tomadura de pelo! —dijo el señor Worley—. Cuarenta y tres mil dólares son una vergüenza.

—A usted le corresponden, según el acuerdo, sesenta y dos mil dólares —puntualizó Oscar.

—Pero voy a cobrar cuarenta y tres, muchacho.

—No, usted va a cobrar sesenta y dos mil. Recuerde que accedió a pagar un tercio a su abogado, sin el cual no habría cobrado nada. En el acuerdo, la suma se ha reducido a un veintiocho por ciento. Casi todos los abogados cobran el cuarenta y cinco o el cincuenta por ciento.

—Vaya, encima voy a tener que dar las gracias. No pienso aceptarlo.

Oscar contestó a aquello con una bien ensayada explicación según la cual los laboratorios Ackerman sólo podían pagar aquella suma como máximo o de lo contrario declararse en quiebra, lo que habría dado lugar a que el señor Worley cobrara todavía menos, y eso si llegaba a cobrar algo.

—Pues muy bien —dijo el señor Worley—. Pero yo no acepto el acuerdo.

—No tiene otra opción.

—Y una mierda.

—Lea el Contrato de Servicios Legales, señor Worley. Figura en la página once del legajo que le hemos enviado. El apartado ocho se llama Autorización Previa. Lea lo que dice, señor, y verá que usted autorizó a este bufete a llegar a un acuerdo por cualquier suma superior a los cincuenta mil dólares.

—Lo recuerdo, pero a mí se me dijo que eso sólo sería un punto de partida. Yo esperaba mucho más.

—Su acuerdo ya ha sido aprobado por el tribunal, señor. Así funcionan las acciones conjuntas. Si no firma el impreso de aceptación, la parte que le corresponde se quedará en el bote y, al final, irá a parar a otra persona.

—Son ustedes un hatajo de estafadores, ¿sabe? No sé quién es peor..., si el laboratorio que fabricó el medicamento o mis propios abogados que me estafan el dinero de un acuerdo justo.

—Lamento que así lo crea.

—Usted no lamenta una mierda. El periódico dice que se van a embolsar cien millones de dólares. ¡Ladrones!

El señor Worley colgó violentamente el auricular y arrojó los papeles al otro lado de la cocina.

24

La portada de diciembre de *Capitol Magazine* mostraba a Clay Carter muy guapo y bronceado con su traje de Armani, sentado en un rincón de su bien amueblado y decorado despacho. Había sido una precipitada sustitución de última hora de un reportaje titulado «Navidad en el Potomac», el tradicional artículo navideño en el cual un rico y anciano senador y su más reciente y espectacular esposa abren las puertas de su nueva mansión privada en Washington para que todo el mundo la contemple. La pareja y sus adornos, sus gatos y sus recetas culinarias preferidas habían sido relegados a las páginas interiores de la revista porque el Distrito de Columbia era siempre y por encima de todo una ciudad que giraba en torno al dinero y el poder. ¿Cuántas veces tendría la revista ocasión de revelar la increíble historia de un joven abogado sin un centavo que se había hecho rico prácticamente de la noche a la mañana?

En una de las imágenes, Clay aparecía en su patio con un perro que le había pedido prestado a Rodney, en otra se lo veía posando al lado de la tribuna del jurado de una desierta sala de justicia, como si acabara de arrancar impresionantes veredictos contra los malos, y también, como no podía ser menos, lavando su nuevo Porsche. Confesaba que su pasión era la vela, por lo que la revista también mostraba una espléndida embarcación amarrada en las Bahamas. Por el momento no mantenía ningún idilio significativo, razón por la cual la revista se apresuraba a calificarlo como uno de los solteros más codiciados de la ciudad.

En las páginas del final se mostraban fotografías de novias, seguidas del anuncio de sus inminentes bodas. Todas las debutantes y las ex alumnas de escuelas privadas, así como las representantes de la alta sociedad de los clubes de campo soñaban con el momento en que aparecerían en las páginas de *Capitol Magazine*. Cuanto mayor fuese el tamaño de la fotografía, tanto más importante era la familia. Todo el mundo sabía que muchas madres ambiciosas utilizaban una regla para medir el tamaño de las fotografías de sus hijas y las de sus rivales, y después presumían o se pasaban años rumiando en secreto su rencor.

Allí estaba la resplandeciente Rebecca Van Horn, cómodamente instalada en un sofá de mimbre de un jardín de algún sitio, en una preciosa fotografía estropeada por el rostro de su prometido y futuro esposo, el ilustre Jason Shubert Myers IV, amorosamente sentado a su lado y disfrutando a todas luces de la cámara. Las bodas eran para las novias, no para los novios; así pues, ¿por qué se empeñaban en incluir también los rostros de estos últimos en los anuncios?

Bennett y Barbara habían tirado de los hilos necesarios; el anuncio de la boda de Rebecca era el segundo más grande de entre aproximadamente una docena. Seis páginas más allá, Clay vio un anuncio a toda plana del BVH Group. El soborno.

Clay disfrutó del dolor que la revista estaría causando en aquel momento en el hogar de los Van Horn. La boda de Rebecca, el gran acontecimiento social en el que Bennett y Barbara tanto dinero iban a gastarse para impresionar al mundo, estaba siendo rebajado por su antigua pesadilla. ¿Cuántas veces podría su hija insertar el anuncio de su boda en *Capitol Magazine*? Con lo mucho que ellos habían trabajado para asegurarle un lugar destacado. Y ahora todo se iba al garete por culpa de la traca de Clay.

Y su glorificación aún no había terminado.

Jonah ya había anunciado que su retiro era una auténtica posibilidad. Se había pasado diez días en Antigua, con dos chicas en lugar de una, y al regresar al Distrito de Columbia en medio de una nevada de principios de diciembre le había revelado a Clay que se sentía mental y psicológicamente incapaz de seguir ejerciendo la abogacía. Tenía todo lo que podía desear. Su carrera jurídica había terminado. Él también estaba echando un vistazo a los veleros. Había conocido a una chica muy aficionada a la vela y, puesto que todavía estaba bajo los efectos de un mal matrimonio, también necesitaba vivir una buena temporada en el mar. Jonah era de Annapolis y, a diferencia de Clay, se había pasado la vida navegando.

—Necesito un bombón, rubia a ser posible —dijo Clay, sentándose en un sillón frente al escritorio de Jonah.

La puerta estaba cerrada. Eran más de las seis de la tarde de un miércoles y Jonah acababa de abrir la primera botella de cerveza. La norma tácita del despacho era no beber hasta después de las seis de la tarde. De lo contrario, Jonah hubiese empezado a hacerlo inmediatamente después del almuerzo.

—¿El soltero más codiciado de la ciudad tiene problemas para encontrar chicas?

—Es que estoy desentrenado. Voy a la boda de Rebecca y necesito una chica espectacular que le arrebate el protagonismo.

—Me encanta —dijo Jonah entre risas mientras abría un cajón de su escritorio.

Sólo Jonah era capaz de tener un fichero de mujeres. Hurgó entre los papeles y encontró lo que buscaba. Arrojó un periódico doblado al otro lado de la mesa. Era un anuncio de lencería de unos grandes almacenes. La joven y espléndida diosa no llevaba apenas nada de cintura para abajo y a duras penas se cubría los pechos con los brazos cruzados. Clay recordaba claramente haber visto aquel anuncio la primera mañana que se publicó. La fecha correspondía a cuatro meses atrás.

—¿La conoces?

—Pues claro que la conozco. ¿Acaso crees que guardo anuncios de ropa interior sólo para deleitarme con ellos?

—No me sorprendería.

—Se llama Ridley. Por lo menos, así se la conoce.

—¿Vive aquí?

Clay aún estaba boquiabierto de asombro ante la impresionante belleza en blanco y negro que sostenía en la mano.

—Es de Georgia.

—Ah, una chica sureña.

—No, una chica rusa. Del país de Georgia. Vino aquí en un programa de intercambio estudiantil y se quedó.

—Aparenta dieciocho años.

—Veintitantos.

—¿Qué estatura tiene?

—Metro setenta y cinco o algo así.

—Sus piernas parecen medir metro cincuenta.

—¿Y te quejas?

En un intento de aparentar indiferencia, Clay arrojó de nuevo el periódico sobre la mesa.

—¿Algún defecto?

—Sí, corren rumores de que es aficionada a los cambios.

—¿A qué?

—Es bisexual. Le gustan los chicos y las chicas.

—Vaya por Dios.

—No está confirmado, pero muchas modelos son así. Quizá sólo se trate de un rumor, por lo que sé.

—Has salido con ella.

—No. Un amigo de un amigo. Figura en mi lista. Estoy a la espera de que me lo confirmen. Pruébalo. Si no te gusta, buscamos a otra nena.

—¿Puedes llamarla?

—Pues claro, no hay problema. Será muy fácil, ahora que eres el Señor Portada, el soltero más codiciado, el Rey de los Pleitos. ¿Sabrán lo que son los daños y perjuicios allá en Georgia?

—Si tienen suerte, seguro que no. Haz esa llamada.

Se reunieron para cenar en el restaurante del mes, un local japonés frecuentado por los jóvenes y ricos. Ridley era aún más guapa en persona que en fotografía. Las cabezas se volvieron y los cuellos giraron mientras los acompañaban al centro de la sala y los ubicaban en una mesa muy importante. Las conversaciones quedaron interrumpidas a media frase. Los camareros se arremolinaron a su alrededor. Su inglés, aunque con leve acento extranjero, era impecable, y justo lo bastante exótico para añadir un poco más de sexo al conjunto, de haberlo necesitado.

Los trapos de segunda mano de los mercadillos le habrían sentado a Ridley de maravilla. Su desafío consistía en vestir sencillo de tal manera que la ropa no compitiese con su cabello rubio, sus ojos color verde mar, sus pómulos marcados y el resto de sus rasgos perfectos.

Su verdadero nombre era Ridal Petashnakol, y ella tuvo que deletrearlo dos veces para que Clay lo entendiera. Por suerte, las modelos, como los jugadores de fútbol, podían sobrevivir sólo con un nombre, por cuyo motivo ella se hacía llamar, sencillamente, Ridley. No bebía alcohol, por lo que, en su lugar, pidió un zumo de arándanos. Clay confiaba en que no pidiera un plato de zanahorias para cenar.

Ella tenía belleza y él tenía dinero, y puesto que no podían hablar de ninguna de las dos cosas, se pasaron unos cuantos minutos chapoteando sin tocar fondo en busca de un terreno más seguro. Ella no era rusa sino georgiana, y no le interesaban ni la política ni el terrorismo ni el fútbol. En cambio, el cine le encantaba. Veía todas las películas, y todas le gustaban. Incluso las cosas terribles que nadie iba a ver. A Ridley le encantaban los fracasos de taquilla, lo cual indujo a Clay a abrigar serias dudas acerca de ella.

«No es más que un bombón —se dijo—. Ahora la cena, después la boda de Rebecca y fin de la historia.»

Hablaba cinco idiomas, pero, puesto que casi todos pertenecían a la Europa del Este, no le resultaban demasiado útiles para medrar. Para gran alivio de Clay, la chica pidió un primer plato, un segundo y postre. La conversación no resultaba fácil, pero ambos se esforzaban al máximo. Sus antecedentes eran enormemente distintos. El abogado que había en Clay hubiera querido someter a la testigo a un examen exhaustivo; nombre verdadero, edad, grupo sanguíneo, ocupación del padre, sueldo, estado civil, antecedentes sexuales... ¿es cierto que eres bisexual? Pero consiguió reprimirse y no fisgonear en absoluto. Hizo algunos comentarios intrascendentes, no obtuvo respuesta, y volvió al terreno de las películas. La chica conocía a todos los actores de serie B de veinte años y sabía con quién salían en aquel momento, un tema tremendamente aburrido, pero probablemente no tanto como el de un puñado de abogados comentando sus más recientes victorias judiciales o acuerdos conjuntos de daños y perjuicios por sustancias tóxicas.

Clay se bebió el vino y se relajó un poco. Era un tinto de Borgoña. Patton French se habría sentido orgulloso. Si sus compañeros de las demandas colectivas lo hubiesen visto en ese momento, sentado con aquella muñeca Barbie.

Lo único negativo era el molesto rumor que corría acerca de

ella. No era posible que le gustasen las mujeres. Era demasiado perfecta, demasiado exquisita, demasiado atractiva para el sexo contrario. ¡Estaba destinada a convertirse en una esposa digna de ser exhibida como un trofeo! Pero algo en ella alimentaba sus sospechas. Tras haberse recuperado del sobresalto inicial que le había provocado su aspecto, lo que le había llevado por lo menos dos horas y toda una botella de vino, Clay se dio cuenta de que no conseguía ir más allá de la superficie. O bien la profundidad no era mucha o ésta se encontraba cuidadosamente protegida.

Durante el postre, una *mousse* de chocolate con la que ella jugueteó pero que apenas probó, Clay la invitó a la recepción de una boda. Confesó que la novia era su antigua prometida, pero mintió al decir que ahora ambos seguían siendo amigos. Ridley se encogió de hombros como si hubiera preferido ir al cine.

—¿Por qué no? —contestó.

Mientras enfilaba el camino de la entrada del club de campo Potomac, Clay se sintió fuertemente impresionado por la emoción del momento. Habían transcurrido más de siete meses desde su última visita a aquel maldito lugar, una cena de pesadilla con los padres de Rebecca. Aquella vez había ocultado su viejo Honda detrás de las pistas de tenis. Ahora, en cambio, estaba luciendo un Porsche Carrera recién salido de fábrica. En aquella ocasión, había esquivado al aparcacoches para ahorrarse la propina. En ésta, en cambio, le había dado al chico una propina extra. Entonces estaba solo, temiendo las horas que tendría que pasar en presencia de los Van Horn. Ahora, en cambio, iba acompañado por la espectacular Ridley, quien lo tomaba del brazo y cruzaba las piernas de tal forma que el corte de la falda le dejaba al descubierto hasta la cintura; y dondequiera que se encontraran los padres de Rebecca en aquel momento, estaba claro que ya no intervenían para nada en la vida de ésta. De pronto, se sintió un vagabundo en terreno sagrado. El club de campo Potomac aprobaría su ingreso al día siguiente con tal de que añadiera a la instancia un cheque jugoso.

—Recepción de boda Van Horn —le dijo al guardia, quien le franqueó la entrada con un ademán.

Llegaban con una hora de retraso, el mejor momento que hubieran podido elegir. El salón de baile estaba abarrotado y una orquesta de *rhythm and blues* tocaba en uno de los extremos.

—No te apartes de mí —le murmuró Ridley al entrar—. Yo aquí no conozco a nadie.

—No te preocupes —la tranquilizó Clay.

No apartarse de ella no constituiría ningún problema. Y, por más que quisiera dar a entender lo contrario, él tampoco conocía a nadie. Las cabezas empezaron a volverse de inmediato. Las mandíbulas se aflojaron. Con la cantidad de tragos que ya se habían echado al coleto, los hombres miraban sin el menor disimulo a Ridley mientras ésta avanzaba majestuosamente del brazo de su acompañante.

—¡Hola, Clay! —gritó alguien.

Clay se volvió y vio el sonriente rostro de Randy Spino, un compañero suyo de la facultad de Derecho que trabajaba en un megabufete y a quien, en circunstancias normales, jamás se le habría ocurrido dirigirle la palabra en semejante ambiente. En un encuentro casual por la calle, quizá le hubiera dicho sin detenerse: «¿Qué tal va eso?», pero nunca entre los socios de un club de campo y mucho menos de uno tan dominado por los peces más gordos de las grandes empresas.

Pero allí estaba él, tendiéndole la mano a Clay mientras dirigía a Ridley una sonrisa de oreja a oreja. De inmediato se formó un pequeño grupo. Spino se puso al mando de la situación y empezó a presentar a todos sus buenos amigos a su buen amigo Clay Carter y a Ridley sin apellido. Ella apretó con más fuerza el codo de Clay. Todos los chicos querían saludarla.

Para acercarse a ella, tenían que charlar con Clay, por cuyo motivo no pasaron más que unos pocos segundos antes de que alguien dijera:

—Bueno, Clay, enhorabuena por darle caña a los laboratorios Ackerman.

Clay jamás había visto a la persona que estaba felicitándolo. Dedujo que se trataba de un abogado, probablemente de un importante bufete que, probablemente, representaba a grandes compañías como Ackerman. Antes de que su interlocutor terminara la frase comprendió que el falso elogio estaba dictado por la envidia. Y por el deseo de contemplar mejor a Ridley.

—Gracias —contestó Clay como si fuese un día cualquiera en su despacho.

—¡Cien millones! ¡Qué barbaridad!

El nuevo rostro pertenecía también a un desconocido que daba la impresión de llevar una tajada descomunal.

—Bueno, pero la mitad se va en impuestos —dijo Clay. ¿Cómo podía uno subsistir con sólo cincuenta millones de dólares?

Los componentes del grupo estallaron en una sonora carcajada, como si Clay hubiera hecho el comentario más gracioso del mundo. Otras personas se incorporaron al grupo, todas pertenecientes al sexo masculino y tratando, sin excepción, de acercarse al máximo a aquella impresionante rubia cuyo aspecto les resultaba vagamente familiar. Era probable que, vestida y a todo color, no acabasen de reconocerla.

Un estirado y nervioso individuo dijo:

—Nosotros tenemos a Philo. No sabes cuánto nos alegramos de que se resolviese este asunto del Dyloft.

Era una dolencia que aquejaba a casi todos los abogados del Distrito de Columbia. Todas las empresas del mundo contaban con representación jurídica en el Distrito de Columbia, aunque sólo fuera de nombre, por lo que cualquier disputa o transacción tenía graves consecuencias para los abogados de la ciudad. Estalla una refinería en Tailandia y un abogado dice: «Sí, nosotros tenemos a la Exxon.» Se produce un gran éxito de taquilla y alguien dice: «Tenemos a Disney.» Un todoterreno vuelca y mueren cinco personas: «Tenemos a la Ford.» Clay se pasó tanto rato oyendo la palabra «tenemos» que al final se hartó. «Pues yo tengo a Ridley —hubiera querido decir—, así que quietas las manos.»

En el escenario se estaba anunciando algo, y el salón de baile enmudeció. La novia y el novio estaban a punto de abrir el baile, tras lo cual ella bailaría con su padre y él lo haría con su madre, y así sucesivamente. Los invitados formaron un círculo para contemplar el espectáculo. La orquesta inició los primeros compases de *Smoke Gets in Your Eyes*.

—Es muy guapa —murmuró Ridley muy cerca del oído derecho de Clay.

Efectivamente lo era. Y estaba bailando con Jason Myers, que a pesar de medir seis centímetros menos que ella, a Rebecca le parecía la única persona del mundo. Rebecca sonreía y resplandecía mientras ambos evolucionaban lentamente por la pista de baile, donde ella se encargaba de hacer casi todo el trabajo, pues el novio estaba tan rígido como una estaca.

Clay sintió deseos de atacar, de abrirse paso como un relámpago entre los invitados y propinarle al cabrón de Myers un puñetazo que lo dejara baldado. De esa manera rescataría a su chica y se la llevaría y le pegaría un tiro a su madre en caso de que ésta descubriera su escondrijo.

—Sigues enamorado de ella, ¿verdad? —le preguntó Ridley en voz baja.

—No, todo terminó entre nosotros —contestó él también en voz baja.

—La quieres. Se te nota.

—No.

Aquella noche los recién casados se irían a algún sitio y consumarían el matrimonio, aunque, conociendo a Rebecca tan íntimamente como él la conocía, sabía que ya habría educado al gusano de Myers en los placeres de la cama. Un hombre de suerte, que se beneficiaba de todo lo que Clay le había enseñado a Rebecca. No era justo.

Le dolía verlos juntos y se preguntó por qué estaba allí. La conclusión, cualquier cosa que eso pudiera significar. La despedida. Pero quería que Rebecca lo viese con Ridley y supiera que le iban bien las cosas y no la echaba de menos.

El hecho de ver bailar a Bennett *el Bulldozer* le resultó doloroso por otros motivos. Éste era un defensor de la teoría del hombre blanco, según la cual no había que mover los pies al bailar, por lo que, cuando intentaba menear el trasero, la orquesta se mondaba de risa. Ya tenía las mejillas de color carmesí a causa del exceso de Chivas. Jason Myers bailó con Barbara Van Horn, quien, desde lejos, daba la impresión de haber pasado por una o dos tandas más de tratamientos a manos de su cirujano plástico, el que les hacía descuentos a las clientas. Lucía un modelo muy bonito pero varias tallas más pequeño, por lo que el exceso de grasa asomaba por donde no debía y parecía estar a punto de reventar. Llevaba pegada a la cara la sonrisa más falsa que jamás hubiera exhibido —pero sin arrugas, debido sin duda a un exceso de toxina botulínica— y Myers le devolvía la sonrisa como si ambos fueran a ser amigos para siempre. Ella ya estaba apuñalándolo por la espalda, aunque él fuera demasiado estúpido para darse cuenta. Y lo más triste de todo era que probablemente ella tampoco lo sabía. Así era la naturaleza de la bestia.

—¿Le apetece bailar? —le preguntó alguien a Ridley.

—Largo de aquí —masculló Clay, conduciéndola a la pista de baile, donde la gente se movía al ritmo de un tema *funky* francamente bueno. Si cuando permanecía quieta Ridley ya era una obra de arte, en pleno movimiento constituía un auténtico monumento nacional. Se movía con gracia natural e innato sentido del ritmo, con un escote justo lo bastante pronunciado para no dejar al descubierto más de lo debido y un corte en la falda que se abría mostrando una carne en todo su esplendor. Varios grupos de hombres se habían acercado para mirar.

Y la que también estaba mirando era Rebecca. Al hacer una pausa para conversar con sus invitados, se percató del revuelo que se había armado y miró hacia la pista, donde Clay estaba bailando con una belleza sensacional. Ella también se quedó pasmada al ver a Ridley, aunque por otros motivos. Siguió charlando un momento con sus invitados y después se dirigió a la pista de baile.

Entretanto, Clay estaba haciendo un esfuerzo sobrehumano para no perder de vista a Rebecca sin perderse ni un solo movimiento de Ridley. Al terminar la pieza, la orquesta empezó a tocar otra más lenta, y Rebecca se interpuso entre ambos.

—Hola, Clay —dijo sin prestar la menor atención a su pareja—. ¿Bailamos?

—Pues claro —contestó él.

Ridley se encogió de hombros y se apartó, sola únicamente por un instante, pues no tardó en verse rodeada por una estampida. Eligió al más alto, lo rodeó con los brazos y empezó a vibrar.

—No recuerdo haberte invitado —dijo Rebecca, pasándole un brazo por la espalda.

—¿Quieres que me vaya?

La atrajo un poco más hacia sí, pero el voluminoso vestido de novia impidió el contacto que él buscaba.

—La gente nos está mirando —dijo Rebecca con una sonrisa forzada—. ¿Por qué has venido?

—Para celebrar tu boda. Y para echar un buen vistazo a tu nuevo chico.

—No seas malo, Clay. Lo que ocurre, sencillamente, es que estás celoso.

—Más que celoso. Me dan ganas de romperle el cuello.

—¿De dónde has sacado a esta nena?

—Y ahora, ¿quién es el que está celoso?

—Yo.

—No te preocupes, Rebecca, en la cama no te llega a la altura del zapato.

O, bien mirado, quizá sí. En fin.

—Jason no está nada mal.

—La verdad es que no me interesa saberlo. Tú procura no quedarte embarazada, ¿de acuerdo?

—Eso no es asunto tuyo.

—Vaya si lo es.

Ridley y su pareja pasaron bailando por su lado. Por primera vez, Clay tuvo ocasión de echar un buen vistazo a su espalda, la cual quedaba totalmente al aire, pues su vestido sólo empezaba a existir apenas unos centímetros por encima de sus redondas y perfectas nalgas. Rebecca también se dio cuenta.

—¿La tienes en nómina? —preguntó.

—Todavía no.

—¿Es menor de edad?

—Qué va. Es totalmente adulta. Dime que todavía me quieres.

—No te quiero.

—Mientes.

—Ahora sería mejor que te marcharas y te la llevases.

—No pretendía aguarte la fiesta.

—Has venido sólo para eso, Clay. —Rebecca se apartó ligeramente, pero siguió bailando.

—Quédate un año aquí, ¿de acuerdo? —pidió Clay—. Para entonces ya habré ganado doscientos millones. Podremos subir a bordo de mi jet, hacer saltar por los aires esta mierda de sitio y pasarnos toda la vida en un yate. Tus padres jamás nos encontrarán.

Rebecca se detuvo y dijo:

—Adiós, Clay.

—Esperaré —dijo Clay.

De inmediato fue apartado a un lado por un Bennett que se movía a trompicones y, tras pedir disculpas, cogió a su hija del brazo y, arrastrando los pies, la rescató, llevándosela al otro extremo de la pista de baile.

Barbara fue la siguiente. Ésta tomó la mano de Clay, esbozando una sonrisa tan radiante como artificial.

—Procuremos no hacer una escena —dijo sin mover los labios.

Ambos empezaron a desplazarse con unos movimientos rígidos que nadie hubiera podido confundir con un baile.

—¿Cómo está, señora Van Horn? —preguntó Clay, que se sentía en las garras de un nido de víboras.

—Estupendamente hasta que te vi. Estoy segura de que no has sido invitado a esta pequeña fiesta.

—Ya me iba.

—Fantástico. No me gustaría tener que recurrir al servicio de seguridad.

—No será necesario.

—No le estropees este momento a mi hija, por favor.

—Tal como le he dicho, ya me iba.

La música terminó y Clay se apartó bruscamente de la señora Van Horn. Un pequeño grupo se había congregado alrededor de Ridley, pero Clay se la llevó en un abrir y cerrar de ojos. Ambos se retiraron al fondo de la sala, donde un bar atraía a más invitados que la orquesta. Clay bebió una cerveza y estaba a punto de marcharse cuando otro grupo de mirones los rodeó. Los abogados del grupo querían hablar de los placeres de las demandas conjuntas y aprovechar de paso para acercarse un poco más a Ridley.

Cuando Clay ya llevaba unos cuantos minutos conversando estúpidamente con gente a la que detestaba, un fornido joven enfundado en un esmoquin de alquiler se situó a su lado y le dijo en voz baja:

—Pertenezco al servicio de seguridad.

La expresión de su rostro era amistosa y él parecía muy profesional.

—Ya me voy —repuso Clay, también en voz baja.

Expulsado de la boda de los Van Horn. Echado a patadas del gran club de campo Potomac. Mientras se alejaba al volante de su automóvil con Ridley adherida a su cuerpo, Clay declaró en su fuero interno que aquél era uno de los mejores momentos que jamás hubiera saboreado en su vida.

25

En el anuncio se decía que los recién casados pasarían su luna de miel en México. Clay decidió hacer también un viaje. Si alguien se merecía pasar un mes en una isla, era él.

Su otrora formidable equipo había perdido un poco el rumbo. Quizá fuese a causa de las vacaciones, o del dinero. Cualquiera que fuese el motivo, Jonah, Paulette y Rodney se pasaban cada vez menos horas en el despacho.

Lo mismo hacía Clay. El bufete estaba dominado por la tensión y las disputas. Muchos clientes del Dyloft se mostraban desconformes con sus miserables indemnizaciones. El correo era brutal. Esquivar el teléfono se había convertido en un deporte. Varios clientes habían descubierto la ubicación del despacho y se habían presentado ante la señorita Glick exigiendo ver al señor Carter, quien daba la casualidad de que siempre se hallaba asistiendo a un importante juicio en algún sitio. Por regla general, permanecía oculto en su despacho con la puerta cerrada, capeando un nuevo temporal. Si el día se presentaba especialmente ajetreado, al final de la jornada llamaba a Patton French en demanda de consejo.

—Anímate, muchacho —le decía French—. Son los gajes del oficio. Estás ganando una fortuna con las demandas conjuntas, y eso es lo que de verdad les molesta. Hace falta tener un pellejo muy duro.

El pellejo más duro del bufete lo tenía Oscar Mulrooney, que seguía asombrando a Clay con su capacidad de organización y su ambición. Mulrooney trabajaba quince horas al día y estaba aguijoneando a su Sección de Yale para que cobrara el dinero del Dyloft lo antes posible. Y asumía de buen grado cualquier tarea desagradable que le encomendaran. Puesto que Jonah no ocultaba sus planes de lanzarse a navegar por el mundo mientras Paulette insinuaba su intención de pasarse un año en África para estudiar arte y Rodney seguía el ejemplo de ambos haciendo vagas alusiones a su deseo de dejarlo todo y largarse sin más, estaba claro que no tardaría en quedar espacio libre en la cumbre.

Tan claro como la voluntad de Oscar de convertirse en socio o, por lo menos, de participar directamente en las actividades del bufete. Había estudiado la acción conjunta contra las Skinny Ben, las píldoras adelgazantes que tan estrepitosamente habían fallado, y estaba convencido de que aún había por lo menos diez mil casos sueltos por ahí, a pesar de la incesante publicidad que se había estado haciendo a lo largo de cuatro años.

La Sección de Yale contaba ya con doce abogados, siete de los cuales habían estudiado, efectivamente, en Yale. En el Sudadero había doce auxiliares jurídicos, todos los cuales estaban hundidos hasta las cejas en fichas y papeleo. Clay no tuvo el menor reparo en dejar ambas unidades al mando de Mulrooney durante unas cuantas semanas. Estaba seguro de que, a su regreso, el bufete estaría en mejores condiciones que antes de su partida.

La época navideña se había convertido en un período que él procuraba ignorar, por mucho que le costara. No tenía familia con quien pasar el rato. Rebecca siempre había tratado por todos los medios de incluirlo en las actividades de los Van Horn para esas fechas, pero, a pesar de que él le agradecía el esfuerzo, lo cierto era que el hecho de permanecer solo en su desierto apartamento bebiendo vino barato y viendo viejas películas en Nochebuena siempre le había parecido un plan mucho mejor que abrir regalos con aquella gente. Cualquier regalo que él hiciese nunca era lo suficientemente bueno.

La familia de Ridley seguía en Georgia y lo más probable era que se quedase allí. Al principio, la chica no estaba segura de poder reorganizar sus obligaciones como modelo y dejar la ciudad durante varias semanas, pero su voluntad de intentarlo confortó el corazón de Clay. Ridley estaba deseando en serio largarse en un jet a las islas y jugar con él en la playa. Al final, le dijo a un cliente que la despidiera si así lo quería; le daba igual.

Era su primer viaje en jet. Clay descubrió que estaba deseando causarle la mejor impresión posible. Un vuelo directo de Washington a Santa Lucía, cuatro horas y un millón de kilómetros. El Distrito de Columbia estaba frío y gris cuando se fueron, y al bajar del aparato los recibieron el sol y el calor. Pasaron por la aduana sin que nadie los mirara, al menos a Clay. Todos los hombres volvieron la cabeza para contemplar a Ridley. Curiosamente, Clay ya estaba acostumbrándose y ella aparentaba no darse cuenta. Llevaba tanto tiempo soportando la situación que se limitaba a no hacerle caso a nadie, lo cual sólo servía para exacerbar los ánimos de sus admiradores. Una criatura tan perfecta y exquisita de la cabeza a los pies y, sin embargo, tan altiva e intocable.

Subieron a bordo de un pequeño aparato para el vuelo de quince minutos a Mustique, la exclusiva isla propiedad de los ricos y famosos, que tenía de todo menos una pista lo bastante larga para los jets privados. Astros del rock, actrices y multimillonarios tenían mansiones allí. La casa que ellos ocuparían durante una semana había pertenecido a un príncipe que se la había vendido a una empresa «punto com» que la alquilaba en ausencia de él.

La isla era una montaña rodeada por las tranquilas aguas del Caribe. Desde nueve mil metros de altura ofrecía una imagen de postal, oscura y lujuriante. Ridley buscó a tientas y se agarró a lo que pudo mientras el aparato iniciaba el descenso y aparecía ante sus ojos la estrecha pista. El piloto llevaba un sombrero de paja y habría podido aterrizar con los ojos vendados.

Marshall, el chófer/mayordomo, estaba esperándolos con una cordial sonrisa y un Jeep abierto. Arrojaron el ligero equipaje en la parte de atrás y empezaron a subir por una tortuosa carretera. No había hoteles ni viviendas de propiedad horizontal ni turistas ni tráfico. Se pasaron diez minutos sin ver ningún otro vehículo. La casa se levantaba en la ladera de una montaña, tal como la calificaba Marshall, a pesar de que no era más que una colina. La vista era impresionante: setenta metros sobre el nivel del océano infinito. No se podía ver ninguna otra isla; no había barcos ni personas.

La casa disponía de cuatro o cinco dormitorios, Clay había perdido la cuenta, repartidos en torno a la construcción principal y conectados entre sí por medio de unas anchas pasarelas embaldosadas. Pidieron el almuerzo, que podía consistir en lo que quisieran, pues disponían de un chef a tiempo completo sólo para ellos. También había un jardinero, dos amas de llaves y un mayordomo, un servicio integrado por cinco personas —aparte Marshall— que vivían en algún lugar de la propiedad. Antes de deshacer el equipaje en la suite principal, Ridley se quitó prácticamente toda la ropa y se dio un chapuzón en la piscina. En topless, o totalmente desnuda de no haber sido por un tanga minúsculo. Justo cuando ya creía haberse acostumbrado a verla, Clay experimentó un repentino mareo.

Ridley se cubrió para el almuerzo. Mariscos frescos, naturalmente: camarones a la parrilla y ostras. Tras beberse dos cervezas, Clay se acercó haciendo eses a una hamaca para echar una larga siesta. El día siguiente era la víspera de Navidad, pero a él le daba igual. Rebecca estaba lejos en alguno de aquellos hoteles que eran simples trampas para turistas, amorosamente abrazada al pequeño Jason.

Y a él le importaba un bledo.

Dos días después de Navidad llegó Max Pace con una amiga. Se llamaba Valeria y era una ruda y curtida mujer acostumbrada al aire libre, con unas espaldas anchas, sin sombra de maquillaje y muy poco amiga de las sonrisas. Max era un hombre extremadamente apuesto, y sin embargo su amiga no tenía nada que pudiera resultar atractivo. Clay confiaba en que no se quitara la ropa para bajar a la piscina. Cuando Clay le estrechó la mano, percibió los callos de sus palmas. Bueno, por lo menos no sería una tentación para Ridley.

Pace no tardó en ponerse unos shorts y dirigirse a la piscina. Valeria sacó unas botas de excursión y quiso saber dónde podía hacer senderismo. Hubo que preguntárselo a Marshall, quien contestó que él no conocía ningún sendero. Esto no fue muy del agrado de Valeria, que de todos modos salió en busca de algunas rocas por las que trepar. Ridley desapareció en el salón de la casa principal, donde la esperaba un montón de vídeos.

Puesto que Pace carecía de antecedentes, apenas había tema

de que hablar. Por lo menos, al principio. Sin embargo, muy pronto resultó evidente que Max tenía algo importante en la cabeza.

—Vamos a hablar de negocios —dijo tras echar una siesta bajo el sol.

Se dirigieron al bar, y Marshall les sirvió unas copas.

—Hay otro medicamento por ahí —dijo Pace, y Clay empezó a ver dinero—. Y es muy importante.

—Allá vamos otra vez.

—Pero ahora el plan será un poco distinto. Quiero un trozo del pastel.

—¿Para quién trabajas?

—Para mí. Y para ti. Yo cobraré un veinticinco por ciento sobre los honorarios brutos de los abogados.

—¿Y cuál es la ventaja?

—Podría ser algo mucho más importante que lo del Dyloft.

—En tal caso, tendrás tu veinticinco por ciento. E incluso más, si quieres.

Ambos compartían tantos trapos sucios que Clay no había podido decirle que no.

—El veinticinco me parece bien —dijo Max, alargando la mano para estrechar la de Clay.

El pacto acababa de sellarse.

—Suéltalo.

—Existe un medicamento hormonal femenino llamado Maxatil, que es utilizado por lo menos por cuatro millones de mujeres menopáusicas y posmenopáusicas de entre cuarenta y cinco y setenta y cinco años. Salió el marcado hace cinco años. Otro medicamento milagroso. Alivia los sofocos y demás síntomas de la menopausia. Muy eficaz. Se dice que también conserva la fortaleza de los huesos, reduce la hipertensión y disminuye el riesgo de enfermedades cardíacas. La compañía se llama Goffman.

—¿Goffman? ¿La de las cuchillas de afeitar y los colutorios?

—Exactamente. Veintiún mil millones de dólares en ventas el año pasado. Las acciones más seguras del mercado. Muy pocas deudas y una buena gestión. En la mejor tradición americana. Pero se dieron mucha prisa con el Maxatil. La historia es la de siempre: los beneficios serían cuantiosos, el medicamento parecía seguro, se las ingeniaron para conseguir una rápida autorización de la FDA y, durante los primeros años, pareció que todo el mundo estaba contento. A los médicos les encantaba y a las mujeres también, porque sus efectos son estupendos.

—¿Pero?

—Pero hay problemas, y de los gordos. Un estudio a nivel de todo el país ha estado siguiendo a veinte mil mujeres que llevan cuatro años tomando el medicamento. El estudio acaba de terminar, y dentro de unas semanas se dará a conocer un informe. Será devastador. En un determinado porcentaje de mujeres, el fármaco aumenta considerablemente el riesgo de cáncer de mama, infartos y apoplejías.

—¿Qué porcentaje?

—Aproximadamente un ocho por ciento.

—¿Y quién conoce este informe?

—Muy pocas personas. Yo tengo una copia.

—¿Por qué será que no me sorprendo?

Clay bebió un buen trago y miró alrededor en busca de Marshall. Se le había acelerado el pulso. De pronto, se había hartado de Mustique.

—Hay algunos abogados al acecho, pero no han visto el informe del Gobierno —añadió Pace—. Se ha presentado una demanda en Arizona, aunque no es una acción colectiva.

—¿Qué es?

—Un simple y anticuado caso individual de daños y perjuicios.

—Vaya aburrimiento.

—No creas. El abogado es un tal Dale Mooneyham, de Tucson. Los presenta de uno en uno y nunca pierde. Está a punto de ser el primero en demandar a Goffman, lo cual podría marcar la pauta de todo el acuerdo de indemnización. La clave consiste en presentar la primera acción conjunta. Eso tú ya lo aprendiste de Patton French.

—Podemos ser los primeros en presentar la demanda —dijo Clay, como si llevara años haciéndolo.

—Y lo puedes hacer tú solo sin necesidad de unirte a French y a esa caterva de estafadores. Preséntala en el Distrito de Columbia y después emite rápidamente los anuncios. Será impresionante.

—Como lo del Dyloft.

—Sólo que esta vez tú estarás al mando de la situación. Yo permaneceré en segundo plano, tirando de los hilos y haciendo el trabajo sucio. Tengo muchos contactos con los personajes turbios más indicados. La demanda será nuestra y, si ésta lleva tu nombre, Goffman se apresurara a buscar protección.

—¿Un acuerdo rápido?

—Probablemente no tan rápido como el del Dyloft, pero es que ése fue extremadamente rápido. Tendrás que hacer deberes, reunir las pruebas más apropiadas, contratar a expertos, demandar a los médicos que han estado recetando el fármaco e insistir en presentar la primera demanda. Tendrás que convencer a Goffman de que no te interesa llegar a un acuerdo de indemnización por daños sino que quieres que se celebre un juicio, un juicio sensacional que se convierta en un espectáculo público en tu propio terreno.

—¿Algún inconveniente? —preguntó Clay, procurando aparentar un recelo que no sentía.

—Yo no veo ninguno, aparte de los millones que te costarán los anuncios y la preparación del juicio.

—Eso no es ningún problema.

—Parece que tienes un don especial para gastar dinero.

—Sólo he rascado un poco la superficie.

—Me gustaría cobrar un anticipo de un millón de dólares —dijo Pace—. Sobre mis honorarios. —Bebió un sorbo—. Aún estoy poniendo en orden algunos antiguos negocios en casa.

A Clay le pareció un poco raro que Pace quisiera dinero. Sin embargo, habiendo tantas cosas en juego y, con el secreto del Tarvan, no estaba en condiciones de negarse.

—De acuerdo —dijo.

Estaban tumbados en las hamacas cuando regresó Valeria, empapada de sudor y algo más relajada que al principio. Se quitó toda la ropa y se lanzó a la piscina.

—Una chica de California —explicó Pace en voz baja.

—¿Va en serio? —preguntó Clay con cierta cautela.

—Llevamos muchos años viéndonos esporádicamente —se limitó a contestar Pace.

La chica de California pidió una cena que no incluyera ni carne ni pescado ni pollo ni huevos ni queso. Tampoco bebía alcohol. Clay pidió pez espada a la plancha para los demás. La cena terminó muy pronto, pues Ridley estaba deseando correr a esconderse en su habitación y Clay a su vez quería alejarse cuanto antes de Valeria.

Pace y su amiga se quedaron allí dos días, pero uno habría sido suficiente. El propósito del viaje había sido puramente de negocios y, una vez sellado el pacto, Pace ya deseaba irse. Clay los vio alejarse a toda prisa a bordo del vehículo que Marshall conducía más rápido que nunca.

—¿Algún otro invitado? —preguntó cautelosamente Ridley.

—No, por Dios.

—Fantástico.

26

El piso de arriba de su bufete quedó vacío al terminar el año. Clay alquiló la mitad del mismo y consolidó sus actividades, instalando allí a los doce auxiliares jurídicos y a las cinco secretarias del Sudadero. Los miembros de la Sección de Yale también fueron trasladados a la avenida Connecticut, la tierra de las rentas más altas, donde ellos se sentían más a gusto. Quería que la totalidad de sus empleados estuvieran bajo el mismo techo y más a mano, pues tenía previsto hacerlos trabajar hasta caer rendidos.

Se enfrentó al nuevo año con un programa de actividades brutal: a las seis de la mañana ya estaba en el despacho, con el desayuno, el almuerzo y a veces hasta la cena sobre su escritorio. Por regla general permanecía allí hasta las ocho o las nueve de la noche, y dejaba bien claro que esperaba una dedicación similar por parte de todos los que quisieran seguir trabajando con él.

Jonah no quería. Se marchó a mediados de enero, dejó libre su despacho y se despidió rápidamente de todos. El velero lo esperaba. «No te molestes en llamar —dijo—. Hazme una transferencia a una cuenta de Aruba.»

Oscar Mulrooney empezó a medir el despacho de Jonah antes de que éste cruzara la puerta. Era más grande y tenía mejores vistas, lo cual no significaba nada para él, pero estaba más cerca del de Clay, y eso sí que le importaba. Mulrooney olfateaba dinero, unos honorarios más altos. Se había perdido el caso del Dyloft, pero no volvería a perderse nada. Él y los demás chicos de Yale se habían dejado seducir por el derecho de sociedades, una especialidad que les habían enseñado a practicar, y estaban firmemente dispuestos a ganar una fortuna como desquite. ¿Y qué mejor medio que el de la captación directa y la falta de escrúpulos? Nada habría podido repugnar más a la conciencia de los arrogantes socios de los bufetes de sangre azul. Las demandas conjuntas por daños y perjuicios no eran una forma de ejercicio de la abogacía, sino una manera desvergonzada de hacer negocio.

El anciano playboy griego que se había casado con Paulette Tullos para abandonarla después se había enterado de que ésta era rica. Tras presentarse en el Distrito de Columbia, la había llamado a la lujosa vivienda que él le había regalado y le había dejado un mensaje en el contestador. Cuando Paulette oyó su voz, huyó de su casa y voló a Londres donde había pasado las vacaciones y todavía permanecía escondida. Le envió a Clay doce *e-mails* a Mustique, explicándole la apurada situación en que se encontraba y dándole instrucciones sobre la mejor manera de encargarse de su divorcio cuando regresase. Clay presentó la documentación necesaria, pero no había manera de encontrar al griego. Y tampoco a Paulette. Quizás ésta regresara en cuestión de unos meses, o quizá no.

—Lo siento, Clay —dijo Paulette al otro lado de la línea—, pero es que ya no quiero seguir trabajando.

Así pues, Mulrooney se convirtió en el confidente y ambicioso socio no oficial de Clay. Él y su equipo habían estado estudiando el cambiante paisaje de las demandas conjuntas. Se aprendieron las leyes y los procedimientos. Leyeron los doctos artículos de los profesores y las historias de las guerras de trincheras de los abogados. Había docenas de páginas *web*. Una aseguraba contar con la lista de todas las acciones conjuntas pendientes de acuerdo en Estados Unidos, un total de once mil; otra enseñaba a los posibles demandantes la manera de incorporarse a una demanda conjunta y cobrar una indemnización; otra estaba especializada en juicios relacionados con la salud de las mujeres; otra estaba dedicada a los hombres; había varias dedicadas al fracaso de las píldoras adelgazantes Skinny Ben; y un buen número que se centraban en las demandas contra la industria tabaquera. Jamás tanta capacidad intelectual, respaldada por tanto dinero, se había dirigido contra los fabricantes de malos productos.

Mulrooney había elaborado un plan. Tras haber ejercido tantas acciones conjuntas, el bufete podía permitirse el lujo de invertir sus cuantiosos recursos en la captación de nuevos clientes. Puesto que Clay tenía dinero más que suficiente para gastarlo en anuncios y mercadotecnia, podían elegir las demandas conjuntas más lucrativas y concentrarse en los posibles demandantes que todavía no hubieran sido captados. Al igual que en el caso del Dyloft, casi todos los litigios que se habían resuelto mediante un acuerdo entre las partes se habían dejado abiertos por un período de varios años para permitir que los nuevos demandantes cobraran la indemnización que les correspondiera. El bufete de Clay podría limitarse a recoger las sobras de otros abogados especializados en acciones conjuntas, pero a cambio de unos honorarios elevados. Utilizó el ejemplo de las Skinny Ben. La estimación del número de demandantes en potencia rondaba los trescientos mil, y cabía la posibilidad de que todavía hubiese nada menos que cien mil sin identificar y sin representación legal. El litigio se había resuelto y la compañía, aunque a regañadientes, estaba soltando el dinero. Lo único que tenía que hacer un demandante era presentarse al administrador de la acción conjunta, demostrar documentalmente los daños médicos sufridos y cobrar el dinero.

Como un general al mando de sus tropas, Clay asignó un abogado y dos auxiliares al frente de las Skinny Ben. Era menos de lo que Mulrooney le había pedido, pero ocurría que Clay tenía otros planes más ambiciosos. Expuso la estrategia bélica contra el Maxatil, una acción legal que pensaba dirigir personalmente. El informe del Gobierno, que aún no había sido dado a conocer y que Max Pace evidentemente había robado, tenía una extensión de ciento cuarenta páginas y estaba lleno de resultados demoledores. Clay lo leyó dos veces antes de pasárselo a Mulrooney.

Una noche de finales de enero, ambos se quedaron a trabajar hasta pasada la medianoche y después establecieron un detallado plan de ataque. Clay asignó a Mulrooney y a otros dos abogados, dos auxiliares jurídicos y tres secretarias al caso del Maxatil.

A las dos de la mañana, mientras la nieve azotaba fuertemente los cristales de la ventana de la sala de conferencias, Mulrooney dijo que tenía que discutir un asunto un poco desagradable.

—Necesitamos más dinero.

—¿Cuánto? —preguntó Clay.

—Ahora aquí somos trece, todos procedentes de importantes

bufetes en los que las cosas nos iban bastante bien. Diez de nosotros estamos casados, la mayoría con hijos, y nos hallamos sometidos a una fuerte presión, Clay. Firmamos contigo unos contratos de un año con un sueldo de setenta y cinco mil dólares, y te aseguro que nos alegramos mucho de poder cobrarlos. Pero no tienes ni idea de lo que significa estudiar en Yale o en una universidad parecida, que los grandes bufetes te agasajen con vinos y cenas, que consigas un empleo y te cases y después te quedes en la calle sin nada. Eso es muy duro para el ego, ¿sabes?

—Lo comprendo.

—Tú me doblaste el sueldo y te lo agradezco mucho más de lo que te imaginas. Yo me las voy arreglando, pero los otros tienen dificultades. Y son muy orgullosos.

—¿Cuánto?

—No quisiera perder a ninguno de ellos. Son inteligentes y trabajan muy duro.

—Vamos a hacerlo de la siguiente manera, Oscar. Últimamente me he vuelto muy generoso. Os firmaré a todos un nuevo contrato de doscientos mil dólares anuales. A cambio, quiero recibir toneladas de horas. Estamos a punto de conseguir algo muy grande, mucho más grande que lo del año pasado. Vosotros cumplís y yo os concedo bonificaciones. Unas bonificaciones sensacionales. Por razones obvias, me encantan las bonificaciones, Oscar. ¿De acuerdo?

—Trato hecho, jefe.

La nevada era tan intensa que no se podía circular en automóvil, por cuyo motivo ambos siguieron adelante con su maratón. Clay disponía de unos informes preliminares sobre la compañía de Reedsburg, Pensilvania, que estaba fabricando un mortero defectuoso. Wes Saulsberry le había pasado el expediente secreto que le había mencionado en Nueva York. El cemento para la construcción no era tan emocionante como los tumores en la vejiga, los coágulos de sangre o las válvulas cardíacas deterioradas, pero el dinero tenía el mismo color en todos los casos. Encomendaron a dos abogados y a un auxiliar jurídico la tarea de preparar la acción conjunta y captar a unos cuantos demandantes.

Se pasaron diez horas seguidas juntos en la sala de conferencias, bebiendo café, comiendo bollos rancios, viendo cómo la nevada se transformaba en ventisca mientras ellos planificaban el año.

La sesión que se había iniciado como un simple intercambio de ideas se había acabado convirtiendo en algo mucho más importante. Acababa de nacer un nuevo bufete jurídico, plenamente consciente de adónde quería ir y en qué iba a transformarse.

¡El presidente lo necesitaba! A pesar de que aún faltaban dos años para la reelección, sus enemigos ya estaban reuniendo dinero a carretadas. Había apoyado con firmeza a los abogados desde sus tiempos como senador novato y, de hecho, él mismo había trabajado durante un tiempo como letrado en una pequeña ciudad y aún se enorgullecía de ello, pero ahora necesitaba la ayuda de Clay para luchar contra los egoístas intereses de los grandes. El vehículo que proponía para conocer personalmente a Clay era algo llamado Revisión Presidencial, un selecto grupo de poderosos abogados y dirigentes capaces de firmar cheques por valor de cuantiosas sumas y pasar un buen rato conversando sobre cuestiones candentes.

Los enemigos estaban preparando un nuevo ataque en gran escala llamado Reforma de Daños y Perjuicios Ya. Pretendían poner coto no sólo a los daños y perjuicios efectivos sino también a las sumas adicionales fijadas por los jueces en concepto de castigo ejemplar. Querían desmantelar el sistema de acciones legales conjuntas que tan buen resultado les había dado (a los chicos especializados en daños y perjuicios) e impedir, entre otras cosas, que la gente demandara a sus médicos.

El presidente se mantendría firme como siempre, pero necesitaba ayuda. La elegante carta de tres páginas escrita en relieve dorado terminaba con una petición de dinero, y mucho. Clay llamó a Patton French que, por extraño que pareciera, se encontraba casualmente en su despacho de Biloxi. French se mostró tan brusco como de costumbre.

—Extiende el maldito cheque —dijo.

Hubo un intercambio de llamadas entre Clay y el director de Revisión Presidencial. Más tarde, Clay no pudo recordar la suma que inicialmente pensaba aportar, pero sí recordó que ésta no se acercaba ni de lejos a los doscientos cincuenta mil dólares que figuraban en el cheque que finalmente firmó. Un mensajero lo recogió y lo entregó en la Casa Blanca. Cuatro horas más tarde, otro mensajero le entregó a Clay un sobre procedente de aquélla. Era una tarjeta personal del presidente, con una nota escrita a mano:

> Querido Clay:
> Estoy en una reunión del Gabinete (procurando no quedarme dormido), de lo contrario, habría llamado. Gracias por el apoyo. Vamos a comer juntos y a saludarnos.

Iba firmada por el presidente.

Muy bonito, pero a cambio de un cuarto de millón de dólares no esperaba menos. Al día siguiente, otro mensajero entregó una voluminosa invitación de la Casa Blanca. En la parte exterior rezaba: «Se ruega respuesta urgente.» Se invitaba a Clay y acompañante a asistir a una cena de gala en honor del presidente de Argentina. De etiqueta, naturalmente. RSVP de inmediato, pues sólo faltaban cuatro días para el acontecimiento. Era curioso lo que uno podía comprar en Washington por doscientos cincuenta mil dólares.

Lógicamente, Ridley necesitaría un vestido apropiado y, puesto que quien pagaba era Clay, éste se fue de compras con ella. Y lo hizo sin quejarse, pues quería intervenir en la elección de lo que la chica se pusiera. De haber dejado el asunto en sus manos, quizás hubiera escandalizado a los argentinos y a todos los demás asistentes a la cena con tejidos transparentes y cortes de falda hasta la cintura. Ni hablar. Clay quería ver el modelo antes de comprarlo.

Sin embargo, Ridley se mostró sorprendentemente recatada tanto en el gusto como en los gastos. Todo le sentaba bien; a fin de cuentas, era una modelo, aunque cada vez trabajaba menos. Se decidió por un impresionante vestido rojo que dejaba al aire mucha menos piel de la que normalmente exhibía. Por tres mil dólares, era una ganga. Los zapatos, un collar de perlas de pequeño tamaño y una pulsera de oro y brillantes supusieron para Clay unos daños un poco por debajo de los quince mil dólares. Sentada en la limusina delante de la Casa Blanca, a la espera de que un enjambre de guardias de seguridad comprobara la identidad de los invitados que los precedían, Ridley dijo:

—No puedo creer lo que estoy haciendo. Yo, una pobre chica de Georgia, voy a la Casa Blanca.

Estaba enroscada alrededor del brazo de Clay, que mantenía la mano apoyada en su muslo. El acento de Ridley era más pronunciado, tal como solía ocurrirle cuando estaba nerviosa.

—Sí, cuesta creerlo —dijo Clay, también muy emocionado.

Cuando descendieron de la limusina bajo un toldo del Ala Este, un infante de Marina con uniforme de gala tomó a Ridley del brazo y la escoltó hasta el Salón Este de la Casa Blanca, donde los invitados se estaban congregando y tomando una copa. Clay los siguió, contemplando el trasero de Ridley y disfrutando al máximo del espectáculo. El infante de Marina la soltó a regañadientes y se retiró para escoltar a otra invitada. Un fotógrafo les tomó una fotografía. Se acercaron al primer grupo de invitados y se presentaron a unas personas a las que jamás volverían a ver. Se anunció la cena y los invitados se dirigieron al Comedor de Gala, donde quince mesas para diez comensales cada una estaban cubiertas con más piezas de porcelana, plata y cristal de las que jamás se hubieran reunido en un lugar. Los sitios estaban preasignados y nadie se sentaba al lado de su consorte o acompañante. Clay acompañó a Ridley hasta su mesa, buscó su asiento, la ayudó a sentarse y después le dio un ligero beso en la mejilla diciendo:

—Buena suerte.

Ella esbozó una sonrisa de modelo, radiante y confiada, pero Clay sabía que en aquellos momentos no era más que una asustada chiquilla de Georgia. Clay no se había alejado ni tres metros de su mesa cuando dos hombres se acercaron presurosos a Ridley y se presentaron dándole cordialmente la mano.

Clay ya estaba preparado para la larga noche que tenía por delante. A su derecha se sentaba una reina de la alta sociedad de Manhattan, una arrugada y vieja arpía con cara de ciruela pasa que llevaba tanto tiempo matándose de hambre que parecía un cadáver. Estaba sorda como una tapia y hablaba a grito pelado. A su izquierda estaba la hija de un magnate de unas galerías comerciales del Medio Oeste que había estudiado en la Universidad con el presidente. Clay le dedicó su atención y se esforzó todo lo que pudo durante cinco minutos hasta darse cuenta de que la chica no tenía nada que decir.

El tiempo pareció detenerse.

Sentado de espaldas a Ridley, no tenía ni idea de cómo se las estaba arreglando ésta para sobrevivir.

El presidente pronunció unas palabras y enseguida se sirvió la cena. Un cantante de ópera sentado enfrente de Clay empezó a experimentar los efectos del vino y se lanzó a contar chistes subidos de tomo. Hablaba en voz alta y tono gangoso con un acento de algún lugar de las montañas, y no tenía el menor reparo en utilizar palabrotas en presencia de las damas, y nada menos que en la Casa Blanca.

Tres horas después de haberse sentado, Clay se levantó y se despidió de todos sus nuevos y maravillosos amigos. La cena había terminado; una orquesta estaba afinando sus instrumentos al fondo del Salón Este. Cogió a Ridley del brazo y ambos se dirigieron hacia el lugar de donde procedía la música. Pasada la medianoche, cuando los invitados se habían reducido a unas pocas docenas, el presidente y la primera dama se reunieron con los más valientes para uno o dos bailes. El presidente pareció alegrarse sinceramente de conocer al señor Clay Carter.

—He estado leyendo lo que dice la prensa sobre usted, muchacho. Buen trabajo —dijo.

—Gracias, señor presidente.

—¿Quién es el bomboncito?

—Una amiga.

¿Qué habrían dicho las feministas si hubiesen sabido que el presidente había utilizado el término «bomboncito»?

—¿Puedo bailar con ella?

—Desde luego, señor presidente.

Y así fue cómo la señorita Ridal Petashnakol, la antigua estudiante de veinticuatro años de Georgia en régimen de intercambio estudiantil, fue estrujada, abrazada y conectada a la red del presidente de Estados Unidos.

27

La entrega de un Gulfstream 5 nuevo de fábrica tardaría un mínimo de veintidós meses y probablemente más, pero la demora no era el mayor de los obstáculos. Su precio en aquellos momentos ascendía a cuarenta y cuatro millones de dólares, totalmente equipado, como es natural con los más sofisticados artilugios y juguetes. Sencillamente, era demasiado dinero, aunque Clay sentía la tentación de comprarlo. El agente le explicó que casi todos los G-5 eran adquiridos por grandes empresas valoradas en miles de millones de dólares, las cuales hacían los pedidos de dos en dos y de tres en tres y mantenían los aparatos constantemente en el aire. Lo mejor para él, en calidad de único propietario, sería alquilar un aparato un poco más antiguo por unos seis meses para asegurarse de que era eso lo que efectivamente quería. Posteriormente podía convertir el alquiler en compra, aplicando al precio de venta el noventa por ciento de los alquileres ya pagados.

El agente tenía justo el aparato que él necesitaba. Era un modelo G-4 SP (Special Performance) de 1988 que una compañía perteneciente al grupo de las quinientas de *Fortune* había cambiado recientemente por un nuevo G-5. Cuando Clay lo vio majestuosamente estacionado en la rampa del Aeropuerto Nacional Reagan, sintió que el corazón le daba un vuelco y se le aceleraba el pulso. Era de color blanco con una elegante franja de color azul marino. París en seis horas. Londres en cinco.

Subió a bordo con el agente. Clay no supo distinguir si medía unos centímetros menos que el G-5 de Patton French. Había cuero, caoba y accesorios de latón por todas partes. Una cocina, un bar y unos aseos en la parte posterior; los más recientes adelantos aeronáuticos para los pilotos en la parte anterior. Un sofá cama. Por un fugaz instante, pensó en Ridley; ellos dos juntos bajo los cobertores a doce mil metros de altura. Complicados sistemas estereofónicos, videográficos y telefónicos. Fax, ordenador, acceso a Internet.

El aparato parecía nuevo y el vendedor explicó que acababa de salir del taller, donde habían vuelto a pintar el exterior y renovado el interior. Después de mucho insistir, el hombre dijo finalmente:

—Es suyo por treinta millones.

Se sentaron a una mesita para ultimar los detalles de la venta. Poco a poco, la idea del alquiler se escapó por la ventana. Con sus ingresos, Clay no tendría ninguna dificultad en conseguir un interesante paquete de financiación. Las cuotas apenas ascendían a trescientos mil dólares al mes, una cifra sólo ligeramente superior al alquiler, y en caso de que en algún momento quisiera cambiarlo, el agente volvería a comprárselo a la mejor tasación del mercado y le proporcionaría cualquier otra cosa que él quisiera.

Dos pilotos le costarían doscientos mil dólares anuales, incluyendo la seguridad social, el adiestramiento y todo lo demás. Clay también podía considerar la posibilidad de cederlo a una compañía de vuelos chárter empresariales.

—Según el tiempo que usted lo utilice, podría ganar hasta un millón de dólares al año en vuelos chárter —dijo el agente, disponiéndose a rematar la operación—. Con eso cubriría los gastos de los pilotos, el alquiler del hangar y el mantenimiento.

—¿Tiene usted idea de cuánto tiempo podría utilizarlo? —preguntó Clay mientras la cabeza le daba vueltas de tanto pensar en las posibilidades.

—He vendido muchos aviones a abogados —contestó el vendedor, echando mano de sus conocimientos—. Trescientas horas anuales es lo máximo. Podría usted alquilarlo por el doble.

«Vaya, —pensó Clay—. Eso podría llegar a proporcionarme incluso algunos ingresos.»

La voz de la razón le aconsejaba andarse con cuidado, pero ¿por qué esperar? Por otra parte, ¿a quién hubiera podido recurrir en busca de consejo? Las únicas personas con experiencia en tales asuntos que él conocía eran sus amigos de los daños y perjuicios, y todos ellos le habrían dicho: «¡Cómo! ¿Aún no tienes un jet? ¡Cómpratelo de una vez, hombre!»

Así pues, se lo compró.

Las ganancias del cuarto trimestre de Goffman eran superiores a las del año anterior, con unos impresionantes récords de ventas. Sus acciones se cotizaban a 65, el precio más alto en dos años. A partir de la primera semana de enero, la empresa había iniciado una insólita campaña de promoción, pero no de alguno de sus muchos productos, sino de sí misma. «Goffman siempre ha estado presente» era el lema constante, y cada anuncio de televisión consistía en una exhibición de conocidos productos utilizados para mayor comodidad y protección de Norteamérica: una madre aplicando un vendaje a la herida de su hijito; un apuesto joven con el consabido vientre plano, afeitándose feliz de la vida; una canosa pareja en la playa, felizmente libre de las hemorroides; un dolorido practicante de *footing* a punto de tomar un analgésico, etc. La lista de los productos de confianza de Goffman era muy larga.

Mulrooney estaba siguiendo la marcha de la empresa con mucho más detenimiento que un analista de mercado, y tenía el convencimiento de que la campaña de anuncios no era más que una estratagema para preparar a los inversores y a los consumidores para el escándalo del Maxatil. En el transcurso de sus investigaciones sobre la historia de las campañas de *marketing* de Goffman no había encontrado ningún otro mensaje de carácter tranquilizador. La empresa era uno de los cinco principales anunciantes del país, pero siempre había concentrado su dinero en un producto concreto a la vez, con resultados extraordinarios.

Su opinión era compartida por Max Pace, quien había fijado su residencia en el hotel Hay-Adams. Clay acudió a su suite para una cena tardía, servida por el servicio de habitaciones. Pace estaba nervioso y deseaba arrojar cuanto antes la bomba sobre Goffman. Había leído la más reciente revisión de la acción conjunta que iba a presentarse en el Distrito de Columbia. Como siempre, había hecho algunas anotaciones al margen.

—¿Cuál es el plan? —preguntó sin prestar la menor atención ni a la comida ni al vino.

En cambio, Clay estaba dando buena cuenta de ambos.

—El anuncio se emite a las ocho de la mañana —dijo con la boca llena de carne de ternera—. Una acción relámpago en ochenta mercados, de costa a costa. La línea directa está conectada; la página *web*, preparada, y mi pequeño bufete listo para el ataque. Sobre las diez me acercaré a pie al juzgado y presentaré personalmente la demanda.

—Me parece muy bien.

—Ya lo hemos hecho otras veces. El bufete jurídico de J. Clay Carter II es una máquina de daños y perjuicios colectivos, como muy bien sabes.

—¿Tus nuevos amigos están al corriente de ello?

—Por supuesto que no. ¿Por qué iba a decírselo? Nos fuimos juntos a la cama con el Dyloft, pero French y los demás también son mis competidores. Les pegué un susto entonces, y ahora volveré a pegárselo. Estoy deseando empezar.

—Recuerda que esto no es como lo del Dyloft. Con aquél tuviste suerte porque pillaste a una empresa débil en un mal momento. Goffman será mucho más dura de pelar.

Al final, Pace arrojó la demanda sobre la cómoda y se sentó a comer.

—Pero han fabricado un mal producto —dijo Clay—, y nadie se atreve a ir a juicio con un mal producto.

—En una acción colectiva, no. Mis fuentes me dicen que Goffman podría querer que el caso se resolviera en Flagstaff, pues se trata de un solo demandante.

—¿Te refieres al caso Mooneyham?

—Exacto. Si pierden, serán más flexibles en el acuerdo de indemnización. Si ganan, la batalla podría ser muy larga.

—Según tú, Mooneyham jamás pierde.

—Han transcurrido unos veinte años. Los jurados lo adoran. Usa sombreros vaqueros, chaquetas de ante, botas rojas y cosas por el estilo. Un vestigio de la época en que los abogados intervenían directamente en el juicio de sus casos. Es todo un espectáculo. Tendrías que ir a conocerlo. El viaje merecería la pena.

—Lo incluiré en mi lista.

El Gulfstream estaba esperando en el hangar, listo para volar. Sonó un teléfono y Pace se pasó cinco minutos hablando en voz baja al otro lado de la suite.

—Valeria —dijo al regresar a la mesa.

Clay evocó una fugaz visión de la asexuada criatura mascando una zanahoria. «Pobre Max. Podría haberse buscado algo mejor», pensó.

Clay dormía en el bufete. Había instalado un pequeño dormitorio y un cuarto de baño contiguos a la sala de conferencias. A menudo permanecía despierto hasta pasada la medianoche, dormía unas cuantas horas antes de darse una rápida ducha y a las seis ya estaba de nuevo en su despacho. Sus hábitos laborales estaban convirtiéndose en una leyenda, no sólo en el ámbito de su propio bufete sino también en toda la ciudad. Buena parte de los chismes que se comentaban en los círculos jurídicos giraban en torno a él y a sus agotadoras jornadas de trabajo de dieciséis horas, que los clientes de los bares y los invitados a los cócteles solían alargar hasta las dieciocho o las veinte.

¿Y por qué no trabajar a lo largo de las veinticuatro horas del día? Tenía treinta y dos años, era soltero y ningún compromiso serio le robaba tiempo. Gracias a la suerte y a su inteligencia se le había ofrecido la singular oportunidad de triunfar como sólo muy pocos habían triunfado. ¿Por qué no entregarse en cuerpo y alma a su bufete durante unos cuantos años y después dejarlo todo y pasarse el resto de la vida divirtiéndose?

Mulrooney llegó poco después de las seis de la mañana, ya con cuatro tazas de café en la tripa y cien ideas en la cabeza.

—¿El Día D? —preguntó, irrumpiendo en el despacho de Clay.

—¡Vamos a pegarle una patada en el trasero a alguien!

A las siete de la mañana, el bufete ya estaba lleno de asociados y auxiliares que consultaban los relojes a la espera de comenzar la invasión. Las secretarias iban de despacho en despacho, repartiendo tazas de café y bollos. A las ocho, se apretujaron todos en la sala de conferencias con la mirada fija en una pantalla gigante de televisión. La filial de ABC para el área metropolitana del Distrito de Columbia emitió el primer anuncio:

Una atractiva mujer de sesenta y tantos años, con el cabello entrecano muy bien cortado y gafas de diseño permanece sentada a una mesita de cocina, mirando tristemente a través de una ventana. Una voz en *off* [más bien siniestra]: «Si ha estado usted tomando la hormona femenina Maxatil, puede haber aumentado el riesgo de sufrir cáncer de mama, enfermedades cardíacas e ictus cerebrales.» Primer plano de las manos de la mujer; sobre la mesa, un primer plano de un frasco de pastillas con el nombre de MAXATIL en letras mayúsculas. [Una calavera y unas tibias cruzadas no habrían resultado más aterradoras.] Voz en *off*: «Por favor, consulte inmediatamente con su médico. El Maxatil puede suponer una grave amenaza para su salud.» Primer plano del rostro de la mujer, ahora todavía más triste, y, a continuación, unos ojos empañados. Voz en *off*: «Para más información, llame a la Línea Directa de Maxatil.» Un número con el prefijo 800 aparece al pie de la pantalla. En la última imagen, la mujer se quita las gafas y se enjuga una lágrima que resbala por su mejilla.

Todos aplaudieron y lanzaron vítores como si un mensajero fuera a entregarles el dinero en un abrir y cerrar de ojos. Después Clay los envió a todos a sus puestos para empezar a atender las llamadas y captar clientes. Aquéllas empezaron a los pocos minutos. A las nueve en punto, de conformidad con el plan, las copias de la demanda se enviaron por fax a los periódicos y a los canales de información económica de televisión por cable. Clay telefoneó a su viejo amigo del *Wall Street Journal* y le filtró la noticia, añadiendo que en un par de días tal vez le concediera una entrevista.

Goffman abrió en la Bolsa a 65,25 dólares, pero cayó en picado nada más divulgarse la noticia de la presentación de la demanda contra el Maxatil en el Distrito de Columbia. Un reportero local fotografió a Clay en el momento de presentarla en el juzgado.

Al mediodía, las acciones de Goffman habían bajado a 61 dólares. La compañía se apresuró a emitir un comunicado de prensa en el que negaba rotundamente la posibilidad de que el Maxatil provocara los terribles efectos que se mencionaban en la demanda, manifestando su voluntad de defenderse del ataque con todas las armas de la ley.

Patton French llamó durante el «almuerzo». Clay estaba comiendo un bocadillo, de pie detrás de su escritorio, mientras contemplaba los mensajes telefónicos que iban acumulándose sobre éste.

—Espero que sepas lo que haces —le dijo de forma cautelosa French.

—Yo también lo espero, Patton. ¿Qué tal estás?

—Estupendamente. Hace unos seis meses echamos un buen vistazo al Maxatil y decidimos no arriesgarnos. El planteamiento de la demanda podría acarrear graves problemas.

Clay soltó el bocadillo y trató de respirar hondo. ¿Patton French rechazaba presentar una demanda conjunta contra una de las empresas más prósperas del país? Se dio cuenta de que se había producido una dolorosa brecha en la conversación.

—Bueno, es que nosotros lo vemos de otra manera, Patton. —Alargó la mano hacia atrás, buscando a tientas su sillón. Al final, se dejó caer en él.

—La verdad es que todos la han rechazado menos tú —dijo French—. Saulsberry, Didier, Carlos el de Miami. El tipo de Chicago tiene unos cuantos casos, pero todavía no los ha presentado. No sé, puede que tengas razón. Nosotros no lo vimos claro, eso es todo.

French estaba tratando de averiguar algo.

—Tenemos pruebas contra ellos —declaró Clay. Se refería al informe del Gobierno. Él lo tenía y French no. Al final, respiró hondo y la sangre volvió a circular por sus venas.

—Será mejor que prepares todas tus baterías, Clay. Esta gente tiene mucha fuerza. A su lado, el viejo Wicks y los chicos de Ackerman son niños de pecho.

—Te veo asustado, Patton, y me sorprende.

—No estoy asustado, pero como haya algún agujero en tu teoría de la responsabilidad, se te van a comer vivo. Y no se te ocurra soñar con un acuerdo rápido.

—¿Te apuntas?

—No. No me gustó hace seis meses y sigue sin gustarme ahora. Además, tengo muchos otros asuntos pendientes. Te deseo mucha suerte.

Clay cerró con llave la puerta de su despacho. Se acercó a la ventana y se pasó por lo menos cinco minutos sin percatarse del sudor frío que estaba pegándole la camisa a la espalda. Después se frotó la frente y descubrió que estaba sudando a mares.

28

El titular del *Daily Profit* proclamaba a los cuatro vientos: UNOS COCHINOS CIEN MILLONES NO SON SUFICIENTE. Y, a continuación, la cosa iba a peor. El reportaje empezaba con un breve párrafo acerca de la «frívola» demanda presentada la víspera en el Distrito de Columbia contra la compañía Goffman, uno de los mejores fabricantes de productos de gran consumo de Estados Unidos. Su prodigioso fármaco Maxatil había ayudado a numerosas mujeres a superar la pesadilla de la menopausia, pero ahora el medicamento estaba siendo atacado por los mismos tiburones que habían provocado la quiebra de A. H. Robbins, Johns Manville, Owens-Illinois y prácticamente toda la industria norteamericana del amianto.

El reportaje recuperaba su habitual sosiego al referirse al principal tiburón, un joven y audaz personaje del Distrito de Columbia llamado Clay Carter que, según las fuentes de la propia publicación, jamás había actuado en un juicio civil delante de un jurado. Pese a ello, el año anterior había ganado más de cien millones de dólares en la lotería de las demandas colectivas por daños y perjuicios. Estaba claro que el reportero disponía de todo un equipo de fuentes fidedignas deseosas de expresar su opinión. La primera de ellas era un ejecutivo de la Cámara de Comercio de Estados Unidos que empezó a despotricar contra los litigios en general y los abogados en particular. «Los Clay Carter de este mundo sólo sirven para inducir a otros a presentar estas demandas artificiales y efectistas. En este país hay un millón de abogados. Si un desconocido como el señor Carter puede ganar tanto dinero con tanta rapidez, ninguna empresa honrada está a salvo.» Un profesor de Derecho de una universidad de la que Clay jamás había oído hablar señalaba: «Estos sujetos son despiadados. Su codicia no tiene límites y, como consecuencia de ello, acabarán por matar a la gallina de los huevos de oro.» Un presuntuoso congresista de Connecticut aprovechaba la ocasión para abogar por la inmediata aprobación del proyecto de ley de reforma de las acciones conjuntas que él mismo había presentado. Tendrían lugar unas vistas de un comité y era probable que el señor Carter fuese llamado a declarar ante el Congreso.

Unas fuentes anónimas de la propia compañía Goffman señalaban que la empresa se defendería enérgicamente, no cedería al chantaje de las acciones conjuntas y, a su debido tiempo, exigiría el pago de los honorarios de sus abogados y de las costas del litigio originadas por el escandaloso y frívolo carácter de las reclamaciones.

Las acciones de la compañía habían bajado un once por ciento, lo que equivalía a una pérdida del capital de los accionistas cifrada en unos dos mil millones de dólares como consecuencia de aquel caso artificial. «¿Por qué los accionistas de Goffman no se querellan contra los tipos como Clay Carter?», se preguntaba el profesor de la desconocida facultad de Derecho.

Era un tema de difícil lectura, pero Clay no podía ignorarlo. Un editorial de *Investment Times* pedía que el Congreso estudiara a fondo la reforma de los litigios y hacía especial hincapié en el hecho de que el joven señor Carter hubiera ganado una inmensa fortuna en menos de un año. Éste no era más que un «matón» cuyas mal adquiridas ganancias darían lugar a que otros estafadores callejeros empezaran a presentar demandas contra todo quisque.

El apodo de «matón» circuló unos cuantos días por el bufete, sustituyendo transitoriamente al de «Rey». Clay sonreía y se comportaba como si constituyese un honor.

—Hace un año, nadie hablaba de mí —presumía—. Ahora, en cambio, no paran de hablar.

Sin embargo, tras la puerta cerrada de su despacho se sentía inquieto y preocupado por la precipitación con que había presentado la demanda contra Goffman. El hecho de que otros especialistas en demandas conjuntas no se hubieran unido a él le dolía profundamente. La prensa hostil lo atacaba sin piedad. Hasta el momento, nadie lo había defendido. Pace había desaparecido, lo cual, sin ser insólito, no era precisamente lo que Clay necesitaba en aquellos momentos.

Seis días después de la presentación de la demanda, Pace llamó desde California.

—Mañana es el gran día —anunció.

—Necesito que me den buenas noticias —dijo Clay—. ¿El informe del Gobierno?

—No puedo decírtelo —contestó Pace—. Y ya basta de llamadas telefónicas. Alguien podría estar escuchando. Te lo explicaré más adelante, cuando regrese a la ciudad.

¿Que alguien podía estar escuchando? ¿En qué extremo de la línea, en el suyo o en el de Pace? ¿Y quién, si podía saberse? Pasó otra noche en vela.

El estudio del Consejo Americano sobre el Envejecimiento se había propuesto inicialmente examinar a veinte mil mujeres de edades comprendidas entre los cuarenta y cinco y los setenta y cinco años a lo largo de un período de siete años. El grupo había sido dividido en dos subgrupos iguales, uno de los cuales tomaba una dosis diaria de Maxatil mientras que el otro tomaba un placebo. Al cabo de cuatro años los investigadores abandonaron el proyecto a causa de los malos resultados obtenidos. Se había detectado un aumento de los cánceres de mama, las enfermedades cardíacas y los ictus cerebrales en un inquietante porcentaje de las participantes. En las mujeres que tomaban el medicamento, el riesgo de cáncer de mama se incrementaba en un 33 por ciento, el de infartos en un 21 por ciento y el de ictus cerebrales en un 20 por ciento.

El estudio predecía que, por cada cien mil mujeres que utilizaran el Maxatil durante cuatro años o más, cuatrocientas desarrollarían cáncer de mama, trescientas sufrirían enfermedades cardíacas en mayor o menor grado y se registrarían trescientos casos de ictus cerebral de moderados a graves.

El informe se publicó a la mañana siguiente. Las acciones de Goffman volvieron a bajar a 51 dólares como consecuencia de la noticia. Clay y Mulrooney se pasaron la tarde controlando las páginas *web* y los canales de televisión por cable, a la espera de alguna respuesta de la compañía, pero no hubo ninguna. Los reporteros de las publicaciones económicas que habían dado un varapalo a Clay tras la presentación de la demanda no llamaron para conocer su reacción ante la publicación del estudio. Se limitaron a mencionar el informe al día siguiente. El *Post* publicaba un árido resumen del mismo sin mencionar para nada el nombre de Clay, quien se sintió justificado pero ignorado. Hubiera tenido muchas cosas que decir en respuesta a sus críticos, pero nadie quería escucharlo.

El aluvión de llamadas telefónicas de consumidores del Maxatil lo tranquilizó.

Al final, el Gulfstream tuvo que escapar. Tras haberlo dejado ocho días en el hangar, Clay estaba deseando viajar. Se llevó a Ridley y tomó rumbo al oeste, primero a Las Vegas, aunque nadie del bufete sabía que haría una escala allí. Era un viaje de negocios, y muy importante, por cierto. Tenía una cita con el gran Dale Mooneyham de Tucson para hablar del Maxatil.

Pasaron dos noches en Las Vegas, en un hotel con panteras y leopardos de verdad en una falsa reserva cinegética situada delante de la entrada principal. Clay perdió treinta mil dólares jugando al *black jack* y Ridley se gastó veinticinco mil en prendas de diseño de las *boutiques* del vestíbulo del hotel. El Gulfstream voló a Tucson.

Mott & Mooneyham había convertido una vieja estación de tren del centro de la ciudad en una suite de despachos de aspecto deliberada y gratamente destartalado. El vestíbulo era la antigua sala de espera, una estancia alargada y abovedada en cuyos extremos sendas secretarias permanecían ocultas en un rincón, como si tuvieran que estar separadas para no pelearse. Vistas más de cerca, sin embargo, no daban la impresión de que pudieran pelearse demasiado: ambas tenían setenta y tantos años y estaban como perdidas en sus propios mundos. Era una especie de museo, una colección de los productos que Dale Mooneyham había llevado a juicio y mostrado a los jurados. En una alta vitrina había un calentador de agua a gas y la placa de bronce colocada por encima de la puerta indicaba el nombre del caso y la suma decretada en el veredicto: cuatro millones y medio de dólares, octubre de 1988, condado de Stone, Arkansas. Un vehículo defectuoso de tres ruedas le había costado a la Honda tres millones de dólares en California, y un rifle barato había provocado semejante indignación en los miembros de un jurado de Tejas que éste había decidido indemnizar al demandante con once millones de dólares. Había docenas de productos, entre ellos un cortacésped, la carrocería de un Toyota Celica destruida por el fuego, una taladradora, un chaleco salvavidas defectuoso, una escalera de mano rota... Y, en las paredes, recortes de prensa y fotografías ampliadas del gran hombre, entregando los cheques a sus perjudicados clientes. Clay, solo porque Ridley se había ido de compras, pasaba de una vitrina a otra, admirando todas aquellas conquistas sin percatarse de que llevaba casi una hora esperando

Al final, un empleado fue a buscarlo y lo acompañó por un ancho pasillo flanqueado por espaciosos despachos. Las paredes estaban cubiertas de fotografías ampliadas de titulares de prensa y reportajes acerca de emocionantes victorias judiciales. Quienquiera que fuese Mott, estaba claro que no era más que un jugador insignificante. El membrete únicamente mencionaba a otros cuatro abogados.

Dale Mooneyham estaba sentado detrás de su escritorio y sólo hizo ademán de medio levantarse cuando Clay entró sin ser previamente anunciado, sintiéndose algo así como un vagabundo. El apretón de manos fue gélido y rutinario. Clay comprendió que no era muy bienvenido en aquel lugar y la recepción lo desconcertó. Mooneyham tenía por lo menos setenta años y era un hombre corpulento, de tórax ancho y vientre voluminoso. Vaqueros, vulgares botas rojas, arrugada camisa tejana y, como no podía ser de otra forma, ni sombra de corbata. Por lo visto, se teñía el cabello de negro, pero necesitaba un retoque, pues las patillas eran blancas mientras que la parte superior, peinada hacia atrás con demasiada brillantina, conservaba el tono oscuro. El rostro era ancho y alargado, y tenía ojos de bebedor, hinchados.

—Qué bonito despacho —dijo Clay, tratando de romper un poco el hielo—. Francamente original.

—Lo compré hace cuarenta años —explicó Mooneyham—. Por cinco mil dólares.

—Y menuda colección de recuerdos tiene usted ahí fuera.

—No me ha ido nada mal, muchacho. Hace veintiún años que no pierdo ningún juicio ante un jurado. Supongo que ahora me toca perder, por lo menos eso es lo que no paran de repetir mis adversarios.

Clay, sentado en un bajo y vetusto sillón de cuero, miró alrededor y procuró tranquilizarse. El despacho era por lo menos cinco veces más grande que el suyo y las paredes estaban cubiertas de trofeos de caza que observaban todos sus movimientos. No sonaba ningún teléfono ni se oía el zumbido de ningún fax en la distancia. En el despacho de Mooneyham tampoco se veía ordenador alguno.

—Supongo que he venido para hablar del Maxatil —dijo Clay, temiendo que fueran a echarlo de allí de un momento a otro.

Un leve titubeo sin el menor movimiento, exceptuando un indiferente reajuste de los ojillos negros.

—Es un mal producto —se limitó a decir Mooneyham como si Clay no tuviera le menor idea al respecto—. Presenté una demanda hace unos cinco meses en Flagstaff. Aquí en Arizona tenemos un carril de adelantamiento rápido, conocido como el «programa-cohete», y supongo que el juicio se celebrará a principios de otoño. A diferencia de usted, yo no presento la demanda sin antes haber investigado y preparado exhaustivamente el caso y estar listo para el juicio. Si lo haces así, la otra parte nunca consigue darte alcance. He escrito un libro acerca de la preparación previa al juicio. Y sigo leyéndolo, constantemente. Usted también debería hacerlo.

«¿Quiere que me retire?», deseó preguntar Clay, pero se contuvo.

—¿Qué puede decirme de su clienta? —preguntó en cambio.

—Sólo tengo ésta. Las acciones conjuntas son una estafa, por lo menos tal como usted y sus amigos las llevan. Las demandas colectivas son un timo, un atraco al consumidor, una lotería organizada por la codicia que algún día nos perjudicará a todos. La codicia sin freno hará oscilar el péndulo en el sentido opuesto. Se llevarán a cabo reformas y serán muy fuertes. Ustedes se quedarán sin trabajo, pero les dará igual, porque ya tienen dinero. Los que se perjudicarán serán los futuros demandantes que hay por ahí, toda esa gente humilde que no podrá presentar una querella contra los malos productos porque ustedes se han cargado la ley.

—Le he preguntado por su clienta.

—Una mujer blanca de sesenta y seis años, no fumadora, que se pasó cuatro años tomando Maxatil. La conocí hace un año. Aquí nos tomamos las cosas con calma; antes de empezar a disparar hacemos los deberes.

Clay tenía intención de plantear importantes cuestiones, hablar de grandes ideas, como, por ejemplo, cuántas posibles clientas del Maxatil podía haber, qué esperaba Mooneyham que hiciese Goffman y qué clase de expertos pensaba utilizar en el juicio. En lugar de ello, se sorprendió buscando la manera de largarse cuanto antes.

—¿No espera llegar a un acuerdo de indemnización? —preguntó, fingiendo estar muy atareado.

—Yo no llego a ningún acuerdo, muchacho. Eso mis clientes lo saben desde el principio. Yo acepto tres casos al año, todos cuidadosamente elegidos por mí. Me gusta variar, los productos y las teorías que jamás he tocado. Los juzgados que jamás he visto. Puedo elegir porque los abogados me llaman a diario. Y siempre voy a juicio. Cuando acepto un caso, sé que no se llegará a un acuerdo. Eso me quita de encima una molestia muy desagradable. Al demandado le digo de entrada: «No perdamos el tiempo pensando en un acuerdo, ¿le parece?» —Desplazó un poco el peso del cuerpo hacia un lado, como si le doliera la espalda o algo así—. Eso es una buena noticia para usted, muchacho. Yo seré el primero en golpear a Goffman, y si el jurado ve las cosas tal como yo las veo, dictará un veredicto muy favorable para mi clienta. Ustedes los imitadores podrán ponerse en fila, subirse al carro, captar más clientes por medio de anuncios, llegar a un acuerdo por unas sumas ridículas y cobrar sus buenos honorarios descontándolos de las cantidades obtenidas. Yo les ayudaré a ganar otra fortuna.

—Me gustaría ir a juicio —dijo Clay.

—Si lo que he leído es cierto, usted ni siquiera sabe dónde está el juzgado.

—Ya lo encontraré.

Mooneyham se encogió de hombros.

—Es probable que no tenga que hacerlo. Cuando yo termine con Goffman, la compañía huirá de todos los jurados como del diablo.

—No tengo por qué llegar a un acuerdo.

—Pero lo hará. Reunirá miles de casos. Le faltarán arrestos para ir a juicio. —Mooneyham se levantó muy despacio, alargó una displicente mano y añadió—: Tengo trabajo que hacer.

Clay abandonó a toda prisa el despacho, bajó por el pasillo, cruzó aquel vestíbulo que más parecía un museo y salió al ardiente calor del desierto.

Mala suerte en Las Vegas y un desastre en Tucson, pero el viaje se salvó en cierto modo del fracaso a quince mil metros de altura sobre Oklahoma. Ridley estaba durmiendo en el sofá bajo los cobertores, completamente ajena al mundo que la rodeaba, cuando el fax empezó a emitir un zumbido. Clay se dirigió a la parte posterior de la oscura cabina y sacó una transmisión de una página. Era de Oscar Mulrooney, desde el despacho. Había descargado una información de Internet: el *ranking* anual de bufetes y honorarios de la revista *American Attorney*. En la lista de los veinte abogados mejor pagados del país figuraba el señor Clay Carter, ocupando nada menos que un impresionante octavo lugar, con unos ingresos estimados de ciento diez millones de dólares el año anterior. Incluso aparecía una pequeña fotografía suya con un pie que rezaba «El Novato del Año».

No andaban muy descaminados, pensó Clay, aunque, por desgracia, treinta millones de dólares del acuerdo del Dyloft se habían ido en el pago de bonificaciones a Paulette, Jonah y Rodney, unas recompensas que al principio le habían parecido generosas pero que ahora, vistas retrospectivamente, le parecían una auténtica barbaridad. Nunca más. La gente del *American Attorney* no sabía nada de aquellas sensacionales bonificaciones dictadas por su buen corazón. A pesar de todo, Clay no podía quejarse. Ningún otro letrado del Distrito de Columbia figuraba en la lista de los veinte abogados mejor pagados.

El número uno era una leyenda de Amarillo llamado Jock Ramsey que había llevado el caso de un vertedero de productos tóxicos en el que estaban implicadas varias compañías petroleras e industrias químicas. El juicio había durado nueve años y se calculaba que los honorarios de Ramsey habían sido de cuatrocientos cincuenta millones de dólares. Un abogado de Palm Beach que había demandado a una tabaquera había ganado cuatrocientos millones. El número tres era uno de Nueva York que había ganado trescientos veinticinco millones. Patton French ocupaba el cuarto lugar, lo cual, sin duda, le habría causado un tremendo disgusto.

Sentado en la intimidad de su Gulfstream mientras leía el artículo de la revista en el que se incluía su fotografía, Clay se repitió una vez más que todo aquello era un sueño. En el Distrito de Columbia había setenta y seis mil abogados, y él era el número uno. Un año atrás, jamás había oído hablar del Tarvan, del Dyloft ni del Maxatil, y tampoco sentía demasiado interés por las demandas colectivas. Un año atrás su mayor sueño era poder escapar de la ODO y encontrar trabajo en un bufete respetable que le pagara lo suficiente para comprarse algunos trajes nuevos y otro automóvil. Su nombre en un membrete habría impresionado a Rebecca y mantenido a raya a los padres de ésta. Un despacho más bonito y unos clientes de mayor categoría le habrían permitido dejar de eludir a sus compañeros de la facultad de Derecho. Unos sueños muy modestos.

Decidió no mostrarle el artículo a Ridley. La chica estaba reaccionando ante tanto dinero y se mostraba cada vez más interesada en las joyas y los viajes. Jamás había estado en Italia y había empezado a lanzar algunas insinuaciones sobre Roma y Florencia.

En Washington todo el mundo comentaría la inclusión del nombre de Clay en la lista de los 20 principales. Pensó en sus amigos y en sus rivales, en sus compañeros de la facultad de Derecho y en el viejo grupo de la ODO. Pero, por encima de todo, pensó en Rebecca.

29

La compañía Hanna Portland Cement se había fundado en Reedsburg, Pensilvania, en 1946, justo a tiempo para beneficiarse de la explosión inmobiliaria de la posguerra. No tardó en convertirse en la empresa que más empleo creaba en aquella pequeña ciudad. Los hermanos Hanna la dirigían con mano de hierro, pero se portaban bien con sus obreros, que además eran sus vecinos. Cuando el negocio iba bien, los obreros cobraban salarios elevados. Cuando las cosas flojeaban, todo el mundo se apretaba el cinturón y se las arreglaba como podía. Los despidos no eran frecuentes, y sólo se utilizaban como último recurso. Los trabajadores estaban contentos y jamás se habían afiliado a los sindicatos.

Los Hanna invertían los beneficios en la empresa, en equipamientos y en la comunidad. Habían construido un centro cívico, un hospital, un teatro y el mejor campo de fútbol americano de todos los institutos de la zona. Un par de veces a lo largo de los años habían estado a punto de vender la empresa, cobrar una paletada de dinero e irse a jugar al golf, pero los hermanos Hanna jamás habían obtenido la promesa de que la fábrica se quedaría en Reedsburg, por cuyo motivo decidieron conservarla.

Después de cincuenta años de buena gestión, la compañía daba empleo a once mil habitantes de la ciudad y las ventas anuales ascendían a sesenta millones de dólares, aunque los beneficios se mostraban un poco esquivos. La fuerte competencia del extranjero y un cierto estancamiento de los nuevos proyectos urbanísticos estaban dejando sentir su efecto en la cuenta de resultados. Se trataba de un negocio de carácter muy cíclico, algo que los Hanna más jóvenes habían tratado infructuosamente de remediar mediante la diversificación en productos afines. Y en aquellos momentos el balance reflejaba un endeudamiento superior al habitual.

Marcus Hanna era el director general, aunque él jamás utilizaba aquel título. Era simplemente el jefe, el ejecutivo número uno. Su padre había sido uno de los fundadores y él se había pasado toda la vida en la fábrica. En la dirección había nada menos que otros ocho Hanna, y varios de la siguiente generación estaban en la fábrica fregando suelos y llevando a cabo las mismas humildes tareas que también les habían exigido a sus padres.

Cuando llegó la demanda, Marcus estaba reunido con su primo hermano Joel Hanna, el abogado no oficial de la casa. Un alguacil se abrió paso entre la recepcionista y las secretarias de la entrada y se presentó ante Marcus y Joel sosteniendo un abultado sobre en la mano.

—¿Es usted Marcus Hanna? —preguntó.

—Sí. ¿Quién es usted?

—Un oficial del juzgado. Aquí tiene su demanda.

La entregó y se marchó.

Era una acción legal presentada en el condado de Howard, Maryland, exigiendo el resarcimiento de unos daños no especificados sufridos por unos propietarios de viviendas a causa de un mortero de cemento portland defectuoso fabricado por Hanna. Joel lo leyó muy despacio, hizo un resumen para que Marcus lo entendiera y, una vez que hubo terminado, ambos permanecieron un buen rato sentados, maldiciendo a los abogados en general.

Una rápida investigación llevada a cabo por una secretaria permitió descubrir una impresionante serie de artículos recientes acerca del abogado de los demandantes, un tal Clay Carter del Distrito de Columbia.

No era de extrañar que hubiese problemas en el condado de Howard. Unos cuantos años atrás una partida defectuosa de su cemento portland había ido a parar allí. A través de los canales normales, el cemento había sido utilizado por varios contratistas de obras en la aplicación de ladrillos en viviendas de nueva construcción. Las quejas eran recientes; la empresa estaba tratando de establecer el alcance del problema. Al parecer, al cabo de unos tres años el cemento se disgregaba y los ladrillos empezaban a desprenderse. Tanto Marcus como Joel se habían desplazado al condado de Howard y se habían reunido con sus proveedores y con los contratistas. Habían examinado varias viviendas. Según sus cálculos, el número de posibles reclamaciones era de quinientos y el coste de la reparación de cada unidad ascendía a unos doce mil dólares. La compañía tenía un seguro de responsabilidad civil de productos que cubriría los primeros cinco millones de las reclamaciones. Pero la demanda insinuaba una acción conjunta de «por lo menos dos mil demandantes potenciales», cada uno de los cuales exigía veinticinco mil dólares en concepto de daños y perjuicios.

—Eso son cincuenta millones —dijo Marcus.

—Y el muy cabrón del abogado se llevará el cuarenta por ciento de la suma que perciban los demandantes.

—No puede hacer eso —masculló Marcus.

—Lo hacen a cada momento.

Más maldiciones generalizadas contra los abogados. Y otras más concretas dirigidas contra el señor Carter. Joel se fue con la demanda. Le comunicaría la noticia a su agente de seguros, quien se pondría en contacto con un bufete jurídico, probablemente de Filadelfia. Ocurría por lo menos una vez al año, pero jamás con tal magnitud. Puesto que la indemnización por daños y perjuicios que se reclamaba era muy superior a la cobertura del seguro, Hanna Portland Cement se vería obligada a contratar los servicios de un bufete para que trabajara en colaboración con la compañía de seguros. Ninguno de los abogados resultaría barato.

El anuncio a toda plana en la *Larkin Gazette* causó una gran conmoción en la pequeña ciudad escondida en las montañas del suroeste de Virginia. En Larkin había tres fábricas, y su número de habitantes superaba ligeramente los diez mil, lo cual constituía un considerable núcleo urbano en una zona minera. Diez mil era el umbral que Oscar Mulrooney había establecido para los anuncios a toda plana y las exploraciones médicas relacionadas con las píldoras adelgazantes Skinny Ben. Había estudiado los anuncios y había llegado a la conclusión de que los mercados más pequeños no recibían la debida atención. Sus investigaciones también le habían permitido descubrir que las mujeres rurales y las mujeres de los montes Apalaches estaban más gruesas que las de las ciudades. ¡El territorio de Skinny Ben!

Según el anuncio, las pruebas médicas tendrían lugar al día siguiente en un motel situado al norte de la ciudad, y las llevaría a cabo un médico de verdad. Todo era gratuito y estaba a la disposición de cualquier persona que hubiera tomado benafoxadil, alias Skinny Ben. Los datos tendrían carácter confidencial y era probable que, gracias a ello, muchas personas pudiesen exigir una indemnización al fabricante del medicamento.

En la parte inferior de la página y en letra más pequeña se indicaba el nombre, la dirección y el número de teléfono del bufete jurídico de J. Carter II, del Distrito de Columbia, aunque para cuando llegaban allí casi todos los lectores o bien lo habían dejado correr o bien estaban demasiado interesados en las pruebas médicas.

Nora Tackett vivía en una caravana a un kilómetro y medio de Larkin. No vio el anuncio porque no leía los periódicos. De hecho, no leía nada. Se dedicaba a mirar la televisión dieciséis horas al día, casi siempre comiendo. Nora vivía con los dos hijos adoptivos que le había dejado su ex marido cuando se había largado dos años atrás. Eran los hijos de él, y ella aún no estaba muy segura de cómo demonios había acabado por quedárselos. Pero el caso era que él se había ido sin decir una palabra, sin dejar ni diez centavos para la manutención de los niños, sin enviar ni una postal ni una carta y sin llamar ni una sola vez por teléfono para saber qué tal estaban los dos mocosos que había dejado a su espalda al largarse. Y por eso ella se dedicaba a comer.

Se convirtió en clienta de J. Clay Carter cuando su hermana vio el anuncio en la *Larkin Gazette* y decidió ir a buscarla para que le hicieran las pruebas. Nora llevaba un año tomando Skinny Ben cuando el médico había dejado de recetárselas tras la retirada del mercado del medicamento. No sabía si había adelgazado con las píldoras.

Su hermana la cargó en su minifurgoneta y le puso delante de las narices el anuncio a toda plana.

—Lee eso —dijo MaryBeth.

MaryBeth había empezado a rodar por el camino de la obesidad veinte años atrás, pero un ataque cerebral sufrido a los veintiséis años había sido un toque de atención. Estaba cansada de echarle sermones a Nora; ambas llevaban años discutiendo. Que era lo que hacían mientras cruzaban Larkin para dirigirse al motel.

La secretaria de Oscar Mulrooney había elegido el Village Inn porque, al parecer, se trataba del motel más nuevo de la ciudad. Por lo menos, era el único que aparecía en Internet y por algo sería. Oscar había dormido allí la víspera y, mientras se tomaba un temprano desayuno en la sucia cafetería, se preguntó una vez más cómo era posible que hubiese llegado tan bajo tan rápido.

¡El tercero de su promoción en la facultad de Derecho de Yale! Agasajado con vinos y cenas por las empresas más importantes de Wall Street y los pesos pesados de Washington. Su padre era un conocido médico de Buffalo. Su tío era juez del Tribunal Supremo de Vermont. Su hermano era socio de uno de los bufetes jurídicos del mundo del espectáculo más prósperos de Manhattan.

Su mujer se avergonzaba de que se largara a cada dos por tres en busca de casos. ¡Y él también!

Su compañero de equipo era un médico interno boliviano que hablaba inglés pero con un acento tan marcado que hasta un simple «buenos días» resultaba difícil de entender. Tenía veinticinco años pero aparentaba dieciséis, a pesar de la bata verde de hospital que Oscar había insistido en que se pusiera para conferir más credibilidad a su actuación. Los estudios de medicina los había cursado en la isla caribeña de Granada. Oscar había encontrado al doctor Livan en los anuncios de demandas e iba a pagarle la suma fija de dos mil dólares diarios.

Oscar se encargaría de la recepción y Livan de la atención. La única sala de reuniones del motel disponía de una tenue cortina de separación que ambos procuraron extender en el centro de la estancia para dividir ésta aproximadamente en dos mitades. Cuando Nora entró en la zona de recepción a las ocho y cuarenta y cinco, Oscar consultó su reloj y después le dijo con la mayor amabilidad posible:

—Buenos días, señora.

Nora había llegado con quince minutos de adelanto, pero ellos siempre estaban en su puesto antes de la hora de apertura.

Tratar a las mujeres de «señora» era algo que había aprendido a fuerza de practicar mientras recorría con su automóvil el Distrito de Columbia. Nadie le había enseñado nunca a utilizar esa palabra.

«Más dinero en el banco —pensó al ver a Nora—. Por lo menos ciento veinte kilos, y quizá más bien cerca de los ciento cincuenta.» Lamentaba ser capaz de adivinar el peso de las mujeres igual que un charlatán de feria. Y lamentaba tener que hacerlo.

—¿Es usted el abogado? —preguntó MaryBeth con recelo.

Oscar ya había pasado mil veces por aquella situación.

—Sí, señora. El doctor está dentro. Yo tengo que rellenar unos impresos. —Le entregó un cuestionario destinado a personas de bajo nivel cultural—. Si tienen ustedes alguna pregunta que formular, díganmelo.

MaryBeth y Nora retrocedieron para sentarse en unas sillas plegables. Nora, que ya estaba sudando, se dejó caer pesadamente en la suya. Ambas hermanas no tardaron en concentrarse en los formularios. Todo estaba muy tranquilo hasta que volvió a abrirse la puerta y otra mujer voluminosa asomó la cabeza. Al instante miró a Nora, quien le devolvió la mirada como un ciervo deslumbrado por los faros de un coche. Dos gordinflonas atrapadas en su búsqueda de una indemnización por daños y perjuicios.

—Adelante —dijo Oscar con una cordial sonrisa en los labios, ahora ya casi convertido en un vendedor de automóviles. La ayudó a cruzar la puerta, le soltó los formularios y la acompañó al otro extremo de la estancia. Entre ciento diez y ciento veinte kilos.

Cada prueba costaba mil dólares. Una de cada diez pacientes se convertiría en clienta del Skinny Ben. Un caso en término medio valía entre ciento cincuenta mil y doscientos mil dólares. Y ellos estaban recogiendo las sobras, porque el ochenta por ciento de los casos ya había sido captado por otros bufetes jurídicos a lo largo y ancho del país.

No obstante, las sobras seguían valiendo una fortuna. No tanto como la del Dyloft, pero sí muchos millones.

Una vez rellenados los cuestionarios, Nora consiguió levantarse. Oscar cogió los formularios, los revisó, se cercioró de que la mujer hubiera estado tomando efectivamente Skinny Ben y después estampó su firma al pie.

—Por esta puerta, señora, el doctor está esperándola.

Nora pasó a través de una ancha abertura de la cortina de separación; MaryBeth se quedó en la zona de recepción y se puso a conversar con el abogado.

Livan se presentó a Nora, quien no entendió ni una sola palabra de lo que le dijo. Él tampoco la entendió a ella. Le tomó la tensión y empezó a menear la cabeza en gesto de preocupación. Ciento ochenta y ciento cuarenta. El pulso era de ciento treinta por minuto. Le señaló una báscula industrial y ella subió a la misma a regañadientes: ciento sesenta kilos.

Cuarenta y cuatro años de edad. Al paso que iba, tendría suerte de llegar a los cincuenta.

Livan abrió una puerta lateral y la acompañó al exterior, donde había una furgoneta equipada con material médico.

—Las pruebas las haremos aquí —dijo.

La portezuela posterior de la furgoneta estaba abierta; dos especialistas esperaban, ambos enfundados en batas blancas. Ayudaron a Nora a subir a la furgoneta y la tumbaron en la camilla.

—¿Qué es eso? —preguntó Nora aterrorizada, señalando el aparato que tenía más cerca.

—Es un ecocardiógrafo —contestó uno de los especialistas, expresándose en un inglés que ella pudo entender.

—Con eso le examinamos el tórax —explicó el otro, que era una mujer—, y tomamos una imagen digital de su corazón. Terminaremos en diez minutos.

—Es indoloro —dijo el otro.

Nora cerró los ojos y rezó, pidiendo a Dios que la ayudara a sobrevivir.

La demanda contra el Skinny Ben era muy lucrativa porque las pruebas resultaban muy fáciles de obtener. Con el tiempo, el medicamento que en los últimos tiempos apenas servía para adelgazar, debilitaba la aorta. Y los daños eran permanentes. Una insuficiencia aórtica, o un reflujo de la válvula mitral, de por lo menos un veinte por ciento, daba automáticamente lugar a una demanda.

El doctor Livan leyó la impresión de Nora mientras ésta seguía rezando y miró a los especialistas, levantando los pulgares de ambas manos: veintidós por ciento. A continuación, le llevó el resultado a Oscar, que estaba repartiendo formularios entre todos los posibles clientes que abarrotaban la zona de recepción. Oscar regresó con él a la parte de atrás, donde en ese momento Nora permanecía sentada con el rostro muy pálido, bebiéndose un zumo de naranja. Deseó querer decirle: «Enhorabuena, señora Tackett, su aorta ya ha sufrido daños suficientes», pero las enhorabuenas estaban reservadas exclusivamente a los abogados. Oscar llamó a MaryBeth y explicó a las hermanas el procedimiento que se iba a seguir, subrayando tan sólo los puntos más destacados.

El ecocardiograma sería estudiado por un cardiólogo cuyo informe se entregaría al administrador de la acción conjunta. El juez ya había aprobado el baremo de las indemnizaciones.

—¿Y de cuánto será? —preguntó MaryBeth, quien parecía más preocupada por el dinero que por su hermana.

Nora seguía rezando.

—Sobre la base de la edad de Nora, algo así como cien mil dólares —contestó Oscar, omitiendo, por el momento, que un treinta por ciento de dicha cantidad iría a parar al bufete jurídico de J. Clay Carter II.

—¡Cien mil dólares! —exclamó Nora, despertando de golpe.

—Sí, señora.

Al igual que un cirujano antes de llevar a cabo una intervención de rutina, Oscar había aprendido a minimizar sus posibilidades de éxito. Procuraba que las expectativas de los clientes no fueran muy altas para que el sobresalto de los honorarios de los abogados no resultase tan brutal.

Nora ya estaba pensando en una nueva caravana más amplia y en una nueva antena parabólica. MaryBeth estaba pensando en una carretada de Ultra Slim-Fast. Una vez terminado el papeleo, Oscar les dio las gracias por su visita.

—¿Cuándo cobraremos el dinero? —quiso saber MaryBeth.

—¿Cómo que cobraremos? —preguntó Nora.

—Antes de sesenta días —contestó Oscar, acompañándolas a la puerta lateral.

Por desgracia, las aortas de los siguientes diecisiete no habían sufrido los daños suficientes y Oscar estaba deseando beber algo. Sin embargo, tuvo suerte con el número diecinueve, un joven que dio un peso de doscientos cuarenta kilos. Su ecocardiograma era precioso: una insuficiencia de un cuarenta por ciento. Llevaba dos años tomando Skinny Ben. Puesto que tenía veintiséis años y, por lo menos desde un punto de vista estadístico, su esperanza de vida era de treinta y un años más con un corazón lesionado, su caso valdría por lo menos quinientos mil dólares.

A última hora de la tarde se produjo un desagradable incidente. Una fornida dama se puso hecha una furia cuando el doctor Livan le comunicó que su corazón se encontraba en perfecto estado. No presentaba la menor lesión. Pero ella había oído decir en la ciudad que Nora Tackett iba a cobrar cien mil dólares. Se lo habían comentado, concretamente, en el salón de belleza, y, aunque no pesaba tanto como Nora, ella también había tomado las píldoras y tenía derecho a la misma indemnización.

—Es que me hace mucha falta el dinero —insistía.

—Lo siento —repetía una y otra vez el doctor Livan.

Llamaron a Oscar. La joven se estaba poniendo muy pesada, por lo que, para que se largara del motel, Oscar le prometió que mandaría revisar su ecocardiograma.

—Haremos un segundo estudio y nos encargaremos de que los médicos de Washington lo revisen —dijo, como si supiera de qué estaba hablando.

Sus palabras la tranquilizaron lo suficiente para que decidiera retirarse.

«¿Qué estoy haciendo aquí?», se preguntaba Oscar una y otra vez. Dudaba que alguien de Larkin hubiera estudiado en Yale, pero aun así se moría de miedo. Como se corriera la voz, sería su ruina. «El dinero, tú sólo piensa en el dinero», se repetía sin cesar.

Examinaron a cuarenta y un consumidores de Skinny Ben en Larkin. Tres cumplían los requisitos, Oscar les hizo firmar el contrato y abandonó la ciudad, pensando alegremente en los doscientos mil dólares de los honorarios. No estaba nada mal. Se alejó a toda velocidad en su BMW y regresó directamente al Distrito de Columbia. Su siguiente incursión en la zona del interior sería un viaje similar a Virginia Occidental, en el mayor secreto. Tenía previstos doce viajes para el mes siguiente.

«Tú limítate a ganar dinero. Eso es un timo puro y duro. No tiene nada que ver con el ejercicio de la abogacía. Búscalos, encárgate de que firmen el contrato, concierta el acuerdo, toma el dinero y corre.»

30

El 1 de mayo, Rex Crittle abandonó la empresa de contabilidad en la que llevaba dieciocho años trabajando y se instaló en el piso de arriba para convertirse en director de finanzas de JCC. Ante la oferta de un impresionante aumento de sueldo y beneficios, sencillamente no había podido negarse. El bufete jurídico era tremendamente próspero, pero crecía con tal rapidez en medio del caos que el negocio estaba fuera de control. Clay le otorgó amplios poderes y lo instaló en un despacho situado al otro lado del pasillo justo delante del suyo.

Aunque apreciaba enormemente el sueldo que cobraba, Crittle se mostraba un tanto escéptico a propósito de los ingresos de los demás. En su opinión, que por el momento se reservaba, casi todos los empleados ganaban demasiado. El bufete disponía ahora de catorce abogados, todos los cuales ganaban por lo menos doscientos mil dólares anuales; de veintiún auxiliares jurídicos, que cobraban setenta y cinco mil cada uno; de veintiséis secretarias, que cobraban cincuenta mil, excepto la señorita Glick, que se llevaba sesenta mil; aproximadamente una docena de administrativos de todo tipo, que ganaban un promedio de veinte mil dólares; y cuatro ordenanzas a quince mil dólares cada uno. Un total de setenta y siete personas, sin contar a Crittle y Clay. Si a ello se añadía el coste-beneficio, el total anual de la nómina ascendía a 8,4 millones de dólares, y aumentaba prácticamente cada semana.

El alquiler era de setenta y dos mil dólares mensuales. Los gastos de oficina —ordenadores, teléfonos, servicios, la lista era muy larga— de unos cuarenta mil dólares mensuales. El Gulfstream, que era el mayor despilfarro de todos los que se estaban haciendo y el único elemento del que Clay no podía prescindir, le costaba a la empresa trescientos mil dólares en pagos mensuales y otros treinta mil para los pilotos, el mantenimiento y los gastos de hangar. Los beneficios del alquiler que Clay esperaba aún no figuraban en los libros. Uno de los motivos era que él no quería que nadie más utilizase su avión.

Según los números que Crittle controlaba a diario, el bufete desembolsaba al mes un millón trescientos mil dólares en gastos generales, lo que significaba unos 15,6 millones anuales, más o menos. La suma hubiera sido suficiente para aterrorizar a cualquier contable, pero, después del sobresalto del acuerdo del Dyloft y los cuantiosos honorarios que éste había generado, él no estaba precisamente en condiciones de quejarse. Todavía no, por lo menos. Ahora se reunía con Clay por lo menos tres veces a la semana y cualquier comentario acerca de algún gasto discutible recibía la consabida respuesta: «Hay que gastarlo para ganarlo.»

Y vaya si lo gastaban. Si los gastos generales le provocaban temblores, los anuncios y las pruebas médicas le producían úlceras de estómago. En el caso del Maxatil, el bufete se había gastado durante los primeros cuatro meses 6,2 millones de dólares en anuncios en la prensa, la radio, la televisión e Internet. Crittle había puesto reparos. «Avante a toda máquina —había sido la respuesta de Clay—. ¡Quiero captar veinticinco mil casos!»

Habían llegado a los dieciocho mil, aproximadamente, pero resultaba casi imposible controlar la situación, porque ésta variaba a cada hora.

Según una hoja informativa *on line* que Crittle estudiaba a diario, la razón de que el bufete de Carter en el Distrito Federal estuviera captando tantos casos de Maxatil se debía a que muy pocos abogados los buscaban con tanta agresividad. Pero Crittle se guardaba los chismes para él.

—El Maxatil será mucho más rentable que el Dyloft —repetía Clay por todo el despacho para arengar a la tropa. Y parecía creerlo en serio.

El Skinny Ben estaba costándole al bufete mucho menos, pero los gastos se iban acumulando, mientras que los honorarios, no. El 2 de mayo ya se habían gastado seiscientos mil dólares en anuncios y casi otro tanto en pruebas médicas. El bufete tenía ciento cincuenta clientes y Oscar Mulrooney había redactado un memorándum señalando que cada caso valdría un promedio de ciento ochenta mil dólares. Al treinta por ciento, Mulrooney preveía unos honorarios de unos ocho millones de dólares en cuestión de «pocos meses».

El hecho de que una sección del bufete estuviera a punto de generar semejantes resultados, tenía a todo el mundo en ascuas, pero la espera empezaba a ser preocupante. No se había cobrado ni un solo centavo del acuerdo de indemnización de la demanda colectiva del Skinny Ben, un proceso que, en teoría, debería haber sido automático. Centenares de abogados participaban en la acción legal y, como era de prever, ya habían empezado a producirse importantes desacuerdos. Crittle no entendía las complejidades jurídicas, pero ya estaba aprendiendo. Dominaba el tema de los gastos generales y de la insuficiencia de honorarios.

Al día siguiente de la llegada de Crittle al bufete, se produjo la salida de Rodney, aunque no hubo la menor relación entre ambos acontecimientos. Rodney se limitó a recoger sus ganancias e irse a vivir a una bonita casa de una calle muy segura de un barrio residencial con una iglesia en un extremo y una escuela en el otro y un parque a la vuelta de la esquina. Tenía previsto dedicarse en exclusiva a supervisar la formación de sus cuatro hijos. Quizá más adelante viniese un empleo, o quizá no. Se había olvidado de la facultad de Derecho. Con diez millones de dólares en el banco libres de impuestos, no había forjado ningún plan en concreto, su único propósito era ser un buen padre y marido y convertirse en un tacaño. Él y Clay salieron sin que nadie los viera y se dirigieron a un *delicatessen* de unas puertas más abajo antes de que él abandonara el bufete para siempre, y allí se dijeron adiós. Habían trabajado juntos durante seis años, cinco en la ODO y el último en el nuevo bufete.

—No te lo gastes todo, Clay —le advirtió Rodney a su amigo.

—No puedo. Hay demasiado.

—No cometas locuras.

Lo cierto era que el bufete ya no necesitaba a alguien como Rodney. Los chicos de Yale y los demás abogados se mostraban corteses y atentos con él, sobre todo en atención a su amistad con Clay, pero en realidad era sólo un auxiliar jurídico. Y, por su parte, Rodney ya no necesitaba el bufete. Quería esconder su dinero y protegerlo. En su fuero interno se sentía consternado por la forma en que Clay estaba malgastando semejante fortuna. El despilfarro se acaba pagando.

Puesto que Jonah estaba navegando en un velero y Paulette se encontraba todavía escondida en Londres y, al parecer, no tenía intención de regresar a casa, el antiguo clan ya no existía. Era una pena, pero Clay estaba demasiado ocupado para entregarse a la nostalgia.

Patton French había decidido celebrar una reunión del comité directivo cuya organización exigió un mes por problemas logísticos. Clay preguntó por qué razón no podían hacer las cosas por teléfono, fax y correo electrónico o bien a través de las secretarias, pero French contestó que convenía que los cinco se reunieran un día en la misma habitación. Puesto que la demanda se había presentado en Biloxi, los quería a todos allí.

Ridley era partidaria del viaje. Su trabajo como modelo había tocado prácticamente a su fin; se pasaba el día en el gimnasio y dedicaba varias horas al día a ir de compras. Clay no se quejaba de que dedicase tanto tiempo al gimnasio, pues era algo así como la guinda del pastel; en cambio, las compras lo preocupaban, por más que ella hiciera gala de una considerable moderación. Se podía pasar horas y horas visitando comercios y gastar sólo una modestísima suma.

Un mes antes, después de un largo fin de semana en Nueva York, habían regresado a Washington y se habían dirigido hacia la casa de él. Ella pasó la noche allí; no era la primera vez, ni, evidentemente, sería la última. Aunque ni por un instante se habló de que se fuera a vivir con él, sencillamente ocurrió. Clay no recordaba cuándo se había dado cuenta de que la bata, el cepillo de dientes, los cosméticos y la ropa interior de ella estaban allí. Nunca la vio trasladando sus cosas al apartamento, sino que éstas se materializaron allí. Ella era muy discreta. Pasó allí tres noches seguidas, haciendo siempre lo que debía, casi sin cruzarse en su camino. Por fin, susurró que necesitaba pasar una noche en su propia casa. Durante un par de días ni se hablaron por teléfono. Después, regresó.

Jamás se hablaba de boda, por más que él ya hubiera comprado joyas y ropa suficientes para equipar un harén. No daba la impresión de que ninguno de los dos anduviera en busca de algo más permanente. Ambos disfrutaban de la mutua compañía y camaradería, pero se les iban los ojos detrás de los representantes del sexo opuesto. Ridley estaba envuelta en unos misterios en los que Clay no quería ahondar. Era simpática y guapa a rabiar, no estaba mal en la cama y no parecía ávida de bienes materiales. Pero tenía secretos.

Clay también los tenía. El mayor de ellos era el de que, si Rebecca lo llamaba en el momento apropiado, él lo vendería todo menos el Gulfstream, la subiría a bordo de éste y huiría con ella a Marte.

En lugar de ello, volaría a Biloxi con Ridley, que había elegido para el viaje una minifalda de ante que apenas le cubría lo imprescindible, aunque ella no tenía el menor interés en cubrir nada, pues ambos viajarían solos en el aparato. Mientras sobrevolaban Virginia Occidental, a Clay le pasó fugazmente por la cabeza la idea de arrojársele encima y hacerle el amor. La idea perduró en su mente, pero finalmente consiguió apartarla, en parte por simple frustración. ¿Por qué tenía que ser invariablemente él quien empezara con los juegos y la diversión? Ella siempre se mostraba dispuesta, pero nunca tomaba la iniciativa.

Además, llevaba el maletín lleno de papeles relacionados con el comité directivo.

Una limusina los recogió en el aeropuerto de Biloxi. El vehículo recorrió unos cuantos kilómetros hasta llegar al puerto, donde una lancha rápida estaba esperándolos. Patton French se pasaba casi todo el día en su yate anclado en el Golfo, a quince millas de la costa. En esos momentos estaba batallando con dos esposas. Tenía en marcha un desagradable divorcio. La mujer actual quería la mitad de su dinero y todo su tesoro escondido. La vida era mucho más tranquila en su barquito, tal como él calificaba a su yate de lujo de sesenta metros de eslora.

Los recibió descalzo y en shorts. Wes Saulsberry y Damon Didier ya estaban allí con sendas copas en la mano. Carlos Hernández de Miami estaba al llegar. French los acompañó en un breve recorrido en cuyo transcurso Clay contó por lo menos ocho personas, todas enfundadas en impecables atuendos blancos de marinero, todas a punto para cualquier cosa que él pudiera necesitar. La embarcación tenía cinco niveles y seis camarotes, le había costado veinte millones de dólares, etcétera. Ridley se encerró en un camarote y empezó a probarse ropa.

Los chicos se reunieron para tomar unas copas en «el porche», una pequeña cubierta de madera del nivel superior. En cuestión de dos semanas, French intervendría en un juicio, algo insólito en él, pues por regla general las compañías demandadas preferían soltarle dinero por miedo a lo que pudiera ocurrir. French les dijo que ya estaba deseando empezar y, mientras se bebían una ronda de vodka, aburrió a todos con los detalles.

French se interrumpió en mitad de una frase y quedó boquiabierto al ver algo abajo. En una cubierta inferior acababa de aparecer Ridley en *topless* y, a primera vista, también sin braguita. En realidad llevaba un bikini tan fino como la seda dental adherido de alguna manera al lugar apropiado. Los tres hombres de más edad se pusieron de pie de un salto y se quedaron sin respiración.

—Es europea —explicó Clay, a la espera del primer infarto—. Cuando se acerca al agua, se quita la ropa.

—Pues entonces, cómprale un barco —dijo Saulsberry.

—Mejor todavía, que se quede con éste —apostilló French, tratando de recuperarse del sobresalto.

Ridley levantó la vista, advirtió la conmoción que estaba causando y se retiró. No cabía la menor duda de que todos los camareros y los miembros del personal de a bordo debieron de seguirla.

—¿Dónde estaba? —preguntó French, volviendo a respirar con normalidad.

—Habías terminado de contarnos una historia —le recordó Didier.

Se estaba acercando otra lancha motora. Era Hernández, acompañado no de una señorita sino de dos. En cuanto subieron a bordo y French los hubo instalado debidamente, Carlos se reunió con los demás en el porche.

—¿Quiénes son las chicas? —preguntó Wes.

—Mis auxiliares jurídicas —contestó Carlos.

—No las conviertas en socias —le dijo French.

Se pasaron unos cuantos minutos hablando de mujeres. Estaba claro que los cuatro habían pasado por varias esposas. Quizá por eso seguían trabajando tanto. Clay permanecía en silencio, dedicado por entero a escuchar.

—¿Qué pasa con el Maxatil? —preguntó Carlos—. Tengo mil casos y no sé muy bien qué hacer con ellos.

—¿Me estáis preguntando qué hacer con vuestros casos? —inquirió Clay.

—¿Cuántos tienes? —quiso saber French.

Acababa de producirse un espectacular cambio de atmósfera; ahora las cosas iban en serio.

—Veinte mil —contestó Clay, tirándose un farol.

La verdad era que no sabía cuántos casos tenía en el despacho. ¿Qué más daba exagerar un poco ante los chicos de los daños y perjuicios?

—Pues yo no he presentado los míos —dijo Carlos—. La demostración de causa efecto podría ser una pesadilla.

Clay ya estaba harto de escuchar aquellas palabras, y no quería volver a hacerlo. Se había pasado casi cuatro meses esperando a que otro peso pesado se arrojara al pozo del Maxatil.

—A mí sigue sin gustarme demasiado —reconoció French—. Ayer estuve hablando con Scotty Gaines en Dallas. Tiene dos mil casos, pero tampoco sabe muy bien qué hacer con ellos.

—Es muy difícil demostrar la existencia de una relación de causa efecto basada exclusivamente en un estudio —intervino Didier mirando a Clay casi como si estuviera soltándole un sermón—. A mí tampoco me gusta.

—El problema es que las enfermedades que provoca el Maxatil también pueden deberse a otros muchos factores —estaba diciendo Carlos—. Yo he tenido a cuatro expertos estudiando el fármaco. Todos aseguran que, cuando una mujer está tomando el Maxatil y desarrolla un cáncer de mama, es imposible establecer un nexo entre la enfermedad y el medicamento.

—¿Se sabe algo de Goffman? —preguntó French.

Clay, que lo que deseaba en ese momento era arrojarse por la borda, bebió un buen trago de vodka y procuró dar la impresión de tener a la compañía acorralada.

—Nada —contestó—. El proceso de presentación de pruebas acaba de empezar. Creo que todos estamos esperando a Mooneyham.

—Ayer estuve hablando con él —dijo Saulsberry.

No les gustaba el Maxatil, pero no lo perdían de vista.

En su breve carrera como abogado especializado en daños y perjuicios, Clay había averiguado que no existía mayor temor que el de perderse algún caso importante. Y el Dyloft le había enseñado que la mayor emoción que uno podía experimentar era la de lanzar un ataque por sorpresa mientras todos los demás estaban durmiendo.

—Conozco muy bien a Mooneyham —dijo Saulsberry—. Hace años intervinimos juntos en algunos juicios.

—Es un fanfarrón —dijo French, como si la mayor cualidad de un abogado especializado en pleitos fuese la discreción y el que alguien fuera un bocazas constituyese una vergüenza para la profesión.

—Sí, pero es muy bueno. El tío lleva veinte años sin perder un juicio.

—Veintiuno —puntualizó Clay—. Por lo menos, eso fue lo que dijo.

—Bueno, los que sean —replicó Saulsberry, en cuya opinión había cosas más importantes de que hablar—. Tienes razón, Clay, todo el mundo está pendiente de Mooneyham. Incluso Goffman. El juicio se ha fijado más o menos para septiembre. Ellos afirman que quieren ir a juicio. Si Mooneyham logra establecer una relación de causa efecto y demostrar la responsabilidad, es muy posible que la compañía elabore un plan nacional de compensación de daños. Pero si el jurado se pone de parte de Goffman, entonces se desatará una guerra, porque la empresa no querrá pagar ni un centavo a nadie.

—¿Eso según el propio Mooneyham? —preguntó French.

—Sí.

—Es un bocazas.

—Bueno, eso a mí también me lo han dicho —terció Carlos—. Una fuente de información me ha dicho exactamente lo mismo que ahora está diciendo Wes.

—Yo jamás he oído hablar de un demandado que quiera ir a juicio —dijo French.

—Los de Goffman son muy duros de pelar —observó Didier—. Yo los demandé hace quince años. Si consigues demostrar la responsabilidad, aceptarán un acuerdo razonable de indemnización por daños y perjuicios. Pero, como no puedas, estás jodido.

Una vez más, Clay experimentó el impulso de lanzarse al agua. Por suerte, el Maxatil quedó inmediatamente olvidado cuando las dos auxiliares jurídicas cubanas aparecieron en la cubierta de abajo prácticamente desnudas.

—Auxiliares jurídicas y un cuerno —dijo French, forzando la vista para verlas mejor.

—¿Cuál es la tuya? —preguntó Saulsberry, inclinándose hacia delante en su silla.

—Están a vuestra disposición, muchachos —dijo Carlos—. Son unas profesionales. Las he traído como regalo. Nos las iremos pasando unos a otros.

Al oír aquello, los charlatanes de la cubierta superior enmudecieron de golpe.

Una tormenta estalló poco antes del amanecer, quebrando el silencio del yate. French, con una resaca descomunal y una auxiliar jurídica desnuda bajo las sábanas, llamó al patrón desde la cama y le ordenó regresar a la costa. El desayuno se aplazó, lo que careció de importancia, pues nadie tenía apetito. La cena había sido un maratón de cuatro horas de duración, amenizado por historias bélicas judiciales, chistes verdes y las consabidas disputas de última hora de la noche, provocadas por el exceso de alcohol. Clay y Ridley se retiraron muy pronto y cerraron la puerta con dos vueltas de llave.

Mientras el yate permanecía amarrado en el puerto de Biloxi capeando el temporal, los miembros del comité directivo consiguieron revisar todos los documentos y los memorandos que tenían que revisar. Había varias instrucciones destinadas al administrador de la acción conjunta y docenas de espacios en blanco a rellenar con las correspondientes firmas. Para cuando terminaron, Clay estaba mareado y deseaba con toda el alma bajar a tierra.

A pesar de tanto papeleo, los reunidos no habían olvidado el más reciente calendario de los honorarios. Clay, o más exactamente su bufete, no tardaría en percibir otros cuatro millones más de dólares. No cabía duda de que se alegraba de ello, pero no sabía muy bien si los haría efectivos cuando los recibiera. Supondrían un alivio, aunque sólo transitorio.

Sin embargo, le serviría para quitarse de encima a Rex Crittle durante unas cuantas semanas. Rex paseaba nerviosamente arriba y abajo por los pasillos como un hombre a punto de ser padre, a la espera de que se recibieran nuevos honorarios.

Nunca más, se prometió Clay en cuanto desembarcó del yate. Jamás volvería a encerrarse una noche con gente que no fuera de su gusto. Una limusina los trasladó al aeropuerto. Y el Gulfstream los trasladó al Caribe.

31

Habían alquilado el chalé para una semana, aunque Clay dudaba que pudiera ausentarse tanto tiempo de su despacho. Se levantaba en la ladera de una colina y miraba al animado puerto de Gustavia, un lugar con mucho tráfico, atestado de turistas y de toda clase de barcos que iban y venían. Ridley lo había descubierto en un catálogo de residencias exclusivas en régimen de alquiler. Se trataba de una bonita casa construida de acuerdo con la tradicional arquitectura caribeña, con tejas rojas y largos porches y galerías. Había tantos dormitorios y cuartos de baño que no se podían ni contar, y tenía un chef, dos doncellas y un jardinero. Se instalaron rápidamente y Clay empezó a hojear unas guías inmobiliarias que alguien había tenido la amabilidad de dejar por allí.

El encuentro inicial de Clay con una playa nudista constituyó para él una gran decepción. La primera mujer desnuda que vio era una abuela, un vejestorio arrugado que, debidamente aconsejado, habría tenido que tapar mucho más de lo que enseñaba. Poco después se acercó su marido, con un voluminoso vientre colgante que le cubría las partes, un salpullido en el trasero y cosas peores. La desnudez estaba pagando injustamente el pato. Como era de esperar, Ridley se encontraba en su elemento, y se pasó un buen rato paseando por la playa mientras la gente volvía la cabeza para mirarla. Tras permanecer un par de horas allí, ambos huyeron del calor y disfrutaron de un exquisito almuerzo de dos horas en un fabuloso restaurante francés. Los mejores restaurantes eran franceses, y estaban repartidos por toda la isla.

En Gustavia reinaba un gran ajetreo. Hacía calor, y aunque estaban en temporada alta, alguien había olvidado decírselo a los turistas. Éstos ocupaban todas las aceras entrando y saliendo de las tiendas y llenando las calzadas con sus todoterrenos y sus vehículos de alquiler. El puerto era un hervidero de pequeñas embarcaciones de pesca que navegaban sorteando los yates de los ricos y famosos.

Mientras que Mustique era un lugar discreto y apartado, St. Barth había sufrido los efectos de un desarrollo inmobiliario desmedido y de un exceso de visitantes, lo cual no impedía que siguiese siendo una isla encantadora. A Clay le gustaban ambos lugares por igual. Ridley, que estaba mostrando un gran interés por las propiedades de las islas, prefería St. Barth por las tiendas y la comida. Le gustaban las ciudades animadas y la gente. Necesitaba que alguien la admirase.

Pasados tres días, Clay se quitó el reloj de pulsera y adquirió la costumbre de dormir en una hamaca del porche. Ridley leía libros y se pasaba largas horas viendo viejas películas. El aburrimiento ya estaba empezando a dejar sentir sus efectos cuando Jarrett Carter entró en el puerto de Gustavia a bordo de su soberbio catamarán, el *ExLitigator*. Clay se había sentado en un bar de las inmediaciones del muelle y bebía un refresco mientras esperaba a su padre.

La tripulación estaba integrada por una alemana cuarentona con unas piernas tan largas como las de Ridley y un instructor de navegación, un viejo y picarón escocés llamado MacKenzie. Irmgard, la mujer, fue descrita en un primer tiempo como «compañera» de su padre lo que en términos náuticos resultaba un tanto impreciso. Clay los subió a todos a su todoterreno y se los llevó a su chalé, donde se dieron una buena ducha y tomaron unas copas mientras el sol se hundía en el mar. MacKenzie se pasó con el bourbon y no tardó en tumbarse a roncar en una hamaca.

El negocio de la navegación había sido tan flojo como el del alquiler de aviones. El *ExLitigator* había sido alquilado cuatro veces en seis meses. Su travesía más larga había sido un viaje de ida y vuelta de Nassau a Aruba, tres semanas que reportaron treinta mil dólares de una pareja de jubilados británicos. La más corta había sido una excursión a Jamaica, donde habían estado a punto de perder la embarcación en el transcurso de una tormenta. MacKenzie, que en aquellos momentos no estaba bebido, los había salvado.

Cerca de Cuba se habían tropezado con unos piratas. Las historias se sucedían sin descanso.

Como era de prever, Jarrett quedó deslumbrado al ver a Ridley, y se sintió muy orgulloso de su hijo. Irmgard parecía conformarse con beber, fumar y contemplar las luces de Gustavia allí abajo.

Mucho después de la cena, cuando las mujeres ya se habían retirado a descansar, Clay y Jarrett se dirigieron a otro porche para beber una nueva ronda.

—¿Dónde la has encontrado? —preguntó Jarrett, y Clay le contó una breve historia.

Vivían prácticamente juntos, pero ninguno de los dos pensaba en la posibilidad de una relación más permanente. Irmgard también era un apaño provisional.

En el plano jurídico, Jarrett tenía cien preguntas que formular. Estaba preocupado por el tamaño del nuevo bufete de Clay y se sentía obligado a darle unos consejos gratuitos acerca de la mejor manera de llevar los asuntos. Clay lo escuchó pacientemente. El velero disponía de un ordenador con acceso a Internet, por lo que Jarrett estaba al corriente de la demanda contra el Maxatil y de la mala prensa que la había acompañado. Cuando Clay reveló que ahora tenía veinte mil casos, su padre pensó que eran demasiados para que un solo bufete pudiera llevarlos.

—Es que tú no sabes lo que son las demandas conjuntas por daños y perjuicios —dijo Clay.

—Eso a mí me parece puro exhibicionismo colectivo —replicó Jarrett—. ¿Cuál es tu límite de prácticas abusivas y procedimientos contrarios a la ética?

—Diez millones de dólares.

—No es suficiente.

—Es todo lo que una compañía de seguros podría darme. Tranquilízate, papá, sé lo que hago.

Jarrett no pudo discutir con el éxito. El dinero que su hijo estaba ganando le hacía echar de menos sus días de gloria en las salas de justicia. Aún le parecía oír las lejanas y mágicas palabras del presidente del jurado: «Señoría, nosotros, los miembros de este jurado, fallamos a favor del demandante y le otorgamos una indemnización por daños y perjuicios por valor de diez millones de dólares.» Entonces él, Jarrett Carter, abrazaba al demandante, dirigía unas corteses palabras al abogado de la defensa y abandonaba la sala con un nuevo trofeo.

Ambos permanecieron un buen rato en silencio, pues estaban muertos de sueño. Jarrett se levantó y se acercó al extremo del porche.

—¿Has pensado alguna vez en aquel muchacho negro —preguntó, clavando la mirada en la oscuridad de la noche—, el que empezó a pegar tiros sin saber por qué?

—¿Te refieres a Tequila?

—Sí, me hablaste de él en Nassau cuando compramos el barco.

—Sí, pienso en él de vez en cuando.

—Muy bien. El dinero no lo es todo.

Tras decir aquello, Jarrett se fue a la cama.

La excursión alrededor de la isla les ocupó buena parte de la jornada. El patrón parecía haber comprendido los elementos esenciales del gobierno del barco y la forma en que el viento lo afectaba, pero, de no haber sido por MacKenzie se habrían perdido en alta mar y probablemente nunca los hubieran encontrado. El patrón se esforzaba al máximo en gobernar su barco, pero también se distraía contemplando a Ridley, quien se pasaba casi todo el día tostándose desnuda bajo el sol. Jarrett tampoco podía quitarle los ojos de encima. Y lo mismo le ocurría a MacKenzie, sólo que éste era capaz de gobernar un velero incluso dormido.

Almorzaron en una recóndita cueva del norte de la isla. Cerca de St. Marteen, Clay se puso al timón mientras su padre se bebía una cerveza. Se había pasado casi ocho horas medio mareado, e interpretar el papel de patrón no era precisamente lo más apropiado para aliviar su malestar. Él no estaba hecho para vivir a bordo de un barco. La idílica perspectiva de navegar por todo el mundo no lo atraía; hubiera vomitado en todos los grandes océanos. Prefería los aviones.

Tras permanecer dos noches en tierra, Jarrett ya estaba deseando regresar al mar. Padre e hijo se despidieron a primera hora de la mañana siguiente y, a continuación, el catamarán abandonó el puerto de Gustavia sin rumbo fijo. Clay oyó discutir a su padre y a MacKenzie mientras se adentraban en el mar.

Nunca supo cómo se había presentado la agente inmobiliaria en el porche del chalé. A su regreso, se encontró con una encantadora francesa charlando con Ridley mientras saboreaba una taza de café. Explicó que vivía allí cerca y que se había dejado caer un momento para ver cómo estaba la casa, la cual pertenecía a unos clientes suyos, una pareja canadiense metida de lleno en un divorcio muy desagradable. ¿Qué tal iba todo?

—No podría ir mejor —contestó Clay, sentándose—. Es una casa preciosa.

—¿Verdad que sí? —dijo la agente, extasiada—. Es una de las propiedades más bonitas que tenemos. Ahora mismo estaba diciéndole a Ridley que la mandaron construir hace apenas cuatro años, y que sus dueños sólo han estado aquí un par de veces. A él le empezaron a ir mal los negocios y ella empezó a salir con su médico, un auténtico desastre allí arriba en Ottawa, y entonces decidieron ponerla a la venta a un precio muy razonable.

Ridley le dirigió una mirada de complicidad. Clay formuló la pregunta que estaba en el aire.

—¿Cuánto?

—Sólo tres millones de dólares. Empezamos con cinco, pero la verdad es que ahora el mercado está un poco flojo.

Cuando la agente se fue, Ridley atacó a Clay en el dormitorio. El sexo matinal era algo inaudito, pero aun así ambos disfrutaron como fieras. Y lo mismo ocurrió por la tarde. A lo largo de la cena en un estupendo restaurante, ella no le quitó las manos de encima. La sesión de medianoche empezó en la piscina, siguió en el *jacuzzi* y se prolongó en el dormitorio. Después de toda una noche de orgía, la agente regresó poco antes del almuerzo.

Clay estaba hecho polvo y no parecía muy dispuesto a comprar más propiedades, pero a Ridley le gustaba tanto la casa que acabó por comprarla. En realidad, el precio era más bien bajo, una auténtica ganga, por lo que cuando el mercado volviera a subir podría venderla y obtener un buen beneficio.

Durante la firma de los papeles, Ridley le preguntó a Clay en un aparte si no convendría escriturar la casa a nombre de ella, por motivos tributarios. Ridley sabía tanto sobre los regímenes impositivos francés y estadounidense como él acerca de las leyes de sucesión de Georgia, en caso de que efectivamente las hubiera. «No, qué caray», se dijo para sus adentros, pero a ella le contestó con firmeza:

—No, eso no serviría de nada a efectos tributarios.

Ridley pareció ofenderse, pero el disgusto se le pasó enseguida, en cuanto él se convirtió en propietario. Clay acudió solo a un banco de Gustavia y transfirió el dinero desde una cuenta de un paraíso fiscal. Cuando se reunió con el abogado de la propiedad, lo hizo sin Ridley.

—Me gustaría quedarme aquí un poco más —dijo ella mientras ambos se pasaban una nueva tarde en el porche. Clay tenía previsto marcharse a la mañana siguiente y daba por supuesto que la chica lo acompañaría—. Quisiera arreglar un poco la casa —añadió—. Hablar con el decorador... y simplemente descansar una semana más.

«¿Por qué no? —pensó Clay—. Ahora que soy propietario de la maldita casa, no está mal que alguien la aproveche.»

Regresó solo al Distrito de Columbia y, por primera vez en varias semanas, disfrutó de la soledad de su casa de Georgetown.

Durante varias semanas Joel Hanna había considerado la posibilidad de actuar en solitario, él solo a un lado de la mesa, delante de un pequeño ejército de abogados con sus ayudantes al otro lado. Presentaría el plan de viabilidad de la empresa; no necesitaría que nadie lo ayudara al respecto, pues el invento era suyo. Pero Babcock, el abogado de su compañía aseguradora, insistió en implicarse personalmente. Su cliente estaba en primera línea por valor de cinco millones de dólares, por lo que, si él quería estar presente, Joel no podía impedírselo.

Juntos se dirigieron al edificio de la avenida Connecticut. El ascensor se detuvo en el cuarto piso, y entraron en la lujosa e impresionante suite del bufete jurídico de J. Clay Carter II. El logotipo de «JCC» se proclamaba a los cuatro vientos con unas grandes letras de bronce fijadas en la parte superior de una pared que parecía de madera de cerezo, o tal vez de caoba. El mobiliario de la zona de recepción era de elegante estilo italiano. Una agraciada joven rubia detrás de un escritorio de metal cromado y cristal los saludó con una sonrisa profesional y les indicó una estancia al fondo del pasillo. Un abogado llamado Wyatt los recibió en la puerta, los acompañó al interior, se encargó de hacer las presentaciones al grupo del otro lado y viceversa. Mientras Joel y Babcock abrían sus maletines, apareció otra agraciada joven como llovida del cielo para atender sus peticiones de café. Les sirvió con un juego de café de plata con el logotipo JCC grabado en la cafetera y en las tazas de porcelana. Cuando estuvieron satisfactoriamente instalados y todos los preparativos hubieron sido llevados a cabo, Wyatt le ladró a un ayudante:

—Dígale a Clay que ya estamos aquí.

Transcurrió un embarazoso minuto mientras el señor JCC los tenía a todos esperando. Al final, éste entró precipitadamente, sin chaqueta, y volviendo la cabeza para decirle algo a una secretaria, como si con semejante actitud quisiera dar a entender lo muy ocupado que estaba. Se acercó directamente a Joel Hanna y a Babcock y se presentó como si todos estuvieran allí voluntariamente, listos para ponerse a trabajar por el bien común. Después se situó al otro lado del escritorio y se acomodó en su trono real, rodeado por su equipo a una distancia de dos metros y medio.

«Este tío ganó cien millones de dólares el año pasado», no pudo evitar pensar Joel Hanna.

Babcock pensó lo mismo, pero añadió a ello los rumores según los cuales aquel muchacho jamás había intervenido en un litigio civil. Se había pasado cinco años con adictos al crack en los tribunales de lo penal, pero jamás se había visto en el trance de pedirle ni cinco centavos a un jurado. A pesar de la fachada, Babcock detectó ciertas señales de nerviosismo.

—Han dicho ustedes que tenían un plan —dijo el señor JCC—. Oigámoslo.

El plan de viabilidad era muy sencillo. La empresa estaba dispuesta a reconocer, sólo a los efectos de aquella reunión, que había fabricado una partida defectuosa de cemento portland para la industria de la construcción y que, como consecuencia de ello, determinado número de casas de nueva construcción del área de Baltimore tendría que reemplazar sus ladrillos. Habría que crear un fondo de indemnización para resarcir a los propietarios de las viviendas sin ahogar simultáneamente a la empresa. A pesar de la sencillez del plan, Joel tardó media hora en exponerlo.

Babcock habló en representación de la aseguradora. Reconoció que había una cobertura de cinco millones, algo que raras veces revelaba en las primeras fases de un litigio. Su cliente y la firma Hanna crearían un fondo común.

Joel Hanna explicó que su empresa no tenía mucho efectivo, pero estaba dispuesta a endeudarse para resarcir a los damnificados.

—El error es nuestro y tenemos intención de corregirlo —dijo varias veces.

—¿Conoce el número exacto de viviendas de aquí? —preguntó Clay mientras uno de sus ayudantes lo anotaba todo.

—Novecientas veintidós —contestó Joel—. Hemos acudido a los mayoristas, después a los contratistas de obras y finalmente a los subcontratistas. Creo que el número es correcto, pero podría haber una diferencia de un cinco por ciento.

JCC estaba tomando notas. Al terminar, dijo:

—Por consiguiente, si aceptamos una cantidad de veinticinco mil dólares para resarcir debidamente a cada cliente, el total sumaría algo más de veintitrés millones de dólares.

—Estamos seguros de que el arreglo de cada una de las viviendas no costará veinte mil dólares —dijo Joel.

Un ayudante le tendió un documento a JCC.

—Disponemos de los informes de cuatro subcontratistas de obras del condado de Howard. Cada uno de ellos ha examinado los daños in situ y nos ha hecho llegar un presupuesto. El más bajo es de dieciocho mil novecientos dólares y el más alto de veintiún mil quinientos. El promedio de los cuatro es de veinte mil dólares.

—Me gustaría ver esos presupuestos —dijo Joel.

—Puede que más adelante. Además, hay que tener en cuenta otros daños. Los propietarios de estas viviendas tienen derecho a ser resarcidos por su frustración, su desconcierto, la pérdida del disfrute de la propiedad y la angustia emocional. Uno de nuestros clientes sufre graves jaquecas por este motivo. Otro perdió una lucrativa posibilidad de venta a causa del desprendimiento de los ladrillos de la casa.

—Nosotros hemos elaborado unos presupuestos en torno a los doce mil dólares —dijo Joel.

—No aceptaremos un acuerdo de doce mil dólares —declaró JCC, lo que provocó que los del otro lado meneasen la cabeza.

Quince mil dólares habría sido una justa solución de compromiso que permitiría reponer los ladrillos de todas las casas, pero sólo hubiese dejado nueve mil dólares para cada cliente, una vez deducido el tercio correspondiente a los honorarios de JCC. Con diez mil dólares únicamente podrían retirarse los ladrillos viejos y transportar los nuevos a las casas, pero no se podría pagar a los albañiles encargados de terminar el trabajo. Diez mil dólares no servirían más que para agravar la situación: la casa con la capa de yeso al aire, el jardín convertido en un cenagal y montones de ladrillos nuevos en el sendero de entrada pero sin nadie para colocarlos.

Novecientos veintidós casos a cinco mil dólares cada uno equivaldrían a 4,6 millones de dólares en honorarios. JCC hizo rápidamente los cálculos, sorprendiéndose de lo bien que se le daba juntar ceros. El noventa por ciento sería para él, pues tendría que compartirlo con unos pocos abogados que se habían incorporado a última hora a la acción conjunta. No eran unos malos honorarios. Cubrirían el precio del nuevo chalé de St. Barth, donde Ridley aún permanecía escondida sin el menor interés por volver a casa, y después de impuestos apenas quedaría nada.

Con quince mil dólares por demandante, Hanna lograría sobrevivir. Descontando los cinco millones del cliente de Babcock, la empresa podría añadir unos dos millones de dólares en efectivo, que era lo que tenía a mano en aquellos momentos, y destinarlos a la fábrica y el equipamiento. Se necesitaría un fondo común de quince millones de dólares para cubrir todas las posibles reclamaciones. Los ocho millones restantes se podrían pedir prestados a los bancos de Pittsburgh. Sin embargo, Hanna y Babcock se guardaron de transmitir semejante información. Aquélla sólo era la primera reunión, y el momento de jugar todas las cartas aún no había llegado.

Todo acabaría reduciéndose a la suma que exigiría JCC a cambio de su esfuerzo. Éste podía negociar un buen acuerdo, tal vez reducir un poco su porcentaje pero seguir ganando un buen puñado de millones, proteger a sus clientes, permitir la supervivencia de una antigua y honrada empresa y cantar victoria.

O bien podía seguir una línea dura que sólo sirviera para provocar el sufrimiento de todos.

32

La señorita Glick parecía un poco alterada a través del interfono.

—Son dos, Clay —dijo casi en un susurro—. El FBI.

Los que son nuevos en el juego de las demandas conjuntas por daños y perjuicios suelen mirar a un lado y a otro como si lo que están haciendo fuera en cierto modo ilegal. Pero, con el tiempo, se les endurece tanto el pellejo que se creen de Teflon. Clay dio un respingo ante la sola mención del FBI, y de inmediato se avergonzó de su propia cobardía. Estaba seguro de no haber hecho nada malo.

Eran dos jóvenes y pulcros agentes que exhibieron sus placas, y parecían especialmente entrenados para impresionar a cualquiera que estuviese mirando. El negro se llamaba Spooner y el blanco, Lohse. Pronunciado «lush». Se desabrocharon la chaqueta al mismo tiempo mientras se acomodaban en el «rincón de los poderosos» del despacho de Clay.

—¿Conoce usted a un hombre llamado Martin Grace? —preguntó Spooner.

—No.

—¿Y a Mike Packer?

—No.

—¿Nelson Martin?

—No.

—¿Max Pace?

—Sí.

—Todos son la misma persona —explicó Spooner—. ¿Tiene usted alguna idea de dónde puede estar?

—No.

—¿Cuándo lo vio por última vez?

Clay se acercó a su escritorio, tomó un calendario y regresó a su sillón. Procuró buscar alguna evasiva mientras intentaba organizar sus pensamientos. No estaba obligado, bajo ningún pretexto, a responder a las preguntas de aquellos dos. Podía rogarles en cualquier momento que se marcharan y regresasen cuando él contara con la presencia de otro abogado. En caso de que mencionaran el asunto del Tarvan, pondría punto final a la entrevista.

—No estoy seguro —contestó, pasando las páginas—. Han transcurrido varios meses. Más o menos hacia mediados de febrero.

Lohse era el encargado de tomar nota; Spooner era el de las preguntas.

—¿Dónde lo conoció?

—Durante una comida en el hotel en que se alojaba.

—¿Qué hotel?

—No lo recuerdo. ¿Por qué se interesan ustedes por Max Pace? Hubo un rápido intercambio de miradas entre los agentes.

—Eso forma parte de una investigación de la Comisión de Bolsa y Valores —repuso Spooner—. Pace tiene antecedentes de fraude bursátil y uso de información privilegiada. ¿Conoce usted sus antecedentes?

—Pues la verdad es que no. Siempre se mostraba muy impreciso.

—¿Cómo y por qué trabó usted conocimiento con él?

Clay arrojó el calendario sobre la mesa baja.

—Digamos que fue por un asunto de negocios.

—Casi todos los socios de sus negocios van a parar a la cárcel. Será mejor que busque otra explicación.

—Con eso es suficiente, por el momento. ¿Por qué están ustedes aquí?

—Estamos investigando a los testigos. Sabemos que permaneció un tiempo en el Distrito de Columbia. Sabemos que le hizo una visita en Mustique las pasadas Navidades. Sabemos que en enero vendió al descubierto una considerable cantidad de acciones de Goffman a sesenta y dos dólares y un cuarto la acción la víspera de que usted presentara una importante demanda. Volvió a comprarlas a cuarenta y nueve y ganó varios millones de dólares. Creemos que tuvo acceso a un informe confidencial del Gobierno sobre cierto medicamento de Goffman llamado Maxatil y que utilizó dicha información para cometer fraude bursátil.

—¿Alguna otra cosa?

Lohse dejó de tomar nota y preguntó:

—¿Vendió usted al descubierto acciones de Goffman antes de presentar la demanda?

—No.

—¿Ha tenido alguna vez acciones de Goffman?

—No.

—¿Las han tenido algún familiar, socio del bufete, empresas fantasma, fondos de paraísos fiscales controlados por usted?

—No, no, no.

Lohse se guardó el bolígrafo en el bolsillo. Los buenos policías procuraban ser breves en sus entrevistas iniciales, para que el testigo/objetivo/sujeto sudara un poco y cometiera, tal vez, una tontería. La segunda entrevista sería mucho más larga.

Ambos se levantaron y se encaminaron hacia la puerta.

—Si tuviera alguna noticia de Pace, nos gustaría saberlo —dijo Spooner.

—No cuenten con ello —repuso Clay.

Jamás podría traicionar a Pace, pues ambos compartían demasiados secretos.

—Vaya si contamos, señor Carter. La próxima vez hablaremos de los laboratorios Ackerman.

Después de dos años y de ocho mil millones de dólares en concepto de indemnización por daños y perjuicios, Healthy Living arrojó la toalla. En su opinión, la empresa había tratado de buena fe de poner fin a la pesadilla de sus píldoras adelgazantes Skinny Ben. En una actitud valerosa, había procurado compensar al aproximadamente medio millón de personas perjudicadas que habían confiado en su agresiva campaña publicitaria en la que se advertía debidamente a los consumidores de este medicamento de los posibles riesgos. Había soportado pacientemente los brutales ataques de los tiburones especializados en demandas colectivas por daños y perjuicios y los había hecho ricos. Destrozada, vapuleada y pendiente de un hilo, la empresa había logrado recuperarse, pero ya no podía resistir más.

La gota que había colmado el vaso eran dos descabelladas demandas colectivas presentadas por unos abogados, todavía más sospechosos que los anteriores, que actuaban en representación de varios miles de «pacientes» que habían estado tomando Skinny Ben pero no habían experimentado efectos adversos. Exigían para ellos millones de dólares en concepto de resarcimiento de daños por el simple hecho de haber tomado las píldoras, estar preocupados por esa causa y tal vez seguir estándolo en el futuro, con el consiguiente efecto negativo sobre su ya delicada salud emocional.

Healthy Living se declaró en quiebra al amparo del Capítulo Once y se libró del desastre. Tres de sus divisiones estaban implicadas y la empresa no tardaría en desaparecer. Dejó plantados a todos sus abogados y a todos sus clientes y abandonó el edificio.

La noticia constituyó una sorpresa en el mundillo económico, pero el grupo más sorprendido fue el de los abogados especializados en acciones conjuntas. Al final, habían matado a la gallina de los huevos de oro. Oscar Mulrooney lo vio por Internet, sentado a su escritorio, y cerró la puerta. Según su maravilloso plan, el bufete se había gastado 2,2 millones en anuncios y en pruebas médicas que, hasta el momento, le había permitido captar a doscientos quince clientes legítimos de Skinny Ben. A un acuerdo promedio de ciento ochenta mil dólares, los casos generarían por lo menos cinco millones de dólares en honorarios de abogados, los cuales constituirían la base de su esperada bonificación de finales de año.

En el transcurso de los últimos tres meses no había conseguido que el administrador de la demanda colectiva aprobara sus reclamaciones. Corrían rumores acerca de ciertas desavenencias entre los incontables abogados y asociaciones de consumidores. Otros tenían problemas para cobrar el dinero que, al parecer, estaba a su disposición.

Sudando a mares, se pasó una hora hablando por teléfono, llamando a otros abogados de la demanda conjunta, tratando de ponerse en contacto con el administrador y después con el juez. Un abogado de Nashville que tenía varios centenares de casos, todos ellos presentados con anterioridad a los de Oscar, le confirmó sus peores temores.

—Estamos jodidos —dijo el abogado—. El pasivo de HL es cuatro veces superior a su activo y no dispone de efectivo.

Oscar trató de serenarse, se ajustó el nudo de la corbata, se abrochó los botones de las mangas, se puso la chaqueta y fue a decírselo a Clay.

Una hora después preparó una carta para cada uno de sus doscientos quince clientes sin darles ninguna falsa esperanza. Las cosas se habían puesto francamente feas. El bufete controlaría muy de cerca la quiebra y la actuación de la empresa, y buscaría agresivamente cualquier posible medio de compensación.

Pero había muy pocos motivos para el optimismo.

Dos días después, Nora Tackett recibió la carta. Puesto que el cartero la conocía, éste sabía que había cambiado de domicilio. Ahora Nora vivía en una caravana nueva de doble anchura, más cerca de la ciudad. Como siempre, estaba viendo culebrones en su nuevo televisor de pantalla gigante, comiendo galletitas bajas en grasa, cuando el cartero le dejó en el buzón una carta de un bufete de abogados, tres facturas y unos folletos publicitarios. Había estado recibiendo montones de cartas de los abogados del Distrito de Columbia y todo el mundo en Larkin sabía por qué. Al principio, corrieron rumores de que su acuerdo de indemnización con la empresa fabricante de las píldoras rondaría los cien mil dólares, después ella le comentó a alguien del banco que, a lo mejor, serían doscientos mil dólares. La suma fue creciendo a medida que la gente la iba comentando por todo Larkin.

EarlJeter, al sur de la ciudad, le vendió la nueva caravana en la certeza de que Nora cobraría cerca de doscientos cincuenta mil dólares de un momento a otro. Además, su hermana MaryBeth había firmado el pagaré a noventa días.

El cartero sabía que el dinero estaba causándole a Nora muchísimos problemas. Todos los Tackett del país la llamaban y le pedían dinero para las fianzas cada vez que se producía alguna detención. A sus hijos o, mejor dicho, a los niños que tenía a su cargo, los traían a maltraer en la escuela porque su madre era muy rica y muy gorda. El padre, que llevaba dos años sin dejarse ver por allí, había regresado de repente a la ciudad y había comentado en la barbería que Nora era la mujer más dulce con la que jamás se hubiera casado. El padre de Nora había amenazado con matarlo, y ésa era otra de las razones de que ella permaneciese en el interior de la caravana, con las puertas cerradas.

Pero casi todas las facturas eran atrasadas. Nada menos que el viernes anterior alguien del banco había comentado, al parecer, que no había ni rastro del acuerdo. ¿Dónde estaba el dinero de Nora? Ésa era la gran pregunta que todos se formulaban en Larkin, Virginia. A lo mejor, estaba dentro del sobre.

Nora salió arrastrando los pies una hora más tarde, tras cerciorarse de que no había nadie en las inmediaciones. Sacó el sobre del buzón y volvió a entrar en la caravana. Sus llamadas al señor Mulrooney no obtuvieron respuesta. Su secretaria le dijo que no se encontraba en la ciudad.

La reunión se celebró muy tarde, justo cuando Clay estaba a punto de abandonar su despacho. Empezó con un asunto muy desagradable y no mejoró.

Crittle entró con la cara muy seria y anunció:

—El agente de nuestro seguro de responsabilidad civil nos comunica que va a cancelar la cobertura.

—¡Cómo! —gritó Clay.

—Ya me ha oído.

—¿Y por qué me lo dice ahora? Estoy llegando tarde a una cena.

—Me he pasado todo el día hablando con ellos.

Clay arrojó la chaqueta sobre el sofá y se acercó a la ventana.

—¿Por qué? —preguntó.

—Han hecho una valoración de su actuación y no les gusta lo que han visto. Los veinticuatro mil casos del Maxatil los asustan. Si algo fallara, el riesgo sería excesivo. Es probable que sus diez millones no fueran más que una gota en un vaso, y por eso prefieren abandonar el barco.

—¿Y pueden hacerlo?

—Por supuesto que sí. Una aseguradora puede retirar la cobertura en cualquier momento. Tendrán que hacer una devolución, pero eso es pura calderilla. Aquí estamos totalmente desprotegidos. No habrá cobertura.

—No vamos a necesitarla.

—De acuerdo, pero sigo estando preocupado.

—También estaba preocupado por el Dyloft, si mal no recuerdo.

—Y me equivoqué.

—Pues le aseguro que también se equivoca con el Maxatil. Cuando Mooneyham termine con Goffman en Flagstaff, ya verá cómo querrán concertar cuanto antes un acuerdo. Ya están reservando miles de millones para hacer frente a la demanda conjunta. ¿Tiene usted alguna idea de lo que podrían valer esos veinticuatro mil casos? A ver si lo adivina.

—Sorpréndame.

—Cerca de mil millones de dólares, Rex. Y Goffman puede pagarlos.

—Sigo estando preocupado. ¿Y si falla algo?

—Tenga un poco de fe, amigo mío. Estas cosas llevan tiempo. El juicio de allí está fijado para septiembre. Cuando termine, el dinero volverá a llover.

—Nos hemos gastado ocho millones de dólares en anuncios y análisis médicos. ¿Podríamos, por lo menos, ir un poco más despacio? ¿Por qué no puede plantarse en los veinticuatro mil casos?

—Porque no son suficiente —respondió Clay con una sonrisa. Cogió la chaqueta, le dio a Crittle una palmada en la espalda y se fue a cenar.

Tenía que reunirse con un antiguo compañero suyo de habitación del colegio universitario en el Old Ebbitt Grille, de la Quince, a las ocho y media. Se pasó casi una hora esperando en el bar hasta que, al final, sonó su móvil. Su compañero estaba atrapado en una reunión que no tenía visos de terminar y le pedía las consabidas disculpas.

Cuando ya estaba a punto de abandonar el local, Clay miró hacia el restaurante y vio a Rebecca cenando con otras dos mujeres. Volvió sobre sus pasos, se sentó de nuevo en su taburete de la barra y pidió otra cerveza. Era consciente de que, una vez más, Rebecca lo había obligado a detenerse en seco. Deseaba con toda el alma hablar con ella, pero estaba firmemente decidido a no inmiscuirse en sus asuntos. Una visita a los servicios le vendría de perlas.

Mientras pasaba por su lado, Rebecca levantó la vista y de inmediato esbozó una sonrisa. Le presentó a sus dos amigas y él le explicó que estaba en la barra, esperando a un viejo conocido para cenar. El chico estaba retrasándose y tal vez aún tardara un poco, «perdón por la interrupción. Bueno, tengo que irme corriendo. Me he alegrado mucho de verte».

Quince minutos después, Rebecca se dirigió a la abarrotada barra y se situó cerca de él. Muy cerca.

—Sólo tengo un minuto —dijo—. Están esperándome —añadió, señalando con la cabeza el restaurante.

—Tienes una pinta estupenda —dijo Clay, y le costó reprimir el impulso de abrazarla.

—Tú también.

—¿Dónde está Myers?

Rebecca se encogió de hombros como si le importara un bledo.

—Trabajando. Él siempre está trabajando.

—¿Cómo es tu vida de casada?

—Muy solitaria —contestó ella, apartando la mirada.

Clay bebió un sorbo de cerveza. De no haber estado en aquella barra tan llena de gente y con unas amigas esperando allí cerca, Rebecca se lo habría contado todo. Tenía tantas cosas que decirle...

¡El matrimonio no funciona! Clay hizo un esfuerzo para no sonreír.

—Sigo esperando —dijo.

Rebecca tenía los ojos empañados cuando se inclinó para darle un beso en la mejilla. Después se fue sin pronunciar palabra.

33

Mientras los Orioles estaban seis carreras por detrás nada menos que ante los Devil Rays, el señor Ted Worley despertó de una siesta muy insólita en él y dudó entre levantarse para ir al lavabo o esperar hasta la séptima entrada. Llevaba una hora durmiendo, lo que no era muy frecuente, pues cada tarde hacía la siesta a las dos en punto. Los Orioles eran muy aburridos, pero jamás hasta el extremo de provocarle sueño.

Sin embargo, después de la pesadilla del Dyloft no quería forzar los límites de su vejiga. Prefería no tomar mucho líquido y había eliminado por completo la cerveza. No quería sentir la menor presión en las cañerías de allí abajo; si tenía que ir al lavabo, no lo dudaba ni por un instante. ¿Y si se perdía algún lanzamiento? Se encaminó hacia el pequeño cuarto de baño de invitados contiguo al dormitorio donde la señora Worley permanecía sentada en su mecedora, haciendo los bordados que ocupaban casi toda su vida. Cerró la puerta a su espalda, se bajó la bragueta y empezó a orinar. Una ligera sensación de ardor lo indujo a mirar hacia abajo y, en cuanto lo hizo, estuvo a punto de desmayarse.

Su orina era rojiza y oscura, del color de la herrumbre. Emitió un gemido y apoyó una mano contra la pared para no perder el equilibrio. Al terminar, no tiró de la cadena; en su lugar, se sentó en la taza y permaneció así unos minutos, tratando de serenarse.

—¿Qué estás haciendo ahí dentro? —le gritó su mujer.

—Eso no es asunto tuyo —contestó él en tono desabrido.

—¿Te encuentras mal, Ted?

—Estoy divinamente.

Pero no lo estaba. Se puso de pie, levantó la tapa, echó un nuevo vistazo a la mortífera tarjeta de visita que su cuerpo acababa de soltar, tiró finalmente de la cadena y regresó al estudio. Ahora los Devil Rays estaban a ocho, pero el partido ya había perdido cualquier interés que hubiera podido tener en la primera entrada. Veinte minutos después, tras haberse bebido tres vasos de agua, el señor Worley bajó disimuladamente al sótano y orinó en un pequeño cuarto de baño, lo más lejos posible de su mujer.

Llegó a la conclusión de que se trataba de sangre. Los tumores habían vuelto por sus fueros y, cualquiera que fuese su forma actual, estaba claro que eran mucho más graves que los anteriores.

A la mañana siguiente, mientras se tomaba una tostada con mermelada, le confesó la verdad a su mujer. Habría preferido ocultársela el mayor tiempo posible, pero ambos estaban tan unidos que los secretos, especialmente los relacionados con la salud, eran muy difíciles de guardar. Ella asumió de inmediato el mando de la situación, llamando al urólogo, pegándole ladridos a la secretaria y concertando una visita para poco después del almuerzo. Era un caso urgente y no podía esperar hasta el día siguiente.

Cuatro días después, los análisis revelaron la presencia de unos tumores malignos en los riñones del señor Worley. En el transcurso de las cuatro horas que duró la intervención, los cirujanos extirparon todos los tumores que pudieron encontrar.

El jefe de urología estaba siguiendo muy de cerca la evolución del paciente. Un colega de un hospital de Kansas City le había comentado un caso idéntico el mes anterior; se trataba de una aparición de tumores renales posteriores a la toma del Dyloft. El paciente de Kansas City estaba sometiéndose en aquellos momentos a sesiones de quimioterapia, pero su salud se deterioraba por momentos.

Lo mismo cabía esperar en el caso del señor Worley, a pesar de que el oncólogo se mostró mucho más cauto durante la primera visita tras la intervención. La señora Worley, sin dejar de bordar, se quejó de la calidad de la comida del hospital; no esperaba que fuese exquisita, pero habrían podido servirla un poco más caliente, ¿no? Con el precio que pagaban... El señor Worley se escondió bajo las sábanas de su cama y se entretuvo mirando la televisión. Tuvo la amabilidad de quitar el sonido cuando llegó el oncólogo, aunque estaba tan triste y deprimido que no le apetecía hablar con nadie.

Lo darían de alta en cuestión de una semana y, en cuanto hubiera recuperado suficientemente las fuerzas, iniciarían un agresivo tratamiento contra el cáncer. El señor Worley estaba llorando cuando terminó la reunión.

En el transcurso de una nueva conversación con su colega de Kansas City, el jefe de Urología se enteró de la existencia de un nuevo caso. Los tres pacientes habían sido incluidos en el Grupo Uno de los demandantes contra el Dyloft. Ahora estaban muriéndose. Se mencionó el nombre de un abogado. El paciente de Kansas City estaba representado por un pequeño bufete jurídico de la ciudad de Nueva York.

Para un médico, el hecho de poder facilitar el nombre de un abogado capaz de presentar una demanda contra otro constituía una experiencia de lo más insólita y gratificante, por cuyo motivo el jefe de Urología estaba firmemente decidido a disfrutar al máximo de aquel momento. Entró en la habitación del señor Worley, se presentó, pues no se conocían, y le explicó el papel que desempeñaría en el tratamiento. El señor Worley estaba harto de los médicos y, de no haber sido por los tubos que se entrecruzaban en su devastado cuerpo, habría recogido sus cosas y se habría largado. La conversación no tardó en centrarse en el Dyloft, después en el acuerdo de indemnización y, finalmente, en los fértiles campos de la profesión jurídica. Eso desató las iras del anciano; el rostro se le congestionó de rabia y la furia le arrancó destellos de los ojos.

El acuerdo de indemnización por daños y perjuicios, a pesar de lo exiguo de la suma, se concertó en contra de su voluntad. ¡Unos míseros cuarenta y tres mil dólares tras quedarse el abogado con su parte correspondiente! Tras llamar varias veces había conseguido hablar con un amable joven, quien le había aconsejado que leyese la letra pequeña del montón de documentos que había firmado. Una cláusula de autorización previa permitía al abogado llegar a un acuerdo siempre y cuando la suma superara un umbral tremendamente bajo. El señor Worley había enviado dos cartas envenenadas dirigidas al señor Carter, ninguna de las cuales había obtenido respuesta.

—Yo era contrario a la firma del acuerdo —repetía una y otra vez el señor Worley.

—Creo que ahora ya es demasiado tarde —añadía una y otra vez la señora Worley.

—Puede que no —dijo el médico, y les habló del paciente de Kansas, un hombre que se encontraba en una situación muy similar a la suya—. Ha contratado a un abogado para que demande a su abogado —explicó con gran satisfacción.

—Estoy de abogados hasta la coronilla —espetó el señor Worley.

«Y también de los médicos si he de serle sincero», pensó, pero se abstuvo de decirlo.

—¿Puede darnos su número de teléfono? —preguntó la señora Worley.

Tenía las ideas mucho más claras que su marido. Por desgracia, ya se estaba adelantando a los acontecimientos de uno o dos años después, cuando Ted ya hubiera desaparecido.

El urólogo tenía casualmente el número.

Lo único que temían los abogados especializados en demandas colectivas por daños y perjuicios era la intervención de uno de los suyos. De un traidor que les siguiese la pista y descubriera sus errores. Se trataba de una subespecialización en la cual unos abogados extremadamente buenos y agresivos demandaban a sus compañeros de profesión por los malos acuerdos concertados. Helen Warshaw estaba escribiendo el manual de instrucciones.

Para ser una raza que alegaba profesar tanto amor a las salas de justicia, los abogados especializados en demandas colectivas por daños y perjuicios no se mostraban muy proclives a sentarse en la mesa de la defensa, mirando tímidamente a los miembros del jurado mientras su economía personal era vilmente maltratada. La vocación de Helen Warshaw consistía en sentarlos allí y ponerlos en su sitio.

Sin embargo, aquello raras veces ocurría. Por lo visto, sus gritos de «¡Vamos a demandar al mundo!» y «¡Nos encantan los jurados!» sólo se aplicaban a los demás. Enfrentado con la prueba de la responsabilidad, nadie se precipitaba a llegar a un acuerdo de indemnización con mayor rapidez que un abogado especialista en demandas colectivas. Nadie, ni siquiera un médico culpable de negligencia, eludiría más enérgicamente las salas de justicia que un abogado de esos que se anunciaban por televisión y en las vallas publicitarias cuando era atrapado concertando un acuerdo que era una pura estafa.

Warshaw tenía cuatro casos de Dyloft en su despacho de Nueva York y estaba sobre la pista de otros tres cuando recibió la llamada de la señora Worley. Su pequeño bufete tenía también un expediente sobre Clay Carter y otro mucho más voluminoso sobre Patton French. Seguía la marcha de los aproximadamente veinte bufetes especializados en demandas conjuntas del país y de docenas de las más importantes acciones legales colectivas. Tenía muchos clientes y cobraba sus buenos honorarios, pero nada la apasionaba tanto como el fiasco del Dyloft.

Tras conversar unos cuantos minutos con la señora Worley, Helen comprendió exactamente lo que había ocurrido.

—Estaré allí a las cinco —dijo.

—¿Hoy?

—Sí. Esta misma tarde.

Se dirigió al aeropuerto Dulles y cogió el puente aéreo. No disponía de un jet privado por dos motivos muy importantes: primero, era muy prudente con su dinero y consideraba que no había que despilfarrarlo; segundo, si alguna vez alguien llegaba a demandarla, no quería que un jurado oyese hablar de que tenía su propio avión. El año anterior, en el único caso que había conseguido llevar ante los tribunales, le había mostrado al jurado unas grandes fotografías en color de los jets del abogado demandado, vistos por dentro y por fuera. El jurado se había quedado de una pieza. Fijó una multa ejemplar de veinte millones de dólares.

Warshaw alquiló un automóvil —no una limusina— y localizó el hospital en Bethesda. La señora Worley había reunido todos los papeles, que Warshaw se pasó una hora examinando. Mientras tanto, el señor Worley echaba la siesta. Cuando despertó, se negó a hablar. Se mostraba muy reticente con los abogados y más todavía con las agresivas y entrometidas letradas de Nueva York. En cambio, su esposa disponía de tiempo y se sentía más cómoda hablando con una mujer.

Ambas bajaron al bar para tomarse un café y mantener de paso una larga conversación.

El principal culpable era y seguiría siendo Ackerman. Había fabricado un mal medicamento, se las había ingeniado para acelerar el procedimiento de autorización, no había llevado a cabo las pruebas adecuadas y había ocultado todo lo que sabía al respecto. Ahora el mundo estaba enterándose de que el Dyloft era todavía más peligroso de lo que se creía al principio. La señora Warshaw ya había reunido unas pruebas convincentes que demostraban la indudable relación entre los tumores recurrentes y el Dyloft.

El segundo culpable era el médico que había recetado el fármaco, si bien su responsabilidad debía considerarse más limitada. Había confiado en Ackerman. El medicamento obraba prodigios. Etcétera.

Por desgracia, los primeros dos culpables habían sido plena y totalmente exonerados de cualquier responsabilidad al dar el señor Worley su conformidad al acuerdo por daños y perjuicios a que se había llegado tras la presentación de la demanda colectiva en Biloxi. A pesar de que el médico que había recetado el medicamento para el tratamiento de la artritis no había sido demandado, el acuerdo global de exención de responsabilidades también lo incluía.

—Pero Ted no quería aceptar el acuerdo —repetía una y otra vez la señora Worley.

No importaba. Lo había aceptado. Había autorizado a su abogado a concertar el acuerdo. El abogado lo había hecho, convirtiéndose de esa manera en el tercer culpable. Y en el único que podía ser demandado.

Una semana después, la señora Warshaw presentó una demanda contra J. Clay Carter, F. Patton French, M. Wesley Saulsberry y todos los demás abogados conocidos y desconocidos que se habían apresurado a llegar a un acuerdo de indemnización por daños y perjuicios con el fabricante del Dyloft. El principal demandante era, una vez más, el señor Ted Worley, de Upper Marlboro, Maryland, en nombre de todas las personas perjudicadas, conocidas y desconocidas en aquel momento. La demanda se presentó ante el tribunal de distrito para el Distrito de Columbia, no demasiado lejos del bufete de JCC.

Tomando prestada una página del «reglamento de juego» del

propio acusado, Helen Warshaw envió por fax fotocopias de su demanda a una docena de importantes periódicos quince minutos después de haberla presentado.

Un antipático y corpulento alguacil se presentó a la recepcionista del bufete de Clay y pidió ver al señor Carter.

—Es urgente —insistió.

Lo enviaron al fondo del pasillo, donde tuvo que vérselas con la señorita Glick. Ésta llamó a su jefe, quien salió a regañadientes de su despacho y recibió los documentos que iban a amargarle el día. Y muy probablemente el año.

Cuando Clay terminó de leer el texto de la demanda conjunta, los periodistas ya estaban llamando. Oscar Mulrooney se encontraba a su lado; la puerta del despacho estaba cerrada.

—Jamás había oído nada semejante —murmuró Clay, dolorosamente consciente de que había muchas cosas que no sabía acerca del negocio de las acciones colectivas por daños y perjuicios.

No tenía nada en contra de una buena emboscada, pero las empresas a las que él había demandado por lo menos sabían que podían tener problemas. Los laboratorios Ackerman estaban al corriente de que el Dyloft era peligroso antes de lanzarlo al mercado. La firma Hanna Portland Cement ya tenía a unos expertos estudiando sobre el terreno las reclamaciones iniciales en el condado de Howard. Goffman ya había sido demandado por Dale Mooneyham por el Maxatil, y otros abogados estaban estrechando el cerco. Pero ¿aquello? Clay no tenía la menor idea de que Ted Worley hubiera vuelto a ponerse enfermo. No tenía el menor conocimiento de que hubiera algún problema en el país entero. No era justo.

Mulrooney estaba tan aturdido que ni siquiera podía hablar.

A través del interfono la señorita Glick anunció:

—Clay, está aquí un reportero del *Washington Post*.

—Péguele un tiro a este hijo de puta —masculló Clay.

—¿Eso quiere decir que no vas a recibirlo?

—¡Eso quiere decir que se vaya a la mierda!

—Dígale que Clay no está —consiguió intervenir Oscar.

—Y llame al servicio de seguridad —añadió Clay.

La trágica muerte de un íntimo amigo no le hubiese producido mayor congoja. Hablaron de la mejor manera de afrontar la situación. ¿Cómo contestar y cuándo? ¿Convenía que prepararan rápidamente un agresivo mentís y lo presentaran aquel mismo día? ¿O que hicieran copias y las enviaran por fax a la prensa? ¿Y si Clay hablara con los reporteros?

No decidieron nada porque no podían tomar ninguna decisión. Los demás tenían la sartén por el mango, y ellos estaban pisando un territorio desconocido.

Oscar se ofreció a difundir la noticia en el bufete, presentándolo todo bajo una luz positiva para elevar la moral de la gente.

—Si me he equivocado, pagaré las consecuencias —dijo Clay.

—Esperemos que el señor Worley sea el único de ese bufete.

—Ésta es la gran pregunta, Oscar. ¿Cuántos Ted Worley hay ahí fuera?

Conciliar el sueño le resultó imposible. Ridley estaba en St. Barth dirigiendo las obras de reforma del chalé, y él se alegraba de que así fuera. Se sentía humillado y avergonzado, pero por lo menos ella no se había enterado.

Pensó en Ted Worley. No estaba enfadado con él, al contrario. Las reclamaciones en las demandas solían carecer de fundamento, pero no en ese caso. Su antiguo cliente no estaría alegando que padecía unos tumores malignos si éstos no existieran realmente. El cáncer del señor Worley no lo había provocado un mal abogado, sino un mal medicamento. Sin embargo, el hecho de haberse apresurado a concertar un acuerdo de sesenta y dos mil dólares en concepto de daños y perjuicios cuando el caso valía en último extremo varios millones de dólares olía a violación de cualquier principio ético y a codicia. ¿Quién hubiera podido reprocharle a aquel hombre que contraatacase?

Durante la larga noche, Clay no hizo más que compadecerse de sí mismo y sufrir por su orgullo herido, la humillación a que se vería expuesto ante sus colegas, amigos y empleados, el temor al mañana y al varapalo que le daría la prensa sin que nadie saliese en su defensa.

Había momentos en que sentía pánico. ¿Y si llegaba a perderlo todo? ¿Sería aquello el principio del fin? El juicio llamaría enormemente la atención del jurado, ¡que estaría a favor de la otra parte! Cada caso valdría millones.

Bobadas. Con los veinticinco mil casos del Maxatil que lo esperaban, resistiría lo que le echasen.

Al final, sin embargo, todos los pensamientos volvían al señor Worley, un cliente a quien su abogado no había protegido. El remordimiento era tan grande que experimentaba el impulso de llamar a aquel hombre y pedirle perdón. Quizá convendría que le escribiese una carta. Recordaba con toda claridad las que él le había enviado. Clay y Jonah se habían tronchado de risa leyéndolas.

Poco después de las cuatro de la madrugada se preparó la primera taza de café. A las cinco, se conectó a Internet y leyó el *Post*. En las últimas veinticuatro horas no se había producido ningún ataque terrorista. Ningún asesino en serie había hecho de las suyas. Los miembros del Congreso se habían ido a casa. El presidente estaba de vacaciones. Aquel día la prensa andaba un poco escasa de noticias, por consiguiente, ¿por qué no publicar en primera plana y a media página la fotografía del sonriente rostro del Rey de los Pleitos? El primer párrafo decía:

> El abogado de Washington J. Clay Carter, el presunto y más reciente Rey de los Pleitos, tuvo que tomarse ayer una dosis de su propia medicina al ser demandado por algunos clientes suyos descontentos. La demanda alega que Carter, que al parecer el año pasado se embolsó 110 millones de dólares en honorarios, concertó precipitadamente un acuerdo por daños y perjuicios por unas sumas muy bajas, en lugar de los millones que habrían correspondido.

Los ocho párrafos restantes no eran mejores. Durante la noche había sufrido un grave ataque de diarrea, y de pronto tuvo que ir corriendo al cuarto de baño.

El reportero del *Wall Street Journal* echaba mano de toda la artillería pesada. En primera página, lado izquierdo, una horrible caricatura del sonriente y relamido rostro de Clay. ¿ESTÁ EL REY DE LOS PLEITOS A PUNTO DE SER DESTRONADO?, rezaba el titular. El tono del artículo daba a entender que existía la posibilidad de que Clay fuese acusado y encarcelado y no simplemente destronado. Todos los grupos empresariales de Washington se mostraban dispuestos a manifestar su opinión sobre el tema y a duras penas podían ocultar su satisfacción. Qué curiosa ironía que ahora estuvieran tan contentos de que hubiera otra demanda. El presidente de la Academia Nacional de Abogados no tenía ningún comentario que hacer.

¡Y se trataba del único grupo que jamás había vacilado en su inquebrantable apoyo a los abogados! El siguiente párrafo explicaba el porqué. Helen Warshaw era miembro activo de la Academia de Abogados de Nueva York. De hecho, sus méritos eran impresionantes. Abogada habilitada para actuar ante las más altas instancias judiciales. Editora de la *Law Review* de la Universidad de Columbia. Treinta y ocho años, aficionada a correr maratones y calificada por un antiguo contrincante como «brillante y tenaz».

«Una combinación letal», pensó Clay mientras corría de nuevo al cuarto de baño.

Sentado en la taza del váter, comprendió que en este caso los abogados no tomarían partido. Se trataba de una disputa familiar. No cabía esperar simpatía ni defensores.

Una fuente anónima señalaba que los demandantes eran doce. Se esperaba una certificación conjunta porque estaba previsto que el número creciese.

—¿Cuánto? —se preguntó Clay en voz alta mientras preparaba más café—. ¿Cuántos Worley hay aquí fuera?

El señor Carter, de treinta y dos años, no había podido ser localizado, y por consiguiente se ignoraba su opinión. Patton French había calificado la iniciativa de «frívola», un calificativo que, según el reportaje, había pedido prestado nada menos que de las ocho compañías a las que había demandado en el transcurso de los últimos cuatro años. Incluso se atrevía a afirmar que la demanda «olía a conspiración de los proponentes de la reforma de la legislación relativa a los daños y perjuicios y de sus benefactores, la industria aseguradora». Quizás el reportero hubiera pillado a Patton después de beberse unos cuantos vodkas.

Había que tomar una decisión. Puesto que estaba aquejado de una auténtica dolencia, Clay podía ocultarse en casa y capear el temporal desde allí. O bien podía presentarse ante el mundo cruel y enfrentrarse con cuanto le echaran. Lo que de veras hubiera deseado hacer era tomarse un somnífero, regresar a la cama y despertar una semana más tarde cuando la pesadilla ya hubiera terminado. Mejor todavía, subir al avión y reunirse con Ridley.

A las siete ya estaba en el despacho con cara de pelea, cargado de café, brincando por los pasillos, gastando bromas y riéndose con los colaboradores del primer turno, haciendo chistes muy malos acerca de la llegada de otros oficiales del juzgado, de entrometidos reporteros husmeando por todas partes y citaciones judiciales de todas clases. Fue una actuación vibrante, sensacional, muy necesaria y apreciada por los miembros del bufete.

El número se prolongó hasta media mañana, cuando la señorita Glick lo dio bruscamente por terminado entrando en su despacho abierto para anunciar:

—Clay, los dos agentes del FBI están aquí otra vez.

—¡Estupendo! —exclamó él, frotándose las manos como si se dispusiera a propinarles una paliza a los dos.

Spooner y Lohse se presentaron con una sonrisa muy tensa y ni siquiera le estrecharon la mano. Clay cerró la puerta, apretó los dientes y decidió seguir adelante con su representación. Pero el cansancio estaba haciendo mella en él. Y también el miedo. Esta vez el que hablaba era Lohse mientras Spooner tomaba notas. La fotografía de Clay en la primera página del periódico seguramente les había hecho recordar que le debían una visita. El precio de la fama.

—¿Sabe algo de su amigo Pace? —preguntó Lohse para empezar.

—No, no ha dicho ni pío.

Y era cierto. Cuánto habría agradecido el consejo de Pace en aquel momento de crisis...

—¿Está seguro?

—¿Acaso está sordo? —le soltó Clay. Estaba perfectamente dispuesto a pedir que se marcharan en caso de que sus preguntas empezaran a resultarle embarazosas. Eran unos simples investigadores, no unos abogados de la investigación—. He dicho que no.

—Creemos que estuvo en la ciudad la semana pasada.

—Bien por ustedes. Yo no lo he visto.

—Usted presentó una demanda contra los laboratorios Ackerman el día 2 de julio del año pasado, ¿no es cierto?

—Sí.

—¿Poseía usted acciones de la empresa con anterioridad a la presentación de la demanda?

—No.

—¿Vendió usted al descubierto y después volvió a comprar a un precio más bajo?

Por supuesto que lo había hecho, siguiendo el consejo de su buen amigo Pace, y ellos ya conocían la respuesta a la pregunta. Estaba seguro de que debían de tener los datos de las transacciones. Tras su primera visita, Clay había estado estudiando a fondo toda la legislación relacionada con los fraudes bursátiles y la información privilegiada. En su opinión, su situación estaba poco clara, era un tanto confusa y habría sido mejor evitarla, pero él distaba mucho de ser culpable. Viendo las cosas retrospectivamente, más le hubiese valido no entrar en aquel negocio. Ojalá no lo hubiera hecho, pensó una y otra vez.

—¿Me están investigando por algo? —preguntó.

Spooner empezó a asentir con la cabeza antes de que Lohse contestara:

—Sí.

—Pues entonces, la reunión ha terminado. Mi abogado se pondrá en contacto con ustedes.

Clay se levantó y se encaminó hacia la puerta.

34

Para la siguiente reunión del comité directivo de los demandantes contra el Dyloft, el acusado Patton French eligió un hotel del centro de Atlanta donde estaba participando en uno de sus muchos seminarios acerca de la manera de hacerse rico persiguiendo a los laboratorios farmacéuticos. Se trataba de una reunión de emergencia.

Como era de esperar, French ocupaba la suite presidencial, un hortera y malgastado espacio situado en el piso superior del hotel, y allí fue donde se celebró el encuentro. La reunión era un tanto insólita en el sentido de que no iban a dedicarse a comparar notas acerca de su más reciente automóvil de lujo o su rancho, y ninguno de los cinco se molestó en presumir de sus recientes victorias judiciales. La atmósfera se puso muy tensa en cuanto Clay entró en la suite, y no mejoró a lo largo de la reunión. Los chicos estaban muertos de miedo.

Y con razón. Carlos Hernández sabía de siete de sus demandantes del Grupo Uno contra el Dyloft que habían desarrollado tumores renales malignos. Éstos se habían incorporado a la acción conjunta y en esos momentos estaban representados por Helen Warshaw.

—Surgen como hongos —dijo, desesperado.

Daba la impresión de llevar varios días sin dormir. De hecho, los cinco se mostraban profundamente abatidos y agotados.

—Es una bruja implacable —señaló Wes Saulsberry mientras los otros asentían con la cabeza en señal de aquiescencia.

Estaba claro que la leyenda de Helen Warshaw era ampliamente conocida. Alguien había olvidado decírselo a Clay. Wes estaba siendo demandado en aquellos momentos por cuatro antiguos clientes suyos. Damon Didier por tres. French por cinco.

Clay respiró con alivio porque a él sólo lo había demandado uno, pero su alivio era sólo momentáneo.

—En realidad, han sido siete —le dijo French, entregándole un listado con su nombre en la parte superior de una lista de ex clientes reconvertidos en demandantes.

»Wicks, de Ackerman, me ha dicho que ya podemos prepararnos para una lista más larga —dijo French.

—¿Cómo están los ánimos por allí? —preguntó Wes.

—Por los suelos. Su medicamento está matando a la gente como moscas. Los de Philo piensan que ojalá jamás hubieran oído hablar de los laboratorios Ackerman.

—Y yo estoy con ellos —dijo Didier, mirando con expresión ceñuda a Clay, como diciéndole «Tú tienes la culpa».

Clay echó un vistazo a los siete nombres de la lista. Aparte de Ted Worley, no reconocía a ninguno de los demás. Kansas, Dakota del Sur, Maine, dos de Oregón, Georgia, Maryland. ¿Cómo había llegado a representar a aquella gente? Curiosa manera de ejercer la abogacía: ¡interponer demandas y llegar a acuerdos por daños y perjuicios en nombre de unas personas a las que jamás había visto! ¡Y ahora aquellas personas estaban demandándolo!

—¿Podemos asegurar que las pruebas médicas son irrefutables en estos casos? —preguntó Wes—. Quiero decir si hay posibilidad de luchar, de intentar demostrar que estos cánceres recurrentes no están relacionados con el Dyloft. En caso afirmativo, podríamos vernos libres de cualquier responsabilidad, y Ackerman también. No me gusta irme a la cama con unos payasos, pero eso es lo que estamos haciendo.

—¡No! Estamos jodidos —contestó French. A veces su dureza resultaba casi dolorosa. Era absurdo perder el tiempo—. Wicks me dice que el medicamento es más peligroso que un balazo en la cabeza. Sus propios investigadores están abandonándolos precisamente por eso. Las carreras de muchas personas se están yendo al carajo. Puede que la compañía no consiga sobrevivir.

—¿Te refieres a Philo?

—Sí, cuando Philo compró Ackerman pensó que serían capaces de controlar el desastre del Dyloft. Ahora parece que los Grupos Dos y Tres serán mucho más numerosos y seguirán aumentando. La empresa está tratando de escurrir el bulto.

—¿Acaso no estamos haciendo todos lo mismo? —intervino Carlos en voz baja, volviendo a mirar a Clay como si éste también se mereciera un tiro en la cabeza.

—Si somos responsables, no habrá manera de que podamos defender estos casos —dijo Wes, afirmando una verdad de Perogrullo.

—Tenemos que negociar —dijo Didier—. Aquí estamos hablando de supervivencia.

—¿Cuánto vale un caso? —preguntó Clay con voz todavía trémula.

—Delante de un jurado, entre dos y diez millones, según lo ejemplar que quieran que sea el castigo —respondió French.

—Eso es poco —señaló Carlos.

—A mí ningún jurado me verá la cara en una sala —dijo Didier—. Y mucho menos con toda esta serie de hechos.

—El demandante medio tiene sesenta y ocho años y está jubilado —dijo Wes—. Por consiguiente, desde el punto de vista económico los daños no son muy elevados cuando muere el demandante. El dolor y el sufrimiento aumentarán la suma. Pero, aislados de todo lo demás, estos casos podrían resolverse por un millón de dólares cada uno.

—Aquí no se puede aislar nada —replicó Didier.

—Es cierto —admitió Wes—, pero si todos estos preciosos acusados se toman en su conjunto como un atajo de codiciosos abogados especialistas en demandas colectivas por daños y perjuicios, el valor sube como la espuma.

—Preferiría estar de la parte de los demandantes que de la mía —dijo Carlos, frotándose los cansados ojos.

Clay observó que nadie estaba tomando ni una sola gota de alcohol; sólo café y agua. Necesitaba desesperadamente uno de los remedios a base de vodka de French.

—Lo más probable es que perdamos nuestra acción conjunta —dijo French—. Todos los que todavía están dentro de ella, quieren abandonarla. Como sabéis, son muy pocos los demandantes de los Grupos Dos y Tres que han aceptado el acuerdo y, por razones obvias, no quieren participar en esta demanda. Conozco por lo menos cinco grupos de abogados dispuestos a pedirle al tribunal que disuelva nuestra acción conjunta y nos eche a patadas. Y la verdad es que no se lo reprocho.

—Podemos enfrentarnos a ellos —dijo Wes—. Hemos cobrado unos honorarios. Y vamos a necesitarlos.

Sin embargo, no se veían con ánimos para luchar, por lo menos en aquel momento. Con independencia del dinero que alegaran tener, cada uno de ellos estaba preocupado, aunque a distintos niveles. Clay se limitaba en buena medida a escuchar y se sentía intrigado por la reacción de los otros cuatro. Patton French probablemente fuese el que más dinero tenía y parecía confiar en que sería capaz de resistir las presiones económicas de la demanda. Lo mismo cabía decir de Wes, que había ganado quinientos millones de dólares con el timo del tabaco. Carlos presumía a ratos, pero no lograba estarse quieto. El más asustado era el cariacontecido Didier.

Todos tenían más dinero que Clay, y Clay tenía más casos del Dyloft que ninguno de ellos. Y los cálculos matemáticos no le gustaban. Si su lista se quedaba en siete nombres, podría aguantar un golpe de unos veinte millones de dólares, pero como siguiera creciendo...

Clay planteó la cuestión de los seguros y se quedó pasmado al averiguar que ninguno de los cuatro los tenía. Sus pólizas habían sido anuladas años atrás. Pocas eran las aseguradoras por prácticas jurídicas abusivas que quisieran tener algo que ver con los abogados especializados en demandas colectivas por daños y perjuicios. Y el caso del Dyloft ejemplificaba a la perfección el motivo.

—Da gracias de que tienes los diez millones —dijo Wes—. Es un dinero que no tendrá que salir de tu bolsillo.

La reunión sólo fue una sesión de quejas y reprimendas. Querían estar juntos para sentirse acompañados en su desdicha, pero sólo por muy poco tiempo. Tomaron la vaga decisión de reunirse con Helen Warshaw en un futuro no especificado para explorar delicadamente la posibilidad de una negociación. Ella ya había dado a conocer su voluntad de no concertar ningún acuerdo. Quería celebrar juicios, unos grandes, indignos y sensacionalistas espectáculos en cuyo transcurso los pasados y los presentes Reyes de los Pleitos fueran arrastrados por los suelos y desnudados en presencia de los jurados.

Clay pasó una tarde y una noche en Atlanta, donde nadie lo conocía.

Durante sus años de trabajo en la ODO, Clay había hecho centenares de entrevistas preliminares, casi todas en la cárcel. El tono solía ser muy cauto al principio, pues el acusado, que casi siempre era negro, no sabía muy bien cuántas cosas podía decirle a su abogado blanco. La información acerca de los antecedentes suavizaba en cierto modo la situación, pero tanto los hechos como los detalles y la verdad acerca del presunto delito raras veces se facilitaban en el transcurso de la primera entrevista.

Era curioso que Clay, ahora convertido en acusado blanco, tuviera que mantener con los nervios a flor de piel su primera entrevista con su abogado defensor negro. A unos honorarios de setecientos cincuenta dólares la hora, más le valdría a Zack Battle estar preparado para escucharlo cuanto antes. Con semejante tarifa, ni hablar de rodeos, evasivas y contiendas con adversarios imaginarios. Battle averiguaría la verdad con tanta rapidez como pudiera tomar notas.

A Battle, sin embargo, le interesaban los chismes. Él y Jarrett habían sido compañeros de parrandas mucho antes de que decidiera dejar el alcohol y convertirse en el más destacado penalista del Distrito de Columbia. ¡Cuántas cosas hubiera podido contar sobre Jarrett Carter!

«Pero no a setecientos cincuenta dólares la hora», habría querido decir Clay. Que parase el maldito reloj y charlarían por los codos.

El despacho de Battle daba al parque Lafayette, y desde su ventana se veía la Casa Blanca. Él y Jarrett habían pillado una cogorza una noche y habían decidido beberse unas cervezas con los borrachines y los sin techo del parque. La policía les echó el guante pensando que eran unos pervertidos que andaban en busca de juerga. Ambos fueron detenidos y tuvieron que recurrir a toda la influencia del banco para que sus nombres no aparecieran en los periódicos. Clay se rió porque pensó que eso era lo que se esperaba que hiciera.

Battle, cuyo despacho olía a tabaco rancio porque había sustituido el alcohol por la pipa, le preguntó por su padre. Clay se apresuró a facilitarle una generosa y casi idílica imagen de Jarrett navegando por los mares del mundo.

Cuando finalmente entraron de lleno en el tema, Clay contó la historia del Dyloft, empezando con Max Pace y terminando con el FBI. No comentó lo del Tarvan, pero tendría que hacerlo de ser necesario. Curiosamente, Battle no tomó ninguna nota. Se limitó a escuchar, frunciendo el entrecejo y fumando su pipa con el rostro ensimismado y la mirada perdida ocasionalmente en la distancia, sin dejar traslucir ni por un instante lo que pensaba.

—Estas investigaciones robadas que tenía Pace —dijo, haciendo una pausa y dando a continuación una chupada a la pipa—, ¿obraban en tu poder cuando vendiste las acciones e interpusiste la demanda?

—Por supuesto que sí. Tenía que saber que podía demostrar la responsabilidad de Ackerman en caso de que tuviéramos que ir a juicio.

—Pues entonces eso se llama «información privilegiada». Eres culpable. Cinco años a la sombra. Pero dime cómo puede demostrarlo el FBI.

Cuando el corazón le volvió a latir con normalidad, Clay contestó:

—Supongo que Max Pace puede decírselo.

—¿Quién más está al corriente de las investigaciones?

—Patton French y tal vez uno o dos abogados más.

—¿Sabe Patton French que tú poseías esa información antes de presentar la demanda?

—Lo ignoro. Cuando la tuve en mis manos, no se lo dije.

—Entonces este tal Max Pace es el único que puede comprometerte.

La historia estaba muy clara. Clay había preparado la acción conjunta del Dyloft, pero no quería presentar la demanda a menos que Pace le facilitara las pruebas suficientes. Ambos lo discutieron varias veces. Un día Pace apareció con dos abultados maletines llenos de papeles y carpetas y le dijo:

—Aquí lo tienes, pero yo no te he dado nada.

Se marchó de inmediato. Clay examinó el material y le pidió a un antiguo amigo suyo del colegio universitario que estudiara la fiabilidad de los datos. El amigo era un conocido médico de Baltimore.

—¿Puedes fiarte de ese amigo? —preguntó Battle.

Antes de que Clay tuviera tiempo de contestar, Battle le echó una mano con la respuesta.

—Ésta es la esencia de todo, Clay. Si los del FBI no saben que disponías de esos documentos secretos cuando vendiste las acciones al descubierto, no pueden acusarte de haberte beneficiado de esa información privilegiada. Tienen los datos de las transacciones bursátiles, pero éstos no bastan por sí solos. Tienen que demostrar que tú disponías de información.

—¿Te parece que hable con mi amigo de Baltimore?

—No. Si los federales saben algo de él, podrían haberle pinchado los teléfonos, en cuyo caso no pasarías en la cárcel cinco años sino siete.

—¿Quieres hacer el favor de dejar de repetírmelo?

—Y si los federales no conocen su existencia —prosiguió Battle—, tú podrías conducirlos involuntariamente hasta él. Lo más seguro es que estén vigilándote, incluso que te hayan pinchado los teléfonos. Yo que tú me desharía de los informes de la investigación. Limpiaría mis ficheros, por si acaso se les ocurre presentarse con un requerimiento judicial. Y rezaría mucho, pidiendo que Max Pace esté muerto o escondido en Europa.

—¿Algo más? —preguntó Clay, dispuesto a ponerse a rezar.

—Ve a ver a Patton French, asegúrate de que la procedencia del informe sobre las investigaciones no se te pueda atribuir. A juzgar por su aspecto, este asunto del Dyloft no ha hecho más que empezar.

—Eso me dicen.

La dirección del remite era la de la cárcel. Aunque tenía a muchos antiguos clientes entre rejas, Clay no podía recordar a nadie que se llamara Paul Watson. Abrió el sobre y sacó una carta de una sola página, muy pulcra y escrita con un procesador de textos. La carta decía lo siguiente:

Apreciado señor Carter:

Es posible que usted me recuerde por el nombre de Tequila Watson. Me he cambiado de nombre porque el antiguo ya no encaja conmigo. Leo cada día la Biblia y mi personaje preferido es el apóstol Pablo, por eso he elegido su nombre. Tengo aquí a alguien que me hará legalmente el cambio.

Necesito un favor: que se ponga en contacto con la familia de Pumpkin y les diga que lamento mucho lo que ocurrió. He rezado a Dios y él me ha perdonado. Me sentiría mucho mejor si la familia de Pumpkin también lo hiciera. Sigo sin creer que pudiera matarlo sin más. Pienso que no fui yo quien lo mató sino el demonio. Pero no tengo excusa.

Sigo desenganchado. Circula mucha droga por la cárcel, muchas cosas malas, pero Dios me ayuda a superarlo todo.

Le agradecería que me escribiera. No recibo muchas cartas. Lamenté que tuviera que dejar de ser mi abogado. Pensaba que era usted un buen tío. Con mis mejores saludos,

PAUL WATSON

Espera un poco, Paul, murmuró Clay para sus adentros. Al paso que voy, puede que pronto seamos compañeros de celda. El timbre del teléfono lo sobresaltó. Era Ridley desde St. Barth. Quería volver a casa. ¿Podía Clay enviarle por favor el jet al día siguiente?

«Faltaría más, cariño.» Hacer volar el maldito cacharro sólo costaba tres mil dólares la hora. Las cuatro horas del viajecito de ida y vuelta significaban veinticuatro mil dólares, pero eso no era más que una gota en un cubo de agua comparado con lo que ella estaba gastándose en el chalé.

35

Las filtraciones te dan la vida y la muerte. Clay había participado algunas veces en aquel juego y había facilitado a los periodistas sabrosos chismes confidenciales, añadiendo a continuación la frase «Sin comentarios», publicados unas líneas más abajo de la verdadera basura. Entonces le hacía gracia; ahora le resultaba doloroso. No acertaba a imaginar que pudiera haber alguien interesado en humillarlo más de lo que ya lo estaba.

Por lo menos, él había recibido una pequeña advertencia. Un reportero del *Post* había llamado a su despacho, desde donde lo habían remitido al del ilustre Zack Battle. El reportero había hablado con éste y había recibido la respuesta habitual. Zack llamó a Clay para informarle acerca del contenido de la conversación.

Se publicaba en la tercera página de la sección del Área Metropolitana y constituyó una agradable sorpresa después de tantos meses de primeras planas de comentarios entusiastas y posteriormente de escándalos. Puesto que los datos eran muy escasos, el espacio debía llenarse con algo: una fotografía de Clay. EL REY DE LOS PLEITOS BAJO INVESTIGACIÓN DE LA COMISIÓN DE BOLSA Y VALORES. «Según fuentes no identificadas...» Zack tenía varias citas a cual más demoledora para Clay. Mientras leía el reportaje, éste recordó las veces en que había visto a Zack emplear la misma táctica: negar, desviar la atención y prometer una enérgica defensa, siempre protegiendo a alguno de los mayores estafadores de la ciudad. Cuanto más importante fuera el estafador, tanto más se apresuraba éste a acudir al despacho de Zack Battle; Clay se preguntó por primera vez si no se habría equivocado contratando los servicios de Zack.

Lo leyó en casa donde, por suerte, estaba solo, pues Ridley se había ido a pasar un par de días a su nuevo apartamento, que Clay había alquilado para ella. Le gustaba disfrutar de la libertad que suponía el que cada uno viviese en su casa, pero, puesto que su antiguo apartamento era bastante pequeño, Clay había accedido a instalarla en otro más bonito. En realidad, su libertad exigía una tercera vivienda, el chalé de St. Barth, al que ella siempre se refería llamándolo «nuestro chalé».

Y no es que Ridley leyera precisamente los periódicos. De hecho, apenas sabía nada de los problemas de Clay. Su mayor interés consistía en gastarse su dinero, sin prestar demasiada atención a la manera en que lo ganaba. En caso de que hubiera visto el reportaje de la tercera página, no hizo el menor comentario. Y él tampoco.

A medida que pasaban las horas de una más de las muchas aciagas jornadas que estaba viviendo últimamente, Clay empezó a percatarse de lo pocas que eran las personas que se preocupaban por su suerte. Un compañero de la facultad de Derecho le telefoneó y trató de levantarle el ánimo, y eso fue todo. Le agradeció la llamada, pero ésta le sirvió de muy poco. ¿Dónde estaban todos sus demás amigos?

A pesar de sus esfuerzos, no podía evitar pensar en Rebecca y en los Van Horn. Seguro que unas semanas atrás se habrían muerto de envidia y arrepentimiento al ver la coronación del nuevo Rey de los Pleitos. ¿Qué estarían pensando ahora? «Me da igual», se repetía Clay una y otra vez. Pero, si le daba igual, ¿por qué no podía quitárselos de la cabeza?

Paulette Tullos se dejó caer por allí poco antes del mediodía y su presencia lo animó. Estaba guapísima: se había quitado de encima unos cuantos kilos y lucía una ropa muy cara. Se había pasado varios meses recorriendo Europa, a la espera de que finalizaran los trámites de su divorcio. Los rumores sobre Clay circulaban por todas partes y estaba preocupada por él. Su parte del botín del Dyloft había superado ligeramente los diez millones de dólares y quería saber si ella tenía alguna responsabilidad. Clay le aseguró que no. No era socia del bufete en el momento del acuerdo, sino sólo una asociada. El nombre que figuraba en todos los alegatos y documentos era el de Clay.

—Tú fuiste la más lista —le dijo Clay—. Tomaste el dinero y echaste a correr.

—Me siento fatal.

—No tienes por qué. Los errores los cometí yo, no tú.

A pesar de que el Dyloft iba a costarle muy caro —por lo menos veinte de sus antiguos clientes se habían incorporado a la acción conjunta de Warshaw—, seguía confiando con toda su alma en el Maxatil. Con veinticinco mil casos, la suma que obtendría sería sensacional.

—En estos momentos hay muchas piedras en el camino, pero las cosas van a mejorar. En cuestión de un año, volveré a ganar dinero a carretadas.

—¿Y los del FBI?

—No pueden hacerme nada.

Paulette soltó un suspiro de alivio. En caso de que en verdad se creyera todo lo que Clay estaba contándole, debía de ser la única persona en hacerlo.

La tercera reunión sería la última, pese a que ni Clay ni ninguno de los que se sentaban a su lado de la mesa lo sabía. Joel Hanna se presentó en compañía de su primo Marcus, el director general de la empresa, y sin Babcock, el abogado de la aseguradora. Como de costumbre, ambos se enfrentaron con el pequeño ejército del otro lado, presidido por el señor JCC. El Rey.

Después de las consabidas acciones de precalentamiento, Joel anunció:

—Hemos descubierto otras dieciocho viviendas que deberían añadirse a la lista. Eso hace un total de novecientas cuarenta. Estamos casi seguros de que no habrá más.

—Buena noticia —dijo Clay con cierta crueldad.

Una lista más larga equivalía a más clientes para él, a más daños que la empresa Hanna debería pagar. Clay representaba casi al noventa por ciento de los demandantes, el resto de los cuales estaba repartido entre unos pocos abogados más. Su Equipo Hanna, así lo llamaban, había conseguido convencer a los propietarios de las casas de que contrataran los servicios de su bufete, asegurándoles que de esa manera ganarían mucho más dinero, pues el señor Carter era un experto en demandas por daños y perjuicios. Todos los posibles clientes habían recibido información exhaustiva y muy profesionalizada en la que se detallaban las grandes hazañas del más reciente Rey de los Pleitos. Se trataba de una desvergonzada campaña publicitaria y de un descarado ofrecimiento de servicios, pero ésas eran las reglas del juego.

En el transcurso de la última reunión, Clay había reducido sus exigencias de veinticinco mil dólares por demandante a veintidós mil quinientos, lo que le permitiría percibir unos honorarios netos del orden de los 7,5 millones. La compañía Hanna contraatacó con un ofrecimiento de diecisiete mil dólares que llevaría su capacidad de endeudamiento al borde de la ruptura.

A razón de diecisiete mil dólares por vivienda, el señor JCC ganaría unos 4,8 millones en concepto de honorarios, siempre y cuando mantuviera un porcentaje de un treinta por ciento. Si reducía sus honorarios a un más razonable veinte por ciento, cada uno de sus clientes obtendría una compensación neta de trece mil seiscientos dólares. Semejante rebaja se traduciría en una reducción aproximada de sus honorarios de un millón y medio de dólares. Marcus Hanna había encontrado a un honrado contratista dispuesto a reparar los daños de cada casa por trece mil quinientos.

Durante la última reunión quedó muy claro que la cuestión de los honorarios de los abogados era casi tan importante como la de la indemnización a los propietarios de las casas. Sin embargo, desde la celebración de la última reunión, la prensa había estado publicando toda una serie de reportajes acerca del señor JCC, ninguno de ellos favorable. Por consiguiente, el bufete de éste no estaba dispuesto a negociar una reducción de los honorarios.

—¿Algún cambio por su parte? —preguntó Clay en tono un tanto desabrido.

—No —contestó Joel, describiendo brevemente los pasos que había dado su empresa para reevaluar su situación económica, la cobertura de su seguro y su capacidad de endeudamiento de hasta unos ocho millones de dólares que se añadirían a un fondo de compensación. Pero, por desgracia, no se había producido ningún cambio. El negocio estaba atravesando una mala época. Los pedidos estaban estancados. La construcción de obra nueva también era muy floja, por lo menos en el mercado en que ellos se movían.

Si la situación no era buena para la firma Hanna Portland Cement, la de quienes estaban al otro lado de la mesa tampoco era mejor. Clay había interrumpido de repente su campaña de anuncios para la captación de nuevos clientes del Maxatil, una medida que hizo que sus colaboradores lanzaran un suspiro de alivio. Rex Crittle trabajaba sin descanso en la contención de los gastos, a pesar de que la política de JCC aún no había conseguido adaptarse a unas ideas tan radicales. Crittle había llegado incluso a plantear el tema de los despidos, lo cual había dado lugar a una airada respuesta de su jefe. En aquellos momentos no se estaban generando honorarios significativos. El fracaso del Skinny Ben les había costado millones, en lugar de generarles otra fortuna, y ahora que los ex clientes del Dyloft estaban pasándose a Helen Warshaw, el bufete empezaba a tambalearse.

—O sea, que no hay ningún cambio, ¿verdad? —preguntó Clay cuando Joel terminó.

—No. Diecisiete mil dólares es todo lo que podemos permitirnos. ¿Algún cambio por su parte?

—Veintidós mil quinientos es un acuerdo razonable —dijo Clay sin arredrarse ni parpadear—. Si ustedes no cambian, nosotros tampoco.

Su voz era más dura que el acero. Su tenacidad impresionó a sus colaboradores, a pesar de que éstos eran partidarios de llegar a un compromiso. Pero Clay estaba pensando en Patton French, allá en Nueva York, en una sala llena de peces gordos de los laboratorios Ackerman, ladrando, avasallando y dominando la situación. Estaba convencido de que si seguía insistiendo Hanna se doblegaría a sus exigencias.

El único que manifestaba ciertas dudas en el bando de Clay era un joven abogado llamado Ed Wyatt, el jefe del Equipo Hanna. Antes de la reunión, éste le había explicado a Clay que, en su opinión, la empresa Hanna se vería muy beneficiada con la protección y la reorganización previstas en el Capítulo Once de la legislación sobre quiebras. Cualquier acuerdo con los propietarios de las casas quedaría aplazado hasta que un síndico pudiera clasificar sus reclamaciones y establecer una compensación razonable. Wyatt opinaba que los demandantes tendrían suerte de cobrar diez mil dólares de acuerdo con los criterios fijados en dicho capítulo. La empresa no había amenazado con declararse en quiebra, una estratagema habitual en tales situaciones. Clay había examinado los libros de Hanna y pensaba que ésta tenía demasiados activos y demasiado orgullo para tomar en consideración una acción tan drástica. Lanzó el dado. El bufete necesitaba la mayor cantidad posible de honorarios que pudiera arrancar.

Marcus Hanna dijo en tono áspero:

—Bien, pues entonces ya es hora de irnos.

Él y su primo hermano arrojaron juntos sus papeles y abandonaron la sala de conferencias hechos una furia. Clay también intentó hacer un mutis espectacular para demostrar a sus tropas que no se arredraba ante nada.

Dos horas después, en el Tribunal de Quiebras de Estados Unidos del Distrito Oriental de Pensilvania, la compañía Hanna Portland Cement presentaba una petición al amparo del Capítulo Once para protegerse de sus acreedores, los más importantes de los cuales eran los que estaban incluidos en la acción legal conjunta ejercida por J. Clay Carter II, de Washington, Distrito de Columbia.

Por lo visto, uno de los Hanna también conocía la importancia de las filtraciones. El *Baltimore Press* publicaba un largo reportaje acerca de la quiebra y de la inmediata reacción de los propietarios de las viviendas. Los detalles eran muy precisos y se veía con toda claridad que alguien muy cercano a las negociaciones en torno al acuerdo se los había susurrado al oído al reportero. La empresa había ofrecido diecisiete mil dólares por cada demandante; un cálculo muy generoso había establecido una cantidad de unos quince mil para la reparación de cada una de las viviendas. La demanda se habría resuelto con un acuerdo muy razonable si no hubiese sido por la cuestión de los honorarios de los abogados. Hanna había reconocido su responsabilidad desde el principio y había estado dispuesta a endeudarse fuertemente para corregir sus errores. Etcétera.

Los demandantes estaban tremendamente disgustados. El periodista se había trasladado al extrarradio y había descubierto una improvisada reunión en un garaje. Había visitado unas cuantas viviendas y comprobado los daños. En el reportaje se reproducían distintos comentarios:

—Tendríamos que haber tratado directamente con Hanna.

—La empresa se presentó aquí antes de que apareciera este abogado.

—Un albañil me dijo que él hubiera podido retirar los ladrillos defectuosos y colocar los nuevos por once mil dólares. ¿Y hemos rechazado diecisiete mil? La verdad es que no lo entiendo.

—Yo no supe que me habían metido en una demanda conjunta hasta que la presentaron.

—Nosotros no queríamos que la empresa se declarara en quiebra.

—No, estuvieron muy amables con nosotros. Intentaron ayudarnos.

—¿Podemos demandar al abogado?

—Yo intenté llamarlo, pero las líneas estaban ocupadas.

A continuación, el reportero no había tenido más remedio que comentar ciertos antecedentes de Clay Carter y, como es natural, había empezado con los honorarios del Dyloft. A partir de allí, las cosas iban a peor. Tres fotografías contribuían a completar el reportaje; en la primera, la propietaria de una de las viviendas señalaba los ladrillos desprendidos; la segunda correspondía al grupo reunido en el garaje; y la tercera mostraba a Clay vestido de esmoquin y a Ridley enfundada en un precioso vestido, posando en la Casa Blanca antes de la cena de gala. Ella era una belleza sensacional y él también era muy guapo, si bien, vistos en aquel contexto, no se podía apreciar del todo la gran pareja que formaban. La instantánea era de muy mala calidad. El pie de foto rezaba: «No se ha podido localizar al señor Carter, arriba en una cena en la Casa Blanca, para recabar su comentario.»

«Por supuesto que no me han podido localizar», pensó Clay.

Y así se inició una nueva jornada en el bufete de JCC. Teléfonos que sonaban sin cesar, pues los indignados clientes necesitaban a alguien a quien soltarle una bronca. Un guardia de seguridad en el vestíbulo, por si acaso. Asociados reunidos en pequeños corros, comentando en voz baja la supervivencia de su fuente de trabajo. Conjeturas y críticas de todo tipo por parte de los empleados. El jefe encerrado en su despacho. Ningún caso concreto en el que trabajar, pues lo único que tenía el bufete en aquellos momentos era una carretada de expedientes sobre el Maxatil con los cuales no se podía hacer nada, pues Goffman ni siquiera devolvía las llamadas.

Por todo el Distrito corrían bromas a costa de Clay, a pesar de que éste no se enteró hasta que el *Press* publicó el reportaje. Todo había empezado con los reportajes sobre el Dyloft en el *Wall Street Journal* y algunos faxes enviados aquí y allá a lo largo y ancho de la ciudad para que todos los que conocían a Clay se enteraran de la noticia. La cosa adquirió más fuerza cuando *American Attorney* lo colocó en el octavo puesto de la lista de abogados con mayores ingresos, lo que produjo más faxes, más correo electrónico y algún que otro chiste para añadir sabor a los comentarios. Pero la popularidad alcanzó sus cotas más altas cuando Helen Warshaw presentó su terrible demanda. Algún abogado de la ciudad, alguien que, al parecer, debía de tener mucho tiempo libre, lo tituló «El Rey de los Calzoncillos», le dio un tosco y rápido formato y empezó a enviar faxes. Alguien dotado de ciertas inclinaciones artísticas añadió una vulgar caricatura en la que Clay aparecía desnudo y con los calzoncillos bajados hasta los tobillos, con expresión de perplejidad. Cualquier nueva noticia acerca de él daba lugar a una nueva edición. El editor, o, los editores, recogían los comentarios que aparecían en Internet, los imprimían en forma de hojas informativas y los repartían por doquier. La sensacional noticia acerca de la investigación criminal se completaba con la fotografía en la Casa Blanca, algunos jugosos comentarios acerca de su avión y una nota sobre su padre.

Ya desde el principio, los anónimos editores habían estado enviando copias por fax al bufete de Clay, pero la señorita Glick las arrojaba a la papelera. Varios chicos de Yale también recibieron los faxes, pero protegieron a su jefe. Oscar se presentó con la última edición y la arrojó sobre el escritorio de Clay.

—Sólo para que lo sepas —dijo.

La última edición era una reproducción del reportaje del *Press*.

—¿Tienes alguna idea de quién está detrás de todo eso? —preguntó Clay.

—No. Lo envían por fax a toda la ciudad en una especie de cadena de la buena suerte.

—¿Acaso esta gente no tiene nada mejor que hacer?

—Supongo que no. Pero no te preocupes, Clay. Los de arriba siempre están un poco solos.

—O sea que ahora hasta dispongo de mi propia hoja informativa. Tiene gracia, hace dieciocho meses nadie me conocía.

Se oyó un alboroto en el exterior. Voces ásperas, airadas. Clay y Oscar salieron corriendo al pasillo donde el guardia de seguridad estaba forcejeando con un caballero muy alterado. Varios asociados y secretarias se estaban incorporando a la escena.

—¿Dónde está Clay Carter? —preguntó a gritos el hombre.

—¡Aquí! —contestó Clay, acercándose a él—. ¿Qué desea?

De repente, el hombre se quedó quieto, aunque el guardia no lo soltó. Ed Wyatt y otro asociado se acercaron un poco más.

—Soy uno de sus clientes —dijo el hombre, respirando afanosamente—. Suélteme —añadió en tono perentorio, zafándose de la presa del guardia.

—Déjelo —dijo Clay.

—Quiero mantener una entrevista con mi abogado —explicó el hombre.

—Ésta no es la manera de concertarla —replicó fríamente Clay bajo la atenta mirada de sus empleados.

—Bueno, lo intenté de la otra manera, pero las líneas estaban siempre ocupadas. Usted nos ha impedido llegar a un acuerdo favorable con la cementera. Queremos saber por qué. ¿No tenía suficiente con el dinero que se llevaba?

—Ya veo que se cree usted todo lo que dicen los periódicos —repuso Clay.

—Creo que nuestro propio abogado nos ha jodido. Y no vamos a quedarnos con los brazos cruzados.

—Lo que ustedes tienen que hacer es tranquilizarse y dejar de leer los periódicos. Seguimos trabajando con el acuerdo.

Era una mentira, pero con buena intención. Había que aplastar la rebelión, por lo menos allí, en el despacho.

—Rebaje sus honorarios y consíganos un poco de dinero —dijo el hombre en tono airado—. Se lo dicen sus clientes.

—Les conseguiré un acuerdo —dijo Clay con una hipócrita sonrisa en los labios—. Pero tranquilícese.

—De lo contrario, recurriremos al Colegio de Abogados.

—Cálmese.

El hombre retrocedió, se volvió y abandonó el despacho.

—A trabajar todo el mundo —ordenó Clay, dando unas palmadas como si todos tuvieran montones de trabajo que hacer.

Rebecca se presentó una hora después, inesperadamente. Le entregó una nota a la recepcionista y dijo:

—Por favor, entréguele esto al señor Carter. Es muy importante.

La recepcionista miró al guardia de seguridad, quien se encontraba en situación de alerta máxima, y ambos tardaron unos segundos en llegar a la conclusión de que lo más probable era que aquella atractiva joven no constituyera una amenaza.

—Soy una vieja amiga —explicó Rebecca.

Lo fuese o no, logró que el señor Carter saliera de su escondrijo más rápido de lo que nadie hubiera logrado jamás en la breve historia del bufete. Ambos se sentaron en el rincón de su despacho, Rebecca en el sofá y Clay en un sillón lo más cerca posible de ella. Permanecieron un buen rato sin pronunciar palabra. Clay estaba tan emocionado que no habría conseguido articular una frase coherente. Su presencia podía significar cien cosas distintas, ninguna de ellas mala.

Deseó arrojarse sobre ella, sentir de nuevo su cuerpo, aspirar el perfume de su cuello, acariciarle las piernas. Nada había cambiado: el mismo corte de cabello, el mismo maquillaje, la misma barra de labios y la misma pulsera.

—Me estás mirando las piernas —dijo ella al final.

—Sí, es verdad.

—¿Cómo estás, Clay? Tienes muy mala prensa en estos momentos.

—¿Y por eso has venido?

—Sí. Estoy preocupada.

—Si estás preocupada, significa que todavía sientes algo por mí.

—Sí.

—¿O sea que no me has olvidado?

—Pues no. En estos momentos estoy un poco aturdida con lo de mi matrimonio y demás, pero sigo pensando en ti.

—¿Constantemente?

—Sí, y cada vez más.

Clay cerró los ojos y apoyó una mano en la rodilla de Rebecca, que se apresuró a apartarla.

—Estoy casada, Clay.

—Pues vamos a cometer adulterio.

—No.

—¿Aturdida? Eso suena a situación provisional. ¿Qué ocurre, Rebecca?

—No he venido aquí para hablar de mi matrimonio. Estaba por la zona, he pensado en ti y he decidido pasar un momento a saludarte.

—¿Cómo un perro extraviado? No me lo creo.

—Mejor que no. ¿Cómo está tu bombón?

—Aquí y allá. Es sólo un apaño.

Por su expresión, Rebecca parecía lamentar la existencia de aquel apaño. Estaba muy bien que ella se casara con otro, pero no le gustaba la idea de que Clay se liara con otra.

—¿Cómo está el gusano? —preguntó Clay.

—Está bien.

—Qué calificativo tan entusiasta por parte de una recién casada. ¿Simplemente bien?

—Vamos tirando.

—¿Lleváis menos de un año casados y eso es lo mejor que podéis hacer? ¿Ir tirando?

—Sí.

—No le das sexo, ¿verdad?

—Estamos casados.

—Pero es que es un tipejo insoportable. Os vi bailar en la fiesta y me daban ganas de vomitar. Dime que es muy malo en la cama.

—Es muy malo en la cama. ¿Y tu bombón?

—Le gustan las chicas.

Ambos se rieron de buena gana. Y después guardaron silencio, pues tenían demasiadas cosas que decirse. Rebecca volvió a cruzar las piernas mientras Clay las miraba sin el menor disimulo. Estaba tan cerca que casi podía tocarlas.

—¿Vas a sobrevivir? —preguntó Rebecca.

—No hablemos de mí. Hablemos de nosotros.

—No tengo intención de lanzarme a una aventura —dijo ella.

—Pero piensas en ello, ¿verdad?

—No, pero sé que tú sí.

—Sería divertido, ¿no te parece?

—Sí y no. No quiero vivir de esta manera.

—Yo tampoco, Rebecca. No quiero compartir nada. Antes te tenía toda para mí y dejé que te fueras. Esperaré a que vuelvas a estar soltera, pero ¿quieres hacer el favor de darte prisa, joder?

—Eso puede que no ocurra, Clay.

—Vaya si ocurrirá.

36

A pesar de que Ridley dormía a su lado en la cama, Clay se pasó la noche soñando con Rebecca. Dormía y se despertaba a cada momento, siempre con una beatífica sonrisa en los labios. Pero todas sus sonrisas se desvanecieron cuando sonó el teléfono poco después de las cinco de la mañana. Contestó en el dormitorio y pasó después a un teléfono del estudio.

Era Mel Snelling, un antiguo compañero suyo de habitación del colegio universitario, que ahora trabajaba como médico en Baltimore.

—Tenemos que hablar, tío —le dijo—. Es urgente.

—De acuerdo. —Clay sintió que se le aflojaban las rodillas.

—A las diez de la mañana delante del Lincoln Memorial.

—Allí estaré.

—Es muy probable que alguien esté siguiéndome —le advirtió Mel, y colgó el auricular.

El doctor Snelling había examinado, a petición de Clay y para hacerle un favor, los informes de investigación sobre el Dyloft. Y ahora los del FBI lo habían localizado.

Por primera vez, Clay experimentó el descabellado impulso de echar a correr. Transferir el dinero que quedara a alguna república bananera, largarse de la ciudad, dejarse crecer la barba y desaparecer. Llevándose a Rebecca, claro.

Su madre los localizaría antes que los federales.

Preparó café y permaneció un buen rato bajo la ducha. Se puso unos vaqueros y le hubiera dicho adiós a Ridley, pero ésta seguía sin moverse.

Era más que probable que los teléfonos de Mel estuviesen pinchados. Una vez que lo hubiesen localizado, los del FBI echarían mano de todas sus triquiñuelas habituales. Lo amenazarían con denunciarlo en caso de que no delatara a su amigo. Lo acosarían con visitas, llamadas telefónicas y vigilancias. Lo presionarían para que se colocara un dispositivo de escucha y le tendiera una trampa a Clay.

Zack Battle no estaba en la ciudad y, por consiguiente, Clay tenía el día libre. Llegó al Lincoln Memorial a las nueve y veinte y se mezcló con los pocos turistas que había por allí. A los pocos minutos, apareció Mel, lo cual despertó de inmediato las sospechas de Clay. ¿Por qué se había presentado con media hora de antelación? ¿Acaso se trataba de una emboscada? ¿Acaso los agentes Spooner y Lohse se encontraban allí cerca con micrófonos, cámaras y armas? Una mirada al rostro de Mel fue suficiente para que comprendiese que había malas noticias.

Se estrecharon la mano y procuraron mostrarse cordiales. Clay sospechó de inmediato que todas sus palabras estaban siendo grabadas. Se hallaban a principios de septiembre, el aire era fresco pero no hacía frío, y sin embargo Mel iba muy abrigado, como si las previsiones meteorológicas hubieran anunciado una nevada. Debajo de toda aquella ropa podía haber cámaras.

—Vamos a dar un paseo —propuso Clay señalando hacia el monumento a Washington.

—De acuerdo —dijo Mel, encogiéndose de hombros.

No le importaba. Aquello al menos significaba que no habían planeado tenderle una trampa cerca del señor Lincoln.

—¿Te han seguido? —preguntó Clay.

—No lo creo. He volado de Baltimore a Pittsburgh y de Pittsburgh al Aeropuerto Nacional Reagan y allí he tomado un taxi. No creo que nadie me esté pisando los talones.

—¿Son Spooner y Lohse?

—Sí. ¿Los conoces?

—Han estado en el despacho algunas veces. —En ese momento rodeaban el estanque del Reflecting Pool, por la acera del lado sur. Clay no pensaba decir nada que no quisiera que alguien le recordase en algún momento—. Mel, yo sé muy bien cómo actúan los del FBI. Acostumbran a presionar a los testigos. Les gusta pinchar los teléfonos de la gente y recoger pruebas mediante micrófonos ocultos y otros juguetes de alta tecnología. ¿Te pidieron que te colocaras un micrófono oculto?

—Sí.

—¿Y qué?

—Les dije que ni hablar.

—Gracias.

—Tengo a un abogado estupendo, Clay. He hablado un poco con él y se lo he contado todo. No hice nada malo porque no vendí acciones al descubierto. Tengo entendido que tú sí lo hiciste, lo cual ahora seguramente no harías si tuvieras ocasión. Es cierto que quizá tuviese información privilegiada, pero no hice nada con ella. Mi comportamiento fue impecable. Y así y todo, va y recibo una citación del jurado de acusación.

El caso aún no había sido presentado al jurado de acusación. Mel estaba siguiendo, en efecto, los consejos de un buen abogado. Por primera vez en cuatro horas, la respiración de Clay se normalizó un poco.

—Sigue —dijo con cautela.

Llevaba las manos profundamente metidas en los bolsillos de los vaqueros. Detrás de las gafas ahumadas, sus ojos vigilaban a todas las personas que los rodeaban. Si Mel se lo hubiera contado todo a los federales, ¿por qué habrían tenido éstos que utilizar micrófonos ocultos?

—La pregunta más importante es cómo me localizaron. Yo no le comenté a nadie que estaba revisando el informe de las investigaciones. ¿A quién se lo dijiste tú?

—A nadie en absoluto, Mel.

—Me cuesta creerlo.

—Te lo juro. ¿Por qué iba a decirlo?

Ambos se detuvieron un momento para que pasaran los automóviles en la calle Diecisiete. Cuando reanudaron la marcha, se desviaron hacia la derecha para apartarse de un grupo de personas.

—Si yo miento al jurado de acusación a propósito del informe de la investigación, van a tener muchas dificultades para acusarte. Pero si descubren que he mentido, yo también iré a parar a la cárcel. ¿Quién más sabe que examiné el informe sobre las investigaciones? —volvió a preguntar Mel.

Fue entonces cuando Clay comprendió, sin sombra de duda, que no había micrófonos ocultos de ningún tipo, que nadie estaba escuchando. Mel no buscaba ninguna prueba; quería, sencillamente, que él lo tranquilizara.

—Tu nombre no figura en ningún sitio, Mel —dijo Clay—. Me limité a enviarte el material. Y tú no copiaste nada, ¿verdad?

—Exacto.

—Me lo devolviste y yo lo revisé de nuevo. No había ninguna indicación sobre ti en ningún sitio. Nos hablamos por teléfono una media docena de veces. Todos tus comentarios y todas tus opiniones acerca de la investigación fueron de carácter verbal.

—¿Y qué me dices de los demás abogados del caso?

—Algunos vieron el informe. Sabían que yo lo tenía en mi poder antes de presentar la demanda. Saben que un médico le echó un vistazo porque yo se lo pedí, pero no tienen la menor idea de quién eres.

—¿Podría el FBI presionarlos para que declararan que tú tenías el informe de la investigación antes de presentar la demanda?

—De ninguna manera. Podrían intentarlo, pero estos tipos son abogados, y de los importantes, Mel. No se asustan fácilmente. No han hecho nada malo (no negociaron con las acciones) y no les facilitarán ningún dato a los federales. Por ese lado estoy bien protegido.

—¿Estás absolutamente seguro? —preguntó Mel sin estarlo él en absoluto.

—Sí.

—Entonces, ¿qué hago?

—Sigue el consejo de tu abogado. Hay muchas posibilidades de que eso no vaya a parar a un jurado de acusación —repuso Clay, más a modo de plegaria que de certeza—. Si te mantienes firme, lo más seguro es que todo quede en nada.

Recorrieron unos cien metros en silencio. El monumento a Washington estaba cada vez más cerca.

—Si me envían una citación —dijo Mel muy despacio—, será mejor que volvamos a hablar.

—Por supuesto que sí.

—Yo no pienso ir a la cárcel por eso, Clay.

—Ni yo.

Se detuvieron en medio de un grupo de gente que ocupaba la acera cerca del monumento.

—Voy a desaparecer —dijo Mel—. Adiós. Si no recibes noticias mías, será una buena noticia.

Acto seguido se introdujo en un grupo de estudiantes de instituto y se esfumó.

El juzgado del condado de Coconino, en Flagstaff, estaba relativamente tranquilo la víspera del juicio. Su actividad era la misma de siempre; nada permitía adivinar el histórico y trascendental conflicto que no tardaría en estallar en aquel lugar. Estaban en la segunda semana de septiembre y el termómetro marcaba casi cuarenta grados. Clay y Oscar recorrieron a pie la zona del centro y entraron rápidamente en el juzgado, en busca del alivio del aire acondicionado.

En cambio, en el interior de la sala ya estaban discutiéndose las propuestas previas al juicio y los ánimos estaban muy encrespados. No había ningún jurado en la tribuna; el proceso de selección se iniciaría a las nueve en punto de la mañana del día siguiente. Dale Mooneyham y su equipo ocupaban una mitad de la zona reservada a los letrados. El ejército de Goffman, encabezado por un abogado de muchas campanillas de Los Ángeles llamado Roger Redding ocupaba la otra mitad. También lo llamaban Roger *el Cohete*, por la rapidez y la fuerza con que solía atacar, y Roger *el Regateador*, porque recorría todo el país luchando contra los abogados más importantes y regateando los veredictos de los jurados.

Clay y Oscar se sentaron entre los espectadores, muy numerosos a pesar de que aquel día ambas partes se limitarían a exponer sus argumentos. Wall Street vigilaría muy de cerca el juicio. La prensa económica informaría constantemente del desarrollo de los acontecimientos. Y, como era de prever, los buitres como Clay sentían una gran curiosidad. Las dos primeras filas estaban ocupadas por una docena de clones empresariales, sin duda los nerviosos representantes de Goffman.

Mooneyham cruzó la sala como un matón de bar, soltándole un rugido primero al juez y después a Roger. Tenía una voz recia y profunda y su tono era casi siempre pendenciero. Era un viejo guerrero con una cojera intermitente. A veces utilizaba un bastón para desplazarse de un lugar a otro y otras parecía olvidarse de él.

Roger era un típico representante de la elegancia hollywoodense: traje meticulosamente cortado a la medida, cabellera espesa y entrecana, barbilla fuerte y perfil impecable. Puede que en determinado momento de su vida hubiera aspirado a convertirse en actor. Hablaba con elocuencia utilizando una bella prosa cuyas frases fluían con toda suavidad y sin la menor vacilación. Nada de «Mmmm» o de «Bueno». Nada de comienzos en falso. Cuando discutía algún punto, usaba un espléndido vocabulario que cualquiera podía entender, y era capaz de desarrollar tres o cuatro líneas a la vez antes de unirlas en una sola y convertirlas en un único argumento de lógica aplastante. No temía ni a Dale Mooneyham ni al juez ni ninguno de los pormenores del caso.

Cuando Redding discutía acerca de alguna cuestión, por insignificante que ésta fuera, Clay lo escuchaba embobado. De pronto, a éste se le ocurrió una inquietante posibilidad: en caso de que se viera obligado a ir a juicio en el Distrito de Columbia, Goffman no dudaría en enviar allí a Roger *el Regateador*.

Mientras disfrutaba del espectáculo de los dos grandes abogados que estaban actuando ante él, Clay fue reconocido. Uno de los abogados de la mesa de Redding miró alrededor y creyó reconocer un rostro. Le dio un codazo a otro y ambos lo identificaron sin el menor género de duda. Entonces garabatearon unas notas y se las pasaron a los tipos de las dos primeras filas.

El juez decretó un descanso de quince minutos para poder ir al lavabo. Clay abandonó la sala y se fue a tomar una gaseosa. Lo siguieron dos hombres que, al final, lo acorralaron al fondo del pasillo.

—Señor Carter —dijo amablemente el primero de ellos—, soy Bob Mitchell, vicepresidente y abogado interno de Goffman. —Tendió la mano y estrechó cordialmente la de Clay.

—Encantado —dijo Clay.

—Le presento a Sterling Gibb, uno de nuestros abogados de Nueva York.

Clay se sintió obligado a estrechar también la mano de Gibb.

—Sólo quería saludarlo —añadió Mitchell—. No me sorprende verle aquí.

—Tengo cierto interés por este juicio —dijo Clay.

—Eso es un ligero eufemismo. ¿Cuántos casos tiene ahora?

—Pues la verdad es que no lo sé. Bastantes.

Gibb se limitó a esbozar una afectada sonrisa y a mirarlo en silencio.

—Examinamos a diario su página *web* —dijo Mitchell—. Veintiséis mil según los últimos cálculos.

Gibb dejó de sonreír; estaba claro que aborrecía el juego de las demandas conjuntas.

—Algo así —repuso Clay.

—Parece ser que ha retirado los anuncios. Supongo que ya tiene suficientes casos.

—Bueno, uno nunca tiene suficiente, señor Mitchell.

—¿Qué va usted a hacer con todos esos casos si nosotros ganamos este juicio? —preguntó Gibb, tomando finalmente la palabra.

—Y ustedes, ¿qué van a hacer si pierden este juicio? —contraatacó Clay.

Mitchell se acercó un poco más a él.

—Si nosotros ganamos aquí, señor Carter, le costará Dios y ayuda encontrar a algún pobre abogado que quiera hacerse cargo de sus veintiséis mil casos. No valdrán gran cosa.

—¿Y si pierden? —preguntó Clay.

Gibb se acercó otro poco.

—Si perdemos aquí, iremos directamente al Distrito Federal para enfrentarnos con su artificial demanda conjunta. Eso si para entonces no está usted en la cárcel.

—Estaré preparado —dijo Clay, reaccionando con cierta dificultad ante el ataque.

—¿Sabe dónde está el juzgado? —preguntó Gibb.

—Ya he jugado al golf con el juez —contestó Clay—, y salgo con la estenógrafa.

Era mentira, por supuesto, pero sirvió para desconcertarlos momentáneamente.

Mitchell se recuperó de la sorpresa, volvió a tenderle la mano y le dijo:

—En fin, sólo quería saludarlo.

Clay se la estrechó.

—Me alegro de saber algo de Goffman —repuso—. Ustedes casi no han contestado a mi demanda.

Gibb dio media vuelta y se retiró.

—Primero vamos a terminar con ésta —dijo Mitchell—. Entonces hablaremos.

Clay estaba a punto de entrar de nuevo en la sala cuando un entrometido reportero se le plantó delante. Era Derek no sé qué del *Financial Weekly* y quería formularle un par de preguntas. Su periódico era un portavoz y mamporrero ultraderechista del sector empresarial que aborrecía a los abogados que presentaban querellas y demandas conjuntas, por cuyo motivo Clay se guardó mucho de contestarle con un simple «Sin comentarios» o «Largo de aquí». El nombre de Derek le resultaba vagamente familiar. ¿Sería el reportero que tantas cosas desagradables había escrito acerca de él?

—¿Puedo preguntarle qué está usted haciendo aquí? —dijo Derek.

—Supongo que sí.

—¿Que está haciendo aquí?

—Lo mismo que usted.

—¿Y eso qué es?

—Disfrutar del calor.

—¿Es cierto que tiene veinticinco mil casos de Maxatil?

—No.

—¿Cuántos?

—Veintiséis mil.

—¿Cuánto valen?

—Una suma intermedia entre cero y dos mil millones de dólares.

Sin que Clay lo supiera, el juez había prohibido a los abogados de ambas partes hacer comentarios a la prensa a partir de aquel momento y hasta el final del juicio. Y, puesto que parecía que él estaba dispuesto a hablar, enseguida atrajo a una muchedumbre y, de pronto, se vio rodeado por un numeroso grupo de periodistas. Contestó algunas preguntas más, pero sin apenas decir nada.

El *Arizona Ledger* reproducía sus palabras, señalando que sus casos podían valer dos mil millones de dólares, y publicaba una fotografía suya delante del edificio de los juzgados rodeado de micrófonos y con el pie «El Rey de los Pleitos está en la ciudad». Añadía un breve resumen de la visita de Clay junto con unos cuantos comentarios acerca del juicio propiamente dicho. El reportero no lo calificaba directamente de abogado codicioso y oportunista, pero daba a entender su condición de buitre hambriento que sobrevolaba el caso, a la espera de abalanzarse sobre el cadáver de Goffman.

La sala estaba abarrotada de espectadores y de miembros del jurado en potencia.

A las nueve de la mañana aún no habían aparecido ni los abogados ni el juez. Todos estaban reunidos en el despacho del juez, discutiendo sin duda algunas cuestiones previas al juicio. Los alguaciles y los secretarios iban y venían alrededor del estrado del juez. Un joven vestido con traje y corbata salió de la parte de atrás del estrado, cruzó la barandilla de separación entre los jueces y el público y bajó por el pasillo central. Se detuvo en seco, miró directamente a Clay, se inclinó hacia él y le preguntó en voz baja:

—¿Es usted el señor Carter?

Sorprendido, Clay asintió con la cabeza.

—El juez desearía verlo.

El periódico estaba en el centro del escritorio del juez. Dale Mooneyham se encontraba en un rincón del espacioso despacho. Roger Redding permanecía apoyado a una mesa junto a la ventana. El juez se balanceaba en su sillón giratorio. Ninguno de los tres parecía demasiado contento. Se hicieron unas embarazosas presentaciones. Mooneyham se negó a acercarse para estrechar la mano de Clay, prefiriendo, en su lugar, saludarlo con una leve inclinación de la cabeza y una mirada asesina.

—¿Tenía usted conocimiento de la orden de guardar silencio que yo había dictado, señor Carter? —preguntó el juez.

—No, señor.

—Pues la había cursado.

—Yo no soy un abogado de este caso —dijo Clay.

—Aquí en Arizona nos esforzamos en celebrar juicios justos, señor Carter. Ambas partes quieren que un jurado tenga la menor información y sea lo más imparcial posible. Ahora, gracias a usted, los miembros en potencia del jurado saben que hay por lo menos veintiséis mil casos similares ahí fuera.

Clay no quería mostrarse débil ni apocado en presencia de Roger Redding, quien estudiaba cada uno de sus movimientos.

—Puede que fuera inevitable —dijo.

Jamás participaría en un juicio en presencia de aquel juez. No tenía por qué sentirse intimidado.

—¿Por qué no se limita a abandonar el estado de Arizona? —rugió Mooneyham desde el rincón.

—La verdad es que no tengo motivos para hacerlo —replicó Clay.

—¿Acaso quiere que pierda?

Clay llegó a la conclusión de que ya había oído suficiente. No sabía hasta qué extremo su presencia podía perjudicar la actuación de Mooneyham, pero ¿por qué correr el riesgo?

—Bien, señoría, supongo que ya nos veremos.

—Una idea excelente —dijo el juez.

Clay miró a Roger Redding diciendo:

—Le veré en Washington.

Roger esbozó una cortés sonrisa, pero meneó lentamente la cabeza.

Oscar accedió a quedarse en Flagstaff para seguir el desarrollo del juicio. Clay subió a bordo del Gulfstream para regresar tristemente a casa. Desterrado de Arizona.

37

En Reedsburg, la noticia de que Hanna iba a despedir a mil doscientos trabajadores paralizó la ciudad. La notificación se hizo por medio de una carta de Marcus Hanna, dirigida a todos los empleados.

En cincuenta años de existencia la empresa sólo había llevado a cabo cuatro despidos. Había capeado malos ciclos y estancamientos y siempre se había esforzado por todos los medios en conservar su plantilla. Ahora que se había declarado en quiebra, las reglas eran distintas. La empresa estaba recibiendo presiones para que demostrara a los tribunales y a sus acreedores que tenía un futuro económico viable.

La culpa era de ciertos acontecimientos que escapaban al control de la dirección. El estancamiento de las ventas constituía uno de los factores, pero se trataba de algo que ya había ocurrido otras veces. El golpe definitivo había sido la imposibilidad de llegar a un acuerdo de indemnización por daños y perjuicios en la demanda colectiva que se había presentado contra la empresa, la cual había negociado de buena fe, pero un codicioso y agresivo bufete del Distrito de Columbia había planteado unas exigencias exorbitantes.

Estaba en juego la supervivencia y Marcus les aseguraba a los suyos que la empresa no se hundiría. Serían necesarios unos drásticos recortes de los costes. Una dolorosa reducción de los gastos a lo largo del año siguiente garantizaría un futuro rentable.

A los mil doscientos empleados despedidos, Marcus les prometía toda la ayuda que la empresa pudiera darles. El subsidio de paro duraría un año. Estaba claro que Hanna los readmitiría lo antes posible, pero la empresa no hacía ninguna promesa al respecto. Quizá los despidos fueran permanentes.

En los cafés y en las barberías, en los pasillos de las escuelas y en los bancos de las iglesias, en las gradas de los campos de fútbol, en las aceras que rodeaban la plaza de la ciudad, en las cervecerías y en los salones de billar, la ciudad no hablaba de otra cosa. Cada uno de sus once mil habitantes conocía a alguien que acababa de quedarse sin trabajo en Hanna. Los despidos eran el mayor desastre que jamás se hubiera producido en toda la pacífica historia de Reedsburg. A pesar de que la ciudad estaba escondida en los Alleghanys, en el centro de los montes Apalaches, la noticia se propagó.

El periodista del *Baltimore Press* que había escrito tres reportajes sobre la demanda colectiva del condado de Howard aún seguía vigilando y controlando atentamente el proceso de la quiebra y conversando con los propietarios de las casas cuyos ladrillos se estaban desprendiendo. La noticia de los despidos lo indujo a trasladarse a Reedsburg. Allí recorrió cafés, salones de billar y partidos de fútbol.

El primero de sus tres reportajes era tan largo como una novela corta. Un autor firmemente decidido a calumniar deliberadamente a alguien no habría podido ser más cruel. Toda la ruina de Reedsburg habría podido evitarse fácilmente si el abogado que había presentado la demanda colectiva de indemnización, J. Clay Carter II, del Distrito de Columbia, no se hubiera mostrado tan duro e inflexible en su exigencia de unos honorarios más elevados.

Puesto que Clay no leía el *Baltimore Press* y, de hecho, se abstenía de leer casi todos los periódicos y revistas, quizá no se habría enterado de la noticia de Reedsburg, al menos por el momento. Pero el todavía anónimo editor o los anónimos editores de la inoportuna y no autorizada hoja informativa la transmitió por fax a todas partes. El último número de «El Rey de los Calzoncillos», visiblemente redactado a toda prisa, reproducía el reportaje del *Press*.

Clay lo leyó y a punto estuvo de demandar al periódico.

Sin embargo, no tardó en olvidarse del *Baltimore Press* porque una pesadilla mucho mayor estaba a punto de caerle encima. Una semana atrás, un reportero del *Newsweek* lo había llamado y, como de costumbre, la señorita Glick le había retorcido el brazo. Todos los abogados sueñan con que se hable de ellos a nivel nacional, pero sólo cuando se trata de un caso sumamente importante o de un veredicto favorable por valor de mil millones de dólares. Clay sospechaba que allí no se trataba de ninguna de las dos cosas, y estaba en lo cierto. Al *Newsweek* no le importaba demasiado Clay Carter sino la pesadilla que lo perseguía sin descanso.

Era un bombo impresionante a mayor gloria de Helen Warshaw, dos páginas de alabanzas por las que cualquier abogado hubiera estado dispuesto a matar. En una fotografía impresionante, Helen Warshaw aparecía en una sala de justicia, delante de la desierta tribuna del jurado, con aire muy combativo y brillante, pero también muy creíble. Clay jamás la había visto, y se la imaginaba en cierto modo como una «bruja implacable», tal como Saulsberry la había llamado. Pero no era nada de eso. Por el contrario, resultaba muy atractiva: cabello corto y oscuro y unos ojos pardos de expresión triste capaces de llamar la atención de cualquier jurado. Clay la miró pensando que ojalá tuviera él su caso en lugar del que tenía en aquellos momentos entre manos. Confió en que jamás llegaran a conocerse, por lo menos en una sala de justicia.

Helen Warshaw era uno de los tres socios de un bufete de Nueva York especializado en la persecución de actuaciones jurídicas incompetentes o contrarias a la ética profesional, un campo todavía muy restringido pero cada vez más floreciente. En esos momentos se dedicaba a perseguir a algunos de los abogados más ricos e importantes del país y no pensaba llegar a ningún acuerdo extrajudicial. «Jamás he visto un caso tan interesante como éste para un jurado» había declarado, y Clay hubiera deseado cortarle las muñecas.

Contaba con cincuenta clientes del Dyloft, todos ellos moribundos y dispuestos a interponer una demanda. El reportaje describía la rápida y sucia historia de la demanda colectiva.

De entre todos los cincuenta y por razones que él sabría, el autor del reportaje se centraba en el señor Ted Worley de Upper Marlboro, Maryland, y reproducía una imagen del pobre hombre sentado en el jardín trasero de su casa con su mujer a su espalda, ambos con los brazos cruzados y el semblante triste y abatido. El señor Worley, debilitado, tembloroso y enfurecido, describía su primer contacto con Clay Carter, una inesperada llamada telefónica mientras él estaba tratando de disfrutar del partido de los Orioles, la aterradora noticia acerca del Dyloft, el análisis de orina, la visita del joven abogado y la presentación de la demanda. Todo. «Yo no quería aceptar el acuerdo», repetía una y otra vez.

El señor Worley había mostrado al representante del *Newsweek* todos los documentos, los informes médicos, la presentación de las demandas en el juzgado, el ambiguo contrato con el señor Carter que otorgaba al abogado autoridad para llegar a un acuerdo por cualquier cantidad superior a los cincuenta mil dólares. Todo, incluidas las copias de las dos cartas que el señor Worley le había escrito al señor Carter, protestando por aquella «liquidación» a precio de saldo. El abogado no había contestado a las cartas.

Según los médicos, al señor Worley sólo le quedaban menos de seis meses de vida. Mientras leía cuidadosamente cada una de las terribles palabras del relato, Clay tuvo la sensación de ser el responsable de aquel cáncer.

Helen explicaba que el jurado escucharía a muchos de sus clientes a través de un vídeo, pues éstos no durarían hasta el juicio. Una manera muy cruel de decirlo, pensó Clay, pero todo en aquel reportaje era malévolo y perverso.

El señor Carter había declinado hacer comentarios. Para redondear la información, la revista publicaba la fotografía de Clay y Ridley en la Casa Blanca y no podía resistir la tentación de añadir que éste había donado doscientos cincuenta mil dólares a la Revisión Presidencial.

«Va a necesitar amigos como el presidente», decía Helen Warshaw, y Clay pareció sentir el impacto de una bala entre los ojos. Arrojó la revista al otro extremo de su despacho. Deseó con toda su alma no haber estado en la Casa Blanca, no haber conocido al presidente, no haber extendido el maldito cheque, no haber conocido a Ted Worley ni a Max Pace y no haber tenido jamás la idea de estudiar en la facultad de Derecho.

Llamó a sus pilotos y les ordenó que se trasladaran cuanto antes al aeropuerto.

—¿Adónde vamos, señor?

—No lo sé. ¿Adónde quieren ir ustedes?

—¿Cómo dice, señor?

—Biloxi, Misisipí.

—¿Una o dos personas?

—Sólo yo.

Llevaba veinticuatro horas sin ver a Ridley y no le apetecía llevarla consigo. Necesitaba ausentarse por un tiempo de la ciudad y de cualquier cosa que se la hiciera recordar.

Sin embargo, los dos días transcurridos en el yate de French apenas le sirvieron de nada. Clay necesitaba la compañía de otro conspirador, pero Patton estaba demasiado ocupado con otras acciones colectivas. Por eso ambos comían y bebían en exceso.

French tenía a dos de sus asociados en la sala de justicia de Phoenix y éstos le enviaban *e-mails* cada hora. Seguía rechazando el Maxatil como posible objetivo, pero se mantenía al tanto de todos los acontecimientos. Constituía su obligación, decía, pues él era el abogado especializado en acciones conjuntas más importante del país. Cualquier abogado de acciones conjuntas de demanda por daños y perjuicios no tenía más remedio, más tarde o más temprano, que aterrizar en su escritorio. Clay leyó los *e-mails* y habló con Mulrooney. La selección del jurado les había ocupado todo un día. Ahora Dale Mooneyham estaba exponiendo lentamente la reclamación del demandante contra el medicamento. El estudio llevado a cabo por el Gobierno era una prueba muy poderosa. El jurado se mostraba sumamente interesado en él.

—Hasta ahora, todo muy bien —dijo Oscar—. Mooneyham es un gran actor, pero Roger tiene más experiencia.

Mientras French, que padecía una resaca descomunal, atendía tres llamadas a la vez, Clay se dedicó a tomar el sol en la cubierta, procurando olvidar sus problemas. A última hora de la tarde del segundo día, tras haberse tomado un par de vodkas en la cubierta, French preguntó:

—¿Cuánto dinero te queda?

—No lo sé. Temo hacer los cálculos.

—Dame una cantidad aproximada.

—Puede que veinte millones.

—¿Y cuánto cubre el seguro?

—Diez millones. Me han anulado la póliza, pero siguen respaldándome con el Dyloft.

—No estoy muy seguro de que tengas suficiente con treinta millones de dólares —dijo French, chupando un limón.

—Sí, no parece que sean suficiente, ¿verdad?

—Más bien no. Ahora tienes veintiuna reclamaciones y el número seguramente aumentará. Seremos afortunados si conseguimos resolver estas malditas reclamaciones con tres millones para cada una.

—¿Tú cuántas tienes?

—Hasta ayer, diecinueve.

—¿Y cuánto dinero te queda?

—Doscientos millones de dólares. Resistiré.

«Pues entonces ¿por qué no me haces un préstamo de, digamos cincuenta millones?», pensó Clay. Le hacía gracia la manera en que ambos estaban hablando de millones. Un mayordomo les sirvió más vodka, que buena falta les hacía.

—¿Y los otros tíos?

—Wes tiene cubiertas las espaldas. Carlos sobrevivirá si sus reclamaciones no superan las treinta. Las dos últimas mujeres de Didier lo dejaron pelado. Está muerto. Será el primero en declararse en quiebra, cosa que ya ha hecho otras veces.

¿El primero? ¿Y quién podría ser el segundo?

Después de una prolongada pausa, Clay preguntó:

—¿Qué ocurre si Goffman gana en Flagstaff? Tengo muchos casos.

—Serás un cachorrillo muy enfermo, eso te lo aseguro. Me ocurrió a mí hace diez años con un montón de casos muy poco claros relacionados con bebés. Me apresuré a captarlos, firmé contratos, me precipité en la presentación de la demanda y después todo se fue al carajo y no hubo manera de cobrar nada. Mis clientes esperaban cobrar varios millones porque les habían nacido unos hijos con malformaciones físicas, ¿comprendes?, la carga emocional era muy fuerte y no se podía discutir con ellos. Algunos me demandaron, pero jamás pagué nada. El abogado no puede prometer un resultado. De todos modos, me costó mucho dinero.

—Eso no es lo que quiero escuchar.

—¿Cuánto te has gastado en el Maxatil?

—Ocho millones de dólares sólo en anuncios.

—Yo en tu lugar esperaría un poco, a ver por dónde respira Goffman. Dudo que ofrezcan algo. Son unos tipos muy duros. Con el tiempo, tus clientes se rebelarán y podrás mandarlos a la mierda. —Bebió un buen trago de vodka y agregó—: Pero piensa en positivo. Mooneyham lleva siglos sin perder un juicio. Si el veredicto fuera sensacional, todo cambiaría. Volverías a estar sentado sobre una mina de oro.

—Los de Goffman me dijeron que, a continuación, irían directamente al Distrito de Columbia.

—A lo mejor se echaron un farol. Todo depende de lo que ocurra en Flagstaff. Si pierden mucho dinero, tendrán que empezar a pensar en llegar a un acuerdo. Una decisión dividida (reconocimiento de la responsabilidad pero indemnización por daños muy pequeña), podría inducirlos a intentar ir nuevamente a juicio. Si eligen tus casos, podrías recurrir a un as de los tribunales y darles una soberana paliza.

—¿No me aconsejarías que actuase personalmente?

—No. Careces de experiencia. Hace falta haberse pasado muchos años en las salas de justicia para poder jugar en primera división, Clay.

A pesar de su interés por los grandes pleitos, Clay comprendió con toda claridad que Patton no era muy partidario de la situación que acababa de exponerle. No se había ofrecido a ser el as de los tribunales en el caso del Distrito de Columbia. Hablaba sin la menor convicción en un simple intento de consolar a su joven compañero.

Clay se fue a última hora de la mañana siguiente rumbo a Pittsburgh. Cualquier sitio menos el Distrito de Columbia. Durante el vuelo habló con Oscar y leyó los *e-mails* y los nuevos informes acerca del juicio de Flagstaff. La demandante, una mujer de sesenta y seis años enferma de cáncer de mama, había declarado y expuesto muy bien su caso. Era muy dúctil y Mooneyham estaba sacando buen partido de sus cualidades. Dales caña, tío, repetía Clay para sus adentros.

Alquiló un automóvil y se pasó dos horas en la carretera, circulando en dirección nordeste, hacia el mismo centro de los montes Alleghany. Localizar Reedsburg en un mapa era casi tan difícil como encontrarla en una autopista. Al llegar a la cumbre de una colina que se levantaba en las mismas afueras de la ciudad, vio una gigantesca fábrica a lo lejos. BIENVENIDOS A REEDSBURG, PENSILVANIA, rezaba un letrero de gran tamaño. PATRIA DE LA

COMPANÍA HANNA CEMENT PORTLAND. FUNDADA EN 1946. Dos enormes chimeneas emitían un espeso polvo cretáceo que el viento dispersaba lentamente. «Por lo menos, aún funciona», pensó Clay.

Siguió una indicación para dirigirse al centro y encontró sitio donde aparcar en Main Street. Con sus vaqueros, su gorra de béisbol y su barba de tres días, no temía que lo reconocieran. Entró en Ethel's Coffee Shop y se sentó en un desvencijado taburete junto a la barra. La propia Ethel lo saludó y atendió. Café y un bocadillo caliente de queso. En la mesa situada a su espalda dos clientes hablaban de fútbol. El Reedsburg High Cougars había perdido tres partidos seguidos y ellos dos hubieran dirigido las jugadas mucho mejor que el entrenador. Aquella noche el equipo jugaba en casa, según el programa fijado en la pared al lado de la caja.

En el momento de servirle el café, Ethel le preguntó:

—¿Está aquí sólo de paso?

—Sí —contestó Clay, y de inmediato comprendió que la mujer debía de conocer a cada uno de los once mil habitantes de Reedsburg.

—¿De dónde es?

—De Pittsburgh.

Clay ignoraba si había hecho lo correcto al responder aquello, pero ella se retiró sin hacerle más preguntas. En otra mesa, dos hombres más jóvenes hablaban de trabajo. Muy pronto resultó evidente que ambos estaban en el paro. Uno de ellos llevaba un gorro vaquero con el logotipo de Hanna Cement en la parte anterior. Mientras Clay daba cuenta de su bocadillo de queso caliente, los oyó hablar con inquietud de los subsidios de desempleo, las hipotecas, las facturas de las tarjetas de crédito y el trabajo a tiempo parcial. Uno de ellos quería entregar su camioneta Ford al concesionario local, que le había prometido vendérsela de segunda mano.

Adosada a la pared junto a la entrada había una mesa plegable y encima de ella una garrafa de plástico de agua. Un letrero escrito a mano invitaba a todo el mundo a colaborar con el «Fondo Hanna». Las monedas y los billetes llenaban la garrafa hasta la mitad.

—¿Eso para qué es? —le preguntó Clay a Ethel cuando ésta volvió a llenarle la taza.

—Ah, es una colecta para las familias de los despedidos de la fábrica.

—¿Qué fábrica? —preguntó Clay, aparentando no saber nada.

—La Hanna Cement, la que empleaba a más gente en toda la ciudad. La semana pasada despidieron a mil doscientas personas. Aquí estamos todos muy unidos. En toda la ciudad se hacen colectas, en tiendas, cafés, iglesias e incluso escuelas. Hasta ahora llevamos recogidos seis mil dólares. El dinero será para pagar los recibos de la luz y la comida si las cosas se ponen feas. En caso contrario, se entregará al hospital.

—¿Han ido mal los negocios? —preguntó Clay, masticando.

Introducirse el bocadillo en la boca era muy fácil; tragárselo le estaba costando cada vez más.

—No, la fábrica siempre ha estado bien dirigida. Los Hanna saben lo que hacen. Les pusieron una estúpida denuncia en no sé qué sitio de Baltimore. Los abogados eran voraces, querían demasiado dinero y obligaron a Hanna a declararse en quiebra.

—Una lástima —dijo uno de los clientes habituales. Todos los presentes participaban en las conversaciones—. No tenía por qué ocurrir. Los Hanna intentaron arreglarlo, hicieron un esfuerzo y obraron de buena fe, pero aquellos miserables del Distrito de Columbia los amenazaron a punta de pistola. Y entonces los Hanna los mandaron a la mierda y se largaron.

«No es un mal resumen de los acontecimientos», pensó Clay con la rapidez de un relámpago.

—Yo llevaba cuarenta años trabajando allí y nunca me faltó el cheque de la paga. Una verdadera lástima.

Comprendiendo que los demás esperaban algún comentario por su parte, Clay dijo:

—Los despidos no eran frecuentes, ¿verdad?

—Los Hanna no creen en los despidos.

—¿Volverán a readmitir a la gente?

—Lo intentarán. Pero ahora el que manda es el tribunal de la quiebra.

Clay asintió con la cabeza y regresó rápidamente a su bocadillo. Los dos más jóvenes se levantaron y se acercaron a la caja. Ethel los despidió con un gesto de la mano.

—Aquí no se cobra nada, chicos. Invita la casa.

Los jóvenes inclinaron la cabeza en gesto de agradecimiento y, al salir, ambos echaron unas monedas al Fondo Hanna. A los pocos minutos, Clay se despidió, pagó la cuenta, le dio las gracias a Ethel y echó un billete de cien dólares a la garrafa de agua.

Cuando ya había oscurecido, se sentó en la zona del equipo visitante y observó a los Reedsburg Cougars batallar contra los Enid Elk. Las gradas del equipo local estaban casi llenas. La banda era muy ruidosa y el público, en su afán de que los suyos ganasen el partido, armaba un alboroto tremendo. Pero el fútbol no consiguió despertar su atención. Contempló la lista de jugadores del equipo y se preguntó cuántos de ellos pertenecerían a familias azotadas por los despidos. Contempló al otro lado del campo las hileras de hinchas de los Reedsburg Cougars y se preguntó quién tendría trabajo y quién no.

Antes del lanzamiento inicial y después del himno nacional, un clérigo local había rezado por la seguridad de los jugadores y por la recuperación de la fuerza económica de la comunidad. Y había terminado su oración, diciendo: «Ayúdanos, Señor, a superar estos tiempos tan difíciles. Amén.»

Clay Carter no recordaba haberse sentido peor en toda su vida.

38

Ridley llamó a primera hora de la noche del sábado, bastante alterada. ¡Llevaba cuatro días sin conseguir localizar a Clay! Nadie del despacho sabía dónde estaba, o, si lo sabía, no quería decírselo. Y, por su parte, él tampoco se había tomado la menor molestia en localizarla. Ambos tenían varios teléfonos. ¿Qué manera era aquélla de favorecer una relación? Tras pasarse unos cuantos minutos escuchando los gimoteos, Clay oyó una especie de zumbido en la línea y preguntó:

—¿Dónde estás?

—En St. Barth. En nuestro chalé.

—¿Y cómo has llegado?

Como es natural, Clay había estado utilizando el Gulfstream.

—He fletado un jet más pequeño. La verdad es que era demasiado pequeño, pues hemos tenido que hacer escala en San Juan para repostar. No podía llegar hasta aquí en un vuelo sin escalas.

Pobre chica. Clay no sabía muy bien cómo había averiguado el número de la compañía de vuelos chárter.

—¿Por qué estás aquí abajo? —preguntó estúpidamente.

—Tenía una tensión tremenda porque no conseguía localizarte. No me lo vuelvas a hacer, Clay.

Clay trató de establecer un nexo entre su propia desaparición y la escapada de Ridley a St. Barth, pero lo dejó correr.

—Perdona —dijo—. Tuve que irme a toda prisa. Patton French me necesitaba en Biloxi. Estaba muy ocupado y no podía llamar.

Una larga pausa mientras ella se debatía en la duda de si perdonarlo de inmediato o esperar uno o dos días.

—Prométeme que no volverás a hacérmelo —gimoteó.

Clay no estaba de humor para gimotear ni para prometer, pero se alegró de que ella hubiera abandonado el país.

—No volverá a ocurrir. Tranquilízate y procura pasarlo bien.

—¿No puedes bajar? —preguntó ella sin demasiado interés. Era un simple intento de salvar las apariencias.

—No, porque el juicio de Flagstaff está a punto de terminar.

Clay abrigaba serias dudas de que Ridley tuviera alguna idea acerca del juicio de Flagstaff.

—¿Me llamarás mañana? —preguntó ella.

—Pues claro.

Jonah había regresado a la ciudad con muchas aventuras que contar sobre su vida en el mar. Ambos habían acordado que se reunirían en una tasca de la avenida Wisconsin para disfrutar de una tardía y prolongada cena. A las ocho y media sonó el teléfono, pero quien hubiese llamado colgó sin decir nada. Después volvió a sonar y Clay se puso al aparato mientras se abrochaba la camisa.

—¿Es usted Clay Carter? —preguntó una voz masculina.

—Sí. ¿Con quién hablo?

Debido al elevado número de clientes descontentos que tenía por doquier —los del Dyloft y el Skinny Ben y ahora sobre todo los enfurecidos propietarios de viviendas del condado de Howard—, Clay había cambiado dos veces su número de teléfono en los últimos dos meses. Podía soportar los insultos en el despacho, pero fuera de él prefería vivir en paz.

—Soy de Reedsburg, Pensilvania, y dispongo de una información muy importante sobre la empresa Hanna.

Las palabras le provocaron un estremecimiento, y tuvo que sentarse en el borde de la cama. «Que siga hablando», se dijo mientras procuraba ordenar sus pensamientos.

—De acuerdo, le escucho.

Alguien de Reedsburg había conseguido averiguar su número, que no figuraba en la guía.

—No podemos hablar por teléfono —dijo la voz.

Unos treinta años, varón blanco, educación superior.

—¿Por qué no?

—Es una larga historia. Hay algunos documentos.

—¿Dónde está usted?

—En la ciudad. Me reuniré con usted en el vestíbulo del hotel Four Seasons, de la calle M. Allí podremos hablar.

No era un mal plan. El vestíbulo estaría lleno de gente en caso de que alguien quisiera extraer una pistola y empezar a tirotear a unos abogados.

—¿Cuándo? —preguntó Clay.

—Cuanto antes. Yo estaré allí dentro de cinco minutos. ¿Cuánto tardará usted?

Clay no quería revelar que vivía a seis manzanas del lugar, a pesar de que su dirección no constituía ningún secreto.

—Estaré allí dentro de diez minutos.

—Muy bien. Visto vaqueros y una gorra negra de los Steelers.

—Lo encontraré —dijo Clay, y colgó el auricular. Terminó de vestirse y abandonó a toda prisa la casa.

Mientras bajaba rápidamente por Dumbarton, trató de imaginar qué clase de información podía él necesitar o tan siquiera querer acerca de la empresa Hanna. Acababa de pasarse dieciocho horas en Reedsburg y estaba tratando infructuosamente de olvidar aquel lugar. Giró al sur al llegar a la calle Treinta y uno, hablando para sus adentros, perdido en un mundo de conspiraciones, sobornos e historias de espías. Pasó una señora con un perrito en busca del lugar de la acera más apropiado para hacer sus necesidades. Se acercó un chico con chupa negra de motero y un cigarrillo colgando de la comisura de la boca, aunque Clay apenas reparó en él. Mientras ambos pasaban junto a él por delante de una casa muy mal iluminada y por debajo de las ramas de un viejo arce rojo, el hombre, con gran precisión y habilidad para elegir el momento más oportuno, soltó un corto derechazo que alcanzó a Clay directamente en la barbilla.

Clay ni siquiera lo vio. Sólo recordó un sonoro estallido en la cara y su cabeza golpeando contra una verja de hierro forjado. Notó una especie de hurgonazo y otro hombre empezó a propinarle puñetazos y golpes por todas partes. Clay rodó para tumbarse de lado y consiguió colocarse una rodilla debajo del cuerpo, después sintió un golpe en la parte posterior del cráneo, semejante a un disparo de pistola. Oyó una voz de mujer en la distancia y después se desmayó.

La señora estaba paseando a su perro cuando oyó un tumulto a su espalda. Se había armado una especie de pelea de dos contra uno y el que estaba en el suelo llevaba la peor parte. La mujer se acercó corriendo y vio horrorizada a dos hombres vestidos con chaqueta negra, soltando golpes con dos grandes palos de color negro. Lanzó un grito y se alejó corriendo. Sacó el móvil y marcó el 911.

Los dos hombres echaron a correr calle abajo y doblaron la esquina de una iglesia en la calle N. La mujer trató de auxiliar al joven que yacía en el suelo, que había perdido el conocimiento y sangraba profusamente.

Clay fue trasladado al Hospital Universitario George Washington, donde un equipo de urgencia consiguió estabilizarlo. El examen inicial permitió descubrir dos grandes heridas en la cabeza provocadas por un objeto romo, un corte en el pómulo derecho, otro en la oreja izquierda y numerosas contusiones. Tenía el peroné derecho limpiamente partido por la mitad. La rótula izquierda estaba destrozada y el tobillo izquierdo roto. Le rasuraron la cabeza y se necesitaron ochenta y un puntos para suturarle las dos grandes heridas. Su cráneo estaba cubierto de magulladuras, pero no había sufrido fractura alguna. Seis puntos en el pómulo, once en la oreja e inmediato traslado a cirugía para arreglarle las piernas.

Jonah empezó a llamar después de treinta minutos de impaciente espera. Salió del restaurante al cabo de una hora y se dirigió a pie a casa de Clay. Llamó con los nudillos a la puerta, tocó el timbre, soltó unas cuantas maldiciones por lo bajo y estaba a punto de empezar a arrojar piedras contra las ventanas cuando vio, aparcado un poco más abajo entre otros dos vehículos, el automóvil de Clay. O eso le pareció.

Se acercó muy despacio. Algo ocurría, pero no sabía exactamente el qué. Se trataba efectivamente de un Porsche Carrera de color negro, pero estaba cubierto de una especie de polvo blanco. Llamó a la policía.

Debajo del Porsche encontraron un saco vacío de cemento portland Hanna. Estaba claro que alguien había cubierto el automóvil de cemento y después le había echado agua encima. En algunos puntos, sobre todo en el techo y en la cubierta del motor, unos grumos se habían secado y habían quedado adheridos al automóvil.

Mientras la policía lo inspeccionaba, Jonah explicó a los agentes que su propietario estaba ilocalizable. Después de una larga investigación por ordenador, apareció el nombre de Clay y Jonah corrió al hospital. Llamó a Paulette y ésta llegó antes que él. Clay estaba en cirugía, pero sólo tenía unos huesos rotos y probablemente una conmoción cerebral. Sus lesiones no parecían revestir excesiva gravedad.

La señora del perro declaró ante la policía que los agresores habían sido dos varones de raza blanca. Tres universitarios que estaban a punto de entrar en un bar de la avenida Wisconsin declararon haber visto a dos chicos blancos con chaquetas negras doblar a toda prisa la esquina de la calle N. Habían subido a una furgoneta de color verde metalizado, donde un conductor los esperaba. No habían podido distinguir el número de la matrícula porque estaba demasiado oscuro.

La llamada que Clay había recibido a las 8.39 de la noche se había efectuado desde un teléfono público de la calle M, a unos cinco minutos de su casa.

La pista se enfrió rápidamente. A fin de cuentas, sólo había sido una paliza. Y, por si fuera poco, un sábado por la noche. Aquella misma noche, se habían producido en la ciudad dos violaciones, un tiroteo desde un vehículo en marcha que había provocado cinco heridos, y dos asesinatos, ambos aparentemente fortuitos.

Puesto que Clay no tenía ningún familiar en la ciudad, Jonah y Paulette asumieron los papeles de portavoces y encargados de tomar decisiones. A la una y media de la mañana, una médica les comunicó que la intervención se había desarrollado sin ningún contratiempo, que las fracturas de todos los huesos se habían reducido y éstos ya estaban a punto de iniciar la recuperación, que le habían colocado algunos tornillos y clavos y que la situación no podía ser mejor. Controlarían detenidamente la actividad cerebral. Estaban seguros de que se había producido una conmoción, pero ignoraban su gravedad.

—Tiene una pinta fatal —les advirtió.

Pasaron dos horas, tras las cuales Clay fue trasladado muy despacio a una planta superior. Jonah había insistido en que lo instalaran en una habitación privada. Lo vieron poco después de las cuatro de la mañana. Una momia no hubiera llevado más vendajes.

Ambas piernas estaban cubiertas por unas escayolas suspendidas a unos cuantos centímetros de la cama mediante una complicada serie de cables y poleas. Una sábana le cubría el pecho y los brazos y una tupida gasa le envolvía el cráneo y la mitad del rostro. Tenía los ojos hinchados y cerrados; afortunadamente, aún no había recuperado el conocimiento. La mandíbula estaba tumefacta y los labios hinchados y azulados. La sangre se le había secado en el cuello.

Ambos permanecieron en consternado silencio, contemplando el alcance de sus heridas, oyendo los zumbidos de los monitores, observando el lento movimiento arriba y abajo de su pecho.

De pronto, Jonah se echó a reír.

—Fíjate en el muy hijo de puta —dijo.

—Calla, Jonah —le reconvino Paulette.

—Aquí está el Rey de los Pleitos —añadió Jonah, meneando la cabeza sin apenas poder reprimir la risa.

Entonces ella también comprendió la gracia de la situación y se rió sin abrir la boca.

Durante un buen rato, ambos permanecieron junto a la cama de Clay, procurando disimular su regocijo.

Cuando se les pasó el ataque de risa, Paulette dijo:

—Debería darte vergüenza.

—Y me da. Lo siento.

Un camillero entró empujando una cama sobre ruedas. Paulette se quedaría allí la primera noche y a Jonah le tocaría quedarse la segunda.

Por suerte, la agresión se había producido demasiado tarde como para que pudiera aparecer en el *Post* del domingo. La señorita Glick llamó a todos los empleados del bufete y les rogó que no visitaran el hospital ni enviaran flores. Era probable que se los necesitase durante la semana, pero por el momento bastaría con que rezasen.

Clay regresó del mundo de los muertos hacia el mediodía del domingo. Paulette estaba recogiendo la cama plegable cuando él preguntó:

—¿Quién anda ahí?

Paulette dio un respingo y corrió a su lado.

—Soy yo, Clay.

A través de los hinchados y empañados ojos, Clay distinguió un rostro negro. Estaba claro que no era Ridley. Alargó una mano y preguntó:

—¿Quién...?

—Soy Paulette, Clay. ¿No me ves?

—No. ¿Paulette? ¿Qué estás haciendo aquí?

Sus palabras eran espesas, lentas y dolorosas.

—Cuidando de ti, jefe.

—¿Dónde estoy?

—En el Hospital Universitario George Washington.

—¿Por qué? ¿Qué ha ocurrido?

—Te han dado lo que suele llamarse una paliza.

—¿Cómo?

—Te atacaron. Dos tíos con unos palos. ¿Necesitas un analgésico?

—Por favor.

Paulette salió corriendo de la habitación y vio a una enfermera. A los pocos minutos se presentó un médico y le explicó a Clay con todo lujo de detalles la tremenda agresión que había sufrido. Otra pastilla y Clay volvió a quedarse dormido. Se pasó buena parte del domingo envuelto en una agradable niebla, atendido por Paulette y Jonah, quienes entretanto aprovechaban para leer la prensa y ver las retransmisiones de los partidos de fútbol.

La noticia fue objeto de enorme interés el lunes, pero en todas partes se decía lo mismo. Paulette quitó el sonido del televisor y Jonah escondió los periódicos. La señorita Glick y los demás empleados del bufete esquivaron los equipos móviles y contestaban a todo el mundo con un «Sin comentarios». La señorita Glick recibió un *e-mail* del patrón de un velero que decía ser el padre de Clay. Se encontraba en la península del Yucatán, en el golfo de México, y rogaba que alguien tuviera la amabilidad de informarle acerca del estado de Clay. Ella así lo hizo: situación estable, fractura de huesos, conmoción cerebral. Él le dio las gracias y prometió volver a llamar al día siguiente.

Ridley llegó el lunes por la tarde. Paulette y Jonah se marcharon, felices de poder abandonar por un rato el hospital. Estaba claro que los georgianos no comprendían los rituales de atención hospitalaria. Mientras que los norteamericanos se instalan junto a sus seres queridos enfermos o lesionados, los de otras culturas consideran más práctico quedarse allí una hora y dejar después que el hospital se encargue del cuidado de sus pacientes. Ridley se mostró muy cariñosa durante unos minutos y procuró despertar el interés de Clay por las últimas reformas del chalé. Clay pidió un analgésico porque la cabeza le dolía cada vez más. Ella se tumbó en la cama plegable y procuró echar una siesta, agotada, explicó, por el vuelo de regreso. Sin escalas. En el Gulfstream. Al final, también se quedó dormida. Para cuando Clay despertó, ya se había marchado.

Un investigador se presentó en la habitación para comunicar nuevos datos. Todas las sospechas señalaban a unos matones de Reeedsburg, pero las pruebas eran muy pocas. Clay no consiguió describir al hombre que le había propinado el primer puñetazo.

—No pude verlo —dijo, frotándose la barbilla.

Para que se sintiera mejor, el policía le mostró cuatro grandes fotografías en color del Porsche negro enteramente cubierto de cemento blanco. Clay tuvo que tomarse otro analgésico.

Empezaron a llegar ramos de flores. Adelfa Pumphrey, Glenda de la ODO, Rex Crittle y su mujer, Rodney, Patton French, Wes Saulsberry, un juez del Tribunal Supremo a quien Clay conocía. Jonah le llevó un ordenador portátil y Clay pudo mantener una larga conversación con su padre.

El lunes la hoja informativa «El Rey de los Calzoncillos» publicó tres ediciones, cada una con nuevas noticias de los periódicos y chismes acerca de la agresión sufrida por Clay. Pero él no se enteró de nada. Oculto en su habitación de hospital, sus amigos lo protegían.

El martes por la mañana, a primera hora, Zack Battle pasó un momento por el hospital antes de dirigirse a su despacho y le dio a Clay una buena noticia. La SEC había suspendido las investigaciones sobre él. Por su parte, Zack había hablado con el abogado de Mel Snelling en Baltimore. Mel se mantenía firme y no cedía a las presiones del FBI, y sin su colaboración no tendrían modo de reunir las pruebas necesarias.

—Creo que los federales debieron de verte en los periódicos y pensaron que ya habías recibido suficiente castigo —dijo Zack.

—¿He salido en los periódicos? —preguntó Clay.

—Un par de reportajes.

—¿Me interesa leerlos?

—Mejor no.

El tedio del hospital estaba dejando sentir su efecto: los estiramientos, las cuñas, las implacables visitas de las enfermeras a todas horas, las pequeñas y circunspectas charlas con los médicos, las cuatro paredes, la comida infame, el interminable cambio de los vendajes, las extracciones de sangre para nuevos análisis, el aburrimiento que significaba tener que permanecer tumbado allí sin poder moverse. Tendría que pasarse varias semanas escayolado y no acertaba a imaginarse viviendo en la ciudad en silla de ruedas y muletas. Estaban previstas dos intervenciones más, muy pequeñas, le prometieron.

Acabó sintiendo las secuelas de la agresión, y comenzó a recordar el ruido y las sensaciones físicas de la paliza. Vio el rostro del hombre que le había propinado el primer puñetazo, pero no supo muy bien si era real o sólo un sueño. Por eso se abstuvo de decírselo al investigador. Oyó unos gritos en la oscuridad, pero pensó que quizá también formaran parte de la pesadilla. Recordaba haber visto un palo negro del tamaño de un bate de béisbol elevándose en el aire. Por suerte, había perdido el conocimiento y no lograba recordar buena parte de los golpes.

La hinchazón empezó a remitir y la cabeza se le estaba despejando. Dejó de tomar analgésicos a fin de poder pensar e intentar dirigir el bufete por teléfono y correo electrónico. Allí todos estaban muy ocupados, según las personas con quienes hablaba, pero Clay no acababa de creérselo.

Ridley pasaba a su lado una hora por la mañana y otra por la tarde. Permanecía de pie junto a su cama y se mostraba muy cariñosa con él, sobre todo en presencia de las enfermeras. Paulette la detestaba y se apresuraba a marcharse cuando ella entraba en la habitación.

—Va detrás de tu dinero —le dijo a Clay.

—Y yo voy detrás de su cuerpo —repuso él.

—Bueno, pues en estos momentos ella está consiguiendo sus propósitos mejor que tú.

39

Para leer se veía obligado a levantar la mitad superior de la
cama y, puesto que ya tenía las piernas apuntando hacia arriba, no
tenía más remedio que doblarse formando una especie de uve. Muy
dolorosa, por cierto. No podía permanecer en aquella posición más
de diez minutos y enseguida tenía que bajar la cama para aliviar la
presión. Con el portátil de Jonah descansando sobre las dos escayolas, estaba echando un vistazo a los artículos de los periódicos de
Arizona cuando Paulette contestó al teléfono.

—Es Oscar —anunció.

Habían hablado muy brevemente el domingo por la noche,
pero Clay se encontraba bajo los efectos de los medicamentos y no
coordinaba demasiado. Ahora, en cambio, estaba completamente
despierto y preparado para los detalles.

—Cuéntame —dijo, bajando la cama y procurando estirarse.

—Mooneyham concluyó sus alegatos el sábado por la mañana.
Su exposición no pudo ser más perfecta. El tío es brillante y tiene al
jurado domesticado. Los chicos de Goffman presumían mucho
al principio, pero ahora creo que ya están preparando la retirada a
sus búnkeres. Roger Redding presentó a su experto estrella ayer
por la tarde. Es un investigador que declaró que no hay ninguna
relación directa entre el medicamento y el cáncer de mama que pa-
dece la demandante. Me pareció un tío digno de crédito. Tiene
nada menos que tres doctorados, qué caray. El jurado lo escuchó
con gran atención. Pero después Mooneyham lo hizo picadillo.
Presentó unas investigaciones muy malas que el tío había llevado
a cabo hace veinte años. Puso en duda sus conocimientos. Cuando

terminó con él, el testigo estaba totalmente hundido. «Alguien va a tener que llamar al nueve uno uno para que se lleven a este pobre hombre de aquí», pensé. Jamás he visto a un testigo tan profundamente humillado. Roger estaba más pálido que la cera. Los tipos de Goffman se quedaron allí sentados como si fueran unos delincuentes en una rueda de identificación policial.

—Qué bonito, qué bonito —repetía Clay con el teléfono pegado a la gasa del lado izquierdo de la cara, junto a la oreja lesionada.

—Y ahora viene lo bueno —prosiguió Oscar—. Averigüé dónde se alojan los de Goffman y cambié de hotel. Los veo a la hora del desayuno. Los veo en el bar a última hora de la noche. Saben quién soy y, por consiguiente, semejamos dos perros rabiosos moviéndose el uno alrededor del otro. Les acompaña un abogado interno de la casa, un tal Fleet, que ayer se tropezó conmigo en el vestíbulo del hotel tras la suspensión del juicio, aproximadamente una hora después de que vapulearan a su experto. Dijo que quería tomar un trago conmigo. Él se tomó uno y yo tres. El motivo de que sólo se bebiera una copa fue que tenía que regresar a la suite de Goffman en el último piso, donde se pasaron toda la noche paseando arriba y abajo por los salones, tratando de analizar las posibilidades de un acuerdo.

—Repítelo —dijo Clay en voz baja.

—Ya me has oído. En este preciso instante, Goffman está pensando en concertar un acuerdo con Mooneyham. Están muertos de miedo, convencidos, al igual que todos los presentes en la sala, de que este jurado está a punto de cargarse su empresa. Cualquier acuerdo que hagan les costará una fortuna, porque el viejo guerrero no quiere aceptarlo. ¡Se los está comiendo vivos, Clay, te lo aseguro! Roger es muy bueno, pero no le llega a la suela del zapato a Mooneyham.

—Otra vez a los acuerdos.

—Otra vez a los acuerdos. Fleet me preguntó cuántos de nuestros casos estaban justificados. Respondí que los veintiséis mil. Él se anduvo un buen rato por las ramas y después me preguntó si tú estarías dispuesto a considerar la posibilidad de un acuerdo de aproximadamente cien mil dólares para cada uno. Eso son dos mil seiscientos millones, Clay. ¿Estás haciendo los cálculos?

—Ya están hechos.

—¿Y los honorarios?

—Hechos también.

De pronto, el dolor desapareció como por arte de magia, así como las pulsaciones del cráneo. Las pesadas escayolas se le antojaron tan ligeras como plumas. Las molestas magulladuras dejaron de existir. Clay sintió deseos de echarse a llorar.

—En cualquier caso, eso no fue en modo alguno una oferta de acuerdo, sino, sencillamente, un primer sondeo —continuó Oscar—. Muy tenso, por cierto. En la sala circulan rumores de todo tipo, especialmente por parte de los abogados y los analistas de mercado. Según esos rumores, Goffman podía permitirse un fondo de compensación de hasta siete mil millones de dólares. Si la compañía llegara a un acuerdo en estos momentos, el precio de sus acciones podría mantenerse porque se acabaría de golpe la pesadilla del Maxatil. Eso es sólo una teoría, pero, después del derramamiento de sangre que hubo ayer, tiene mucho sentido. Fleet quiso hablar conmigo porque nosotros somos los que tenemos más casos. Los chismes que circulan por la sala sitúan el número de posibles reclamaciones en torno a sesenta mil, lo cual significa que nosotros tenemos aproximadamente el cuarenta por ciento del mercado. Si estamos dispuestos a llegar a un acuerdo de unos cien de los grandes por cada caso, ellos podrán calcular sus costes.

—¿Cuándo volverás a verlo?

—Aquí ya son casi las ocho, el juicio se reanuda dentro de una hora. Hemos acordado reunirnos fuera de la sala.

—Llámame en cuanto puedas.

—Tranquilo, jefe. ¿Qué tal van los huesos rotos?

—Ahora, mucho mejor.

Paulette cogió el teléfono para colgar el auricular. A los pocos segundos, volvió a sonar. Contestó y le devolvió el aparato a Clay, diciendo:

—Es para ti, y me largo.

Era Rebecca; llamaba desde el vestíbulo del hospital a través de su móvil para preguntar si la autorizaban a hacer una rápida visita. Minutos después, entró en la habitación y se quedó consternada al ver a Clay. Lo besó en las mejillas, entre las magulladuras.

—Iban armados con palos —explicó él—. Para igualar un poco

las cosas. De lo contrario, yo hubiera tenido una injusta ventaja sobre ellos.

Pulsó los mandos de la cama y ésta empezó a elevarse en forma de uve.

—Estás fatal — dijo ella con los ojos empañados.

—Gracias. En cambio, tú estás guapísima.

Rebecca volvió a besarlo en el mismo lugar y empezó a frotarle el brazo izquierdo. Se hizo un momentáneo silencio entre ambos.

—¿Puedo hacerte una pregunta? —dijo Clay.

—Claro.

—¿Dónde está tu marido en estos momentos?

—O bien en São Paulo o bien en Hong Kong. No puedo seguirle la pista.

—¿Sabe que estás aquí?

—Por supuesto que no.

—¿Qué haría si se enterara?

—Se enfadaría. Estoy segura de que discutiríamos.

—¿Y eso sería un acontecimiento insólito?

—Me temo que es algo que ocurre constantemente. No funciona, Clay. Quiero dejarlo.

A pesar de las heridas, Clay estaba teniendo un día tremendo. Estaba a punto de cobrar una fortuna y de recuperar a Rebecca. De pronto la puerta de la habitación se abrió silenciosamente y entró Ridley. Ésta se situó a los pies de la cama sin que ellos se dieran cuenta y dijo:

—Perdón por la interrupción.

—Hola, Ridley —dijo Clay con un hilillo de voz.

Ambas mujeres se miraron con odio. Ridley se desplazó al otro lado de la cama, directamente delante de Rebecca, quien seguía sin apartar la mano del magullado brazo de Clay.

—Ridley, te presento a Rebecca. Rebecca, ésta es Ridley —dijo Clay, estudiando muy en serio la posibilidad de cubrirse la cabeza con las sábanas y fingir estar muerto.

Ninguna de las dos sonrió. Ridley se inclinó un poco hacia delante y empezó a acariciar suavemente el brazo derecho de Clay. A pesar de que estaba siendo mimado por dos bellas mujeres, Clay se sentía un animal muerto en la carretera segundos antes de la llegada de los lobos.

Puesto que ninguno de los tres tenía absolutamente nada que decir, Clay señaló con la cabeza hacia la izquierda y explicó:

—Una vieja amiga. —Después señaló hacia la derecha y añadió—: Una nueva amiga.

Ambas mujeres, por lo menos en aquel instante, se sentían mucho más cerca de Clay de lo que habría podido sentirse una simple amiga. Las dos estaban furiosas, pero ninguna retrocedió ni se movió. Ya habían establecido sus posiciones.

—Creo que estuvimos en la fiesta de tu boda —dijo finalmente Ridley. Era un recordatorio, nada sutil, por cierto, de que casualmente Rebecca estaba casada.

—Sin haber sido invitados, si mal no recuerdo —replicó Rebecca.

—Maldita sea, es la hora de la lavativa —terció Clay, pero sólo él se rió.

Como estallara una riña sobre su cama, quedaría más magullado que antes. Cinco minutos antes estaba hablando por teléfono con Oscar, soñando con unos honorarios récord. Ahora dos mujeres habían desenvainado las espadas.

Dos mujeres muy guapas. Peor le habrían podido ir las cosas. Pero ¿dónde estaban las enfermeras? Entraban sin llamar a cualquier hora del día, sin respetar su intimidad ni sus hábitos de sueño. A veces entraban en pareja. Y, cuando había casualmente una visita en la habitación, seguro que entraba una enfermera sin ninguna necesidad. «¿Necesita algo, señor Carter?» «¿Quiere que le arregle la cama?» «¿Le enciendo el televisor?» «¿Quiere que se lo apague?»

Los pasillos estaban desiertos y en silencio. Ambas mujeres seguían sobándolo.

Rebecca parpadeó primero. No tenía más remedio que hacerlo. A fin de cuentas, estaba casada.

—Creo que me voy.

Abandonó muy despacio la habitación, como si no quisiera marcharse, ceder terreno. Clay se sintió enormemente emocionado.

En cuanto la puerta se hubo cerrado, Ridley se acercó a la ventana y permaneció allí un buen rato sin mirar nada. Clay echó un vistazo a un periódico sin preocuparse en absoluto por ella o por cuál pudiera ser su estado de ánimo. La frialdad y el desdén que ella trataba con toda el alma de transmitirle estaban siendo muy bien recibidos.

—La quieres, ¿verdad? —dijo Ridley, sin apartar los ojos de la ventana, como si se sintiera profundamente herida.

—¿A quién?

—A Rebecca.

—Ah, ésa. Bueno, es sólo una vieja amiga.

Ella giró en redondo y se acercó a la cama.

—¡No soy tonta, Clay! —exclamó.

—Yo no he dicho tal cosa —repuso Clay sin dejar de leer el periódico, insensible a aquel teatral intento de obligarlo a reaccionar.

Ridley cogió el bolso y abandonó la habitación hecha una furia, procurando que su taconeo armara el mayor alboroto posible. Poco después entró una enfermera para echar un vistazo a los posibles daños.

A los pocos minutos llamó Oscar a través de su móvil desde el exterior de la sala. El juez había decretado un breve descanso.

—Corren rumores de que esta mañana Mooneyham ha rechazado diez millones —dijo.

—¿Te lo ha dicho Fleet?

—No, no nos hemos visto. Él estaba ocupado con no sé qué propuestas. Trataré de atraparlo durante el almuerzo.

—¿Quién está declarando?

—Otro experto de Goffman, una profesora de la Universidad de Duke que está desacreditando el estudio sobre el Maxatil llevado a cabo por el Gobierno. Mooneyham está afilando los cuchillos. La cosa podría ponerse muy fea.

—¿Y tú te crees estos rumores?

—Ya no sé qué creer. Los chicos de Wall Street parecen muy interesados. Quieren un acuerdo porque creen que es la mejor manera de predecir los costes. Te llamaré a la hora del almuerzo.

En Flagstaff cabían tres posibles resultados; dos de ellos serían estupendos. Un veredicto contra Goffman induciría a la compañía a concertar un acuerdo para evitar años de litigios y un aluvión de veredictos terribles. Un acuerdo a medio juicio significaría probablemente un plan de compensación nacional para todos los demandantes.

Un veredicto favorable a Goffman obligaría a Clay a correr a prepararse para su propio juicio en el Distrito de Columbia. Semejante perspectiva dio lugar a la reaparición de unos fuertes pinchazos de dolor en el cráneo y las piernas.

El hecho de permanecer horas y horas tumbado inmóvil en una cama de hospital ya era de por sí una tortura. Ahora el silencio del teléfono agravaba enormemente la situación. En cualquier momento, Goffman podía ofrecerle a Mooneyham dinero suficiente como para inducirle a aceptar un acuerdo. Su orgullo lo impulsaría a llegar hasta el veredicto, pero ¿podía ignorar los intereses de su cliente?

Una enfermera cerró las persianas, apagó las luces y el televisor. Cuando se hubo marchado, Clay dejó el teléfono sobre su vientre, se cubrió la cabeza con las sábanas y esperó.

40

A la mañana siguiente, Clay fue trasladado de nuevo a cirugía para ajustarle un poco los tornillos y los clavos, «sólo unas pequeñas vueltas de tuerca», le había dicho el médico. Cualquier cosa que fuera, exigió una dosis entera de anestesia que lo dejó fuera de combate durante casi todo el día. Volvieron a trasladarlo a su habitación poco después del mediodía, y se pasó tres horas durmiendo hasta que se desvanecieron los efectos de la anestesia. Cuando finalmente recuperó el conocimiento, quien estaba esperando no era Ridley ni Rebecca, sino Paulette.

—¿Se sabe algo de Oscar? —preguntó con voz pastosa.

—Ha llamado y dice que el juicio va bien. Eso es todo —respondió Paulette.

Le arregló la cama y la almohada y le ofreció agua y, cuando comprobó que ya estaba completamente despierto, se fue a hacer unos recados. Antes de salir, le entregó un sobre urgente sin abrir.

De Patton French. Se trataba de una nota manuscrita deseándole una pronta recuperación y algo más que Clay no logró descifrar. El memorándum adjunto estaba dirigido al Comité Directivo de los Demandantes (ahora los acusados) del Dyloft. La ilustre Helen Warshaw había presentado sus adiciones semanales a la acción conjunta. La lista seguía aumentando. En todo el país estaban apareciendo daños residuales del Dyloft y los acusados se hundían cada vez más en las arenas movedizas. Ahora la acción colectiva englobaba a trescientas ochenta y una personas, veinticuatro de ellas ex clientes de JCC que habían firmado contrato con Helen Warshaw, tres más que la semana anterior. Como de costumbre, Clay leyó muy despacio los nombres y se preguntó una vez más cómo se habrían cruzado en su camino.

¿Se alegrarían sus antiguos clientes de verlo postrado en una cama de hospital, lleno de cortes, fracturas y magulladuras? Tal vez unas puertas más abajo del pasillo hubiese alguien a quien acababan de extirpar tumores y órganos, rodeado de sus seres queridos sobre el trasfondo del siniestro tictac del reloj de la pared. Sabía que él no había sido el causante de sus enfermedades, pero en cierto modo se sentía responsable de sus sufrimientos.

Al final, Ridley se dejó caer por allí antes de regresar a casa procedente del gimnasio. Llevaba unos cuantos libros y revistas y aparentaba estar muy preocupada. Pasados unos minutos, dijo:

—Clay, ha llamado el decorador. Tengo que volver al chalé.

¿Sería un decorador o una decoradora? Clay se hizo la pregunta pero no la formuló.

¡Qué buena idea!

—¿Cuándo? —preguntó él.

—Quizá mañana. Si el avión está disponible.

¿Y por qué no iba a estar disponible? Él no pensaba ir a ningún sitio, desde luego.

—Pues claro. Llamaré a los pilotos.

El hecho de que ella no estuviera en la ciudad le facilitaría la vida. Su presencia en el hospital no servía de nada.

—Gracias —dijo Ridley, sentándose en una silla para hojear una revista. A los treinta minutos llegó la hora de irse. Lo besó en la frente y se marchó.

Después apareció el investigador. Tres hombres de Reedsburg habían sido detenidos a primera hora de la mañana del domingo a la entrada de un bar de Hagerstown, Maryland, donde se había producido una reyerta. Intentaron huir de allí en una minifurgoneta de color verde, pero el conductor cometió un error y acabaron en una zanja. El investigador le mostró tres fotografías en color de los sospechosos, todos con muy mala pinta. Clay no logró identificar a ninguno de los tres.

Según el jefe de la policía de Reedsburg, los tres trabajaban en Hanna Cement Portland. Dos de ellos acababan de ser despedidos, pero ésta había sido la única información que el investigador había conseguido arrancar a las autoridades de allí.

—No están muy dispuestos a colaborar —dijo.

Tras haber estado en Reedsburg, Clay comprendía el porqué.

—Si usted no puede identificar a estos hombres, no tendré más remedio que archivar el caso —dijo el investigador.

—Jamás los he visto —afirmó Clay.

El investigador volvió a guardar las fotografías en su maletín y se fue para siempre. A continuación, se inició un desfile de enfermeras y médicos que examinaron y manosearon a Clay por todas partes, hasta que, al cabo de una hora, se quedó dormido.

Oscar llamó sobre las nueve y media de la noche. El juicio había quedado aplazado hasta el día siguiente. Todo el mundo estaba hecho polvo, sobre todo a causa de la impresionante carnicería que había provocado Dale Mooneyham en la sala. Goffman había sacado a regañadientes a su tercer experto, una rata de laboratorio de la casa con gafas de montura de concha que había sido el encargado de llevar a cabo los ensayos clínicos del Maxatil y, después de un espléndido interrogatorio directo por parte de Roger *el Regateador*, Mooneyham había procedido a crucificar al pobre chico sin la menor compasión.

—Ha sido una auténtica carnicería —dijo Oscar entre risas—. Los de Goffman no deben de tener muchas ganas de llamar a más testigos.

—¿Un acuerdo? —preguntó Clay, atontado por los medicamentos y medio muerto de sueño, pero esforzándose en captar todos los detalles.

—No, pero la noche será muy larga. Corren rumores de que Goffman podría intentar presentar mañana a otro experto, tras lo cual se darán por vencidos y se agacharán a la espera del veredicto. Mooneyham se niega a hablar con ellos. Da la impresión de que espera un veredicto récord y actúa en consecuencia.

Clay se quedó dormido con el teléfono encajado en la parte lateral de su cabeza. Una enfermera lo retiró una hora después.

El director general de Goffman llegó a Flagstaff a última hora de la noche del miércoles y fue conducido a toda prisa a un alto edificio del centro de la ciudad donde los abogados estaban conspirando. Roger Redding y el resto del equipo de la defensa le informaron de la situación y le mostraron los últimos datos de los expertos en finanzas. Todas las conversaciones giraban en torno a unos resultados previsiblemente catastróficos.

Debido al impresionante vapuleo que había sufrido, Redding insistía en que la defensa se atuviera a su plan de juego y llamara a declarar a los restantes testigos. Estaba seguro de que se volverían las tornas. Estaba seguro de que lograría recuperarse y apuntarse unos cuantos tantos con el jurado. Pero Bob Mitchell, el principal abogado interno de la compañía y vicepresidente de la misma, y Sterling Gibb, el abogado de toda la vida de la empresa y compañero de golf del director general, ya habían visto suficiente. Como Mooneyham asesinara a un nuevo testigo, cabía la posibilidad de que los miembros del jurado se levantaran de un salto de sus asientos y se cargaran al ejecutivo de Goffman que tuvieran más a mano. El orgullo de Redding había sufrido un duro golpe. Éste quería seguir adelante en la esperanza de que se produjera un milagro. Pero seguir sus consejos les saldría muy caro.

Mitchell y Gibb se reunieron a solas con el director general sobre las tres de la tarde para tomarse unas rosquillas. Ellos tres solos. Por mal que le estuvieran yendo las cosas a la compañía, aún quedaban algunos secretos sobre el Maxatil que jamás podrían revelarse. En caso de que Mooneyham dispusiera de dicha información o de que consiguiera arrancársela a algún testigo, los cielos se abatirían irremediablemente sobre Goffman. En aquella fase del juicio, ya sabían que Mooneyham era capaz de cualquier cosa. Al final, el director general decidió poner fin al derramamiento de sangre. Cuando el tribunal volvió a reunirse a las nueve de la mañana, Roger Redding anunció que la defensa había terminado.

—¿Ya no hay más testigos? —preguntó el juez.

Un juicio de quince días de duración había quedado reducido a la mitad. ¡Tendría toda una semana libre para jugar al golf!

—Exactamente, señoría —contestó Redding, mirando con una sonrisa a los miembros del jurado, como si todo marchara sobre ruedas.

—¿Alguna refutación, señor Mooneyham?

El abogado de la demandante se puso lentamente de pie. Se rascó la cabeza, miró enfurecido a Redding y dijo:

—Si ellos han terminado, nosotros también.

El juez explicó a los miembros del jurado que dispondrían de un descanso de una hora mientras él examinaba ciertas cuestiones con los abogados. Cuando regresaran, escucharían los alegatos finales y, a la hora del almuerzo, el caso sería suyo.

Oscar salió con todo el mundo al pasillo sosteniendo en la mano su móvil. No contestaba nadie en la habitación de hospital de Clay.

Se pasó tres horas esperando en Rayos X, tres largas horas en una camilla de un concurrido pasillo donde las enfermeras y los camilleros iban de un lado para otro conversando entre sí acerca de nada en particular. Se había dejado el móvil en la habitación y, por consiguiente, se pasó tres horas aislado del mundo mientras esperaba en las profundidades del Hospital Universitario George Washington.

La sesión de rayos X duró casi una hora, pero habría podido durar menos si el paciente no se hubiera mostrado tan poco dispuesto a colaborar, tan agresivo y, a veces, tan grosero. El camillero lo trasladó de nuevo a su habitación y se alegró de perderlo de vista.

Clay estaba medio dormido cuando llamó Oscar. Allí eran las cinco y veinte, las tres y veinte en Phoenix.

—¿Dónde estabas?

—No me lo preguntes.

—Goffman ha tirado la toalla a primera hora de esta mañana. Ha intentado llegar a un acuerdo, pero Mooneyham no ha querido hablar. Después todo ha sido muy rápido. La presentación de los alegatos finales ha empezado sobre las diez, creo. El jurado recibió el caso a las doce del mediodía en punto.

—¿Que el jurado ya tiene el caso? —preguntó casi a gritos Clay.

—Lo tenía.

—¿Cómo?

—Digo que tenía el caso. Todo ha terminado. Se han pasado tres horas deliberando y han votado a favor de Goffman. Lo siento en el alma, Clay. Aquí todo el mundo está consternado.

—Oh, no.

—Me temo que sí.

—Dime que mientes, Oscar.

—Ojalá. No sé qué ha ocurrido. Nadie lo sabe. Redding hizo un alegato final espectacular, pero yo observé a los miembros del jurado. Pensé que Mooneyham los tenía en el bolsillo.

—¿Que Dale Mooneyham ha perdido el caso?

—Y no un caso cualquiera, Clay. Ha perdido nuestro caso.

—Pero ¿cómo?

—No lo sé. Yo hubiera apostado cualquier cosa a que perdería Goffman.

—Pues acabamos de perder nosotros.

—Lo siento de veras.

—Mira, Oscar, yo estoy solo aquí en la cama. Voy a cerrar los ojos y quiero que tú me hables, ¿de acuerdo? No me dejes. Aquí no hay nadie más. Háblame. Dime algo.

—Después del veredicto, Fleet y los otros dos tipos, Bob Mitchell y Sterling Gibb, me acorralaron. Son encantadores. Estaban tan contentos que parecían a punto de estallar. Para empezar, me preguntaron si aún estabas vivo, ¿qué te parece? Después me dieron recuerdos para ti, me parecieron muy sinceros. Me dijeron que Roger *el Regateador* y la empresa van a llevar su espectáculo a la carretera y que el próximo juicio se va a celebrar en el Distrito de Columbia contra el señor Clay Carter, el Rey de los Pleitos, quien, como todos sabemos, jamás ha actuado en un juicio por daños y perjuicios. ¿Qué podía yo decirles? Acababan de derrotar a un gran abogado en su propio terreno.

—Nuestros casos no valen nada, Oscar.

—Eso creen ellos, por supuesto. Mitchell me ha dicho que no piensan soltar ni un centavo por ningún caso de Maxatil en todo el país. Quieren juicios. Quieren justificarse. Recuperar su buen nombre. Todas estas idioteces que suelen decirse.

Clay tuvo a Oscar una hora al teléfono mientras su habitación se iba quedando a oscuras. Oscar le repitió los argumentos finales y la tensión de la espera del veredicto. Describió la expresión de sobresalto del rostro de la demandante, una mujer moribunda cuyo abogado no había querido aceptar lo que Goffman ofrecía, al parecer, diez millones de dólares. Y Mooneyham, que llevaba tanto tiempo sin perder que ya ni siquiera se acordaba de lo que se sentía, exigiendo que se pidiera al jurado que rellenase unos cuestionarios y diera explicaciones. Cuando finalmente recuperó el resuello y consiguió levantarse, con la ayuda del bastón, claro, Mooneyham hizo el mayor de los ridículos. Los representantes de Goffman, los de los trajes oscuros que mantenían la cabeza gacha como si estuvieran rezando juntos, se llevaron una sorpresa cuando el presidente del jurado pronunció sus majestuosas palabras. Todo el mundo abandonó la sala corriendo mientras los analistas de Wall Street se apresuraban a efectuar sus llamadas. Oscar terminó su relato diciendo:

—Ahora me voy al bar.

Clay llamó a una enfermera y pidió un somnífero.

41

Después de once días de encierro, Clay se vio finalmente libre. Le colocaron una escayola más ligera en la pierna izquierda y, aunque todavía no estaba en condiciones de caminar, por lo menos podía hacer ciertos movimientos. Paulette lo sacó del hospital en una silla de ruedas y lo empujó hasta una furgoneta de alquiler conducida por Oscar. Quince minutos después, lo empujaron al interior de su casa y cerraron la puerta. Paulette y la señorita Glick habían convertido el estudio de la planta baja en un improvisado dormitorio. Sus teléfonos, su fax y su ordenador habían sido colocados sobre una mesa plegable al lado de la cama. Su ropa estaba cuidadosamente doblada en unas baldas de plástico junto a la chimenea.

Sus primeras dos horas en casa las dedicó a leer el correo, los informes económicos y los recortes de prensa, pero sólo lo que Paulette había seleccionado. Buena parte de lo que se había escrito acerca de él le fue ocultado.

Más tarde, tras hacer la siesta, se sentó a la mesa de la cocina con Paulette, y Oscar anunció que ya era hora de empezar.

Y se inició el desenredo.

La primera cuestión era su bufete jurídico. Crittle había conseguido reducir algunos gastos, pero los gastos generales seguían rondando todavía el millón de dólares mensuales. Puesto que en aquellos momentos no se registraban ingresos y no se esperaba ninguno, los despidos inmediatos serían inevitables. Repasaron la lista de empleados —abogados, auxiliares, secretarias, administrativos, ordenanzas— y empezaron a hacer dolorosos recortes. Aunque pensaran que los casos del Maxatil carecían de valor, cerrar los expedientes llevaría bastante trabajo. Clay decidió encomendar la tarea a cuatro abogados y otros tantos auxiliares. Estaba dispuesto a cumplir todos los contratos que había firmado con sus empleados, pero eso se llevaría una parte considerable del dinero que tanto necesitaba en aquellos momentos.

Clay leyó los nombres de los empleados que tendrían que irse y se puso enfermo.

—Quiero consultarlo con la almohada —dijo, incapaz de tomar una decisión.

—Casi todos lo esperan, Clay —le dijo Paulette.

Contempló los nombres y trató de imaginar los chismes que habrían corrido acerca de él en los pasillos de su propio bufete.

Dos días atrás, Oscar había accedido a regañadientes a trasladarse a Nueva York y reunirse con Helen Warshaw. Le había expuesto un amplio mosaico del activo y del posible pasivo de Clay Carter y prácticamente había suplicado compasión. Su jefe no quería declararse en quiebra, pero si ella lo acosaba demasiado, no tendría más remedio que hacerlo. Clay era miembro de un grupo de abogados, los acusados de Warshaw, cuyo valor neto conjunto ésta cifraba en mil quinientos millones de dólares. Ella no podía permitir que Clay llegara a un acuerdo de sólo un millón de dólares para cada uno de los casos, siendo así que aquellos mismos casos contra Patton French podían valer tres veces más. Además, a Warshaw no le apetecía concertar ningún acuerdo. El juicio sería muy importante, un audaz intento de abogar por unas reformas que impidieran los abusos del sistema, un espectáculo jaleado por los medios de difusión. Y ella estaba deseando disfrutarlo a tope. Oscar regresó al Distrito de Columbia con el rabo entre las piernas en la certeza de que Helen Warshaw, como abogada del grupo más numeroso de los acreedores de Clay, quería sangre. La temida palabra «quiebra» había sido pronunciada por vez primera por Rex Crittle en la habitación de hospital de Clay. Había permanecido en suspenso en el aire y había aterrizado con la fuerza de un mortero. Después se volvió a utilizar. Clay la empezó a pronunciar, pero sólo en su fuero interno. Paulette la dijo una vez. Oscar la había utilizado en Nueva York. No encajaba y no les gustaba, pero a lo largo de la semana anterior había empezado a formar parte de su vocabulario.

La quiebra permitiría rescindir el contrato de alquiler de la oficina.

La quiebra permitiría negociar los contratos de trabajo con los empleados.

La quiebra permitiría devolver el Gulfstream en condiciones más favorables.

La quiebra permitiría apretar las tuercas a las airadas clientes del Maxatil.

Y, por encima de todo, la quiebra lograría poner freno a Helen Warshaw.

Oscar estaba casi tan deprimido como Clay, y al cabo de dos horas de angustia se fue al despacho. Paulette sacó a Clay en silla de ruedas al pequeño jardín, donde ambos se tomaron una taza de té verde con miel.

—Tengo que decirte un par de cosas —dijo ella, sentándose muy cerca de él y mirándolo fijamente a los ojos—. En primer lugar, que pienso darte una parte de mi dinero.

—No, no te lo consiento.

—Pues voy a hacerlo. Tú me hiciste rica cuando no tenías ninguna obligación. No puedo impedir que seas un estúpido chico blanco que la ha cagado, pero sigo queriéndote. Y voy a ayudarte, Clay.

—¿Te lo imaginas, Paulette?

—No. No puedo imaginarlo, pero es verdad. Ha ocurrido. Y las cosas irán a peor antes de empezar a mejorar. No leas los periódicos, Clay. Por favor. Prométemelo.

—No te preocupes.

—Voy a ayudarte. Si lo pierdes todo, allí estaré yo para protegerte.

—No sé qué decir.

—No digas nada.

Se tomaron las manos y Clay tuvo que hacer un esfuerzo para contener las lágrimas.

—En segundo lugar —añadió Paulette—. He estado hablando con Rebecca. Teme verte porque podrían sorprenderla. Tiene un nuevo móvil, del que su marido no sabe nada. Me ha dado el número. Quiere que la llames.

—¿Consejos femeninos, por favor?

—De mí no vas a recibirlos. Ya sabes lo que pienso de tu amiguita rusa. Rebecca es una chica encantadora, pero tiene una vida complicada, por no decir algo peor. Estás solo.

—Gracias por nada.

—Faltaría más. Quería que la llamaras esta tarde. Su marido no está en la ciudad o algo por el estilo. Me iré dentro de unos minutos.

Rebecca aparcó a la vuelta de la esquina y apuró el paso por la calle Dumbarton hasta la puerta de Clay. No se le daba muy bien verse de tapadillo con alguien; y a él tampoco. Lo primero que decidieron fue no seguir por aquel camino.

Ella y Jason Myers habían acordado un divorcio amistoso. Al principio, él quería buscar un poco de asesoramiento y retrasar la separación, pero también prefería trabajar dieciocho horas al día, tanto en el Distrito de Columbia como en Nueva York, Palo Alto o Hong Kong. Su gigantesco bufete tenía despachos en treinta y dos ciudades y contaba con clientes por todo el mundo. Para él no había nada más importante que el trabajo. Se había limitado a abandonarla sin pedirle disculpas ni hacer el menor propósito de cambiar de vida. Los documentos se presentarían en cuestión de un par de días. Ella ya estaba haciendo las maletas. Jason se quedaría con la vivienda; Rebecca se había mostrado muy imprecisa acerca del lugar adonde se iría a vivir. En menos de un año de matrimonio, habían acumulado muy pocas cosas. Él era socio del bufete y ganaba ochocientos mil dólares al año, pero ella no quería ni un centavo de su dinero.

Según ella, sus padres no habían intervenido para nada. Tampoco habían tenido ocasión de hacerlo. A Myers no le caían bien y Clay sospechaba que uno de los motivos de que éste prefiriera trabajar en la filial del bufete en Hong Kong era que ésta se encontraba muy lejos de los Van Horn.

Ambos tenían un motivo para huir. En los años venideros, Clay no quería quedarse a vivir en el Distrito de Columbia bajo ningún concepto. Su humillación había sido demasiado grande y profunda y allí fuera había todo un mundo en el que la gente no lo conocía.

Ansiaba recuperar el anonimato. Por primera vez en su vida, Rebecca deseaba largarse sin más, largarse de un mal matrimonio, de su familia, del club de campo y de los insoportables personajes que acudían allí, alejarse de la presión del dinero y el afán de acumular cosas, de McLean y de los únicos amigos que tenía.

Clay tardó una hora en llevársela a la cama, pero, con las escayolas y demás, resultaba imposible hacer el amor. Quería, sencillamente, estrecharla en sus brazos, besarla y recuperar el tiempo perdido.

Ella pasó la noche allí y decidió quedarse. Mientras tomaban café a la mañana siguiente, Clay empezó con la historia de Tequila Watson, siguió con el Tarvan y acabó contándoselo todo.

Paulette y Oscar regresaron con nuevos asuntos desagradables relativos al despacho. Algunos activistas del condado de Howard estaban animando a los propietarios de las casas a presentar una demanda contra Clay por comportamiento contrario a la ética al haber sido el causante de la falta de acuerdo con Hanna. Varias docenas de ellos ya habían sido recibidos por el Colegio de Abogados del Distrito de Columbia. Se habían presentado seis demandas contra Clay, todas por parte del mismo abogado que en aquellos momentos estaba dedicándose a captar al mayor número de afectados posible. El bufete de Clay estaba ultimando un plan de acuerdo para presentarlo al juez que llevaba la quiebra de Hanna. Curiosamente, cabía la posibilidad de que al bufete le fueran asignados unos honorarios, aunque muy por debajo de los que Clay había rechazado.

Warshaw había cursado una petición urgente para que se pudiese tomar declaración a varios demandantes del Dyloft. La urgencia era necesaria porque los demandantes se estaban muriendo y sus declaraciones a través de vídeo revestirían una importancia trascendental para el juicio, cuya celebración estaba prevista para aproximadamente un año después. Utilizar las habituales tácticas de los pretextos, las dilaciones y los aplazamientos habría sido tremendamente injusto para aquellos demandantes. Clay aceptó el plan de declaraciones propuesto por la señora Warshaw, aunque no tenía intención de asistir.

Cediendo a las presiones de Oscar, Clay accedió finalmente a despedir a diez abogados y a casi todos los auxiliares jurídicos, las secretarias y los administrativos, y escribió una carta a cada uno de ellos, corta y llena de disculpas. Asumía la plena responsabilidad de la desaparición de su bufete.

La verdad era que no había nadie más a quien echarle la culpa.

También se redactó una elaborada carta a las clientes del Maxatil. En ella, Clay resumía el juicio de Mooneyham en Phoenix. Seguía creyendo que el fármaco era peligroso, pero ahora la demostración de la relación causa efecto sería «muy difícil cuando no imposible». La compañía no contemplaba la posibilidad de llegar a un acuerdo extrajudicial y, dados sus actuales problemas de salud, él no estaba en condiciones de prepararse para un largo juicio.

Era contrario a utilizar como excusa la agresión que había sufrido, pero Oscar logró imponer su criterio. En la carta, el pretexto parecía verosímil. En aquellas horas tan bajas de su carrera, tenía que agarrarse a cualquier ventaja que pudiera encontrar.

Por consiguiente, liberaba a sus clientes y lo hacía con tiempo suficiente para que contrataran a otro abogado y pudiesen demandar a Goffman. Incluso les deseaba suerte.

Las cartas darían lugar a una enorme polémica.

—Podremos capear el temporal —repetía Oscar—. Por lo menos nos libraremos de esa gente.

Clay no pudo por menos que pensar en Max Pace, que lo había enredado en el asunto del Maxatil. Pace, uno de sus por lo menos cinco alias, había sido acusado de fraude bursátil pero no había logrado localizarlo. La acusación señalaba que había utilizado información privilegiada para vender casi un millón de acciones de Goffman antes de que Clay presentara la demanda. Más tarde había cubierto la venta y había abandonado el país con unos quince millones de dólares. Corre, Max, corre. Si lo atrapaban y llevaban a juicio, quizá revelara todos los sucios secretos que ambos compartían.

Había otros cien detalles más en la lista de Oscar, pero Clay ya estaba cansado.

—¿Voy a hacer de enfermera esta noche? —preguntó Paulette en voz baja en la cocina.

—No, está aquí Rebecca.

—Te encanta meterte en líos, ¿verdad?

—Mañana pide el divorcio. Un divorcio amistoso.

—¿Y el bombón?

—Habrá pasado a la historia, si alguna vez regresa de St. Barth.

Clay se pasó toda la semana siguiente sin salir de su casa. Rebecca introdujo todas las pertenencias de Ridley en bolsas de la basura gigantes y lo guardó todo en el sótano. Llevó algunas de sus cosas, pese a la advertencia de Clay de que estaba a punto de perder la casa. Ella le preparaba comidas deliciosas y lo atendía en todas sus necesidades. Se distraían viendo películas hasta las doce de la noche y cada mañana se levantaban muy tarde. Rebecca lo llevaba al médico en su automóvil.

Ridley llamaba en días alternos desde la isla. Clay no le dijo que había perdido el sitio; prefería hacerlo personalmente cuando ella regresara, en caso de que efectivamente lo hiciese. Las obras de reforma marchaban viento en popa, a pesar de los drásticos recortes presupuestarios que Clay había introducido. Ridley parecía no atribuir la menor importancia a sus problemas económicos.

El último abogado que entró en la vida de Clay fue Mark Munson, un experto en quiebras, especializado en complicadas y voluminosas quiebras individuales. Lo había descubierto Crittle. En cuanto Clay firmó contrato con él, Crittle le mostró los libros, los alquileres, los contratos, las demandas, el activo y el pasivo. Todo. Cuando Munson y Crittle se presentaron en su casa, Clay le pidió a Rebecca que se fuera. Quería evitarle los detalles dolorosos.

En los diecisiete meses transcurridos desde que abandonara la ODO, Clay había ganado ciento veintiún millones de dólares en concepto de honorarios, treinta de los cuales habían ido a parar a Paulette, Rodney y Jonah a modo de bonificación; veinte millones se habían invertido en gastos de oficina y en el Gulfstream; dieciséis millones se habían gastado en los anuncios y las pruebas médicas del Dyloft, el Maxatil y las Skinny Ben; treinta y cuatro millones se habían ido en impuestos pagados o acumulados; cuatro millones en el chalé; tres millones en el velero, un millón... por aquí y otro por allá: la casa, el «préstamo» a Max Pace y las consabidas y comprensibles extravagancias propias de los nuevos ricos.

El caso del nuevo y precioso catamarán de Jarrett era muy interesante. Clay lo había pagado, pero la compañía bahameña que tenía la titularidad pertenecía enteramente a su padre. A juicio de Munson, el tribunal de la quiebra podía seguir dos criterios distintos: o bien la embarcación era un regalo, en cuyo caso Clay debería pagar el impuesto de donaciones, o simplemente era propiedad de otra persona y, por consiguiente, no formaba parte del patrimonio de Clay. En cualquiera de los dos casos, la embarcación seguiría perteneciendo a Jarrett Carter.

Clay también había ganado 7,1 millones especulando con acciones de Ackerman, y aunque parte de ellos estaban escondidos en paraísos fiscales, no tendría más remedio que sacarlos de allí.

—Si oculta algún activo, irá a parar a la cárcel —le advirtió Munson, dándole a entender con toda claridad que no toleraría semejante comportamiento.

El balance reflejaba un activo neto de aproximadamente diecinueve millones de dólares, con muy pocos acreedores. Veintiséis antiguos clientes estaban demandándolo en aquellos momentos por el fracaso del Dyloft. Se esperaba que su número aumentara y, aunque no se podía adivinar el valor de cada caso, la responsabilidad de Clay sería considerablemente superior a su activo neto. Los indignados demandantes de la acción conjunta contra Hanna estaban organizándose. La reacción al Maxatil sería muy dura y prolongada. Tampoco podían hacerse predicciones sobre la cuantía de estos dos últimos gastos.

—Que se encargue de ello el síndico de la quiebra —dijo Munson—. Se quedará usted con lo puesto, pero por lo menos no tendrá ninguna deuda.

—Vaya, pues se lo agradezco —dijo Clay, pensando todavía en el velero.

Si conseguían mantenerlo al margen de la quiebra, Jarrett podría venderlo y comprarse otra embarcación más pequeña para que a Clay le quedara un poco de dinero para vivir.

Tras pasarse dos horas con Munson y Crittle, Clay contempló la mesa de su cocina cubierta de hojas de cálculo, listados y notas, un testamento sepultado bajo los escombros de los últimos diecisiete meses de su vida. Se avergonzaba de su codicia y de su estupidez. Se mareaba sólo de pensar en todo el daño que le había hecho el dinero.

La idea de marcharse lo ayudaba a sobrevivir cada día.

Ridley lo llamó desde St. Barth para comunicarle la alarmante noticia de la aparición de un letrero de EN VENTA en la fachada de «su» chalé.

—Es porque está a la venta —le explicó Clay.

—No lo entiendo.

—Vuelve a casa y te lo explicaré.

—¿Hay algún problema?

—Me parece que sí.

Tras una prolongada pausa, Ridley dijo:

—Prefiero quedarme aquí.

—No puedo obligarte a regresar, Ridley.

—No, es cierto.

—Muy bien. Quédate en el chalet hasta que se venda.

—¿Y eso cuánto tardará?

Clay se la imaginó haciendo toda suerte de sabotajes a la venta. Pero, en aquel momento, le daba igual.

—Puede que un mes, puede que un año. No lo sé.

—Me quedo —dijo ella.

—Muy bien.

Rodney encontró a su antiguo amigo sentado en los escalones de la entrada de su preciosa casa, con las muletas al lado y un chal sobre los hombros para protegerse del frío otoñal. El viento empujaba las hojas y éstas bajaban describiendo círculos por Dumbarton.

—Necesito un poco de aire fresco —dijo Clay—. Llevo tres semanas encerrado aquí dentro.

—¿Qué tal van los huesos? —preguntó Rodney, sentándose junto a él.

—Se recuperan muy bien.

Rodney había abandonado la ciudad y se había convertido en un auténtico habitante de un barrio residencial de las afueras. Pantalones caqui, zapatillas deportivas y un impresionante todoterreno para llevar a los niños por ahí.

—¿Qué tal la cabeza?

—No he sufrido nuevos daños cerebrales.

—¿Y el alma?

—Torturada, es lo menos que puedo decir. Pero sobreviviré.

—Paulette dice que te vas.

—Durante una buena temporada, en cualquier caso. La semana que viene presentaré la declaración de quiebra, pero casualmente yo no estaré aquí. Paulette tiene un apartamento en Londres y podré utilizarlo durante unos cuantos meses. Nos esconderemos allí.

—¿No existe modo de evitar la quiebra?

—Imposible. Hay demasiadas demandas, y muy buenas. ¿Recuerdas a Ted Worley, nuestro primer demandante del Dyloft?

—Pues claro.

—Murió ayer. Yo no apreté el gatillo, pero está claro que tampoco lo protegí. Su caso en presencia de un jurado vale cinco millones de dólares. Y hay veintiséis como él. Me voy a Londres.

—Clay, quiero echar una mano.

—No acepto tu dinero. Por eso has venido, y lo sé. He mantenido esta misma conversación dos veces con Paulette y una con Jonah. Ganasteis el dinero y tuvisteis la inteligencia de guardarlo. Yo no supe hacerlo.

—Pero no vamos a dejar que mueras. No tenías por qué regalarnos diez millones de dólares, y sin embargo lo hiciste. Vamos a devolverte una parte.

—No.

—Sí. Los tres hemos estado hablando de ello. Esperaremos a que termine el procedimiento de la quiebra y entonces cada uno de nosotros hará una transferencia. Una donación.

—Os ganasteis el dinero trabajando, Rodney. Guardadlo.

—Nadie gana diez millones de dólares en seis meses de trabajo, Clay. Se puede ganar en una lotería, se puede robar o te puede llover del cielo, pero nadie se gana con el sudor de su frente una cantidad como ésa. Es ridículo y obsceno. Voy a devolverte una parte. Paulette también lo hará. De Jonah no estoy muy seguro, pero lo convenceremos.

—¿Cómo están los niños?

—Estás cambiando de tema.

—Sí, estoy cambiando de tema.

Así pues, hablaron de los niños, de los viejos amigos de la ODO y de los viejos clientes y los casos de allí. Ambos permanecieron sentados en los peldaños de la entrada hasta después de anochecido cuando apareció Rebecca y ya era la hora de cenar.

42

El reportero del *Post* se llamaba Art Mariani, y era un joven que conocía muy bien a Clay porque había documentado su sorprendente ascenso y su no menos impresionante caída con todo detalle y una razonable dosis de imparcialidad. Cuando se presentó en casa de Clay, Mariani fue recibido por Paulette, quien lo acompañó por un estrecho pasillo hasta la cocina donde unas personas estaban esperando. Clay se levantó, se presentó y rodeó la mesa, renqueando, para presentar a los demás: Zack Battle, su abogado; Rebecca Van Horn, su amiga; y Oscar Mulrooney, su socio. Los magnetófonos estaban encendidos. Rebecca sirvió café.

—Es una larga historia —comenzó Clay—, pero tenemos mucho tiempo.

—No tengo ninguna prisa —dijo Mariani.

Clay tomó un sorbo de café, respiró hondo y se lanzó a contar la historia. Empezó por el tiroteo de Ramón *Pumpkin* Pumphrey por parte de su cliente, Tequila Watson. Fechas, horas, lugares, Clay tenía notas acerca de todo lo ocurrido y carpetas con todos los datos. A continuación habló de Washad Porter y de sus dos asesinatos. Y después de los otros cuatro. El Campamento, Calles Limpias, los sorprendentes efectos de un medicamento llamado Tarvan. Aunque jamás mencionó el nombre de Max Pace, describió con todo detalle la historia del Tarvan que Pace le había facilitado: los experimentos en las clínicas secretas de la Ciudad de México, Belgrado y Singapur, el deseo del fabricante de probarlo en personas de origen africano, a ser posible, en Estados Unidos. La llegada del fármaco al Distrito de Columbia.

—¿Quién fabricaba el medicamento? —preguntó Mariani, visiblemente impresionado.

Tras un prolongado silencio en cuyo transcurso dio la impresión de no poder hablar, Clay contestó:

—No estoy completamente seguro. Pero creo que es Philo.

—¿Philo Products?

—Sí. —Clay alargó la mano hacia un voluminoso documento y se lo pasó a Mariani—. Éste es uno de los acuerdos de compensación. Como verá, se menciona a dos empresas de paraísos fiscales. Si usted consigue penetrar en ellas y seguirles la pista, es probable que ésta lo conduzca a una empresa fantasma de Luxemburgo y posteriormente a Philo.

—Muy bien, pero ¿por qué sospecha de Philo?

—Tengo una fuente. Es lo único que puedo decirle.

Aquella misteriosa fuente había elegido a Clay de entre todos los abogados del Distrito de Columbia y le había convencido de que vendiera su alma a cambio de quince millones de dólares. Había abandonado rápidamente la ODO y abierto su propio bufete. Eso Mariani ya lo sabía. Clay firmó unos acuerdos de compensación con las familias de las seis víctimas, las convenció sin ninguna dificultad de que aceptaran cinco millones y guardaran silencio, y en cuestión de treinta días lo tuvo todo resuelto. Los detalles fueron saliendo como un torrente al igual que los documentos y los acuerdos por daños y perjuicios.

—Cuando yo publique este reportaje, ¿qué ocurrirá con sus clientes, las familias de las víctimas? —preguntó Mariani.

—He perdido el sueño pensando en ello, pero creo que no pasará nada —contestó Clay—. En primer lugar, ya hace un año que tienen el dinero, por cuyo motivo cabe suponer que se han gastado una buena parte de él. Segundo, el fabricante del medicamento sería un insensato si intentara invalidar los acuerdos.

—En tal caso, las familias podrían demandar directamente al fabricante —terció Zack—, y unos veredictos de este tipo serían la ruina de cualquier empresa. Jamás en mi vida he visto una serie de hechos más explosivos.

—La empresa no tocará los acuerdos de compensación —dijo Clay—. Tiene suerte de haber salido bien librada con un acuerdo de cincuenta millones.

—¿Pueden las familias rechazar los acuerdos cuando averigüen la verdad? —preguntó Mariani.

—Sería difícil.

—¿Y usted? ¿Firmó acuerdos de confidencialidad?

—Yo ya no soy un factor. Estoy a punto de declararme en quiebra. Estoy a punto de devolver mi licencia de ejercicio de la abogacía. A mí no me pueden hacer nada.

La triste confesión fue tan dolorosa para los amigos de Clay como para él mismo.

Mariani garabateó unas notas y cambió de tema.

—¿Qué ocurrirá con Tequila Watson, Washad Porter y los demás hombres declarados culpables de estos asesinatos?

—En primer lugar, es probable que puedan demandar al fabricante del medicamento, lo cual no les servirá de mucho en la cárcel. En segundo lugar, cabe la posibilidad de que se revisen sus casos, por lo menos en lo tocante al veredicto.

Zack Battle carraspeó y los demás esperaron.

—*Off de record*: cuando usted publique lo que decida publicar, y cuando amaine el temporal, tengo intención de tomar estos casos y pedir su revisión. Presentaré una demanda en nombre de los siete acusados, siempre y cuando consigamos identificar a la compañía farmacéutica. Podría solicitar que los tribunales de lo penal revisaran las condenas.

—Todo eso es muy explosivo —dijo Mariani, y desde luego que lo era. Tras estudiar las notas por unos instantes, preguntó—: ¿Cuál fue la causa que condujo a la demanda del Dyloft?

—Éste es un nuevo capítulo que dejaremos para otro día —contestó Clay—. En cualquier caso, lo tiene casi todo documentado. No pienso hablar de ello.

—Me parece muy bien. ¿La historia ha terminado?

—Para mí, sí —repuso Clay.

Paulette y Zack lo acompañaron al Aeropuerto Nacional Reagan, donde el otrora amado Gulfstream de Clay permanecía aparcado muy cerca del lugar donde éste lo había visto por vez primera. Puesto que iban a estar ausentes por lo menos seis meses, ambos llevaban mucho equipaje, sobre todo, Rebecca. Clay, que se había deshecho de muchas cosas en el transcurso del último mes, viajaba más ligero. Se las arreglaba bastante bien con las muletas, pero no podía llevar peso. Zack hacía las veces de mozo.

Clay les mostró valerosamente su avión, pese a que todos sabían que aquél iba a ser su último viaje. Clay abrazó a Paulette y a Zack, les dio las gracias a los dos y prometió llamar en cuestión de días. Cuando el copiloto cerró la portezuela, Clay bajó las cortinas de las ventanillas para no ver nada de Washington cuando el aparato despegara.

Para Rebecca, el jet era un terrible símbolo del poder destructor de la codicia. Estaba deseando llegar al pequeño apartamento de Londres, donde nadie los conocería ni tendría interés por cómo vistieran o por el automóvil que tuvieran, lo que compraran o comieran, dónde trabajaran, hicieran la compra o pasaran las vacaciones. Ella no pensaba regresar a casa. Se había peleado con sus padres por última vez.

Clay estaba deseando tener dos buenas piernas y hacer borrón y cuenta nueva. Estaba sobreviviendo a uno de los más infames desastres de toda la historia de la abogacía norteamericana y poco a poco iba dejándolo a su espalda. Tenía a Rebecca toda para él, y eso era cuanto le interesaba.

Cuando estaban sobrevolando Terranova, ambos desplegaron el sofá y se quedaron dormidos bajo los cobertores.

NOTA DEL AUTOR

Aquí es donde los autores suelen ofrecer rotundas negativas en un intento de cubrirse las espaldas y evitar en lo posible cualquier responsabilidad. Siempre existe la tentación de crear un lugar o un ente de ficción con tal de no investigar acerca de los verdaderos, y confieso que preferiría hacer cualquier cosa antes que comprobar la veracidad de los detalles. La ficción es un escudo maravilloso. Y resulta muy fácil ocultarse detrás de él. Pero cuando se acerca a la verdad hay que andarse con mucho cuidado. De lo contrario el autor se ve obligado a escribir algunas líneas en este espacio.

El Servicio de la Defensa de Oficio de Washington, Distrito de Columbia, es una orgullosa y vibrante organización que lleva muchos años protegiendo celosamente a los ciudadanos sin recursos. Sus abogados son inteligentes, están entregados en cuerpo y alma a su labor y son extremadamente discretos. Y reservados al máximo. Su funcionamiento interno constituye un misterio, por cuyo motivo yo me he limitado a crear mi propia Oficina de la Defensa de Oficio. Cualquier parecido entre ambos organismos es pura coincidencia.

Mark Twain decía que muchas veces cambiaba de sitio ciudades, condados e incluso estados enteros cuando ello le era necesario para el desarrollo de un argumento. Nada se interpone tampoco en mi camino. Si no puedo encontrar un edificio, lo construyo en un santiamén. Si una calle no encaja en el plano, no dudo en cambiarla de sitio o incluso en trazar un nuevo plano. Calculo que aproximadamente la mitad de los lugares que se mencionan en este libro están descritos más o menos fielmente. La otra mitad o bien no existe o bien se ha modificado o cambiado de sitio hasta el extremo de que nadie podría reconocerla. Quien busque precisión pierde el tiempo.

Eso no significa que yo no lo haya intentado. Mi idea de la investigación consiste en utilizar desesperadamente el teléfono a medida que se acerca el término del plazo. Recurrí en busca de consejo a las siguientes personas, y es aquí donde quiero darles las gracias: Fritz Chockley, Bruce Brown, Gaines Talbott, Bobby Moak, Penny Pinkala y Jerome Davis.

Renee leyó el borrador y no me lo arrojó a la cabeza, lo cual es siempre una buena señal. David Gernert lo despedazó y después me ayudó a recomponerlo. Will Denton y Pamela Creel Jenner lo leyeron y me ofrecieron unos consejos sobresalientes. Cuando ya lo había escrito por cuarta vez y todo era correcto, Estelle Lawrence lo leyó y descubrió mil errores.

Todos los arriba mencionados me ayudaron con el mayor entusiasmo. Los errores, como siempre, son míos.